dtv

Vor tausend Jahren wurde die Seele des Schwarzmagiers Olav Tryggvason, genannt Krähenbein, in eine Wolfshaut gebannt und diese in vier Teile zerrissen – in die vier Dunklen Pergamente. Schon lange ist Lennart Malmkvist – einst Unternehmensberater, jetzt Zauberlehrling – mit seinem sprechenden Mops Bölthorn auf der Suche nach den verschollenen Pergamenten. Die Situation scheint aber aussichtslos. Krähenbein hat Bölthorn im Kampf lebensbedrohlich verletzt. Doch Lennart gelingt es, der zum Leben erweckten Bronzefigur eines alten Seeräuber-Kapitäns auf die Spur zu kommen. Dieser weiß nicht nur, wie Bölthorn gerettet werden kann, sondern auch, wo das letzte Dunkle Pergament versteckt ist. Kurzerhand kapern sie ein magisches Segelschiff im Göteborger Hafen und machen sich zusammen mit Bölthorn, Lennarts Freunden und seinen Eltern auf zur Insel Svolderoie. Sie hoffen, dort die entscheidende Schlacht gegen Olav Krähenbein zu schlagen. Aber auch der Magier hat Verbündete …

Lars Simon, Jahrgang 1968, hat nach seinem Studium lange Jahre in der IT-Branche gearbeitet, bevor er mit seiner Familie nach Schweden zog, wo er als Handwerker tätig war. Heute lebt und schreibt der gebürtige Hesse wieder in der Nähe von Frankfurt am Main. Lars Simon ist ein Pseudonym.

Lars Simon

Lennart Malmkvist und der überraschend perfide Plan des Olav Tryggvason

Roman

dtv

Ausführliche Informationen über unsere Autoren und Bücher
www.dtv.de

Von Lars Simon
sind bei dtv außerdem erschienen:
Elchscheiße (21508)
Kaimankacke (21554)
Rentierköttel (21609)
Lennart Malmkvist und der ziemlich seltsame Mops des Buri Bolmen (21651)
Lennart Malmkvist und der ganz und gar wunderliche Gast aus Trindemossen (21704)
Gustafssons Jul (21695)

MIX
Papier aus verantwortungsvollen Quellen
FSC® C019821
FSC www.fsc.org

Originalausgabe 2018

Dieses Werk wurde vermittelt durch die Literarische Agentur Thomas Schlück GmbH, Hannover
Umschlaggestaltung: Katharina Netolitzky/dtv
Satz: Greiner & Reichel, Köln
Gesetzt aus der Bembo 10,5/13,4·
Druck und Bindung: Druckerei C.H.Beck, Nördlingen
Gedruckt auf säurefreiem, chlorfrei gebleichtem Papier
Printed in Germany · ISBN 978-3-423-21760-6

»Þorkell setti stein þenna eptir Gunna, son sinn.
Er vard dauðr í orrostu, er barðust konungar.«

»Thorkel setzte diesen Stein nach seinem Sohn Gunne.
Er wurde in der Schlacht getötet,
als die Könige kämpften.«

Inschrift des Runensteins am Karnhaus der Råda kyrka
westlich von Lidköping in Gedenken an die Schlacht,
in der Olav Krähenbein am 9. September des Jahres 1000 n.Chr.
geschlagen und getötet wurde. So glaubte man wenigstens …

Prolog

Elír stand inmitten des Kreises aus lodernden Scheiterhaufen. Trotz der Hitze, die von den mannshohen Flammen ausging, musste sie ihren Umhang enger um sich schlingen – sie zitterte und blickte in die mondlose Nacht. Der erste Schnee war nicht mehr fern. Ein schlecht gelaunter Wind kratzte mit eisigen Krallen von der Meerenge her über Svolderoie. Derart heftig brandeten die Fluten des Ostmeeres an die Riffe und die schroffe Steinküste des Eilands, dass das Fauchen der Gischt und das Grollen des schwarzen Wassers bis hierher zu hören waren. Jede Welle ließ den Boden erbeben. Und obwohl die kleine Insel keine halbe Meile vom Festland entfernt unweit der Svolderbucht lag, kam sich Elír in diesem Moment so verloren vor, als befände sie sich in einer Nussschale treibend auf hoher See, hilflos den Gezeiten ausgesetzt

»Es ist vorbei«, sagte eine Stimme hinter ihr, und eine Hand legte sich sanft auf ihre Schulter.

Elír wandte sich um. »Auf dass die Götter deine Worte hören, Buri. Er war so mächtig am Ende … und ich weiß nicht, wie es überhaupt so weit kommen konnte. Ist er wirklich besiegt? Für immer?«, fragte sie flüsternd und schlang den Umhang noch enger um ihren zarten Körper.

Buri sah sie mit versteinerter Miene an und strich sich

gedankenverloren durch den langen grauen Bart. »Ich weiß es nicht. Was ich aber weiß, ist, dass wir zwingend magische Vorbereitungen treffen müssen, um diese Insel und unsere Leben zu schützen. Und das der Menschen.«

»Ist Järnskägg ein Verräter?«, wollte Elír wissen, auch wenn sich alles in ihr gegen diese Frage sträubte.

»Ein Verräter?«, fragte Buri und hob die Augenbrauen. Dann schüttelte er den Kopf und sagte mit fester Stimme: »Nein, niemals. Aber er hat seine Schwächen. Die schwarze Magie ist allerorten, und ihre Diener sind durchtrieben. Das Dunkle in der Seele der Zauberei kann man nicht besiegen, es ist mächtig, sehr mächtig … so mächtig wie Olav Krähenbein selbst.«

»Das heißt, Ihr glaubt auch, dass Järnskägg uns etwas verschweigt, dass er etwas *gesehen* hat?«

»Davon bin ich überzeugt«, sagte Buri.

»Fragen wir ihn doch«, schlug Elír vor.

Buri schüttelte vehement den Kopf. »Das sollten wir tunlichst unterlassen. Ihn hier und jetzt damit zu konfrontieren, würde nur Zwietracht säen und die Freude über den Sieg vergiften. Die Zeit wird kommen, da uns die Wahrheit ohnehin offenbart werden wird. Aber nicht heute, nicht in dieser Nacht.« Dann wurde er still und schwieg eine Weile. »Und doch entbindet uns nichts von der Pflicht, auf alles vorbereitet zu sein …«, murmelte er schließlich.

Elír blickte ihn fragend an. »Was meint Ihr damit?«

Buri räusperte sich. »Ich habe einen Plan, und ich brauche dich dafür. Niemand außer uns darf davon erfahren, und vor allem sollten wir Järnskägg und Rœkrvænn gegenüber Stillschweigen bewahren – sicher ist sicher, und je weniger davon wissen, desto besser. Dieser Plan ist als letztes Mittel gedacht, nur für den unwahrscheinlichen Fall, dass beide Amuletthälften irgendwie in die falschen Hände gelangen, in die eines Größenwahnsinnigen oder Verrückten, der Krähenbein wieder heraufbeschwören will. Denn falls das geschieht und Krähenbein es auch noch gelingt, alle vier Dunklen Pergamente zusammenzufügen, dann könnte es unser Ende sein, und vielleicht sogar das Ende der Welt.«

»Was kann ich tun?«, fragte Elír.

Buri atmete tief durch und sagte mit düsterer Stimme: »Dir und mir wird ein großes Opfer abverlangt werden.«

»Wie groß?«, fragte Elír. Ihr hüftlanges Haar hatte sich gelöst und wehte nun im stürmischen Wind – gleich den goldenen Flammen der Feuer um sie herum.

»Ihr dürft nie wieder lieben, und ich werde … sterben, wenn die Zeit gekommen ist. Bis dahin müssen wir uns so verbergen und verstecken, dass *er* uns nicht finden kann.«

Mehr als eintausend Jahre später …

1. Kapitel

War die Nacht vorüber? Lennart hatte den Geschmack von Staub im Mund, und in seinen Augen brannte es. Als er sie behutsam öffnete, erkannte er eine steppenartige Ebene um sich herum. Wo war er? Langsam drang hinter der im Schatten liegenden Hügellandschaft eine aschfahle Sonne durch den Nebel. Sie war ohne Fröhlichkeit, ohne Kraft, beinahe wirkte es, als wohne ihr keine Wärme inne. Um ihn herum standen einige Dutzend blattloser, niedriger Bäume, aus dem Sand emporgewachsen, mit dicken, knorrigen Stämmen. Wie krumme, geschwollene Gliedmaßen reckten sie ihr totes Holz in die klirrend kalte Luft. Und auf jedem dieser Bäume saß eine Krähe, starrte auf Lennart herab, musterte ihn. Gierig und wütend. Mit schwarz glänzenden Augen.

In dieser befremdlichen Situation fühlte sich Lennart alles andere als wohl. Dennoch blieb er ruhig, atmete tief ein und aus, richtete sich auf und blickte sich nach allen Seiten um ... Da gefror ihm das Blut in den Adern. »Bölthorn! Um Himmels willen! Was ist mir dir?« – es klang trotz der ihn umgebenden scheinbar endlosen Weite so dumpf, als hätte er in ein Daunenkissen geschrien.

Bölthorn lag blutüberströmt nur wenige Schritte von Lennart entfernt im Staub. Sein von Buri Bolmen geerbter Mops, das bei Gewitter sprechende Wundertier, der stummelbeinige Vernichter von Fleisch und Speisen jedweder Couleur, sein magischer Mentor und – vor allem – sein liebgewonnener Freund.

Lennart versuchte, sich zu erheben – er schaffte es nicht. Auf allen vieren kroch er zu Bölthorn und stellte mit Erschrecken fest, dass kein Leben mehr in ihm war. Er war tot. Ermordet vom Barghest, dem Höllenhund, den Olav Krähenbein im Sturm der vergangenen Nacht auf ihn gehetzt hatte.

Schlagartig wurde es noch kälter, kakophonisch kratzende Musik erschallte, so schief und grausam, dass es einen erschaudern ließ. Alle Krähen stiegen schreiend aus den Bäumen empor, sammelten sich dicht über Lennart und begannen, dort zu kreisen wie ein schwarzer Schwarm hungernder Geier. Und er musste sich nicht einmal umdrehen, um zu wissen, dass *er* da war. Schon wieder.

»Was willst du?«, rief Lennart, während er mit beiden Händen über das blutverkrustete Fell von Bölthorns warmen Körper strich – warmer Körper? Aber wie …?

Der Leierkastenmann. Sein zerschundenes Gesicht, seine toten Augen düster und leer, seine Gestalt groß gewachsen, hager, bedrohlich und voller Unheil. Er näherte sich Lennart. Unaufhörlich. Er grinste und zeigte seine gelben und braunen Zähne.

»Die Frage sollte vielmehr lauten, was *du* willst, Lennart Malmkvist«, hauchte er, woraufhin sich ein Geruch nach Asphalt und Schwefel verbreitete. Seine Stimme klang leblos und trocken wie brechendes Reisig.

»Ich will leben, ich will Frieden und ich will … ich will lieben!«, rief Lennart.

Der Leierkastenmann hörte auf, an seinem altersschwachen und verrosteten Instrument zu kurbeln. Augenblicklich ließen sich alle Krähen wieder flatternd im blattlosen Geäst der Bäume nieder. Er grinste, lupfte den verbeulten Zylinder und vollführte eine übertrieben ehrerbietige Verbeugung. »Wohl gesprochen, Lennart Malmkvist. Doch hast du nicht zuvor einen gewissen Auftrag zu erfüllen?«

»Krähenbein«, flüsterte Lennart, »ich weiß …«

»Ja, Krähenbein!«, fauchte der Leierkastenmann. »Denn wer ist Freund, und wer ist Feind? Wer ist tot, und wer ist lebendig? Wer eine Hilfe, wer ein Hemmnis? Wer soll leben, wer soll sterben?« Er machte eine gnadenvolle Geste, und auf einmal verwandelten sich alle Bäume in Menschen. Da erschraken die Krähen und flogen schreiend davon.

Die Menschen schauten alle auf Lennart. Seine Eltern standen da, lächelten. »Wir wollen morgen Weihnachten zusammen feiern. Liebst du uns? Unser Sohn! Komm doch an Heiligabend zu uns aufs Schiff. Schiffe sind ja oft voller alter Geheimnisse, und ist der Anker erst gelichtet, wer weiß schon, wohin die Reise geht, nicht wahr? Ein Schiff ist wie das Leben, das Meer ist wie das Schicksal …« Die Stimme von Lennarts Mutter war voller Stolz und tiefer Zuneigung. »Oh ja, wie das Leben, das stimmt«, pflichtete Lennarts Vater ihr bei. »Ein Scherzartikelladen ist und bleibt aber eine idiotische Geschäftsidee. Warum bist du bloß aus Stockholm fortgegangen? Du hast mich verraten!« Die Mutter stieß den Vater in die Seite und zischte ihm etwas zu.

Lennart konnte sich auf das, was seine Eltern sagten, keinen Reim machen, und ihm blieb auch keine Zeit, darüber nachzudenken, denn nun übernahm Emma, die ebenfalls aus einem der Bäume erwachsen war, das Wort. Emma Mårtensson. »Du hast mich gerettet. Ich hätte dich lieben können«, sagte sie sanft und lächelte traurig. »Soll ich? Ist es wirklich vorbei?«

»Sterben wirst du, du Hund!«, brüllte es hasserfüllt von der anderen Seite. Ex-Kommissar Nilsson, Führer der Sekte von Tryggvasons Erben. »Ich kriege dich und die Dunklen Pergamente, du wirst schon sehen! Ich bin nicht mehr allein, ich habe einen mächtigen Verbündeten.«

»Das stimmt«, sagte eine sonore, Respekt einflößende Stimme dicht bei Nilsson. Es war Lennarts ehemaliger Arbeitgeber Harald Hadding, der mächtige Wirtschaftsmagnat. »Wissen Sie, wohin uns die Reise führen wird, Malmkvist? Sie waren ein schlechter Mitarbeiter. Manchmal täuscht man sich ja sehr in den wahren Absichten der Menschen.« Er lächelte und verschwand im Nichts.

Frederik tauchte auf. »He, ich halte die Stellung, komme, was wolle. Möge die Macht mit dir sein. Und der Mops, schau nur …«

Lennart folgte Frederiks Fingerzeig und war wie vom Donner gerührt. Bölthorn hatte sich erhoben und schüttelte sich, als sei nichts geschehen. Doch nicht nur Staub und Dreck flogen von seinem wogenden Leib ab, sondern auch das getrocknete Blut und die Wunden.

»Bölthorn!«, rief Lennart außer sich vor Freude. »Du lebst?«

»Geht so«, antwortete der Mops blubbernd und röchelnd. »Hab mich schon besser gefühlt.« Er tippelte ein paar Schritte auf Lennart zu und knautschte sein felliges Gesicht zusammen, bis es aussah wie der Faltenwurf einer viel zu großen Samtdecke. »Falls du es noch nicht gemerkt hast: Das ist nur ein Traum.«

»Ach so, nur ein Traum …«, sagte Lennart.

Bölthorn schüttelte den Kopf und rollte mit seinen Glupschaugen. »Dir muss man aber auch alles erklären, was? Wenn du mich retten willst, dann schau auf mein Fell! Hörst du? Mein Fell, sonst werde ich sterben. Er ist sehr trickreich.«

»Wer? Was meinst du? Krähenbein?«

»Wer denn sonst? Ich weiß nicht, ob Buri sich nicht doch irrt, was dich angeht …«

»Sei nicht so hart zu ihm«, widersprach plötzlich eine wunderschöne Stimme, die gar nicht in diese höllenartige Szenerie passte. Lennart wandte sich um und erblickte eine junge Frau, so schön und strahlend hell, dass ihm sofort das Herz aufging. Lennart *wusste* in diesem Moment, dass er sie für immer lieben könnte, wenn er nur dürfte. Doch er durfte nicht, er war verflucht.

»Wer bist du?«, fragte er verhalten.

»Ich bin Elír. Ich bin nicht ich. Vielleicht sehen wir uns wieder. Ich muss gehen.«

»Nein! Bleib!«, rief Lennart, doch sie hatte sich bereits wieder in einen der Bäume verwandelt. »Wer ist sie?«, rief er Bölthorn zu, aber auch der hörte ihn nicht mehr. Er lag wieder tot da und bewegte sich nicht.

»Was soll das alles hier?«, brüllte Lennart den Leierkastenmann an, der immer noch an Ort und Stelle stand.

»Ich habe keinen Einfluss auf das Schicksal«, krächzte dieser. »Was du soeben erfahren hast, ist alles, was du wissen musst. Tue das Richtige – oder stirb zusammen mit allem, was du liebst oder lieben könntest. Ich werde dich nun der Polizei übergeben.« Der Leierkastenmann grinste, als hätte er einen guten Witz erzählt

»Wem? Der Polizei? Was soll denn der Mist? Was soll ich tun? Wo ist Krähenbein, wo sind die Dunklen Pergamente?«, hörte sich Lennart noch verzweifelt rufen, doch der Leierkastenmann schnipste ungerührt mit seinen langen, knochigen Fingern, und augenblicklich wurde es wieder stockfinstere Nacht.

Dann hörte er eine Stimme.

»Herr Malmkvist?«

Sie wurde etwas lauter.

»He, Herr Malmkvist! Hören Sie mich?«

Eine Frau. Lennart meinte, diese Stimme zu kennen. Sie drang ihm leise wie durch zähen Honignebel in die Ohren. Wo war er? Was war geschehen? Kein Staub mehr, keine Krähen. Der Leierkastenmann war verschwunden. Es roch modrig und schlammig. Zwischen den Zähnen knirschte es, das Atmen fiel ihm schwer – so schwer …

»Kommen Sie besser mit dem Sani mal rüber!«, rief dieselbe Stimme noch lauter. Jemand berührte ihn an den Schultern.

Dann. Noch mehr Hände.

»Ist gut! Ist ja gut!«, rief Lennart, hustete und spuckte mit Speichel vermengten Schlamm aus. Er kam mühevoll auf die Knie und verharrte einige Sekunden in dieser Position. Jetzt erst öffnete er die Augen und blickte sich um. Ihm war ein wenig schwindelig.

»Gott sei Dank! Sie leben«, sagte Kommissarin Maja Tysja, die neben ihm in die Hocke gegangen war. Sie erhob sich und klopfte sich mit einem wenig erfreuten Gesicht kleine matschige Erdklumpen vom Mantel.

»Brauchen Sie uns noch?«, wollte einer der beiden Sanitäter wissen, die mit einem Erstversorgungskoffer hilfsbereit vor Lennart und der Kommissarin standen.

»Nein, es geht schon«, antwortete Lennart, »es ist nur …« – Er hielt abrupt inne. Seine Augen weiteten sich vor Schreck. »Bölthorn!«, schrie er. »Bölthorn!«

Der Mops lag abseits des Weges auf einer Rettungsdecke, einige Meter von der Stelle entfernt, wo Lennart auf dem Boden kniete. Reglos. Blutverschmiert. Die Polizei musste ihn dort hingebracht haben, denn war Lennart nicht dicht bei ihm gewesen, bevor er ohnmächtig …? Nun fiel ihm wieder siedend heiß ein, was geschehen war.

Der Sturm. Das Unwetter. Hendrik Nilsson. Der Ex-Kommissar hatte ihn und Bölthorn verfolgt und auf sie geschossen, nachdem sie bei Advokat Cornelius Isaksson gewesen waren. Und er hatte sie direkt in die Arme des Feindes getrieben, ganz als würde dieser skrupellose Verbrecher mit den bösen Mächten paktieren. Hier im Park hatte der Barghest auf sie gewartet, der Höllenhund. Durch finstere Magie aus einer bronzenen Figur erwachsen, die bis vor Kurzem noch mitten in Göteborg gestanden und allenfalls Passanten erschreckt hatte.

Und dann war *er* gekommen. Olav Krähenbein.

Er hatte Lennart gedroht, hatte ihn auf seine Seite ziehen wollen, um an die restlichen Dunklen Pergamente und damit zu einstiger Macht zu gelangen.

Lennart hatte es abgelehnt, und der Barghest – der gnadenlose Diener des mächtigen Zauberers – hatte Bölthorn mit seinen Fängen gepackt und zu Boden geschleudert …

»Bölthorn!«, schrie Lennart nochmals, sprang auf, stolperte zwei Schritte und fiel der Länge nach in den Schlamm. Verzweifelt streckte er die Hände nach seinem Freund aus, ertastete sein Fell und schrie immer wieder seinen Namen.

»Ich glaube, wir brauchen Sie doch noch!«, hörte er Kommissarin Tysja die Sanitäter zurückrufen, dann wurde ihm schwarz vor Augen.

Als Lennart erwachte, befand er sich auf der Pritsche eines Krankenwagens.

»Er macht einen stabilen Eindruck. Äußere Verletzungen konnte ich, von ein paar Kratzern und kleineren Prellungen abgesehen, nicht feststellen. Aber für eine wirklich zuverlässige Diagnose muss er natürlich in die Klinik gebracht ... Ah, er ist wach.« Der Arzt richtete sich an Lennart: »Wie fühlen Sie sich?« Er war ein junger Mann, nicht viel älter als Lennart selbst, mit kurzgeschorenen Haaren und einer für die ernste Situation beinahe unpassend sympathischen Ausstrahlung. Er beugte sich unter einem entschuldigenden Murmeln zu Lennart hinunter und leuchtete ihm mit einer kleinen Stablampe in die Augen.

»Ich will nicht ins Krankenhaus«, sagte Lennart und setzte sich mühsam auf. »Ich will nach Hause, und Bölthorn nehme ich mit.«

»Aber Sie könnten innere Blutungen oder eine Gehirnerschütterung ...«, erwiderte der Notarzt, doch Kommissarin Tysja hob gebieterisch die Hand.

»Herr Malmkvist, Sie müssen ins Krankenhaus. Und außerdem können Sie den Hund nicht mit sich nehmen, okay? Er ist tot. Verstehen Sie das?«

Lennarts Augen brannten. »Ich bin nicht bescheuert, wenn Sie das meinen«, entgegnete er unwirsch und stand von der Pritsche auf. »Gibt es ein Gesetz, das besagt, dass ich ins Krankenhaus muss?«

»Nein, natürlich nicht …«, antwortete die Kommissarin. »Was soll die Frage?«

»Und gibt es ein Gesetz, das besagt, dass ich meinen toten Hund nicht mitnehmen und selbst bestatten darf?«

»Mann, Herr Malmkvist, hören Sie doch auf …«

»Also nicht, Frau Kommissarin? Perfekt! Dann fahre ich jetzt nach Hause. Und meinen Hund nehme ich mit.«

»Tun Sie, was Sie nicht lassen können«, zischte Maja Tysja entnervt, winkte ab und stieg zusammen mit dem Arzt aus dem Krankenwagen.

»Kümmern Sie sich lieber um Hendrik Nilsson, diesen Mistkerl«, rief Lennart der Kommissarin nach. Dann trat er selbst ins Freie, schloss den Reißverschluss seiner Jacke und zog sich die Kapuze über. Es hatte zu schneien begonnen, und seine Kleidung war klamm.

»Die Fahndung in und um Göteborg läuft auf Hochtouren. Glauben Sie mir«, erklärte Maja Tysja mit funkelnden Augen. »Ich will dieses miese Dreck…, ich meine, diesen Mann genauso gerne hinter Gittern sehen wie Sie. Der entkommt mir nicht. Nicht noch einmal. Verlassen Sie sich darauf.«

»Ich hoffe es sehr«, sagte Lennart und massierte sich den schmerzenden Nacken. Beinahe flüsternd fuhr er fort: »Ich muss das alles erst einmal verdauen, und vor allem muss ich es noch Maria beibringen. Es ist furchtbar. Der Tod von Bölthorn wird sie wahrscheinlich ebenso heftig treffen wie der Tod von Buri Bolmen. Vielleicht sage ich es ihr besser noch nicht, so kurz vor Weihnachten …«

»Frau Calvino … richtig …«, stimmte ihm Maja Tysja zu. »Das wird ein Schock für sie sein.« Dann blickte sie Lennart um Aufmunterung bemüht an. »Soll ich Sie begleiten? Ich habe als Polizistin eine gewisse Übung im Überbringen schlechter Nachrichten. Okay, Frau Calvino ist keine Angehörige und das Opfer kein Mensch, aber trotzdem. Die Tragik bleibt dieselbe.«

Lennart betrachtete die hübsche blonde Polizistin mit den eisblauen Augen einen Moment lang. Sie konnte so hart sein, so schroff, so konsequent, und doch blieb ihr Herz unergründlich. Zumindest für ihn. Und ein klein wenig … reizvoll? Das hatte wohl auch Lennarts gute Bekannte und Beinahe-Freundin, Emma Mårtensson, gespürt, als sie Maja Tysja auf der Wiedereröffnungsfeier des Zauber- und Scherzartikelladens begegnet war. Seitdem hatte er nichts mehr von ihr gehört … »Das Angebot weiß ich wirklich zu schätzen«, bedankte sich Lennart bei Maja Tysja und unterbrach damit seine Gedanken, »aber ich mach das schon.«

»Sind Sie sicher?«

Lennart nickte. »Ganz sicher.«

»Okay, wie Sie wollen. Sie haben ja bekanntermaßen einen Dickschädel und wirken in der Tat relativ gefasst.«

Tatsächlich war Lennart weit davon entfernt, gefasst zu sein. Tief in seinem Innern nämlich zerriss es ihn beinahe vor Anspannung. War Bölthorn nun tot? Oder konnte Lennart auf das zählen, was er gespürt hatte, als er den leblosen Mopskörper nach seinem Sturz mit den Händen berührt hatte. Es war eine unerklärliche Aura gewesen, und sie machte ihm Hoffnung, dass sein adipöser, vierbeiniger Freund vielleicht doch noch nicht den letzten Knochen gefressen hatte. Denn ebendiese Aura konnte nur einen einzigen Ursprung haben: Magie. Und wo Magie präsent war, waren Wunder niemals ausgeschlossen …

2. Kapitel

Maja Tysja hatte einen älteren Beamten gebeten, Lennart und den leblosen Bölthorn mit einem Polizeiwagen zu ihm nach Hause in die Västra Hamngata zu fahren. Allerdings nahm sie ihm das Versprechen ab, sich am Nachmittag zwecks Zeugenaussage im Präsidium einzufinden. Sie selbst blieb am Tatort – an ebenjenem Ort also, an dem Lennart und Bölthorn erst vor gut einer Stunde Opfer von Olav Krähenbeins Angriff geworden waren.

Was außer Lennart selbst besser niemand erfahren durfte. Was ihm aber ohnehin niemand geglaubt hätte.

Ein offiziell vor mehr als tausend Jahren bei einer Seeschlacht getöteter Heerführer und ehemaliger norwegischer König soll der Täter gewesen sein? In Kooperation mit Hendrik Nilsson, dem einstigen Leiter der Göteborger Mordkommission? Lennart konnte sich vorstellen, wie das für jemanden klingen musste, der dem verbreiteten Glauben anhing, Zauberei und magische Wesen würden nur in Märchen und Fantasygeschichten existieren. Ihm war es lange Zeit ja nicht anders gegangen. Heute allerdings wusste Lennart, dass *die Realität*, an die er all die Jahre geglaubt hatte, nicht alles war, was zwischen Himmel und Erde existierte. Er hatte gelernt, dass es weit mehr verrückte, magische, zauberhafte, aber auch bedrohlichdunkle Wesen und Dinge gab, als er jemals für möglich gehalten hätte.

Alles hatte sich an dem Tag verändert, als sein ehemaliger und ziemlich skurriler Nachbar Buri Bolmen auf mysteriöse Weise ermordet worden war. Lediglich eine Aschespur in der Form seines Körpers und einen abgeschnittenen Finger hatte man gefunden. Und zwar just in dem Zauber- und Scherzartikelladen im Erdgeschoss des gemeinsamen Wohnhauses, den Lennart völlig überraschend dann auch noch von besagtem Buri Bolmen geerbt hatte.

Den Laden.

Und den Mops – mit Namen Bölthorn.

Lennart drehte sich im Polizeiwagen nach hinten um. Im Laderaum des Kombis lag sein Freund, immer noch in die Rettungsdecke eingewickelt, die man am Tatort um ihn gelegt hatte. Er hoffte so sehr, dass er sich in Bezug auf die magische Aura und den ersehnten Restfunken Mopslebens nicht getäuscht hatte …

Manchmal kam es ihm vor, als habe er ohnehin keinen Einfluss auf das Schicksal, als sei alles vorherbestimmt, ganz wie es auch der Leierkastenmann in seinem Albtraum gesagt hatte. Wie hatten seine letzten Worte gelautet? *Lennart wisse alles, was er wissen müsse* … Ja, prima. Aber: Um was zu tun? Um das Schicksal doch noch zu beeinflussen? War Buri Bolmen vielleicht doch nicht so verrückt gewesen, wie es den Anschein gehabt hatte? War er nicht vielmehr stets einem wohl durchdachten Plan gefolgt? Aber: Konnte das sein? Buri Bolmens Abschiedsbrief kam Lennart in den Sinn. Dort hatte er geschrieben, dass Lennart *auserwählt* sei. Aber: auserwählt wofür?

Nichts als Fragen und kaum Antworten … Lennart schrak plötzlich hoch.

Fröhlich dudelnde Musik ertönte lautstark. Der Polizist hatte an einer Ampel gehalten und das Radio eingeschaltet, ganz als habe er just in diesem Moment beschlossen, dass es nun genug sei mit der Trübsal. Obendrein entpuppte sich der Beamte als bemerkenswert redselig. Während er schwätzte, blickte er mit seinen kleinen, blitzenden Augen in den Rückspiegel und sah Lennart an. Sein Schnauzbart und die geröteten, dicklichen Backen tanzten fröhlich zu seinen Worten.

»Ganz schöner Sturm gestern, was?«

Lennart atmete verhalten aus. Ihm stand der Sinn so gar nicht nach einem geschwätzigen Polizisten, doch der wahrscheinlich kurz vor der Pensionierung stehende Beamte wirkte so unbedarft und beinahe charmant, dass Lennart nicht unhöflich sein wollte. Und vielleicht konnte er von ihm ja etwas erfahren, was aus Tysja nicht herauszubekommen war. »Ja, mächtiger Sturm, in der Tat«, antworte er deshalb und erwiderte den Blick im Rückspiegel.

»Und dann noch dieser Raub. Eine Frechheit! Das wird immer doller hier.«

»Was für ein Raub?«, fragte Lennart wenig interessiert.

»Ach, Sie wissen davon noch gar nichts? Das ist ja ein Ding.« Die Ampel sprang auf Grün, der Wagen fuhr los. Der Beamte drehte das Radio etwas leiser und plapperte weiter. »So etwas Dreistes habe ich noch nie erlebt. Die haben die Statue von einem riesigen Hund geklaut, die bis vor Kurzem noch in der Altstadt, ganz in der Nähe der Västra Hamngata gestanden hat«, fuhr der uniformierte

Schnauzbart fort. »Und darüber hinaus fünf weitere Skulpturen.«

Bei »riesiger Hund« und »Statue« war Lennart hellhörig geworden. Er rutschte auf der Rückbank etwas vor. »Und? Wer war es? Gibt es schon Tatverdächtige?«

Der Polizeibeamte schüttelte den Kopf. »Nein, niemanden. Ehrlich gesagt, sind die Kollegen ratlos«, antwortete er zerknirscht, um dann die Stimme zu senken und eine verschwörerische Miene aufzusetzen, »zumindest wenn man dem Glauben schenken darf, was mir meine Kontakte beim Diebstahls- und Einbruchs-Dezernat geflüstert haben. Keine Spuren, nichts. Und als wäre das nicht schon undankbar genug, müssen wir uns am Telefon auch noch die wildesten Geschichten anhören. Die schwedische Polizei ist doch nicht komplett bescheuert! Manche Anrufer meinen, es sei bloß der üble Ausgang eines Junggesellenabschieds gewesen. Dann gibt es ein paar Spinner, die sagen, das könnten durchaus Außerirdische gewesen sein – mit so einem Traktorstrahl wie bei Raumschiff Enterprise«, bei diesen Worten tippte er sich mit dem Zeigefinger an die Stirn. »Alles nur Bekloppte!«

»Und was denken Sie persönlich?«, wollte Lennart wissen.

»Dasselbe wie die meisten Kollegen. Ich glaube, das war der hochprofessionell koordinierte Kunstraub einer osteuropäischen Diebesbande. Würde mich überhaupt nicht wundern, wenn die Figuren bald in einem rumänischen Dorf auf dem Marktplatz stehen oder bei einem stinkreichen russischen Oligarchen im Vorgarten. Aber«, der Beamte hob den Zeigefinger, »keiner weiß, wie sie das gemacht haben. Das ist schon alles ziemlich rätselhaft.

Absolute Profis.« Der Polizist bremste an einem Zebrastreifen und ließ eine Gruppe tobender Schüler und ihre drei Lehrerinnen über die Straße. Er nutzte die Gelegenheit und drehte sich zu Lennart um. »Ich sag Ihnen was: Die hatten einflussreiche Freunde und haben Leute geschmiert oder bedroht. Oder können Sie mir sagen, wie die Täter das halbe Dutzend bleischwerer und sperriger Statuen einfach so haben verschwinden lassen können? Ohne Hilfe unmöglich, wenn Sie mich fragen.«

»Das sehe ich auch so«, sagte Lennart, denn ihm war längst klar, dass die Figuren nicht geraubt worden waren, sondern dass jemand ihnen Leben eingehaucht hatte. Anschließend waren die Figuren auf magischen Pfoten und Füßen von ganz alleine verduftet. Unter anderem ein gewisser Bronzehund aus der Västra Hamngata, der zum Barghest mutiert war. All diese Erkenntnisse würde er dem Polizisten allerdings nicht auf die Nase binden, um nicht doch noch im Krankenhaus zu landen, und zwar in der geschlossenen Psychiatrie.

Das letzte Kind tanzte über den Zebrastreifen, gefolgt von einer Lehrerin, die es, weit weniger ausgelassen, zur Eile antrieb. Als beide auf der anderen Straßenseite angekommen waren, fuhr der Wagen wieder an.

»Aber das ist ja noch nicht alles an seltsamen Dingen«, begann der Polizist von Neuem. »Wie ist es den Tätern gelungen, vollkommen unbeobachtet zu Werke zu gehen? Es gibt nicht einen einzigen Augenzeugen. Und das, obwohl mehrere Tatorte im Zentrum von Göteborg liegen.«

»Es hat wirklich niemand etwas gesehen?«, vergewisserte sich Lennart, weil ihn das natürlich besonders interessierte.

»Na ja«, antwortete der Polizist, »sagen wir mal so: fast niemand. Die Kollegen meinten, es habe sich jemand gemeldet.«

»Und?«

»Es war allerdings bloß Öl-Ole.«

»Öl-wer?«, fragte Lennart verwundert.

»Ole Olsson«, antworte der Beamte, »besser bekannt als ›Öl-Ole‹ – Bier-Ole –, Sie verstehen?« Der Polizist blickte Lennart im Rückspiegel an und machte mehrfach eine unmissverständliche Handbewegung. »Olsson ist ein polizeibekannter Säufer und Obdachloser. Er ist harmlos, ein bemitleidenswerter Kerl, hat sogar mal studiert und war Journalist oder Reporter oder so, glaube ich, aber er hat alles verloren, und jetzt ist er im Oberstübchen nicht mehr ganz dicht.«

»Und was hat er gesagt?«

Der Polizist zögerte. »Eigentlich darf ich Ihnen ja nicht … Ach, Quatsch. Ich mag Sie, Herr Malmkvist, verraten Sie es nur nicht, vor allem nicht der Kommissarin Tysja. Wenn die sauer ist, will man der nicht begegnen.«

»Ich weiß«, sagte Lennart und konnte sich eines Grinsens nicht erwehren. »Meine Lippen sind versiegelt.«

Der Polizist nickte und fuhr fort: »Öl-Ole hat meinen Kollegen gegenüber behauptet, er habe gestern zur Tatzeit im Seiteneingang des Doms an der Kyrkogata geschlafen. Kurz nach dem zwölften Glockenschlag sei er von einem rötlich zuckenden Licht und einem Knistern geweckt worden. Er habe sich das eine Zeit lang angeschaut, sei dann aber hingegangen, weil er gedacht habe, dass dort vielleicht ein Fahrzeug brenne. Aber statt eines Autos habe er einen Mann gesehen, der sehr streng nach Meer, Fisch und Tang gerochen habe. Er sei über und über mit Algen, Muscheln und ähnlichem Zeug bedeckt gewesen, habe Augen gehabt wie ein Karpfen und ein großes Maul dazu. Dann erst sei ihm aufgefallen, dass es diejenige Figur war, die wir hier in Göteborg den Muschelmann nennen, nur dass der plötzlich lebendig und so nah vor ihm gestanden habe, dass er ihn mit den Händen hätte berühren können. Dann habe der Muschelmann etwas Unverständliches gegrummelt, habe ihm die Zunge rausgestreckt, gelacht und sei schließlich mit schnellen, platschenden Schritten wie ein nasser Frosch in Windeseile über den Domplatz gesprungen und in der Dunkelheit verschwunden. Der sollte einen Roman schreiben«, lachte der Polizist und schüttelte den Kopf.

»Absolut«, sagte Lennart, »das ist ja ein Riesenunfug.«

»Die Sache mit der Münze ist allerdings komisch.«

»Was für eine Münze?«

»Öl-Ole behauptet, der Muschelmann habe ihm vor seinem Abgang eine Münze geschenkt. Und stellen Sie sich vor, er hatte doch tatsächlich ein altes Silberstück aus dem Jahre 1668 bei sich.« Der Polizeibeamte zuckte mit den Schultern. »Na, die hat er entweder gefunden oder stibitzt, und dann hat er eine dolle Geschichte drum herum erfunden. Die Kollegen haben sie als Beweismittel beschlagnahmt. Blödsinn, wenn Sie mich fragen. Was soll das für ein Beweis sein? Und wofür? Die Münze ist in etwa fünfhundert Kronen wert, da hätte Öl-Ole sie auch ruhig behalten können, alleine schon als Belohnung für das schöne Märchen.«

»Noch eine Eilmeldung aus der Wirtschaft«, schallte es plötzlich aus dem Radio. *»Die in Stockholm und Göteborg*

ansässige Investmentgesellschaft HIC AB des Mehrheitseigners Harald Hadding gab soeben bekannt, dass sie in die Göteborger Reederei Old Scandinavian Line *investieren werde. Der Großteil der Arbeitsplätze bleibe jedoch erhalten, heißt es aus Unternehmenskreisen. So kurz vor Weihnachten also noch eine gute Nachricht für die rund fünfhundert Beschäftigten des angeschlagenen Göteborger Traditionsunternehmens. Wir hören uns zu den 13:00-Uhr-Nachrichten wieder.«* Die Sprecherin verabschiedete sich von der Hörerschaft, dann ertönte wieder Musik.

Kurz darauf hielt der Wagen endlich vor *Bolmens Skämt-& Förtrollningsgrotta* – Bolmens Scherz- und Zaubergrotte. Lennart stieg zusammen mit dem Polizisten aus, holte Bölthorn unter einem Ächzen aus dem Laderaum und trug ihn hinüber zur Ladentür.

»Soll ich Ihnen helfen?«, fragte der Beamte und machte die Heckklappe zu. Es war unschwer zu erkennen, dass dieser Mops kein Leichtgewicht war.

Lennart schüttelte den Kopf. »Nicht nötig, ich komme schon klar.« Er klemmte sich Bölthorn kurzzeitig unter einen Arm, um mit der anderen Hand den Ladenschlüssel aus der Jackentasche zu holen und aufzuschließen. Kaum hatte er die Tür aufgezogen, ertönte ein dämonisches Kichern wie von einer Hexe mit äußerst schwerwiegenden psychischen Problemen.

»Was ist das denn?«, fragte der Polizist erschrocken.

»Bloß ein Halloween-Scherzartikel aus den USA«, erklärte Lennart, der sich an die elektronisch verzerrte Hexe und ihr dämliches Gegacker mittlerweile schon gewöhnt hatte. »Danke fürs Fahren und Grüße an die Kommissarin Tysja. Sagen Sie ihr, ich käme heute Nachmittag wie vereinbart wegen meiner Aussage aufs Revier. Und keine Sorge, von mir erfährt niemand etwas von dem, was Sie mir im Vertrauen erzählt haben.«

Lennart zwängte sich mit Bölthorn durch die Tür, schloss ab und presste den Mops an sich. Nein, er hatte sich nicht getäuscht: Der Hund strahlte tatsächlich eine kaum merkliche Aura aus, eine beinahe unnatürliche, oder besser gesagt, *magische* Wärme …

»Ich habe es mir überlegt …«, sagte Lennart leise zu Bölthorn. Konnte er ihn hören? So wie man es auch Komapatienten nachsagte? Lennart drückte Bölthorn fester an sich. »Ich habe es mir überlegt«, wiederholte er flüsternd. »Ich werde es Maria nicht erzählen, ich werde es ihr einfach nicht erzählen. Weißt du auch weshalb, Bölli? Ich verrate es dir: Weil es nichts zu erzählen gibt. Ich werde dich nämlich retten. Du bist nicht tot! Ich fühle es … Hörst du mich? Ich hole dich zurück … Ich brauche dich, Bölli!«

3. Kapitel

Mit Bölthorn im Arm stolperte Lennart durch den düsteren Laden nach hinten zur Werkstatt, die am anderen Ende des Geschäftes lag, wo sich die Lichtschalter für den Verkaufsbereich befanden. Die Gänge, welche die deckenhohen und teils schiefen Holzregale bildeten, waren dunkel. Und eng. Sehr eng. Es bedurfte schon unter normalen Umständen einer gewissen Geschicklichkeit, hier ohne meldewürdigen Haftpflichtschaden hindurchzukommen. Wenn man aber noch einen unförmigen Mops mit sich herumtrug, wurde es zum wahren Hindernisparcours.

Plötzlich schepperte es hell und durchdringend.

Lennart erschrak und hielt die Luft an. Eine neue Teufelei von Krähenbein? Oder vom mysteriösen Leierkastenmann? Er wollte schon in die Innentasche seiner Jacke greifen, um seinen Zauberstab hervorzuziehen. Doch dann beruhigte er sich – er war bloß mit Mops oder Ärmel an einer der chinesischen Feenglocken aus Glas hängen geblieben und hatte diese aus dem Regal zu Boden gerissen. Die zerschellte Glocke war im Moment allerdings seine geringste Sorge.

Hinten angekommen, schob er sich mit Bölthorn durch den dicken Samtvorhang, der Werkstatt und Verkaufsräumlichkeiten voneinander abtrennte, tastete sich an der

Wand zur Werkbank vor und legte Bölthorn behutsam darauf ab. Dann erst schaltete er das Licht ein. Was er erblickte, war an Traurigkeit kaum zu überbieten. Im selben Raum, in dem man damals Buri Bolmens Aschereste und seinen Finger gefunden hatte, lag nun dessen Mops Bölthorn leblos auf der Werkbank.

Lennart befreite ihn aus der Rettungsdecke. Ihm stockte der Atem. Wie war das möglich? Der Leierkastenmann im Traum hatte die Wahrheit gesagt. Wieso hatte er das vorhin übersehen? Etwas war auf dem Fell des Mopses zu lesen, etwas, das weder die Polizei noch er bisher bemerkt hatten. Oder war es vorhin noch nicht da gewesen? Das wiederum würde bedeuten, dass Krähenbein oder zumindest seine Magie weiter präsent waren. Kein schöner Gedanke. Lennart zog seinen Zauberstab aus der Jackentasche und sprach einen *Glœðāmȳ*, einen Leuchtzauber: *»Glittā gløa lyşa.«*

Sofort begann die Spitze seines Zauberstabes grünlich zu leuchten und erhellte den vor ihm liegenden Mops. *»Mekta!«*, fügte Lennart hinzu – ein kleiner Spruch mit großer Wirkung, da er die Kraft von beinahe jedem Zauber verstärkte. Es funktionierte. Die Spitze des Zauberstabes leuchtete nun so hell wie eine Taschenlampe mit fabrikneuen Batterien. Allerdings mit dem bemerkenswerten Unterschied, dass durch einen Leuchtzauber auch verborgene Schriften deutlicher hervortraten. In diesem Fall jedoch wusste Lennart nicht, ob er wirklich erkennen wollte, was die Zeichen offenbarten.

Willst Du mir dienen, Lennart Malmkvist?
Sonst sende ich den Tod in: 19:54:00!

Lennart fasste es nicht ... die Zahlen veränderten sich, während er sie betrachtete:

```
Sonst sende ich den Tod in: 19:53:57!
Sonst sende ich den Tod in: 19:53:56!
```

Er hielt den Zauberstab noch näher an Bölthorns Körper. Nein, er täuschte sich nicht. Eben noch vernarbtes Fell füllte sich sekundenschnell mit Mopshaaren, dafür verschwand es im selben Augenblick an anderer Stelle und formte eine neue Zahl:

```
Sonst sende ich den Tod in: 19:53:51!
Sonst sende ich den Tod in: 19:53:50!
```

»Ein Mopsfell-Countdown ...«, stammelte Lennart und schüttelte ungläubig den Kopf. »Unfassbar! Wenn es nicht so dramatisch wäre, könnte man beinahe darüber lachen.«

Kurz wunderte er sich noch über die von Krähenbein gesetzte Frist. Warum nicht 24 Stunden oder 48, wie bei jedem anständigen Ultimatum? *»Slǫckna!«*, befahl er, und das Leuchten des Zauberstabes verschwand augenblicklich. »Krähenbein will mich auf seine Seite ziehen. Aber warum? Was will er von mir? Er hätte mir vorhin auch den Barghest auf den Hals hetzen können. Warum bin ich so wichtig für ihn?«, dachte er laut. Doch sosehr Lennart sich auch mühte, ihm wollte keine befriedigende Antwort auf diese Frage einfallen – ja, nicht einmal eine unbefriedigende.

»Es muss einen Weg geben, dich zu retten«, beschloss er schließlich und wickelte Bölthorn wieder in die Decke ein, und zwar so gründlich, dass nur noch der fellwellige Mopskopf herauslugte. Er strich ihm zärtlich über das blutverkrustete Gesicht und die zu kurz geratenen Schlappohren. »Und ich werde diesen Weg finden …«, flüsterte Lennart; er musste sich dabei gehörig zusammennehmen, seine Tränen zurückzuhalten.

Mit einem Mal ertönte gedämpft das Lied ›Get Lucky‹ von Daft Punk. Wie immer vollkommen unpassend. In jeder Hinsicht. Ob er diesen Klingelton je ändern würde? Er nahm es sich immer wieder vor, doch dann hatte er stets anderes zu tun und vergaß es. Bis zum nächsten Klingeln. Als er das Mobiltelefon endlich aus seiner Jackentasche gezogen hatte, klingelte es bereits nicht mehr. Das Display verriet: Es waren seine Eltern gewesen, die sich noch immer in Göteborg befanden und zurzeit auf einem Hotelschiff im Hafen nächtigten.

Lennart überkam ein schlechtes Gewissen. Kurz überlegte er, ob er zurückrufen sollte, beschloss aber, dass es Wichtigeres gab. Zumindest in diesem Moment.

Er stellte das Handy auf lautlos und steckte es sich in die Hosentasche. In Bölthorns Richtung sagte er: »Das Orakel ist vielleicht die einzige Möglichkeit, zu erfahren, wie ich dir helfen kann und wie es weitergeht. Oder zumindest, wie es weitergehen könnte …« Lennart zögerte. Das Orakel wohnte in einer schäbigen, verrosteten Keksdose – sofern man in dieser Kombination überhaupt von *wohnen* sprechen konnte. Er dachte an die letzten Gespräche mit ihm zurück. Diese waren nicht ganz so gut verlaufen. Zum einen war sprachliche Präzision nicht gerade die Stärke des Orakels (obendrein pflegte es aus unerfindlichen Gründen ausschließlich in Reimform zu kommunizieren, was die Deutung von ohnehin zumeist schwammigen Vorhersagen weiter erschwerte). Und zum anderen hatte sich herausgestellt, dass das Orakel in Wirklichkeit einer der Wächter der Dunklen Pergamente war und Järnskägg – also: Eisenbart – hieß. Angeblich. Und er war Magier wie Buri Bolmen. Ebenfalls angeblich. Wenigstens sei er das – laut eigener, undeutlicher Aussage – vor langer Zeit einmal gewesen.

Und ebendieser Järnskägg hatte in einem Anfall von Selbstüberschätzung sein Dunkles Pergament schon vor Jahrhunderten verschlampt oder war es auf andere, unrühmliche Weise losgeworden. Danach hatte er sich durch ein in die Hose gegangenes magisches Experiment quasi selbst exkorporiert. Was mit seinen leiblichen Überresten geschehen war, wusste Lennart nicht, wohl aber, wo sich Järnskäggs Geist und Seele aufhielten. Die hausten gemeinsam in besagtem ehemaligem Gebäckbehältnis.

Das Orakel schwankte in letzter Zeit mehr und mehr zwischen Eitelkeit und Selbstmitleid, je nach Tagesform. Allerdings hatte es die Welt zu einem Gutteil ihm zu verdanken, dass die Situation im Augenblick so war, wie sie eben war. Wenn Järnskägg sein Dunkles Pergament nicht verschlampt hätte, hätte der Göteborger Hobbyarchäologe und Spinner Mats Wallin es niemals in den neunzehnhundertachtziger Jahren zufällig auf einem Flohmarkt in Norwegen aufspüren und es nebst einer Landkarte erwerben können. Und dann hätte dieser auch Olav Krähenbein beim Zusammenfügen der beiden Amuletthälften und beim zumindest teilweisen Wiederauferstehen nicht behilflich sein können.

Außerdem schien das Orakel irgendwann einmal eine

gewisse, vielleicht sogar freundschaftliche Beziehung zu Advokat Cornelius Isaksson gepflegt zu haben. Den Anwalt hatte Lennart mit Bölthorn zusammen zuletzt heute Morgen getroffen und ihn in Järnskäggs Namen um Verzeihung gebeten. Aber außer einem kurzen, verwunderten Aufflackern in den winzigen Schweinsäuglein hatte der kugelrunde Anwalt keine Reaktion gezeigt und nur dicke Schwaden vanilleduftgeschwängerten Pfeifenrauchs in seine düstere Kanzlei geblasen.

Es war kompliziert.

Alles.

Manchmal komplizierter, als man es ertragen und begreifen konnte.

Lennart schritt zum Regal, in dem die alte Keksdose stand. Er zog sie heraus, platzierte sie neben dem regungslosen Bölthorn auf dem Arbeitstisch und setzte sich auf den quietschenden Werkstattdrehstuhl direkt davor. Er spürte den Ring am Finger. Den Ring, den man brauchte, um mit dem Orakel in Kontakt zu treten. Den Ring, den ihm Buri Bolmen hinterlassen hatte.

Das alles wirkte von außen betrachtet absolut albern. Es war ein Kinderring aus Blech, geschmückt mit einem Diamantimitat aus Plastik, das an einen Zuckerkristall erinnern sollte. Ein Werbegeschenk derselben Firma, die auch die Dose und deren Inhalt vor ungefähr fünfzig Jahren produziert und vertrieben hatte. Auf der Vorderseite konnte man über dem Verschluss in alter Fraktur lesen: *Berglunds goda smörkakor* – Berglunds gute Butterkekse. Der Keksdosendeckel war leicht nach außen gewölbt und mit vier Weißblech-Presswappen verziert, auf dem Rest der Dose befanden sich allerlei Ornamente, die allesamt mit dem heutigen Inhalt nichts mehr zu tun hatten. Ja, es wirkte albern, doch es war die beste Tarnung. Wie so vieles in diesem verrückten Zauberladen. Lennart ließ den Verschluss schnappen und öffnete den Deckel.

Es rauschte in der Keksdose, als wäre sie der Eingang zu einer tief verborgenen Höhle. Für Lennart war das nichts Neues mehr. Er schloss einen Moment lang die Augen, dann sagte er mit fester Stimme: »Oh, Orakel, ich rufe dich, hast du bitte ein Ohr für mich?«

Im gleichen Augenblick begann Nebel aus der Keksdose emporzusteigen. Er quoll und kroch über den Rand und wurde immer dichter. Bald schon war der Boden nicht mehr zu sehen. Und dann begann ein bläuliches Licht zu leuchten, das plötzlich weiter anschwoll. Gleichzeitig waberte noch mehr Nebel wie von einer unsichtbaren Quelle gespeist über die Ränder der Keksdose. Dazu gesellte sich eine Stimme, die den ganzen Raum ausfüllte und klang, als würde man eine Fensterscheibe mit Stahlwolle polieren:

Wer ist es, der mich ruft
In diesem Dunkel,
Die Stimme schwach,
Am Ring Karfunkel?

»Ich bin's, und nur dass Ihr's wisst, man nennt mich Lennart Malmenkvist«, gab Lennart zurück.

Nun denn, es sei,
Du riefest mich,
Was also kann ich tun für dich?

Lennart dachte bei sich, dass das Orakel eigentlich sehr genau wissen müsste, dass nur Lennart es anrufen konnte. Genauso wie Lennart klar war, wer oder was sich in der Keksdose befand. Dennoch hatte sich dieser Dialog als eine Art Einleitung des darauf folgenden Gespräches eingebürgert. Doch heute war etwas anders … Es war, als verströmte das Orakel neben all dem Nebel und dem ominösen bläulichen Flackern auch eine tiefe, nahezu unergründliche Trauer. Denn als Lennart noch überlegte, wie er die Geschehnisse des Morgens und sein Hilfegesuch in einigermaßen poetische und sich reimende Verse verpacken sollte, hob das Orakel ungefragt an fortzufahren:

Ich fühle Kräfte,
Böse, enthemmt,
Mit Hass und Wut
Als Aszendent.

Krähe, blutschwarz, unverfroren,
Mordete im Wind,
Dacht', ein Mops sei auserkoren,
Und doch war's bloß ein hübsches Kind.

Höre gut auf meine Worte,
Begib mittnachtens dich an jenen Orte,
Wo Christenkreuz und Frankenreich
Liegen dicht beieinander gleich.

Krabben, Fische, Salz und Tang,
Von allem weiß der Muschelmann.

Bei Gischt und Tod am Steuer steh'n,
Von allem weiß der Kapitän.

Er weiß, wie du erretten kannst,
Den Mops, der einst dein Herz gewann,
Auch der, die einst dein Herz gewinnt,
Ihr Leben durch die Sanduhr rinnt.

Und zeigst du ihm Ergebenheit,
An einen Ort führt er dich – weit,
Wo Lorbeer wächst im Siegergarten,
Doch Tod und Schmerz dich auch erwarten.

Was genau dort wird geschehen,
Weiß ich nicht – Wasser, Nebel, Licht,
Nur dass wir und du und ich
Im Wasser uns bald wiedersehen.

Wie von einer geheimnisvollen Kraft inmitten der Keksdose eingesaugt, zog sich der Nebel schlagartig zurück.

Plopp.

Das blaue Licht war erloschen.

Das Orakel verstummt.

Und Lennart wusste nur wenig mehr als zuvor. Vom Hinweis auf zwei ominöse Wesen einmal abgesehen …

4. Kapitel

Im Moment lief nichts, wie es sollte. Zum einen war da Krähenbeins Angriff und der daraus folgende Mops-Countdown für Bölthorn. Zum anderen hatte Lennart eigentlich gehofft, die Wiedereröffnung von *Bolmens Skämt- & Förtrollningsgrotta* kurz vor Weihnachten würde den Umsatz des Zauber- und Scherzartikelladens erheblich ankurbeln. Dem war leider nicht so. Denn bisher hatte sich kaum ein Kunde hierher verirrt. Die Feier war zwar ein voller Erfolg gewesen, aber im Moment lief bedauerlicherweise lediglich der Webshop einigermaßen zufriedenstellend. Sein bester Freund, der IT-Spezialist und fanatische Star-Wars-Anhänger Frederik Sandberg, hatte ihn freundlicherweise programmiert. Lennart fragte sich, ob er nicht doch noch mehr von den Scherz- und Zauberartikeln hätte ausmisten sollen. Schreckte das die Kundschaft ab? Zwar hatte er mit Frederik bereits einiges entsorgt, aber noch immer erschienen Lennart die Regale über und über mit Krimskrams vollgestopft.

Lennart blickte auf seine Armbanduhr. Halb zwölf. In eineinhalb Stunden würde Frederik auftauchen. Und hier in der Werkstatt lag ein semi-verstorbener Mops auf dem Tisch. Zwei Dinge, die sich irgendwie nicht vertrugen, zumal Lennart Frederik noch immer die Beweise für die

Existenz von Magie im Allgemeinen und den Nachweis der eigenen magischen Fähigkeiten im Besondern schuldig war. Er betrachtete den wie sanft schlummernd daliegenden Bölthorn und dachte nach. Dann seufzte er, zog sein Telefon aus der Hosentasche und rief seinen Freund an.

»Lennart? Hej! Ich habe mir schon Sorgen gemacht«, sagte dieser in seiner freundlich-unbedarften, sommersprossigen Art zur Begrüßung.

»Aus gutem Grund«, antwortete Lennart.

»Oh. Was ist los?«

»Kannst du früher herkommen? Jetzt gleich?«

»Ich bin gerade am Programmieren, aber … Was ist denn los? Du klingst bedrückt.«

Lennart holte tief Luft. »Bölthorn … er ist … Das musst du selbst sehen. Ich … Wir brauchen dich. Dringend.«

»Bin schon unterwegs.«

Nachdem er aufgelegt hatte, versuchte Lennart es bei seinen Eltern, doch weder seine Mutter noch sein Vater nahmen ab. Vielleicht machten sie ein Mittagschläfchen oder waren unterwegs. Er hinterließ eine Nachricht und bat um Rückruf.

Keine zwanzig Minuten später klopfte es an der verschlossenen Ladentür. Frederik Sandbergs Wohnung lag nicht weit entfernt in der Kronhusgata. Lennart öffnete und ließ seinen abgehetzten und sichtlich aufgeregten Freund ein, der seine sonst wild abstehenden Locken wegen der herrschenden Kälte mit einer Pudelmütze gebändigt hatte. Seine schwarz umrandete Hornbrille war beschlagen. Er musste sofort nach dem Telefonat losgespurtet sein;

Lennart wusste, wie viel auch Frederik der Mops bedeutete.

»Was ist mit Bölthorn?«, fragte er. Dann fiel sein Blick auf Lennarts Äußeres. »Huch! Was ist denn mit dir passiert? Du hast ja lauter Schrammen im Gesicht, und deine Klamotten sehen aus … Hast du beim Schlammcatchen mitgemacht?«

»Komm in die Werkstatt« sagte Lennart und führte seinen Freund durch den Laden. Als sie hinten angekommen waren und Frederik den wie tot daliegenden Bölthorn auf der Werkbank entdeckte, wurde er bleich und rief betroffen: »Bölli!« Er stürzte zu ihm und streichelte ihn behutsam. Frederiks Augen schimmerten feucht. »Mein Bölli. Wer hat ihm das angetan?«, fragte er an Lennart gewandt. »Ist er … ist er tot?«

»Tot nicht. Aber du wolltest Magie erleben«, sagte Lennart ruhig. »Bisher hat es nie geklappt. Entweder war es finstere Nacht gewesen, oder aber du hattest einen im Tee und bist eingeschlafen. Jetzt hast du die Gelegenheit. Vor dir liegt das Ergebnis einer magischen Attacke.«

»Was ist passiert?«, wollte Frederik wissen.

Während Lennart erzählte, was geschehen war, wurde Frederik blasser und blasser, und nachdem er geendet hatte, sah sein Freund schließlich aus wie eine Kalkleiste. »Schau her«, sagte Lennart, nahm seinen Zauberstab hervor und hielt ihn vor Frederik in die Höhe.

»Ein Zauberstab«, stammelte dieser wie benommen. »Aus Plastik?«

»Ganz recht«, sagte Lennart. »Und jetzt pass auf.« Er hob den Zauberstab noch etwas an und sprach: *»Ǥlittā gløa lyşa!«*

Sofort entfachte sich das grüne Licht an der Spitze des Stabes und strahlte hell in die Werkstatt.

»Er leu… leu… leuchtet …«, stotterte Frederik mit weit aufgerissenen Augen.

»Auch das stimmt.« Lennart trat zu Bölthorn, schlug die Rettungsdecke zurück und hielt den Zauberstab über das Fell, sodass auch Frederik die Zeichen erkennen konnte. »Guck dir das mal an.«

```
Sonst sende ich den Tod in: 19:29:05!
Sonst sende ich den Tod in: 19:29:04!
```

Frederiks Knie schienen nachgeben zu wollen. Er stützte sich an der Werkbank ab und zitterte am ganzen Körper. »Das kann doch wohl nicht wahr sein.«

»Ist es aber«, widersprach Lennart und befahl: *»Slǫckna!«* Das grüne Licht verlöschte. Er zog sein Handy aus der Tasche und stellte den Timer auf etwas weniger als die Zeit ein, welche auf Bölthorn zuletzt sichtbar gewesen war.

»Mann, das ist ja cooler als jede Macht bei den Jedis!«, rief Frederik aufgeregt. »Dein Zauberstab ist abgefahrener als ein Laserschwert, und dieser Krähenbein ist viel krasser als Darth Vader!«

»So habe ich das noch gar nicht betrachtet. Rein dramaturgisch gesehen stimme ich dir vorbehaltlos zu«, sagte Lennart, »aber meine Begeisterung hält sich trotzdem in Grenzen, wenn ich daran denke, was passiert, wenn der Countdown abgelaufen ist.«

Frederik machte ein trauriges Gesicht. »Ja, ich weiß, so war das nicht gemeint.« Nach einer kurzen Pause fügte er hinzu: »Als wäre es nicht schon gemein genug, den Todeszeitpunkt auf dem Fell anzugeben, ist dieser von dem Typ außerdem extrem perfide gewählt.«

»Was meinst du damit?«, wollte Lennart wissen.

»Na ja, siehst du nicht, wann der Countdown endet? Ich meine, wenn ich mich nicht total verrechnet habe, und ich verrechne mich nie, wie du weißt.«

Lennart überlegte einen Augenblick. »Am Morgen vor Weihnachten«, stellte er schließlich fest.

»Genau! Ich schätze, exakt und pünktlich zum morgigen Sonnenaufgang springt die Uhr auf null. Wie ich schon sagte. Ein perfider Plan! Einem mit solchen Methoden das schönste Fest im Jahr kurz vorher zu versauen. Aber egal! Wenn der Typ Darth Vader ist, der Schurke, dann bist du Luke Skywalker, der Held. Und der gewinnt immer!« Langsam kam die Farbe in Frederiks Gesicht zurück.

»Das wäre schön«, sagte Lennart. »Hör zu. Ich habe eine Verabredung.«

»Aha. Mit wem?«

»Mit einem Muschelmann oder mit einem Kapitän oder mit beiden. Das ist mir noch nicht ganz klar«, sagte Lennart.

»Verstehe«, sagte Frederik, als wäre das die normalste Sache der Welt. »Und warum?«

»Einer von denen weiß laut Keksdosenorakel, wie wir Bölthorn vielleicht retten können.«

»Keksdosenorakel. Klaro. Orakel plus Keksdose gleich Keksdosenorakel. Das ergibt Sinn. Weissagung mit Buttergebäck. Warum auch nicht?« Frederik nickte eifrig mit dem Kopf, als wollte er sich damit fest einreden, dieser offensichtlich unglaubliche Schwachsinn sei eine unumstößliche Wahrheit. »Das erklärt auch, weshalb du so an dem Ding hängst.«

Lennart musste daran denken, dass Frederik erst unlängst von den magischen Geschehnissen um ihn herum erfahren hatte. Als er ihm nach der Wiedereröffnungsfeier seines Ladens das Orakel zum ersten Mal hatte präsentieren wollen, war Frederik leider zu beschwipst gewesen und einfach eingedöst.

»Ich weiß, das klingt bestimmt total abgedreht, und ich mute dir etwas viel zu«, sagte Lennart entschuldigend. »Zuerst finde ich überhaupt keine Möglichkeit, dir die Magie in kleinen, verdaulichen Häppchen zu präsentieren und nun das hier … Zauberstab, Leuchtzauber, ein halb toter Mops mit magischem Fell-Countdown, ein Muschelmann und ein Orakel in einer ollen Keksdose. Und das ist noch nicht einmal die Hälfte von dem, was im Moment los ist und was ich dir eigentlich erzählen müsste.«

Frederik lächelte. »Ich sag mal so: Das ist schon okay, ist ja in gewisser Hinsicht alles nur reine Physik, oder? Magie mag es geben oder nicht, an den unumstößlichen Gesetzen des Universums ändert auch sie nichts. Zuerst mussten sich die Menschen ans Feuermachen gewöhnen, kurz darauf ans Rad, dann ans Fliegen, und jetzt muss ich eben ein Keksdosenorakel und solche zauberhaften Sachen akzeptieren. Ich bin sicher, man kann Magie in Formeln und Gleichungen abbilden. Nichts als Physik, wenngleich ziemlich abgefahrene.«

Wieder einmal überraschte Frederik Lennart mit seinem kristallklaren Verstand, um den er ihn nicht zum ersten Mal beneidete. Es hatte bestimmt seinen Grund, weshalb Lennart BWL studiert hatte und bis vor Kurzem noch Unternehmensberater gewesen war, wohingegen Frederik den Weg des Physikers und Informatikers gewählt hatte und der beste Programmierer war, den Lennart jemals getroffen hatte. Bei ihrem ehemaligen gemeinsamen Arbeitgeber, der Göteborger HIC AB des mächtigen Unternehmers Harald Hadding, waren sie sich vor ein paar Jahren das erste Mal begegnet und hatten aller Unterschiede zum Trotz – oder vielleicht gerade deswegen? – sofort einen Narren aneinander gefressen. Eine Freundschaft, die bis heute anhielt.

»Cool, dass du das so locker siehst«, sagte Lennart anerkennend, »mir ist das mit der Magieakzeptanz, ehrlich gesagt, anfangs etwas schwerer gefallen.«

»Nix locker!«, sagte Frederik. »Das ist lediglich eine Art Erkenntnisevolution. Kein Problem für mich. Tatsachen werden ja nicht unwahrer, nur weil ich sie nicht sehen will, oder?«

»Nein, sicher nicht«, antwortete Lennart und musste feststellen, dass Frederik ganz und gar nicht eingeschüchtert wirkte wegen der Zauberei um ihn herum. Vielmehr machte er auf Lennart den nervös-neugierigen Eindruck eines Fünfjährigen kurz vor der weihnachtlichen Bescherung.

»Zurück zu diesem Muschelmann. Wann und wo triffst du den?«

»Hm, genau das ist mein Problem«, sagte Lennart nachdenklich. »Ich weiß es nicht. Ich weiß nicht einmal, wie ich ihm mitteilen kann, dass ich ihn überhaupt treffen will.«

»Das ist blöd.«

»Aber ich habe vielleicht eine Idee«, sagte Lennart und rieb sich das Kinn.

»Das ist gut.«

»Keine Garantie, aber einen Versuch ist es wert.«

»Okay. Und was kann ich dazu beitragen?«, fragte Frederik eifrig.

»Kannst du hier für mich die Stellung halten? Ich meine, falls ein Kunde in den Laden kommt und etwas kaufen möchte? Aber lass um Himmels willen niemanden nach hinten. Außerdem, falls Bölthorn irgendetwas braucht, Wasser oder … ach, ich weiß es doch auch nicht … dann ist wenigstens jemand bei ihm. Und sei erreichbar. Vielleicht musst du mir helfen. Ich gehe jetzt als Erstes jemanden suchen, denn es wäre möglich, dass derjenige jemanden kennt, der wiederum den Muschelmann gesehen hat und weiß, wo er sich rumtreibt.«

»Das klingt kompliziert.«

»Ist es wahrscheinlich auch. Aber etwas Besseres fällt mir im Moment nicht ein. Als Erstes gehe ich aber zu Maria. Sie wird sich früher oder später nach Bölthorn erkundigen. Ich werde ihr eine plausible Lügengeschichte auftischen müssen, was unseren vierbeinigen Freund hier angeht.« Lennart streichelte Bölthorns Kopf. »So etwas wie: Spaziergang, der Sturm, ein Ast, ein gebrochener Vorderlauf, Operation, eine Woche Aufenthalt in der Tierklinik oder im Mops-Reha-Zentrum oder so ähnlich. Ich kann ihr unmöglich die Wahrheit erzählen.«

»Unmöglich!«, pflichtete ihm Frederik bei. »Die hält dich noch für total bekloppt.«

»Ganz abgesehen davon, dass es ihr das Herz zerreißen würde.«

Frederik räusperte sich. »Abgemacht. Ich halte hier die Stellung bis Ladenschluss. Verlass dich auf mich. Viel Glück bei Maria, und mögen die Macht und die Magie und was weiß ich noch mit dir sein!«

Lennart hatte Frederik nicht die ganze Wahrheit gesagt. Zumindest nicht, was Maria Calvino anging. Nicht weil er gerne seine engsten Freunde belog, sondern weil er sie schützen wollte. So würde er es auch mit Maria Calvino halten. Denn je weniger jeder Einzelne wusste, umso besser. Niemand konnte vorhersagen, wann Krähenbein das nächste Mal auftauchen würde, um auf der Suche nach den Dunklen Pergamenten gnadenloses Unheil zu stiften. Lennart hoffte, das Orakel richtig verstanden zu haben. Dazu kam die Information, die er vorhin während der Fahrt im Polizeiauto bekommen hatte. Entgegen der Meinung des Beamten hatte nämlich die verrückte Geschichte von diesem Öl-Ole nach Lennarts Dafürhalten nichts mit Fantasie zu tun. Denn ganz gleich, mit wie viel Schnaps und Bier der bedauernswerte Obdachlose sich Kälte und Einsamkeit gestern während des Unwetters auch erträglich gesoffen hatte – das rote Leuchten, das Knistern und den streng nach Fisch riechenden Mann hatte er sich bestimmt nicht eingebildet. Irgendetwas oder, besser gesagt, irgendjemand hatte diesen in ganz Göteborg verteilten Figuren mittels Magie Leben eingehaucht, und Lennart konnte sich schon denken, wer das gewesen war. Dabei war auch die seltsame Figur an der Domkyrkan – dem Dom – verschwunden, die man im Volksmund den Muschelmann nannte. Diesen hatte auch das Orakel erwähnt, und Emma Mårtensson und Lennart hatten die Statue letztens noch betrachtet, als sie in seinem Lieblingsrestaurant, dem *Le Président*, gegessen hatten. Wie hatte das Orakel noch gesagt?

Wo Christenkreuz und Frankenreich,
Liegen dicht beieinander gleich.

Das *Le Président* war ein französisches Restaurant, und die Kirche in der nah gelegenen Kyrkogata war christlich. Das passte. Vor allem weil dieses Gotteshaus ziemlich exakt in der Mitte der Altstadtinsel gelegen war, die ringsum von Kanälen umspült wurde. Diese speiste der Göta älv mit Wasser, das wiederum nur zwei oder drei Kilometer weiter westlich ins Meer floss. Wenn Lennart ein Wassermann oder ein Meergeist wäre – was besagter Muschelmann dem Namen nach mit ziemlicher Sicherheit war –, dann wäre er in einem dieser Kanäle im wahrsten Sinne des Wortes untergetaucht. Ein besseres Versteck wäre kaum denkbar. All das stützte die Aussage von Ole Olsson, genannt Öl-Ole …

Es blieb die Frage, wie man mit einem solchen Wesen in Verbindung trat. Telefonisch dürfte das schwer möglich sein. Auch einen Briefkasten würde man vergeblich suchen, und sich an den Rand des Kanals zu stellen und laut zu schreien, wäre eher auffällig als wirksam. Aber vielleicht würde sich das weisen, manchmal musste man im Nebel erst einen Schritt gehen, um den nächsten Meter zu erkennen. Nach der Erzählung des Polizeibeamten über den Vorfall am Dom war Lennart klar geworden, dass er sich wohl oder übel an den Einzigen wenden musste, der ihm dazu etwas sagen konnte, nämlich an Ole

Olsson. Dieser hatte jedoch mit dem ominösen Muschelmann etwas gemein: Man musste ihn erst einmal finden. Sämtliche Asyle und Heime in Göteborg auf der Suche nach einem Obdachlosen abzuklappern würde zu viel Zeit kosten; Zeit, die Lennart nicht hatte. Und Bölthorn schon gar nicht.

5. Kapitel

Nachdem Lennart in seiner Wohnung in Windeseile geduscht und die verschlammten Klamotten gewechselt hatte, ging er hinab zu Maria Calvino. Immer wenn man das Treppenhaus betrat, schlug einem der Duft von frischem mediterranem Essen entgegen. Ein Duft, der stets durch das vierstöckige Wohnhaus in der Västra Hamngata Nummer sechs wehte, wie ein verführerisches Parfum – zart nach Kräutern, Frühling und feiner Frische wie von geraspelter Zitronenschale aus Amalfi. Maria Calvino war alleinstehend und hatte seit dem viele Jahre zurückliegenden Tod ihres Mannes im zweiten Stock gewohnt, lange bevor Lennart in das Apartment über ihr gezogen war. Die stämmige und lebenslustige Italienerin mit den dunklen, unbändigen und von einigen silbernen Strähnen durchzogenen Locken nicht zu mögen war einfach unmöglich. Sie hatte ein riesiges Herz, das in einem entsprechenden, fast opernverdächtigen Busen wohnte und in seiner vitalen, lebenslustigen Frequenz nur noch von Marias Mundwerk übertroffen wurde.

Dieses blieb heute allerdings vor Schreck halb offen stehen. Marias Kopf lugte aus der Tür, und sie starrte Lennart fassungslos mit geweiteten Augen an. Im Hintergrund vernahm er die immerwährende Melodie dieser

Wohnung, die aus einer surrenden Dunstabzugshaube in der Küche und einer etwas zu laut ertönenden Arie von Puccini oder einem anderen Meister seines Fachs bestand.

»*Dio santo!* – Heiliger Gott!«, rief Maria und schlug die Hände vor dem Mund zusammen, als sie begriffen hatte, was Lennart ihr soeben erzählt hatte. Es wirkte extrem theatralisch, aber so war Maria nun einmal. Sie liebte Bölthorn, ganz wie sie einst dessen Ex-Herrchen, Buri Bolmen, heimlich geliebt hatte. Er war ihr auf geheimnisvolle Weise vom düsteren Leierkastenmann genommen worden. Und jetzt auch noch der Hund? Kein Wunder, dass sie außer sich war.

»Beruhigen Sie sich«, sagte Lennart und fasste die stämmige Frau dabei sanft an beiden Schultern. Er musste sich selbst zusammennehmen und machte frohe Miene zum traurigen Spiel, denn er wusste ja nur zu gut, dass das, was er Maria sagte, glatt gelogen war; sie durfte von Magie, Krähenbein und der ganzen Sache nichts erfahren. »Alles nicht so schlimm«, sagte er mit beschwichtigender Stimme, »wirklich! Bölthorn hat sich bloß den Vorderlauf dumm verdreht, und ein winziges Knöchelchen ist dabei minimal angeknackst. Er ist jetzt in der Tierklinik in Billdal und wird dort …«

»Ich mache sofort den Ofen aus und lasse die *Cannelloni al salmone* – die Lachscannelloni – bei geöffneter Ofentür auskühlen. Und *noi due* – wir zwei –, wir fahren sofort in die Tierklinik. *Subito*! – Sofort! Ich helfe den Menschen ohne Zuhause gerne, aber mein Bölthorn ist mir wichtiger. Er braucht mich jetzt, *o dio, o dio!* – Oh Gott, oh Gott! Ich muss nur noch rasch im Obdachlosenheim anrufen!«

Maria raufte sich verzweifelt die Haare und zischte durch den Flur in Richtung Küche. Lennart gelang es gerade noch, ihr hinterher durch den Türspalt zu schlüpfen und erwischte sie im Flur, den Telefonhörer bereits in der Hand. »Maria, so warten Sie doch, ich bitte Sie. Wir können da im Moment nicht hin. Der Arzt hat gesagt … Bölthorn braucht jetzt nach der OP … Ruhe, viel Ruhe. Mindestens eine Woche. Wenn er uns sieht, freut er sich und will zu uns, aber er ist doch eingegipst und …«

»Eingegipst?«, entfuhr es Maria; sie ließ das Telefon sinken. »Ich wusste gar nicht, dass man Hunde auch eingipsen kann. Das ist ja *spaventoso* – grauenvoll! Ich dachte, es sei bloß ein kleines Knöchelchen, das in seinem Bein kaputt ist?«

»Jaja … nur ein kleines Knöchelchen, aber ein großer Gips. Der Arzt sagt, dass sei oft so … am Mopsfuß«, log Lennart und schämte sich fast in Grund und Boden.

»Der arme Bölthorn!«, sagte Maria mitfühlend.

»Ja, der arme Bölthorn«, pflichtete Lennart ihr bei und meinte das diesmal vollkommen ernst.

»Aber wir fahren nächste Woche bestimmt hin? *Va bene?* – In Ordnung?«

»Natürlich«, antwortete Lennart, »wenn er dann nicht schon wieder längst draußen ist.«

»*Bene!* Dann werde ich doch die Cannelloni zur Stadtmission fahren.«

»Zur Stadtmission …«, wiederholte Lennart leise. Als Maria ihr Vorhaben erwähnte, kam Lennart ein Gedanke, der so etwas wie Hoffnung in ihm aufflammen ließ. Hoffnung für Bölthorn. Maria nämlich bereitete in ihrer unnachahmlichen Art stets Unmengen italienischer Köstlichkeiten zu. Und da niemand ihrer Bekannten und Nachbarn wie Lennart diese nicht enden wollende Speisenflut auf Dauer verzehren oder einlagern konnte, engagierte sie sich im sozialen Bereich und machte so ihre Obsession zur guten Sache. Mal spendete sie mehrere Lasagnen an einen Kindergarten, mal brachte sie fünfzehn Liter Minestrone ins Frauenhaus und manchmal ein paar Bleche Kuchen oder Pizza ins Obdachlosenasyl.

Wenn es sich bei Öl-Ole tatsächlich um eine stadt- und vor allem polizeibekannte Göteborger Persönlichkeit handelte, wie Kommissarin Tysjas uniformierter Kollege vorhin behauptet hatte, dann hatte Maria diesen Öl-Ole vielleicht schon einmal getroffen. Und möglicherweise wusste sie dann auch, wo er sich für gewöhnlich aufhielt. Hoffentlich ging seine Rechnung auf …

»Das trifft sich gut. Kann ich Sie ins Obdachlosenheim begleiten? Ich suche nämlich jemanden und könnte Ihnen dann auch gleich beim Tragen helfen.«

Maria schaute Lennart skeptisch an. »Du suchst jemanden im Obdachlosenheim, *caro*? Wen denn?«

»Einen Mann. Ich weiß allerdings gar nicht genau, ob er in diesem Heim ist oder in einem anderen. Ach, ich erzähle Ihnen alles unterwegs, einverstanden?«

Maria nickte und deutete in die Küche. »*D'accordo* – Einverstanden! So hat denn dieser traurige Tag doch noch etwas Gutes, und ich muss zumindest die schwere Warmhaltebox nicht alleine schleppen. *Grazie, caro! Andiamo!*«

Die kirchliche Stadtmission von Göteborg war eine von einem guten Dutzend Anlaufstellen für Obdachlose, die immer oder zeitweise auf den Straßen der größten Stadt an Schwedens Westküste leben mussten. Die öffentlichen Räumlichkeiten der Mission lagen im Erdgeschoss eines fünfstöckigen Baus mit gelben Klinkern, unweit des Göta älv und des Slottskogen – des Schlosswaldes. Hier fanden sie Trost, Unterkunft, Hygiene, im Winter warme Kleidung und manchmal auch eine kulinarische Überraschung abseits der üblichen, nicht immer wohlschmeckenden Massenverpflegung. Und zwar dann, wenn Maria Calvino – die alle hier nur »Mamma Maria« nannten – wieder einmal unangekündigt mit ihrer schwarzen Styroporkiste im Eingang stand.

Anfangs hatten die Mitarbeiter der kirchlichen Institution Maria noch gebeten, sich doch bitte wenigstens einen Tag vorher anzukündigen, der besseren Planung halber. Aber Maria hatte ihnen erklärt, dass sie spontan koche und mal für ein Waisenhaus, mal für eine Kinderkrebsstation und ein anderes Mal eben für ein Obdachlosenasyl etwas in der Küche zaubere. So etwas könne man nicht planen, sonst sei das ja *senza emozioni* – ohne Gefühle –, und so wolle, ja, könne sie nicht arbeiten. *Basta e finito!* – Schluss und aus! Danach ist die Kritik verstummt.

All das hatte Maria Lennart ausführlich und mit einer Datentransferrate von etwa fünfhundert Silben pro Minute während der Fahrt mit ihrem alten Fiat erzählt. Erst als sie einen Parkplatz ganz in der Nähe der Mission gefunden hatten, war auch Lennart zu Wort gekommen und hatte Maria gesagt, dass er einen gewissen Ole Olsson, wenig schmeichelhaft »Öl-Ole« genannt, suche.

»Öl-Ole? *Sì*, den kenne ich«, antwortete Maria zur Freude und Überraschung von Lennart, während sie aus dem Auto stiegen und Maria den Kofferraum öffnete, wo sich die Essenskiste befand. »Er war ein paarmal hier, und auch in anderen Asylen hab ich ihn gesehen. Weshalb willst du ihn sprechen, *caro*?«

Lennart schwieg und dachte nach. Er sah auf sein Mobiltelefon, dessen Timer kaltherzig und gnadenlos rückwärts lief. *18:44:03, 18:44:02, 18:44:01* … »Dieser Mann weiß vielleicht, wo sich jemand aufhält, der den Mörder von Buri kennt.« Das war nicht gelogen, wenngleich das im Moment nicht der dringendste Grund war, Herrn Olsson zu befragen.

Marias erschrockenes Gesicht tauchte aus dem Kofferraum auf. »Buris Mörder? Hat Ole Olsson etwas damit …«

»Nein, nein«, wiegelte Lennart ab. »Falls er wirklich etwas weiß, dann versteht er nicht, was es bedeutet. Er ist unschuldig.« Mit diesen Worten ging er zu Maria und hievte die gewichtige Styroporbox mit den Cannelloni aus dem Kofferraum.

Gut zehn Minuten später ließ Lennart seinen Blick über die Nudeln essenden Personen schweifen. Er stand am Rande des Speisesaals der Stadtmission, einem Raum mit gut zwanzig Vierertischen, an denen allerdings nur vereinzelt Plätze besetzt waren. War Ole Olsson unter diesen Menschen? Er hätte Maria gerne gefragt. Doch die sprach gerade mit einer Angestellten an der Essensausgabe, die so hager war, dass man ihr am liebsten selbst einen ordentlichen Teller Nudeln angeboten hätte. Und sie reckte ein derart spitzes Kinn nach vorne, dass man Angst hatte, sich daran zu verletzen. Kurz darauf kam Maria wieder zu Lennart. »Du hast Glück, *caro*. Ole Olsson ist hier.«

»Welcher ist es?«

»Er ist noch im Waschraum. Die Frau von der Mission meinte, er komme bestimmt gleich heraus und wolle ebenfalls etwas essen … Ah, da ist er ja.« Maria deutete wenig unauffällig zu einem groß gewachsenen, schlaksigen Mann mit hochrotem Gesicht und Rollkragenpulli. Seine weißgrauen Haare standen ihm zu Berge, als hätte er sie nach der Dusche nur liederlich abgetrocknet. In der einen Hand trug er eine Strickmütze und eine schäbige Winterjacke mit schmutzigem Kunstfell, in der anderen zwei Plastiktüten – wahrscheinlich mit seinen Habseligkeiten. Er wollte sich gerade an einen der Tische setzen, da bemerkte er, dass Maria auf ihn zeigte. Sofort wandelte sich sein Gesichtsausdruck, und er sah sich hastig nach Fluchtmöglichkeiten um, ganz als habe er etwas verbrochen und sei in flagranti ertappt worden. Wer wusste schon, was dieser Mann alles erlebt hatte, dachte Lennart bei sich, als er langsam auf ihn zuging und dabei beschwichtigend die Hände hob.

»Hallo, Herr Olsson. Mein Name ist Lennart Malmkvist. Ich habe nur ein, zwei Fragen an Sie. Es ist wichtig. Bitte, ich will Ihnen nichts Böses.«

Einige der Anwesenden schauten auf und betrachteten kauend die sich anbahnende Szene. Ole Olsson hingegen wich mit dem Ausdruck eines gejagten Tieres in den Augen zurück, bis er mit dem Rücken an der Wand stand.

Einer der Gäste der Stadtmission, ein Zausel mit zotteligem Bart und einer überschaubaren Anzahl gelblicher Zähne, rief lautstark: »Seit er den Muschelmann hat weghopsen sehen, hat er eine Macke und scheißt sich in die Hose! Hahaha!«

Andere stimmten in das Gelächter mit ein.

Lennart fuhr wütend herum. »Seid ruhig! Ihr habt ja keine Ahnung! Wenn ihr das gesehen hättet, was er gesehen hat, würde euch das Lachen schon vergehen.« Dann wandte er sich wieder an Olsson, der noch immer rücklings an der Wand stand und jetzt die beiden Plastiktüten schützend vor sich hielt. »Hören Sie«, flüsterte Lennart und machte einen Schritt auf ihn zu, sodass er ihn verstehen konnte. »Ich glaube Ihnen, okay? Ganz egal was die Polizei oder die anderen hier sagen, ich weiß, dass es stimmt, was sie erzählt haben. Aber ich muss etwas von Ihnen über den Muschelmann erfahren, um einen guten Freund zu retten. Helfen Sie mir? Bitte ...«

»Du glaubst mir?«, fragte Olsson ungläubig. Seine Stimme war rau und leise – wie Sandpapier mit feinster Körnung. »Ein Freund von dir? Was ist mit ihm?«

Lennart trat noch näher an Ole Olsson heran. Er stand nun dicht vor ihm. »Er ist verzaubert. Auf ihm liegt ein Fluch, und er wird sterben, wenn ich nicht erfahre, wo ich den Muschelmann finden kann. Verstehen Sie?«

»Bist du ein Bulle?«

»Sehe ich so aus?«

»Nein«, antwortete Ole Olsson und ließ die Tüten zu Boden sinken. »Eigentlich siehst du eher aus wie ein Reporter. Ich war nämlich auch mal bei der Zeitung. Bist du einer? Ein Reporter, meine ich?«

»Nein.«

»Was dann?«

»Ich führe einen Zauber- und Scherzartikelladen. Und ich bin selbst Zauberer«, sagte Lennart bedenkenlos, denn wem auch immer Öl-Ole das erzählen würde, man würde es ihm genauso wenig glauben wie die Geschichte vom zum Leben erweckten Muschelmann, der von seinem Betonsockel steigt und davonhüpft.

»Du? Ein Zauberer?« Ole Olsson musterte Lennart skeptisch von Kopf bis Fuß. Dann sagte er: »Beweise es, dann helfe ich dir vielleicht.« Er verschränkte trotzig wie ein kleines Kind die Arme vor der Brust und blickte Lennart herausfordernd an.

Der sah zuerst den Countdown auf seinem Handy und sich dann verstohlen um. Er hatte keine Lust und vor allem keine Zeit für Diskussionen. Maria war wieder mit der hageren Missionsangestellten in ein Gespräch vertieft, während sie zwei Neuankömmlingen an der Essensausgabe Cannelloni auf die Teller häuften. Die anderen im Raum starrten entweder vor sich hin oder waren noch immer mit ihrer Portion Pasta beschäftigt.

Niemand beachtete Lennart und Ole Olsson.

Lennart öffnete den Reißverschluss seiner Daunenjacke und zog den Zauberstab so aus der Innentasche hervor, dass nur sein Gegenüber ihn sehen konnte. »Passen Sie gut auf«, raunte er Ole Olsson zu, der schon jetzt große Augen machte. Dann richtete Lennart den Zauberstab auf Ole Olssons Strickmütze, die zu dessen Füßen neben ihm auf dem Boden lag und konzentrierte sich mit halb geschlossenen Augen. Dieser Zauber war nicht einfach zu *galieren*, aber er war ziemlich beeindruckend. Wenn er klappte.

Lennart ließ alle Anspannung in sich fahren und hauchte zeitgleich den Zauber aus: *»Tvëŋŋr tvīfalðr tvëggì!«*

Im selben Augenblick floss knisternd ein durchscheinender grüner Strahl Energie wie ein Lichtbogen aus der Spitze des Zauberstabes auf die Kopfbedeckung und umhüllte sie. Und einen Moment später entstand eine sich vergrößernde Lichtkugel am Boden, die die Mütze kurz einhüllte, rasch größer wurde und dann geräuschlos platzte wie eine Seifenblase.

Ole Olsson griff sich an die Brust und an den Hals, als würde er unter Atemnot leiden. Seine Augen schienen sich redlich zu mühen, aus ihren Behausungen zu hüpfen, so groß waren sie. Dann deutete er stotternd auf den Boden, wo nun eine weitere, identische Mütze neben der seinen lag. »Da … da … da … Müt… Müt… Mütze … Zwei …«

»Glauben Sie mir jetzt?«, fragte Lennart ungerührt.

Ole Olsson nickte wie verrückt.

»Dann helfen Sie mir?«

Ole Olsson nickte unentwegt weiter.

»Setzen wir uns.«

Ole Olsson nickte noch, als er mit fahrigen Händen den Stuhl zurückzog und mit Lennart an einem der Vierertische Platz nahm.

»Herr Olsson …«

»Nenn mich ruhig Öl-Ole«, korrigierte ihn dieser, nachdem er sich etwas beruhigt hatte. »Das machen alle so.«

»Ich dachte, es würde Sie … äh, ich meine … dich beleidigen.«

Öl-Ole schaute Lennart verwundert an. »Quatsch. Ich trinke ja gerne Bier.«

»Okay. Dann soll es mir recht sein. Ich bin Lennart.« Er streckte ihm die Hand hin. Vorsichtig schlug Öl-Ole ein. »Und nun erzähl mir bitte ganz genau, was da an der Domkyrka passiert ist gestern Nacht.«

Öl-Ole berichtete Lennart daraufhin haarklein und in allen Einzelheiten das, was Lennart bereits von dem freundlich-geschwätzigen Polizisten wusste. Als er geendet hatte, fügte er in verschwörerischem Unterton hinzu: »Es gibt allerdings zwei Dinge, die ich der Polizei nicht erzählt habe, wenn ich genau darüber nachdenke. Das eine, weil ich es wirklich vergessen habe, das andere, weil ich es vergessen wollte.«

»Was meinst du?«, fragte Lennart gespannt.

Öl-Ole beugte sich weit zu Lennart hinüber und flüsterte: »Der Muschelmann hat gesagt, auch wenn er ihn wieder zum Leben erweckt hat, der Typ … dieser Typ … er solle ihm das Holzbein küssen.«

»Was für ein Typ?«

Öl-Ole kratzte sich nachdenklich am Kopf. »Es war ein komischer Name, so wie Möwenarm oder Rabenfuß …«

»Krähenbein?«

»Ja, genau. Krähenbein! Das war der Name. Das hat der Muschelmann gesagt. Woher weißt du das? Kennst du ihn?«

»Leider ja. Egal. Was hat er noch gesagt?«, bohrte Lennart nach.

»Zu diesem Krähenbein?«

»Ja.«

»Nichts. Das war alles.«

»Und das, was du vergessen wolltest? Was war das?« Lennart bemerkte, wie ihn dieses etwas mühsame Interview anzustrengen begann – er hatte für so etwas keine Zeit! Doch er beherrschte sich.

Öl-Ole indes blickte sich vorsichtig um. Dann nestelte er etwas aus seiner Tasche hervor und hielt es in der geschlossenen Faust vor Lennart über den Tisch. »Kannst du ein Geheimnis für dich behalten?«

»Auf eines mehr oder weniger kommt es nicht mehr an«, sagte Lennart. »Natürlich kann ich das.«

Langsam öffnete Öl-Ole die Hand. Darin befand sich eine alte Silbermünze. Deutlich war das Jahr zu lesen: »1668«. Dasselbe Jahr wie auf der Münze, von der der Beamte im Auto erzählt hatte.

»Ich dachte, die Polizei hätte sie dir abgenommen?«, wunderte sich Lennart.

»Hat sie auch. Aber nur eine von den beiden.« Öl-Ole grinste. »Der Muschelmann hat mir nämlich zwei Münzen gegeben. Eine sollte ich behalten und die andere ins Meer werfen, sobald ich jemanden kennenlernen würde, der einem gewissen Kapitän Darraben oder so sein Schiff zurückgeben kann und Hilfe gegen diesen Krähenfuß braucht. Keine Ahnung, was der für einen Kapitän meint, keine Ahnung, was der für ein Schiff meint, und keine Ahnung, was der für eine Hilfe meint. Ist mir aber auch alles scheißegal. Ich behalte die Silbermünze und verkaufe sie. Gibt bestimmt ein paar Kronen dafür. Fünfhundert soll die wert sein, haben sie mir bei den Bullen gesagt. Wenn man einen Sammler findet, vielleicht sogar mehr. Haben Sie auch gesagt.«

»Ich gebe dir tausend«, sagte Lennart.

Öl-Ole schaute Lennart verdutzt an und vergewisserte sich: »Tausend Mücken?« Er dachte eine Zeit lang nach, schließlich legte er die Münze vor sich auf den Tisch und schob sie zu Lennart hinüber. »Du willst sie unbedingt haben, oder? Nimm sie. Normalerweise würde ich dir jetzt mindestens zweitausend aus den Rippen leiern, aber von dir will ich bloß die fünfhundert haben, weil du der Einzige bist, der mich nicht wie einen Vollidioten behandelt und mir glaubt. Und du willst ja damit deinen Freund retten, nicht wahr? Außerdem habe ich jetzt ja zwei Mützen statt einer Münze.« Wieder grinste er. Dann wurde er nachdenklich und fragte: »Aber, sag mal, warum verdoppelst du nicht einfach auch diese Münze mit deinem Zauberkunststück? Dann hätten wir beide eine. Und dann machste das noch mal und dann noch mal, und dann wärst du reich! Und ich auch!« Seine Augen glänzten verträumt.

Lennart lächelte und betrachtete die kleine, hauchdünne Silbermünze in seinen Fingern. Ihre Prägung war von den vielen Händen, durch die sie im Laufe der Jahrhunderte gewandert war, stark abgenutzt und kaum noch leserlich. Die Jahreszahl »1668« sowie drei schwedische Kronen waren gerade noch zu erkennen. »Das hat zwei Gründe. Zum einen macht man so etwas nicht als ehrenwerter Magier, und zum anderen funktioniert dieser Zauber weder mit Edelsteinen noch mit Edelmetallen. Den Stein der Weisen gibt es leider nicht.« Lennart steckte die Münze ein und zog sein Portemonnaie hervor, entnahm daraus zwei Fünfhundertkronenscheine und gab sie Öl-Ole. »Ich bestehe darauf, dass du tausend bekommst und nicht nur fünfhundert.« Sein Gegenüber nahm das Geld dankbar an und betrachtete es einen Moment lang mit leuchtenden Augen wie ein Kind sein Geburtstagsgeschenk. Dann faltete er die Scheine eilig zusammen und steckte sie in seine Hosentasche.

»Eine Frage noch«, sagte Lennart. »Wo und wie ist der Muschelmann genau verschwunden? Ist er zum Wallgraben gegangen?«

»Nein«, antwortete Öl-Ole und schüttelte vehement

den Kopf. »Ich bin ihm zwar nicht nachgelaufen, ich war ja etwas unter Schock, denn so einen Kerl trifft man nicht alle Tage, und außerdem hat es gestürmt und geregnet wie verrückt. Aber ich habe genau gesehen, wie er von der Domkyrka in die Fußgängerzone in der Korsgata gehüpft ist ...«

»... und von dort musste er nur noch die Drottninggata und die Södra Hamngata überqueren, und schon war er am Kanal und im Wasser«, vervollständigte Lennart den Satz halblaut. Dann erhob er sich endgültig. »Danke, Ole, ich werde nicht vergessen, dass du mir geholfen hast. Jetzt bleibt mir nur zu hoffen, dass mithilfe der Münze alles so klappt, wie ich es mir vorstelle.«

»Viel Glück beim Zaubern, Herr Magier«, gab Öl-Ole Lennart zum Abschied etwas zu laut mit auf den Weg, wofür er den verwunderten Blick einer älteren, Cannelloni essenden Frau am Nachbartisch kassierte, die diesen Mann für genauso verrückt halten musste wie alle anderen.

Es blieb nur noch eine Viertelstunde bis Mitternacht, als sich Lennart aus der Västra Hamngata auf den Weg an die Stelle des Kanals machte, wo der ominöse Muschelmann ins Wasser gehüpft sein musste.

08:54:13 zeigte der Timer auf Lennarts Mobiltelefon, als er die Haustür hinter sich zuzog. War es heute gegen Mittag während seines Treffens mit Öl-Ole nach dem vorangegangenen Sturm noch recht sonnig gewesen, so hatte sich das Wetter im Laufe des Nachmittags stetig verschlechtert. Als er mit Maria wieder zu Hause angekommen war, hatte es sich bereits zugezogen und war deutlich abgekühlt.

Gegen vier, nach einer Visite bei Frederik und Bölthorn, war er zu Kommissarin Tysja aufs Polizeipräsidium in die Stampgata gefahren, um seine Aussage bezüglich der Vorkommnisse im Park und der Schießerei mit Ex-Kommissar Nilsson zu machen – da hatte es bereits gedämmert, und wieder war ein unangenehm bissiger Wind aus Nordwesten aufgekommen.

Was Bölthorns Schicksal und Verletzungen anging, so hatte Lennart auf dem Revier jedwede Andeutung von Magie und zum Leben erweckten Hundestatuen aus Metall natürlich vermieden und schlicht behauptet, Nilsson habe einen abgerichteten Pitbull dabeigehabt, den er hinterrücks auf den einer solchen Bestie gegenüber vollkommen hilflosen Mops gehetzt habe. Dieser habe Bölthorn dann nach kurzem Kampf getötet. Tysja war sich, ihrem Gesichtsausdruck nach zu urteilen, nicht ganz sicher gewesen, ob sie das glauben sollte, da Nilsson ihres Wissens nach noch nie irgendeinen Hund besessen, Lennart ihr hingegen schon öfters einen Bären aufgebunden hatte. Allerdings war ihr auch keine bessere Erklärung eingefallen, und die Verletzungen, die Bölthorn erlitten hatte, stützten die These einer animalischen Fremdeinwirkung. Deshalb ließ sie das letztendlich so stehen und nahm es zu Protokoll. Als Lennart seine Unterschrift unter den Ausdruck seiner polizeilichen Aussage gesetzt hatte, waren bereits dunkle Wolkenfetzen über den sternlosen Göteborger Dezemberhimmel gerast und hatten Schneeregen und eine bedrückende Atmosphäre mit sich gebracht.

Ein Zustand, der auf Lennart abzufärben schien und sich – auch was das Wetter anging – noch weiter verschlechterte, nachdem er Frederik abgelöst und den Laden schließlich um kurz nach sieben abgeschlossen hatte. Zuerst hatte er in der gesamten ihm durch Buri Bolmens Erbe zur Verfügung stehenden Zauberliteratur gesucht und gesucht, aber nichts, absolut gar nichts über einen Mopsfell-Countdown oder etwas Ähnliches gefunden. Danach hatte er viel Zeit vor seinem Notebook damit zugebracht, zu versuchen, die spärlichen Puzzleteile zumindest zu einem einigermaßen erhellenden Gesamtbild zusammenzusetzen.

Im Internet fand er einige verstreute Artikel über die Statue am Dom, die wie fünf weitere Kunstwerke gestern Nacht verschwunden war. Eigentlich hieß dieses Bildnis – bizarrerweise – »das Orakel« und stammte von einer Künstlerin aus Mölndal, las Lennart, doch das wussten die wenigsten, und die Göteborger hatten es ja ohnehin schon in »Muschelmann« umbenannt.

Interessanter als diese Fakten ließen sich hingegen die Geschichten über Kapitän Darraben – Kapitän Dürrbein – an. Öl-Ole hatte den Namen aus dem Munde des Muschelmannes gehört. Zu seinem Erstaunen fand Lennart heraus, dass es ihn tatsächlich gegeben hatte. Er war einer der gefürchtetsten Piraten gewesen, die Skandinavien je gesehen hatte. Mitte des siebzehnten Jahrhunderts hatte er über dreißig Jahre alle möglichen Schiffe in der Nord- und Ostsee überfallen und große Reichtümer zusammengerafft, die angeblich noch immer irgendwo versteckt waren. Zu dieser Zeit hatten dermaßen viele Kriege in den skandinavischen Gewässern getobt – zwischen England, Frankreich, den Niederlanden, Dänemark, Schweden, der Hanse und sogar dem viel weiter südlich gelegenen Spanien –, dass selbst Eingeweihte und Beteiligte aufgrund wechselnder Allianzen die Übersicht verloren hatten.

Genau das hatte sich Kapitän Darraben zunutze gemacht und stets für den gefochten, geschossen und geraubt, der am besten zahlte. Er war ein trickreicher, windiger Hund gewesen. Und – das interessierte Lennart ganz besonders – es ging das Gerücht um, dass man ihn deshalb nie hatte verwunden oder gefangen nehmen können, weil dem Hauptmast seines geheimnisvollen Schiffes, der *Intill döden* – »Bis in den Tod« –, angeblich magische Kräfte innewohnten, die es unsichtbar machten und eines jeden Mannes Wunden heilten, sofern er sich nur einen einzigen Tag von Sonnenauf- bis Sonnenuntergang an Bord aufhielt.

Kapitän Darrabens Spur verlor sich um das Jahr 1680 in stürmischer See irgendwo bei Svolderoie, einem kleinen Eiland, das der Küste Dänemarks vorgelagert war. Das leckgeschlagene und schwer beschädigte Wrack seines Schiffes konnte zwar geborgen werden, er selbst jedoch blieb verschwunden. Man vermutete, er habe in diesem Sturm vor Svolderoie sein nasses, kaltes und vor allem wohlverdientes Seemannsgrab gefunden.

Genauso ein Unwetter kündigte sich auch für heute Nacht wieder an. Langsam hatte er genug von dieser Witterung. Vielleicht gab es einen Frühlingszauber … Lennart sah sich mit Bölthorn vor seinem inneren Auge über eine blütenüberzogene, maigrüne Wiese laufen – er zusammen mit einem adipösen Mops zwischen all den Gänseblümchen, dem violett blühenden Klee und den knallgelben Sumpfdotterblumen … Dann aber verscheuchte er den abstrusen Gedanken und besann sich wieder der

Dringlichkeit seines Auftrages. Es ging um Bölthorns Leben. Und noch mehr. Entschlossen schlug sich Lennart die Kapuze seiner Daunenjacke über, zog den Reißverschluss bis ganz oben zu und lief los.

Wenig später, um fünf Minuten vor Mitternacht, stand Lennart am Kanal zwischen Södra und Norra Hamngatan, dessen Wasser so schwarz und undurchsichtig war wie Altöl. Es roch nach Brack und leicht nach Meer, ablandiger Wind fegte über den Wasserlauf und trug kalten Schneeregen mit sich sowie gefrorene Gischt. Hinter Lennart brauste ein Taxi vorüber, auf der gegenüberliegenden Kanalseite fuhr der Stadtbus auf einer seiner letzten Fahrten am Stadtmuseum vorbei, gefolgt von zwei Autos. Sonst war niemand in der Nähe zu sehen. Er fror. Der Schneeregen wurde weißer und bildete dichter werdende Wirbel unter den Straßenlaternen. Direkt gegenüber der Deutschen Kirche führte eine Steintreppe zum Wasser.

»Ich rette dich, mein Freund«, flüsterte Lennart entschlossen im Geiste an einen nicht anwesenden Bölthorn gerichtet. Dann stieg er die Stufen hinab, zog seine Handschuhe aus und steckte sie sich in die linke Jackentasche. Er holte seinen Zauberstab hervor und hielt ihn bereit, für was auch immer da kommen würde. Mit der anderen Hand ertastete er das dünne Silberplättchen in seiner rechten Jackentasche. Die Münze … Er atmete durch und wartete … gleich musste es so weit sein … da, zwölf Uhr – Mitternacht. Lennart zählte mit, dann warf er die Silbermünze des Muschelmanns genau mit dem letzten Glockenschlag ins Wasser. Sie erzeugte beim Eintauchen ein kaum hörbares Geräusch – klang es so, wenn ein Fisch leise seufzte?

Vom Bahnhof her ertönte die Sirene eines Polizeiautos. Lennart musste kurz an Maja Tysja denken, dann unwillkürlich an Emma Mårtensson … es gurgelte. Nur ein Wirbel? Die Strömung? Es gurgelte wieder. Diesmal lauter. Dann erschien ein schwaches rötliches Leuchten unter Wasser, direkt vor Lennarts Füßen. Luftblasen stiegen auf, das Leuchten und Gurgeln wurde stärker, dann blubberte es kräftig – und der rötliche Lichtschein verging. Verwundert beugte sich Lennart etwas nach vorne, aber es war nichts zu erkennen. Da sprudelte es plötzlich gewaltig, Wasser spritzte auf, und eine kalte Hand umklammerte Lennarts rechten Fuß mit nassen, kräftigen Klauen. Er hatte Mühe, einen Schrei zu unterdrücken, richtete den Zauberstab auf die Stelle, wo er in der Hektik und dem Dunkel den Angreifer vermutete und rief: *»Årnā ðrygja şkĭla«*, gefolgt von: *»Jødarr şkulì şkylì vårì«*.

Ein gurgelnder Schrei ertönte, allerdings wohl mehr aus Überraschung denn wegen eines verursachten Schmerzes. Anders erging es Lennarts Fuß. Der brannte nämlich plötzlich wie Feuer – er hatte wohl den Leuchtstrahl versehentlich nicht nur auf die Hand des Angreifers, sondern auch auf den eigenen Schuh gerichtet.

»Donnerkiel und Schotenbruch! Ehrliche, alte Magie? Das lob ich mir!«, donnerte es dumpf und feucht aus dem Kanal. Lennart meinte tatsächlich, so etwas wie Anerkennung mitschwingen zu hören. »Jedenfalls nicht der nach billigem Gerstensaft stinkende Mann von zuletzt. Wollt Ihr Euch mit Kapitän Darraben messen, oder wollt Ihr Euch mit ihm unterreden? Wer seid Ihr, und was ist Euer

Begehr? Sprecht!«, kam es weiter blubbernd und gurgelnd von irgendwoher aus dem Dunkel des Wassers.

»Mein Name ist Lennart Malmkvist, und ich suche Kapitän Darraben, weil ich seine Hilfe benötige und weil ich ihm im Gegenzug helfen werde, sein Schiff zurückzubekommen …« – Lennart hatte seinen Satz noch nicht vollendet, da erhob sich eine mannshohe Wasserwand vor ihm, die im selben Augenblick in sich zusammenstürzte. Zurück blieb, tropfend und bronzeglänzend, gewaltig und furchterregend und von einer zartroten Aura umgeben, die Figur, die bis vor Kurzem noch die Kyrkogata neben dem Dom geziert hatte. »Ihr seid der Muschelmann«, stellte Lennart fest und musste sich Mühe geben, nicht vor Aufregung zu stottern. Magie war immer wieder aufs Neue beeindruckend. Selbst für einen Zauberei wie ihn.

»Wer? Muschelmann? Wollt Ihr mich beleidigen?« Lennarts Gegenüber schaute an sich hinunter. »Unsinn! Hagel und Granaten! *Ich* bin Kapitän Darraben!« Er starrte Lennart wütend an und griff sich an den Gürtel. »Verflucht! Teufel und Sirenen! Mein Säbel ist ja mit meinem Schiff verschollen!«

»Ihr braucht keinen Säbel«, versuchte Lennart, den offensichtlich leicht erregbaren Seemann zu beschwichtigen. »Ich wusste nicht, dass *Sie* Kapitän Darraben sind. Und ich wollte Sie auch nicht beleidigen. Aber Ihre Figur, die Bronze … Nehmt es mir nicht übel, aber man nennt Euch nun einmal den Muschelmann hier in Göteborg.«

»Ich weiß, ich weiß, ich habe es oft genug gehört«, gab Darraben zerknirscht zu. »Meine ruhmreichen Tage sind vorbei, und ich stand ja wirklich zur Tatenlosigkeit verflucht jahrelang am Dom. An einer Kirche! Ich! Der

Schrecken des Skagerraks und des Kattegats! Könnt Ihr Euch das vorstellen? Was für eine lachhafte, erbärmliche Schmach! Früher haben die Nordmeere vor mir gezittert, heute erschrecke ich gerade einmal einen Trunkenbold. Kinder sind auf mir herumgeturnt, Hunde haben mir an die Stiefel gepisst, und Pfaffen schlichen an mir vorbei.« Darraben spuckte neben Lennart auf den Boden. »Pfaffen! Pfui, Teufel!«

Ein Auto kam näher, bremste unvermittelt ab und blieb schließlich am Straßenrand oberhalb des Kanals stehen. Dumpf wummerte viel zu laute Musik. Lennart konnte nichts erkennen, aber möglicherweise starrten die Insassen des optisch auf Fantasierennwagen getrimmten Volvos durch die getönten Scheiben zu ihnen herüber, weil sie mitten in der Nacht zwei von einem ungewöhnlichen rötlichen und grünlichen Strahlen umgebene Männer nah am Wasser sahen und sich keinen Reim darauf machen konnten.

»Vielleicht sollten wir unsere Unterhaltung an einem etwas weniger öffentlichen Ort fortsetzen?«, schlug Lennart vor.

»Einverstanden«, sagte Darraben. »Lasst Euren Schutzzauber vergehen, dann verschwinden wir.«

Lennart zögerte. War das wirklich eine gute Idee?

Kapitän Darraben rückte sich den tropfenden Dreieckshut zurecht. Eine fette Krabbe fiel aus seinem strähnigen, schulterlangen Bronzehaar zu Boden und spurtete augenblicklich hastig in Richtung Kanal davon, in den sie hineinplumpste. »Furcht ist ein schlechter Ratgeber«, meinte er grinsend.

Autotüren wurden geöffnet und schlugen zu. Die Musik verstummte. Ein Blick über Lennarts Schulter zeigte, dass vier junge Männer aus dem tiefergelegten Volvo gestiegen waren und neugierig zu Ihnen herabblickten.

»Slǫckna!«, galierte Lennart, und das flimmernde Schutzschild um ihn herum verlöschte durch diesen Zauber.

»Manchmal allerdings schadet Furcht auch dem Tapfersten nicht«, sagte Darraben und lachte überraschend finster. In einem Höllentempo sprang er auf Lennart zu und umklammerte ihn mit festen, nassen Pranken. Lennart blieb keine Zeit für Gegenwehr, er hatte sogar Mühe, seinen Zauberstab in der Hand zu behalten. Im nächsten Augenblick stürzte sich Darraben kopfüber mit ihm ins Wasser. Lennart schmeckte Tang, Algen, Meer, feuchtes Holz, Rum, uralte Geschichten. Er glaubte, noch ein paar entsetzte Schreie aus Richtung der Gruppe junger Männer gehört zu haben.

Dann wurde es schlagartig entsetzlich kalt.

Und still.

Und dunkel.

Doch seltsamerweise überhaupt nicht nass …

6. Kapitel

Göteborg und Umgebung waren ein heißes Pflaster, aber an der Ostküste würden sie ihn bestimmt nicht suchen, obwohl er mit Sicherheit landesweit und wahrscheinlich sogar in Dänemark, Norwegen und Finnland zur Fahndung ausgeschrieben war. Hendrik Nilssons Vorteil bestand darin, dass er nicht nur wusste, wie die Polizei arbeitete, er wusste auch, wie die Polizei *dachte*, war er doch jahrzehntelang selbst einer von ihnen gewesen. Daher war ihm klar, dass es, bloß weil man ihn auf irgendwelche Computerlisten gesetzt hatte, noch lange nicht bedeutete, dass man ihn auch wirklich überall intensiv suchte. Ging er ihnen nicht durch einen dummen Zufall ins Netz, beispielsweise durch eine Alkoholkontrolle, dann würden sie ihn nicht so leicht schnappen.

Immerhin hatte er ein ganz schönes Chaos angerichtet und die Göteborger Ex-Kollegen dabei mehr als einmal ziemlich vorgeführt – zuerst die Flucht aus dem Krankenhaus, dann die Entführung der Professorengattin Henrietta Hellström und der vorgetäuschte Austausch im Wald bei Årekärr und gestern schließlich die erneuten Schüsse und der bedauerlicherweise vergebliche Anschlag auf Lennart Malmkvist und seinen fetten Mops im Park während des Sturms.

Vielleicht waren die ehemaligen Kollegen mittlerweile schon so weit, Spezialisten einzuschalten, die von anderem Kaliber als gewöhnliche Kriminalbeamte waren. Allerdings vermochten selbst die besten Zielfahnder lediglich diejenigen Spuren zu verfolgen, die tatsächlich existierten und die sie auch erkannten. Spuren waren in Hendrik Nilssons Fall aber äußerst dürftig, dafür hatte er gesorgt. Ein Handy mit Prepaidkarte, in das er exakt einmal am Tag gegen Mittag den Akku steckte und es kurz einschaltete, um zu sehen, ob Anrufe oder Nachrichten gekommen waren. Egal wo er war und was er kaufte, er machte seine Besorgungen in Geschäften in kleinen Käffern und möglichst ohne moderne Überwachungstechnik.

Obendrein gab es quasi keine sozialen Kontakte als Ansatzpunkt. Die eigene Frau hatte sich nach der Verhaftung in Malmkvists verhasstem Zauberladen von ihm abgewandt und ihn verlassen. Gut, es hatte in der Ehe schon länger gekriselt, aber der Umstand, dass sie bereits einen Tag nach Beginn seiner U-Haft beinahe fluchtartig zu ihrer Schwester nach Malmö gezogen war, hatte selbst Hendrik Nilsson überrascht. Wenn er jedoch ehrlich zu sich selbst war, ging das völlig in Ordnung. Sie hatte ihn die letzten Jahre ohnehin nur noch genervt, und jetzt war sie fort. Seine zukünftige Ex-Gattin konnte der Polizei jedenfalls nichts über ihn sagen, was diese nicht ohnehin schon wusste.

Aber auch ehemalige Kollegen, allen voran die zwar durchaus begabte, aber unerträglich vorlaute und ehrgeizige Kommissarin Maja Tysja, seine ehemalige Untergebene, hatte er nie weiter an sich herangelassen als auf Schussweite. Sie alle zusammen hatten keine Ahnung von ihm und seiner wirklichen Bestimmung. Einer Bestimmung, die ihm der Vater mitgeteilt, sozusagen vererbt hatte, damals, vor vielen Jahren, als sie zusammen mit dem verrückten Mats Wallin die Amuletthälfte in Gudhem bei der Ausgrabung gefunden hatten.

Andere Menschen, wie Leute aus einem Verein oder sonstige Freunde, deren Bande über eine lockere Bekanntschaft hinausgingen, gab es nicht. Das wollte er nicht, hatte er noch nie gebraucht. Einzig seine Kameraden von Tryggvasons Erben wären für die Fahnder theoretisch ein Ansatz, doch die würden sich eher selbst die Zunge abbeißen oder in ein Messer stürzen, als auch nur ein Wort über den Bund zur Wiederauferstehung von Olav Krähenbein oder ihr Oberhaupt zu verraten. Abgesehen davon hatten auch sie keine Ahnung, wo Hendrik Nilsson sich aufhielt. Die meisten kannten ihn ohnehin ausschließlich unter seinem wahren Namen: *Hofuð* – Anführer. Aber er meldete sich nur sporadisch bei ihnen. Dennoch waren die Mitglieder des Bundes bereit, alles dafür zu tun, die Dunklen Pergamente in ihren Besitz zu bringen. Und sie waren ebenfalls bereit, alles dafür zu tun, dass Olav Krähenbein zurückkam.

Zwei der Dunklen Pergamente hatten sie schon in ihrem Besitz. Hendrik Nilsson hatte sie bei sich – alles andere wäre zu unsicher. Das eine, das Mats Wallin vor Jahrzehnten einstmals durch Zufall entdeckt hatte und welches er, Nilsson, dieser Emma Mårtensson, Wallins Enkelin, in Skaftet bei Skullegården abgenommen hatte. Und das andere, das er diesem verhassten Lennart Malmkvist durch einen Trick aus dessen Laden gestohlen hatte.

Hendrik Nilsson musste in die Eisen gehen und wurde

jäh aus seinen Gedanken gerissen. Wie ein Geist und aus dem Nichts war ein riesiger Elchbulle im Kegel seiner Scheinwerfer erschienen. Er schritt stolz aus, trug sein ellenlanges Geweih beinahe verächtlich über die verschneite Straße am Ortseingang von Stenberga, einem Kaff, das etwa zweieinhalb Stunden von Äskestock entfernt lag. Hendrik Nilsson schaltete das Fernlicht aus und das Abblendlicht ein. Das Tier blickte kurz hoch, einen Moment leuchteten seine Augen wie gigantische Edelsteine, dann nahm es seinen langsamen Gang wieder auf, bis es zwischen den Bäumen auf der anderen Straßenseite verschwunden war und nur der von den Sträuchern rieselnde Schnee daran erinnerte, dass sich hier eben etwas hindurchbewegt hatte.

Hendrik Nilsson blickte sich um und sah in den Rückspiegel. Um ein Haar hätte er das blöde Viech über den Haufen gefahren. Es hätte niemand gemerkt und ihn aus Tierschutzgründen wohl kaum gekümmert. Allerdings hätte es bei so einem Brocken von Elch durchaus böse ausgehen können, obwohl Hendrik Nilsson noch immer den großen alten Nissan Pick-up fuhr. Den hatte er von diesem wirklich eigenartigen Typen in Göteborg als Fluchthilfe bekommen, nebst einem Umschlag mit zweihunderttausend Kronen und falschen Papieren. Als Gegenleistung hatte er mit dem Blut von ein paar toten Krähen Lennart Malmkvists Namen an die Wand eines heruntergekommenen Industriekomplexes schreiben müssen. Doch kaum dass der Fremde ihm heute Mittag seinen Namen am Telefon mitgeteilt hatte, da … Was zur Hölle wollte einer der angesehensten und erfolgreichsten Geschäftsleute Schwedens von ihm? Was in Gottes Namen hatte ein Mann wie

Harald Hadding mit Dunklen Pergamenten und Olav Krähenbein zu schaffen? Wahrscheinlich hatte dieser Typ einen Riesenknall, oder aber er hasste Lennart Malmkvist noch mehr als er … Hendrik Nilsson atmete durch, legte den ersten Gang ein und fuhr weiter. Dieser Weg war beileibe nicht der schnellste, aber bestimmt sicherer als die großen Fernstraßen an die Ostküste.

Es störte Hendrik Nilsson nicht wirklich, dass er ausgerechnet in der Nacht vor Heiligabend zu diesem Ausflug gezwungen wurde – es gab für ihn weder etwas zu feiern noch kannte er jemanden, mit dem er das gerne getan hätte –, aber eines fragte er sich schon: Was wollte dieser Hadding? Von ihm, von Tryggvasons Erben und von Lennart Malmkvist? Es musste schon etwas Gravierendes sein, wenn Hadding dafür seinen Weihnachtsabend opferte. Er würde es bald erfahren, denn er hatte eine Verabredung mit ihm. Harald Hadding hatte ihn für morgen nach Einbruch der Dunkelheit vor eine Höhle in der Nähe von Äskestock bestellt und dabei wieder so geheimnisvoll und bedrohlich getan wie schon in Göteborg – was für ein Aufschneider!

7. Kapitel

Lennart blickte sich verwundert um. Ja, er war unter Wasser, ganz eindeutig. Aber das war unbegreiflich, das konnte nicht sein. Er konnte atmen, er konnte sehen, er konnte hören, und obwohl es bitterkalt war, ja, sein musste, fror er nicht.

»Ihr seht mir ein wenig verdattert aus, junger Freund«, stellte Kapitän Darraben amüsiert fest. »Das hier ist mein *Terrain*, wenn man so will, obwohl es ja eher *Eau* – Wasser – heißen müsste.«

»Wie ist das möglich?«, fragte Lennart – bei jedem seiner Worte stiegen Luftblasen nach oben ins Schwarz des Kanals, dessen Wasser über ihnen und um sie herumflossen.

Darraben lachte herzhaft, und ein ganzer Schwall Blasen löste sich aus seinem breiten Mund. »Das fragt Ihr noch? Ihr selbst seid doch ein Magier. Und nur weil Ihr den einen Zauber nicht beherrscht, kann es ihn dennoch geben, nicht wahr?« Er kam dicht zu Lennart heran. Jetzt konnte er den Kapitän ganz nah betrachten. Seine wilden Haare wallten im Strom, Gesicht und Wams, Stiefel und Hut, alles war mit Muscheln, Seeschnecken und Algen besetzt. Kleine Einsiedlerkrebse krabbelten mit ihren spitzen Häuschen über Hals und Schultern des Kapitäns, und die Strömung spielte mit seinem Bart. »Ihr lebt einzig und allein, weil ich es möchte«, hauchte er düster.

Lennart wusste nicht, ob seine Magie hier unten helfen würde, aber es gab keinen Grund, der dagegensprach. Er hatte seinen Zauberstab nicht verloren, hielt ihn fest umklammert, war bereit, ihn einzusetzen, falls Kapitän Darraben seine Ansicht änderte. Vorsichtig bugsierte er ihn vor sich auf Hüfthöhe. »Das denke ich nicht. Ich glaube vielmehr, ich lebe noch, weil Ihr nicht wisst, wo Euer Schiff ist, oder?«

Darraben machte einen Satz zurück und brach in schallendes Gelächter aus. Es blubberte aus seinem Mund, als würde das Wasser um ihn herum kochen. »Wohl gesprochen!«, rief er. »Ihr seid wahrlich ein mutiger Fuchs.« Dann verstummte er und schoss wieder dicht zu Lennart heran. »Wo ist mein Schiff?«

»Gesunken«, antwortete Lennart.

»Gesunken? Hölle und Mastbruch, und Ihr wagt es, mir damit unter die Augen zu treten?« Darrabens Augen funkelten wie wild. Lennart umklammerte den Zauberstab und legte sich vorsichtshalber schon einmal den Schutzzauber zurecht.

»Aber nicht alles ist gesunken.«

»Nicht alles? Was redet Ihr für ein wirres Zeug, beim Klabautermann? Schweifen Eure Sinne in die Irre?«

»Nein. Mir geht's gut. Danke. Aber die *Intill döden*, Euer ehemaliges Schiff, wurde geborgen und auseinandergenommen, damals, um 1680 in Dänemark. Das Holz wurde bestimmt für alles Mögliche verwendet. Aber den Hauptmast, den hat man immer wieder für den Schiffsbau benutzt.«

»Den Mast? Sie haben den Mast verwendet? Natürlich!« Darraben schlug sich mit der flachen Hand an die Bronzestirn, dass es leise metallisch schepperte. »Man kann ihm nichts anhaben, zumindest nicht ohne die richtigen Zauber. Seine Magie macht ihn unzerstörbar!« Er lachte herzhaft und erleichtert, als habe er endlich einen Zusammenhang begriffen (was wahrscheinlich auch zutraf). »Aber wo? Für welchen Kahn?«, wollte der Kapitän aufgeregt wissen. »Bei allen Quallen und Kraken, so sprecht endlich!«

»Stimmt es, dass man sich mit Eurem Schiff unsichtbar machen konnte«, ignorierte Lennart die Dringlichkeit in der Frage des Kapitäns.

»Gewiss doch«, sagte dieser und nickte.

»Und stimmt es auch, dass es jeden heilen konnte, der sich einen ganzen Tag an Bord befand?«

»Ja, auch das entspricht der Wahrheit. Aber nur, wenn ich der Kapitän bin, begreift Ihr das? Der Baum, aus dem der Mast in einem uralten Ritual gefertigt wurde, ist nämlich an mich gebunden wie der Matrose an seinen Rum. Auch das ist die Magie seines Holzes.«

Lennart schöpfte Hoffnung. Das Orakel könnte recht behalten und vielleicht sogar der Leierkastenmann … »Das heißt, wenn Ihr das Schiff führt, welches Euren Mast verwendet, geht die Magie des Mastes auf das ganze Schiff über?«

»Aye! Exakt so steh'n die Dinge«, sagte Darraben nicht ohne Stolz und schürzte die Lippen.

»Gut«, sagte Lennart. »Ich sage Euch, wo das Schiff liegt, wenn Ihr mir helft, einen Freund zu retten, indem ich ihn an Bord schaffe. Einverstanden?«

Darraben grinste. »Wenn Poseidon und wer sonst noch es zulässt, dass ich meine Füße auf die Planken desjenigen Schiffes setze, das mit meinem alten Mast herumschippert, dann will ich verdammt sein, wenn ich Eurem Gefährten nicht die Haut rette. Außerdem sehne ich mich danach, diesen Fluch loszuwerden. Ich habe nämlich nicht immer so einfarbig ausgesehen, solltet Ihr wissen, junger Freund.« Er hielt Lennart die muschelbesetzte Bronzepranke hin. »Also, abgemacht. Hand drauf!«

Lennart schlug ein. »Ich vertraue Euch. Das Schiff heißt *Viking II* und gehört einer Reederei namens *Old Scandinavian Line*. Es liegt hier in Göteborg vor Anker, zumindest wenn mich meine Quellen nicht getäuscht haben.«

Kapitän Darraben bekam große, signalrot leuchtende Augen. »Dann lasst uns gehen und keine Zeit vergeuden. Ich musste schon Jahrhunderte genug tatenlos zusehen, was um mich herum geschah. Zuerst als Reiterstandbild, dann als Kirchenglocke und nach dem erneuten Einschmelzen schließlich die letzten Jahre als Muschelmannfigur.« Mit diesen Worten packte er Lennart und schwamm in einem beeindruckenden Tempo den Kanal in Richtung Göta älv entlang. Als sie die Mündung erreicht hatten, zischte er nach rechts weiter, stromaufwärts, wo die meisten Schiffe lagen. Plötzlich verlangsamte Darraben das Tempo, richtete sich im Wasser etwas auf, drehte sich zu Lennart um und blubberte: »Also, welches ist es? Wo liegt es?«

»Von hier unten kann ich das natürlich nicht erkennen. Wir müssen schon nach oben«, antwortete Lennart.

»Ihr erkennt ein Schiff nicht am Kiel? Pah! Landratte!«, schimpfte Kapitän Darraben verächtlich. »Aber keinen faulen Zauber, sonst lernt Ihr mich kennen, beim sengenden Brennen des Sankt-Elms-Feuers!« Mit diesen Worten zog Darraben Lennart in Richtung Oberfläche, und sie tauchten am Sporthafen in der Nähe der Göteborger Oper am Jussi Björling Platz auf. Obwohl sie jetzt an der Wasseroberfläche schwammen, umgab sie immer noch die wunderliche Zauberblase des Kapitäns, in der es trocken und angenehm warm war. »Wo ist es?«, fragte Darraben harsch.

Es schneite mittlerweile stark, und im Licht der angestrahlten Oper sah man, dass die Flocken von einem heftigen Wind beinahe waagrecht durch die Luft getrieben wurden. Lennart blickte sich um. »Es ist ein Viermaster«, sagte er, »und der einzige Viermaster, den ich hier entdecken kann, liegt da drüben vor Anker.«

»Ich will hoffen, dass es das richtige Gefährt ist – bei den Seelen aller verwesten und stinkenden Freibeuter! Dann wollen wir uns das Schiffchen mal aus der Nähe angucken.« Kaum ausgesprochen, ging es auch schon weiter in Richtung des auf der anderen Seite der gut hundert Meter breiten Hafeneinfahrt vertäuten Windjammers. Kurz darauf hatten sie das Ziel schon erreicht, und Darraben stieg zusammen mit Lennart über eine aus dem Wasser führende Treppe hinauf auf den Steg.

Hier an Land schien der Zauber des Kapitäns nicht mehr zu wirken, denn augenblicklich spürte Lennart die Elemente auf seiner Haut und wie die Kälte des schwedischen Winters ihn begrüßte. Auch sein Mobiltelefon hatte plötzlich wieder Empfang. Es war bereits halb eins, und das Display zeigte *08:04:02* sowie einen verpassten Anruf seiner Mutter. Zu spät, er würde sie morgen früh zurückrufen. Lennart schritt voran und erreichte ein verschlossenes und ringsum mit Stacheldraht gesichertes Tor, das unerwünschte Besucher von der Landseite daran hindern sollte, sich Zutritt zum Steg zu verschaffen. Kurzentschlossen richtete er seinen Zauberstab auf das Schloss und zischte: *»Luka øppna ʂpretta yppa!«* Sofort floss ein grüner Strahl magischer Energie ins Schloss, rüttelte es sanft, und mit einem beinahe gelangweilten *Plopp!* und unter einem mechanischen Klirren sprang die grau getünchte Gittertür leise quietschend einen Spaltbreit auf.

»Beim Klabautermann, nicht übel!«, raunte Darraben anerkennend von hinten. »Ich hätte sie wahrscheinlich aufgetreten. So ist's aber leiser!« Er folgte Lennart hindurch und bis zum Bug des bestimmt über hundertfünfzig Fuß messenden Windjammers. Dort stand in goldenen Lettern der Name des Schiffes angeschrieben: *Viking II.*

»Potzblitz, ein ordentlicher Kahn«, murmelte Darraben. »Und ich glaube, Ihr sollt recht behalten. Ich kann spüren, dass der Hauptmast aus altem Holz ist, aus gutem Holz, aus magischem Holz, aus meinem Holz! Ha!«

»Sagen Sie, Kapitän, was ist damals eigentlich geschehen?«, fragte Lennart.

»Geschehen? Wann? Wo?«, tat Kapitän Darraben verwundert und starrte Lennart grimmig an.

»Bevor die *Intill döden* bei Svolderoie anlandete«, präzisierte Lennart. »Es steht geschrieben, Sie hätten Ihr Schiff dort, vor der Küste Dänemarks, im Sturm verloren und sollen selbst angeblich ertrunken sein.«

»Papperlapapp!«, fauchte Darraben. »Nichts als üble Nachrede und Verleumdungen! Der Sturm, der mir mein Schiff abnimmt, muss erst noch geboren werden. Verloren hab ich es, das schon, mit Mann und Maus sogar, doch nicht wegen eines Windes, sondern beim Würfeln.«

»Sie haben sich Ihr stolzes Schiff beim Spiel abnehmen lassen? Sie?«

»Ich bin ein Ehrenmann. Aber es war dumm anzunehmen, nur weil ich einer bin, müsste jeder andere auch einer sein. In Wirklichkeit hat man mich betrogen. Mal gewinnt man, mal verliert man …« Kapitän Darraben deutete auf den Viermaster. »Ganz gleich, was war, ich werde mir jetzt zurücknehmen, was mein ist.«

»Das wird nicht ganz einfach sein«, merkte Lennart skeptisch an.

Darraben fuhr mit wirbelndem Bart so heftig herum, dass ihm fast der Dreieckshut vom Kopf rutschte. Ein Einsiedlerkrebs wurde dabei aus der wallenden Frisur herausgeschleudert und landete mit einem kleinen Platsch im Wasser zwischen Schiff und Mole. »Was sagt Ihr da? Warum? Und wer will mich daran hindern?«

»Sie wollen dieses Schiff entern und kapern?«

»Gewiss.«

»Und dann davonsegeln?«

»Bei allen Wettern, natürlich! Was sonst?«

»Und wo ist Ihre Mannschaft?«

Darraben fuhr herum und blickte Lennart verächtlich an. »Ich brauche keine Mannschaft, bei allen stinkenden Seeungeheuern. Gewiss, wenn man sich den Kahn hier so betrachtet, dann möchte man meinen, dass mindestens zwei Dutzend Männer von Nöten seien.« Er lachte kurz und teuflisch auf, sprang näher zu Lennart und fuhr flüsternd und in verschwörerischem Ton fort: »Oder aber man nimmt nur eine Handvoll. Vielleicht von denen, die schon an Bord sind? Die müsste man allerdings mit magischen Kräften ausstatten, wenn Ihr wisst, was ich meine … Der richtige Zauber, ein paar Silberkronen Lohn, und sie werden mir folgen wie einst meine alte Mannschaft durch dick und dünn mit Säbel und Muskete.«

»Abgesehen davon, dass ich diese Idee heutzutage rechtlich für etwas problematisch halte«, entgegnete Lennart, »gibt es noch ein weiteres Problem.« Er deutete nach rechts, wo ein mannshohes weißes Schild mit marineblauen Buchstaben verkündete:

VIKING II
SERVERING PÅ DÄCK
ALLA DAGAR 10:00–22:00
VÄLKOMMEN OMBORD!
HOTELL – RESTAURANG – KONFERENS

»Was soll das bedeuten?«, fragte Darraben.

»Lest doch selbst«, sagte Lennart.

»Ich bin des Lesens nicht mächtig«, gestand Kapitän Darraben kleinlaut ein.

»Der Schrecken aller skandinavischen Gewässer kann nicht lesen?« Lennart fasste es kaum.

»Seekarten schon«, entgegnete Darraben, »und mit einem Säbel vermag ich auch umzugehen, wenn ich einen in die Finger bekomme. Glaubt mir.«

»Jaja, schon gut. Also, das, was hier steht, bedeutet, dass sie jeden an Bord begrüßen, dass sie an Deck bedienen und dass sie täglich von 10:00 bis 22:00 Uhr geöffnet haben.«

»Begrüßen? Bedienen? Geöffnet?«, fuhr Darraben auf.

»Betreibt man ein Hurenhaus an Bord, oder was zur Hölle soll das bedeuten?«

»Nein«, sagte Lennart. »Das ist in Schweden verboten. Es bedeutet lediglich, dass dieses Schiff, so stolz und schön es auch hier vor uns liegt, nicht mehr ist, als eine Herberge und vielleicht nicht einmal mehr fahrtüchtig. Verdammt …«, Lennart stutzte. »Was bin ich doch für ein Trottel!«

»Was ist in Euch gefahren?«, erkundigte sich Darraben, der allerdings so aussah, als habe er die für ihn neue Information der Existenz eines schwedischen Prostitutionsverbots noch nicht ganz verwunden.

»Ich befürchte, ich kenne jemanden, der hier wohnt«, erklärte Lennart und fragte sich in diesem Moment, wie er das unaufhaltsam auf ihn zukommende Problem im wahrsten Sinne des Wortes würde elegant umschiffen können.

»Wen denn, bei Mast- und Ruderbruch?«

»Meine Eltern. Ich wusste doch, dass mir der Name des Schiffes bekannt vorkam. Ich sollte zukünftig besser zuhören, wenn meine Mutter mir etwas erzählt …«

»Ach, Eure Eltern sind Seeleute?«, fragte Kapitän Darraben erstaunt und zugleich anerkennend. »Auch Eure Mutter, ein Weib? Bringt das nicht bekanntermaßen Unglück?«

»Nein. Sie sind keine Seeleute, sondern Gäste der besagten Herberge auf diesem Schiff. Und sie dürfen nicht erfahren, dass ich … dass ich …«

»Ich verstehe«, sagte Darraben grinsend. »Niemand weiß, dass Ihr ein Magier seid. Das ist sicherer.« Dann wurde sein Gesicht schlagartig ernst. »Aber darauf kann ich leider keine Rücksicht nehmen. Ich brauche so schnell wie möglich ein Schiff, und zwar exakt dieses hier mit meinem alten Mast. Ich habe dringend etwas von einer Insel zu holen, das ich vor einer großen Gefahr in Sicherheit bringen muss.«

»Was ist es? Ein Schatz?«

»Sozusagen. Ein besonderes Schriftstück.«

»Ein Schriftstück …«, Lennart zögerte, er dachte nach. Konnte das sein? Konnte das wirklich sein? Es musste, denn so ergab alles einen Sinn. Tryggvasons Erben, das Dokument versteckt auf der Insel und dieser verzauberte Muschelmann, der sich als Kapitän Darraben entpuppt hatte und über Krähenbein scheinbar mehr als nur Bescheid wusste. Lennart äußerte seinen Verdacht: »Ihr seid ein Wächter der Dunklen Pergamente?«

Lennart kam es vor, als verlöre Darrabens Bronzeteint schlagartig an Glanz. »Tausend krumme Musketen und rostige Haubitzen! Ihr wisst davon?«

»Davon und von Olav Tryggvason, genannt Krähenbein, und von seinen selbsternannten Befreiern und Anhängern namens Tryggvasons Erben. Ich denke, wir haben gemeinsame Feinde. Gegner, die wir nur besiegen können, wenn wir uns einig sind.«

Darraben rückte näher zu Lennart und funkelte ihn an. Sein Atem roch nach Tang und feuchtem Holz, und seine Stimme zitterte düster. »Wer seid Ihr?«

»Ich bin selbst ein Wächter der Dunklen Pergamente.«

»Lügner! Unmöglich!«, fuhr Darraben auf. »Es gab vier Wächter, und Ihr wart keiner von uns! Ich bin alt, aber gewiss nicht in geistiger Umnachtung gefangen. Sprecht! Wer seid Ihr wahrhaftig?«

»Beruhigt Euch, Kapitän«, sagte Lennart. »Es ist tatsächlich wahr. Bis vor Kurzem war ich kein Wächter, ja nicht einmal ein Magier. Aber ich war ein Freund von Buri Bolmen und habe seinen Wächterposten quasi von ihm geerbt.«

»Geerbt? Von Buri? Ist er etwa … tot?« Die Augen des Kapitäns begannen einen Wimpernschlag lang voller Sehnsucht zu glänzen.

»Ja«, sagte Lennart leise. »Ermordet.«

»Ermordet?«, donnerte Darraben. »Wer hat das getan?«

»Ein anderer Zauberer, oder was auch immer der Leierkastenmann ist.«

»Ein Leierkastenmann? Wollt Ihr mich zum Narren halten?«, brauste Darraben auf. »Läuft sein Mörder noch frei herum, oder habt Ihr ihn einen Kopf kürzer gemacht?«

Lennart schüttelte den Kopf. »Leider nicht. Auch der Leierkastenmann ist nicht so einfach zu überwältigen. Aber im Moment haben wir sowieso ein ganz anderes Problem.«

»Und das wäre?«, fragte der Kapitän wieder gefasster.

»Buris Dunkles Pergament«, sagte Lennart tonlos.

»Was ist damit? Ich dachte, Ihr hättet es von Buri geerbt?«

»Habe ich ja auch«, antwortete Lennart, »aber es wurde mir gestohlen.«

Darraben verzog wie unter Schmerzen das behaarte und pockennarbige Gesicht. »Hat *er* es?«

»Ich weiß es nicht. Geraubt hat es ein Mann namens Hendrik Nilsson. Ein Mitglied von Tryggvasons Erben. Meines und noch ein weiteres.«

»Dieser Nilsson hat also bereits zwei Pergamente in seinem Besitz? Ha, dann wird es nicht lange dauern, bis Krähenbein davon Wind bekommt.« Darraben straffte die Schultern. Mit fester Stimme sagte er: »Alles Jammern nutzt nichts. Verflucht! Bei Krähendung und Möwenschiss! Wir haben zu reden und einen Plan zu schmieden.«

»Ganz meiner Meinung«, sagte Lennart. »Ich habe keinen Rum, aber einen guten Whisky zu Hause.« Er blickte auf sein Handy.

06:54:17

»Wir müssen uns beeilen. Einem zauberhaften Mops läuft die Zeit davon.«

Kaum hatte Lennart das ausgesprochen, sprang Kapitän Darraben schon auf ihn zu, umklammerte ihn und stürzte sich mit ihm zurück in den Göta älv.

8. Kapitel

»Ich hätte alle verrotteten Planken meines alten Schiffes gefressen, so sicher war ich, dass Buri Bolmen niemals einen Hund hatte. Er hätte sich doch nie und nimmer so ein Tier zugelegt, und wenn doch, dann gewiss nicht so ein fettes«, sagte Darraben und zog Lennarts Daunenjacke aus, die dieser ihm für den Fußmarsch vom Kanal zum Laden in der Västra Hamngata geliehen hatte, um das auffällige Äußere des ehemaligen Muschelmannes zumindest ein klein wenig zu verdecken. Lennart nahm sie ihm ab und hängte das klamme Kleidungsstück hinter sich ans Aktenregal. Neugierig beugte sich der Kapitän über Bölthorn, der noch immer leblos auf dem Arbeitstisch in der Werkstatt lag. »Dieser dicke Hund, oder was immer das auch ist, ist nicht tot«, stellte er sachlich fest. »Aber am Leben ist er auch nicht mehr richtig. Sein Herz steht still, sein Leib ist warm. Große und üble Wiedergängermagie!« Er nahm einen ordentlichen Schluck aus der Flasche sündhaft teuren Single Malt, den Lennart zuvor aus seiner Wohnung geholt hatte. Der Kapitän hatte auf Erfüllung des am Hafen getanen Whisky-Versprechens gedrängt.

Lennart sparte sich die Frage, ob der Kapitän nicht einen Tropfen Wasser in einen der beiden Tumbler wolle, die Lennart ebenfalls aus der Wohnung mitgebracht hatte, um den edlen Whisky besser zur Geltung zu bringen. Er seufzte kurz, nahm Darraben die Flasche aus der Hand und tat ebenfalls einen kräftigen Zug.

»Ein böser Fluch von Krähenbein. Ein Barghest hat ihn erwischt.«

Darraben riss den Kopf herum. »Ein Barghest? Das ist nicht gut, gar nicht gut, Teufel und Trompeten! Er hat ihn mit seinem magischen Biss gelähmt und vergiftet mit seinen Klauen. Er wird sterben, wenn wir ihn nicht retten.« Er nahm Lennart wieder die Fasche ab, trank sie in einem Zug leer, stellte sie auf den Tisch und rülpste laut. »Gutes Zeug!«, sagte er. »Fast so gut wie Rum. Haha!«

»Der Barghest, der Höllenhund, ist eine der Göteborger Statuen, die durch Krähenbeins Magie gestern während des Sturmes zu lebenden Figuren wurden. So wie Sie aus dem Muschelmann am Dom«, sagte Lennart.

»Hätte er geahnt, dass meine Seele in dieser lachhaften Figur gefangen war, glaubt mir, er hätte mich zermalmt, eingeschmolzen und ins Meer geschleudert. Krähenbein dachte wohl, ich sei ein willfähriger Diener für ihn, der in seinem Sinne Unheil stiftet. Irgendein verrücktes Monster, dessen er sich für seine Zwecke bedienen kann. Ha! Weit gefehlt. Er ist, Glückes Geschick, noch nicht auf der Höhe seiner Macht und seines magischen Könnens und Wissens und somit noch verwundbar. Noch …«

»Wir müssen auf die Insel und Ihr Dunkles Pergament vor ihm in Sicherheit schaffen«, sagte Lennart nachdenklich, »und wir müssen Bölthorn mindestens einen ganzen Tag auf Ihr Schiff bringen, um auch ihn zu retten.«

»Bölthorn heißt dieser erheblich aus der Form geratene Mopshund mit dem Fell einer räudigen Schiffsratte?

›Dorn des Verderbens‹? Das ist recht amüsant«, meinte Darraben und verzog den Mundwinkel zu einem flüchtigen Schmunzeln. »Aber der hässlichere Hund von beiden ist Krähenbein. Ich habe die rückwärtslaufenden Zahlen auf dem Hundekörper gesehen. Sie streben gegen null, und sobald sie diese Zahl erreicht haben, befürchte ich, dass Euer Mops …«

»… sterben wird«, vollendete Lennart Darrabens Satz mit düsterer Stimme. »Ich weiß. Krähenbein verlangt von mir, dass ich auf seiner Seite kämpfe und ihm helfe, ihm die Dunklen Pergamente zu besorgen. Dann will er ihn verschonen.«

»Er lügt!«, fauchte Darraben. »Er hat schon immer gelogen! Er will zurückkommen, und dazu braucht er Euch. Wenn er hat, was er will, wird er zuerst Euch vernichten und dann den dicken Köter.«

»Wir müssen gegen ihn antreten und ihn ein für alle Mal zur Strecke bringen«, sagte Lennart entschlossen und ballte die Faust.

»Wohl gesprochen, aber das ist leichter gesagt als getan«, gab Darraben zu bedenken. Dann kratzte er sich nachdenklich unter dem Dreieckshut. »Gut, wir könnten ihn unter einem Vorwand nach Svolderoie locken und ihn dort stellen. Er weiß ja nicht, dass mein Pergament dort in einer Höhle, die nur bei Ebbe sichtbar wird, versteckt und durch das Mandala der Wächter geschützt ist« – Darraben verzog grimmig den Mund – »aber um ihm endgültig den Garaus zu machen, müssten wir die vier Wächter zusammenführen und alle Dunklen Pergamente in unseren Besitz bringen. Wie sollen wir das anstellen?«, grübelte der Kapitän.

»Dazu fehlen uns zwei Pergamente und einer der Wächter«, sagte Lennart. »Ich weiß nicht, wer er ist und wo wir ihn finden können.«

Kapitän Darraben schaute verwundert auf. »Nur einer?«

Lennart nickte. »Ihr seid ein Wächter, ich bin als Buri Bolmens Nachfolger der zweite. Und hier in dieser Keksdose …«, Lennart schritt zum Regal, holte das Zuhause des Orakels hervor, stellte es neben Bölthorn auf die Werkbank, »… hier in dieser Keksdose haust, mehr oder weniger, jemand, den Sie kennen dürften. Er heißt Järnskägg.«

»Järnskägg?«, donnerte Darraben fassungslos. »In dieser Dose? Was redet Ihr für einen Unfug, bei allen stinkenden Matrosen und räudigen Hafendirnen?«

»Er hat sich vor vielen Jahren, vielleicht noch während Sie auf den Nordmeeren Ihr Unwesen trieben, in einem Anfall magischer Selbstüberschätzung quasi entleibt und in dieses Behältnis gezaubert. Seitdem haust er darin und orakelt in obskuren Reimen vor sich hin.«

»Verse und Visionen, ja, das könnte in der Tat Järnskägg sein. Aber was ist mit seinem Dunklen Pergament geschehen?«

»Eine weitere Folge dieses Magieunfalls – er hat es verloren. Lange Zeit blieb es unentdeckt, doch dann erwarb es ein gewisser Mats Wallin, der es in seinem Haus an der Ostküste bei Äskestock versteckte, bis es dort von seiner Enkelin, Emma Mårtensson, gefunden wurde. Ihr wiederum wurde es kurz darauf von einem von Tryggvasons Erben, nämlich besagtem Hendrik Nilsson, abgenommen, der sie dabei um ein Haar getötet hat.«

»Was für ein Unglück«, sagte Darraben. »Und wie

schändlich! Weiber soll man küssen und nicht abstechen.« Er lachte kurz auf. »Der vierte und letzte der Wächter heißt Rœkrvænn.«

»Rœkrvænn?«, vergewisserte sich Lennart. »Heißt das nicht so viel wie ›der Gerechte der Hoffnung‹ oder so ähnlich?«, übersetzte er frei den altnordischen Namen – da alle Zauber seiner Magie auf Altnordisch gesprochen wurden, hatte sich sein Wissen um diese so gut wie ausgestorbene Sprache ziemlich vertieft. »Und wo hält er sich auf?«

Kapitän Darraben zuckte unwirsch mit den Schultern. »Rœkrvænn? Was weiß denn ich? Vor über tausend Jahren habe ich ihn zum letzten Mal gesehen. Auf Svolderoie, wo wir Krähenbein gemeinsam geschlagen haben. Zusammen mit Buri Bolmen, Järnskägg und Elír.«

»Ich entsinne mich«, sagte Lennart. »Bölthorn hat mir mal von ihr erzählt.«

»Elír war eine Elfe, die im Rahmen eines magischen Rituals als Lockvogel für Olav Krähenbein diente«, sagte Darraben. »Er war uns und unseren Verbündeten, den Streitkräften der schwedisch-dänischen Flotte, am 9. September des Jahres 1000 nach Christus bei der Seeschlacht von Svold nämlich beinahe entwischt. Elír dürfte aber mittlerweile das Zeitliche gesegnet haben, denn auch Feen und Elfen leben nicht ewig. Und falls Krähenbein sie zuvor erwischt hat …« Darraben imitierte mit dem Daumen der rechten Hand das Durchschneiden der Kehle an seinem Hals und streckte zeitgleich unter einem hässlichen Gurgeln seine bronzefarbene Zunge weit heraus. »Er war gewiss nicht mehr allzu gut zu sprechen auf sie.«

»Viel wichtiger scheint mir aber, den vierten Wächter

ausfindig zu machen. Bleibt die Frage, wie wir das anstellen sollen«, unterbrach Lennart die ausschweifende Erzählung des Kapitäns.

Der blickte Lennart an. »Es gibt einen Zauber, einen großen Zauber, den nur wir Wächter kennen. Sind wir in Not, können wir die anderen damit rufen. Jeder Wächter hat seinen eigenen.«

»Ich kenne diesen Zauber nicht«, sagte Lennart beinahe vorwurfsvoll.

»Bestimmt hat Buri ihn Euch irgendwo hinterlassen. Ihr müsst ihn suchen, denn dann ist unser Ruf dringlicher und stärker, reicht weiter in die Welt hinaus. Und wenn wir Järnskägg dazu überreden, den seinen ebenfalls anzuwenden, dann sollte es schon mit dem Teufel höchstselbst zugehen, wenn wir Rœkrvænn damit nicht zu uns rufen könnten.«

»Gut«, sagte Lennart, »doch zuerst sollten wir uns um Ihr Schiff kümmern. Am besten planen wir eine Übernahme gleich im Morgengrauen. Ich muss nur zusehen, wie ich meine Eltern da herunterbekomme und ihnen dabei noch klarmache, dass ich Heiligabend nicht mit Ihnen feiern kann. Das wird sie nicht erfreuen. Aber ohne Schiff keine Fahrt nach Svolderoie, und ohne diese Fahrt kein lebender Bölthorn und keine Dunklen Pergamente, und ohne die keine Chance gegen Krähenbein. Nicht wahr, Kapitän?«

Der Angesprochene lächelte plötzlich beinahe väterlich. »Langsam begreife ich, weshalb Buri Euch erwählt hat. Anfangs dachte ich noch, Ihr wäret ein unerfahrener Gernegroß, doch nun erkenne ich, dass Ihr das rechte Feuer in Euren Adern und den rechten Geist in Eurem

Gemüt tragt. Habt Ihr noch eine Buddel davon?« Er deutete auf die leere Whiskyflasche auf der Werkbank. »Und dann erzählt mir von Eurem Plan, und ich will sehen, ob ich Euch nicht helfen kann, den Zauber von Buri zu finden.«

Lennart hatte für den Kapitän zum Glück noch eine Flasche Aquavit in seiner Wohnung aufgetrieben. Er hätte sonst nicht gewusst, ob dieser ihn weiter unterstützt oder doch nur missmutig herumgestanden hätte. Die beinahe klischeehaften Gerüchte über alte Seefahrer schienen also tatsächlich wahr zu sein, denn nun, nach einer weiteren halben Flasche Branntwein, half Darraben Lennart mit leuchtenden Augen. Ob wegen des Hochprozentigen oder wegen der Begeisterung über seine andauernde Befreiung aus seiner Unbeweglichkeit als Bronzefigur nach so vielen Jahren, war nicht zu sagen. Lennart hatte sich einen wagemutigen Plan zurechtgelegt, dessen Ausgang völlig offen war. Genaugenommen war es gar kein richtiger Plan. Es war allenfalls der Anfang eines Plans und ein Wunschziel – das meiste, was dazwischenlag, war allerdings noch recht ungewiss.

Aber es gab einen Hoffnungsschimmer. Eine Befragung von Järnskägg, dem Orakel in der verbeulten Keksdose, schaffte Klarheit für Lennart. Der Kapitän hatte mit seiner Vermutung recht gehabt, denn Buri Bolmen hatte tatsächlich den Zauber zum Zusammenrufen der vier Wächter in seinem Laden versteckt. Aber das Orakel wäre nicht das Orakel und Buri Bolmen wäre nicht Buri Bolmen gewesen, wenn ebendieser Zauber nicht wiederum durch ein Rätsel verborgen gehalten worden wäre.

Von weit her
Zum Laden gekommen.
Oft böse, oft hässlich, oft bleich,
Zum Dankesfeste hergenommen.
Stell dich, wo sie hängt,
Sprich, wenn sie schweigt:
›Frelsa fria hugskot sāl-sāla ǫnd!‹
Heraus die Seele drängt,
Sie die Zauberworte schreit,
Die Wächter kommen zur selben Stund'.

Weder Lennart noch der mittlerweile ziemlich angetrunkene Kapitän Darraben – er hatte den Rest des Aquavits inzwischen geleert – konnten sich trotz unermüdlichen Nachdenkens einen Reim darauf machen, was sich Buri Bolmen dabei gedacht hatte, dem Orakel diese Verse anzuvertrauen. Das Orakel hatte mehrfach beteuert, den Inhalt der Botschaft nicht zu verstehen, sondern sie lediglich zu überbringen.

Lennart und Darraben kamen überein, dass des Rätsels Lösung sich innerhalb der Wände von *Bolmens Skämt- & Förtrollningsgrotta* befinden musste. Doch wo genau, das blieb ihnen weiterhin verborgen. Lennart notierte sich den Zauberspruch, den das Orakel genannt hatte, auf einem Zettel, den er über Bölthorn an der Pinnwand befestigte. Sicher war sicher.

Als Lennart dabei Bölthorn betrachtete und ihm sanft über den Kopf strich, zeigte der Mops-Countdown auf seinem Fell, dass wieder einige Zeit vergangen war. Dennoch beschlossen Lennart und Darraben, ein paar kurze Stunden zu ruhen. Der Kapitän behauptete zwar, er kenne einen Zauber, der die Müdigkeit vertreibe, doch der wirke sich ausschließlich auf den Körper, nicht jedoch auf den Geist positiv aus. So etwas sei äußerst hilfreich, wenn man beispielsweise mehrere Tage lang bei völliger Flaute ein Schiff mit kleinen Ruderbooten übers Meer schleppen müsse, aber in ihrem Fall, da doch eher Gehirnschmalz gefragt sei, brächte das nicht viel. Besser sei es, wenigstens bis kurz vor Morgengrauen eine Mütze voll Schlaf zu nehmen, um so dem ewigen Grübeln eine wohlverdiente Unterbrechung zu gönnen.

Lennart stellte sich den Handy-Wecker auf 06:00 Uhr und legte sich mit Darraben auf den Boden der Werkstatt zu Bölthorn. Er wollte dicht bei ihm bleiben, ihn nicht mehr alleine lassen. Ihn nach oben in die Wohnung zu schleppen, wäre einfach zu riskant gewesen. Einer der Nachbarn oder – noch fataler – Maria Calvino hätte ihnen begegnen können. Nicht auszudenken …

9. Kapitel

Es war kurz vor sechs und noch stockdunkel, als Hendrik Nilsson am Ende des befahrbaren Weges etwa zehn Kilometer südlich von Skaftet Halt machte, den Pickup hinter ein paar Bäumen verborgen abstellte und ausstieg. Es war eiskalt geworden, und er war müde und fror. Laut Karte hatte er noch einen Fußweg von knapp einem Kilometer vor sich, was bei dieser Unwegsamkeit selbst im Sommer nur eine überschaubare Freude bereitet hätte. Hendrik Nilsson hoffte sehr, dass ihn dieser durchgeknallte Unternehmer Harald Hadding nicht umsonst um diese Uhrzeit hierher an den Arsch der Welt bestellt hatte, sonst würde er ihn kennenlernen, Millionär hin, Krähenbein her.

Da er das GPS seines Mobiltelefons aus Sicherheitsgründen lieber nicht benutzen wollte, hatte er sich an einer Tankstelle eine Wanderkarte der Gegend besorgt, was der Pächter mit einem seltsamen Blick quittiert hatte. Wahrscheinlich weil sich um diese Jahreszeit normalerweise gar keine Touristen hierher verirrten. Doch lieber so, als direkt nach dem Ziel der Wanderung, der Höhle von Äskestock, zu fragen und so einen konkreten Hinweis zu hinterlassen.

Nach einigem Suchen hatte er die Höhle schließlich

auf der Karte gefunden. Hendrik Nilsson schob sich die Pistole in den Gürtel, richtete seine Taschenlampe auf den Pfad im tief verschneiten Unterholz und stapfte los.

Gut dreißig Minuten benötigte Hendrik Nilsson für die Strecke, die ihn kreuz und quer durch den Wald führte, dann entdeckte er rechts von sich einen auffälligen Hügel, der aussah wie ein mächtiger, in der Mitte auseinandergeplatzter Backenzahn, der mit einigen knorrigen Bäumen und Gestrüpp bewachsen war. Kurz hielt Hendrik Nilsson inne. Von diesem Ort ging etwas Mystisches aus, das zugleich kraftvoll war und bedrohlich. Im Kegel seiner Taschenlampe erschien der Höhleneingang, der sich einige Meter über ihm befand. Nach weiteren zehn anstrengenden Minuten hatte er endlich das kleine Plateau erreicht, an dessen Ende das dunkle Loch alles Licht verschluckte. Er betrat den Tunnel, dessen Wände grau und schwarz glänzten und der über grobes Geröll und Kies tief in den Fels und in die Erde hinabführte. Als er den Höhleneingang selbst mit der Taschenlampe kaum noch erkennen konnte, war der Weg plötzlich zu Ende. Vor ihm erhob sich ein massives Gitter aus rostigen Eisenstäben. Daneben war eine Hinweistafel von Haddings Kulturhistorischer Stiftung am Fels angebracht worden, welche die Geschichte der Höhle und die des Verschwindens von Mats Wallin vor über dreißig Jahren schilderte. Konzentriert begann Hendrik Nilsson die Inschrift zu lesen, da ertönte wie aus dem Nichts eine Stimme, und er fuhr herum.

»Schön, dass Sie es einrichten konnten«, hallte es mit einem Mal durch das unheimliche Dunkel.

Und obwohl Hendrik Nilsson alles andere als ein

Angsthase war, sprang ihm fast das Herz aus der Brust. Er mühte sich, seinen rasenden Puls unter Kontrolle zu bekommen und fragte unwirsch: »Sind Sie das, Hadding?«

»Ganz recht«, kam es zurück. »Oder haben Sie jemand anderen erwartet?« Schritte knirschten auf dem feinen Geröll. Ein Schatten tauchte neben Hendrik Nilsson auf, der seine Hand, kurz nachdem der erste Schreck vergangen war, an seine Waffe im Hosenbund gelegt hatte, bereit, sie einzusetzen. »Interessant, die Sache mit diesem Wallin, nicht wahr?«, sagte er an Hendrik Nilsson gerichtet.

Harald Hadding war ein großer, stattlicher Mann, musste Hendrik Nilsson feststellen, und ihn beschlich das Gefühl, ihm vor Kurzem erst begegnet zu sein. Als Hadding näher und in den Lichtkegel von Nilssons Taschenlampe trat, erkannte er ihn, und er war sich seiner Sache sicher. »Sie waren das, der mir neulich in dem Göteborger Industriegebäude den Standort des Pick-ups beschrieben und so die Flucht vor der Polizei ermöglicht hat. Und Sie waren es auch, der mir die toten Krähen für die Blutnachricht an Malmkvist gegeben hat, oder?«

»Was Sie nicht sagen«, erwiderte Harald Hadding tonlos.

»Was wollen Sie? Wollen Sie mir alte Geschichten erzählen über diese Höhle und diesen … diesen Wallin? Das geht mir am Arsch vorbei, sollten Sie wissen. Ich will nur die Pergamente, sonst nichts.« Fest umklammerte Nilsson den Griff seiner Pistole.

»Sie sollten lieber etwas höflicher sein«, zischte Hadding, dann entspannte sich sein Ton etwas, »und zweitens sollte Sie das Schicksal Mats Wallins sehr wohl interessieren.«

»Warum?«

»Er hat etwas sehr Interessantes gefunden.«

»Und was?«, wollte Nilsson wissen.

»Zwei Amuletthälften. Eine in Gudhem bei einer Ausgrabung, aber das wissen Sie ja. Was Sie nicht wissen, ist, dass er die zweite hier, weit im Inneren des Berges, hinter diesem Gitter gefunden hat. Vor über dreißig Jahren ist das gewesen«, sagte Hadding. »Mich hat das alles so beeindruckt, dass ich kurzerhand die Höhle über meine Kulturstiftung von der Kommune erworben habe. Diese Stümper und Ignoranten wollten den Eingang einfach zuschütten. Ich aber war damals schon der Überzeugung, dass hier eines Tages noch etwas kulturgeschichtlich Bedeutsames vor sich gehen oder entdeckt werden würde. Dennoch wäre es ein Jammer, wenn sich jemand darin verirrte, nicht wahr? Ein Unglück genügt, meine ich – daher das Gitter.« Harald Hadding lächelte. »Aber Sie sollten auch etwas über mich erfahren. Etwas ganz besonders Ungewöhnliches.«

»Und das wäre?«, fragte Hendrik Nilsson.

»Sie und ich, wir wollen dasselbe«, fuhr Hadding fort und lächelte kalt. »Sie und ich wollen doch, dass *er* vollends zurückkehrt, mit all seiner Macht, oder?«

»Krähenbein …«, flüsterte Nilsson andächtig.

»Ganz recht«, sagte Hadding. »Aber wir brauchen dazu die anderen beiden Dunklen Pergamente. Die zwei, die Sie bereits haben, genügen nicht. Befinden sie sich an einem sicheren Ort?« Hadding blickte Nilsson forschend an.

War dies eine rhetorische Frage? Oder täuschte sich Hendrik Nilsson? Kannte Hadding die Antwort? Er war ein mehr als eigenartiger Mann, dem Macht und Machtstreben aus jeder Pore trieften. Hendrik Nilsson musste vorsichtig sein und würde diesem Typ nicht auf die Nase binden, dass er die beiden Dunklen Pergamente, die sich bis vor nicht allzu langer Zeit noch im Hauptquartier von Tryggvasons Erben in Billdal befunden hatten, nun unter dem Beifahrersitz des Pick-ups versteckte und immer mit sich führte.

»Seien Sie beruhigt. Sie sind sicher verwahrt.«

»Als hätte ich mir's gedacht.« Im Schein der Taschenlampe wirkten Haddings Züge überheblich und zutiefst dämonisch.

»Hören Sie, ich bin mir nicht sicher, ob ich Ihnen trauen kann, Herr Hadding. Irgendetwas stinkt hier gewaltig, und meine alte Polizeispürnase hat mich noch selten getäuscht«, sagte Nilsson. »Oder haben Sie mich nur herbestellt, um mir alte Geschichten zu erzählen?«

Hadding schenkte Nilssons vorlauten Worten so viel Beachtung wie einer Fruchtfliege. »Wir müssen uns zusammentun, denn ich habe eine Spur zu den anderen beiden Dunklen Pergamenten, die Ihnen noch fehlen. Deswegen sind Sie hier.«

»Sie haben eine Spur? Welche?«, fragte Nilsson aufgeregt. »Los, sprechen Sie schon!«

»Es ist schön zu sehen, wie schnell Ihr Vertrauen in mich wachsen kann.« Mit diesen Worten zog Harald Hadding sein Mobiltelefon aus dem Nadelstreifensakko, tippte kurz darauf herum, dann reichte er es Hendrik Nilsson. »Es ist manchmal wunderbar, wozu das Internet gut sein kann, trotz des ganzen Schwachsinns, der täglich hochgeladen wird. Natürlich nur wenn man über die richtige Technik und das nötige Kleingeld verfügt. Drücken Sie auf *Play*«, wies er ihn an.

Der Ex-Kommissar kam der Aufforderung nach, und das Video lief ab. Leicht verwackelte und unterbelichtete Bilder zeigten eine Szene am Wasser – einen Fluss oder einen Kanal. Getuschel, mehrere jugendliche Stimmen, scheinbar eine Gruppe junger Männer, Autotüren, die zuschlugen. Im Hintergrund, auf der anderen Seite des Gewässers, erhob sich eine Kirche.

»Ist das in Göteborg?«, fragte Nilsson.

Hadding schwieg.

Nun zeigte das Video zwei Personen, die dicht am Wasser standen. Das Geplapper innerhalb der Gruppe schwoll an. Und jetzt erkannte auch Hendrik Nilsson, weshalb. »Das gibt's doch nicht!«, rief er. Beide Personen waren von einer schwach glimmenden rötlichen Aura umgeben. Derjenige, der die Szene mit seinem Handy aufnahm, hastete auf die beiden Männer zu, auf der Jagd nach noch spektakuläreren Bildern oder um den Tricks dieser gut gemachten Show auf die Schliche zu kommen. Schnelles Atmen ertönte, Geraschel, dann plötzlich ein Aufschrei aus mehreren Kehlen. Der eine der beiden Männer am Wasser – er trug einen dreieckigen Hut und hatte überhaupt ein seltsames Äußeres, das ungepflegt und beinahe golden-metallisch wirkte, als sei er mit Theaterfarbe überzogen – war ohne Vorwarnung auf den anderen zugesprungen, hatte ihn umschlungen und war eine Millisekunde später zusammen mit ihm in den pechschwarzen Kanal abgetaucht. Wasser spritzte auf, die Jugendlichen rannten zum Ufer und richteten die Kameras ihrer Smartphones auf die Wasseroberfläche.

Es war nicht die Tatsache, dass keiner der beiden Männer wieder auftauchte, die Hendrik Nilsson aufbrausen ließ, sondern der klitzekleine Moment, in dem das Gesicht eines der beiden Männer, kurz bevor sie ins Wasser tauchten, deutlich zu sehen war.

»Lennart Malmkvist!«, fauchte er hasserfüllt.

»Ganz recht«, sagte Harald Hadding. »Kann ich mein Telefon wiederhaben, bevor Sie es vor Wut beschädigen?«

Hendrik Nilsson reichte es ihm mit zitternden Händen. »Wo sind sie hin? Wer ist der andere Kerl?«

»Die beiden sind wohl abgetaucht, wie's scheint«, sagte Harald Hadding und ließ das Mobiltelefon zurück in die Innentasche seines Sakkos gleiten. »Der andere ist ein gewisser Kapitän Darraben. Er hat ebenfalls ein Dunkles Pergament in seinem Besitz. Er ist einer der vier Wächter.«

»Kapitän was? Darraben? Der Typ hat ein Dunkles Pergament? Woher wissen Sie das alles?«, fragte Nilsson und schüttelte ungläubig den Kopf.

»Das ist einerlei. Sagen wir einfach: professionelle Recherche, ein gut funktionierendes Netzwerk, ein perfektes nordisch-mythologisches Archiv, hinreichend finanzielle Mittel sowie eine gewisse Lebenserfahrung«, antwortete Hadding. »Entscheidend ist allein, dass dieser Darraben sein Dunkles Pergament irgendwo versteckt hat und dass wir ihm bloß folgen müssen, um es zu finden.«

»Und Malmkvist …«, zischte Nilsson.

»Ich denke, die beiden haben sich zusammengetan. Das hätte ich an ihrer Stelle auch gemacht.«

»Und der letzte Wächter. Der des vierten Dunklen Pergaments?«, fragte Hendrik Nilsson.

»Sein Name ist Rœkrvænn. Aber wo er sich aufhält, weiß ich leider nicht. Ich denke allerdings, Kapitän Darraben und Lennart Malmkvist werden versuchen, mit ihm Kontakt aufzunehmen. Diese Dummköpfe! Dann bekommen wir gleich beide noch fehlenden Pergamente auf einen Schlag.«

»Wo sind sie jetzt?«

»Das weiß ich nicht genau, aber ich kann mir gut denken, was Lennart Malmkvist und Kapitän Darraben als Nächstes vorhaben. Darraben ist ein Seemann ohne Schiff, und er braucht eines mit einem ganz bestimmten Mast. Und dieses Schiff heißt *Viking II* und gehört der Göteborger Reederei *Old Scandinavian Line*, die ich aus gutem Grund vor Kurzem erst übernommen habe. Ich wusste, dass Darraben früher oder später zurückkäme, ich wusste nur nicht wann. Dass es so bald sein würde und wir uns zur gleichen Zeit kennenlernen sollten, konnte ich ja nicht ahnen. Es trifft sich aber gut, wie ich meine.«

»Wie ist Ihr Plan?«, fragte Hendrik Nilsson.

»Meine Yacht, die *Ringhorn*, liegt nur etwa einen Kilometer entfernt in den Schären dicht bei Äskestock. Sie ist schnell. Wir können Göteborg in knapp zwölf Stunden erreichen.«

»Und wenn Malmkvist und dieser Kapitän vorher abhauen?«, hakte Nilsson nach.

Harald Hadding lachte. »Das werden sie nicht, vertrauen Sie mir. Mir ist zu Ohren gekommen, dass Lennart Malmkvist seinen Mops retten muss, der schwer verletzt sein soll – gebissen von einem anderen großen, bösen Hund. Das arme Tier, wenigstens stand das so in der Zeitung. Außerdem ist morgen Heiligabend. Aber um sicher zu gehen, werde ich ihm noch eine schöne Weihnachtsüberraschung bereiten, die ihn, ohne dass er es zuerst bemerkt, noch mehr an Darrabens Schiff binden und damit in unsere Hände treiben wird«, sagte Hadding. »Ich erzähle Ihnen unterwegs, was Sie noch wissen müssen. Und jetzt bewegen Sie sich besser rasch zu Ihrem Auto, holen die beiden Dunklen Pergamente, die Sie dort mit Sicherheit versteckt haben, und dann folgen Sie mir zur Anlegestelle meiner Yacht.«

Mit diesen Worten ließ Harald Hadding einen komplett verdutzten und zugegebenermaßen auch beeindruckten Hendrik Nilsson zurück. Der benötigte einige Sekunden, um zu verstehen, was geschehen war, und fragte sich gleichzeitig, mit wem zur Hölle er eben eigentlich gesprochen hatte und ob dieser Hadding nicht weit mehr über Olav Krähenbein wusste als Tryggvasons Erben.

Noch während er Harald Hadding in Richtung Höhlenausgang hinterherlief, wurde ihm klar, dass er bei diesem Typen höllisch würde achtgeben müssen, wenn er nicht unter die Räder kommen wollte.

10. Kapitel

Lennart saß an der Mole und ließ die Füße über die Kaimauer baumeln. Es fühlte sich leicht an, und es war einfach nur schön. Über ihm schrien die Möwen, die Sommersonne stand hoch am stahlblauen Himmel, den keine Wolke trübte (außer einer ganz kleinen, die, wenn man genauer hinschaute, die Form eines frechen Schafes hatte). Ein Ausflugsdampfer schob sich vorüber, die Passagiere standen alle an der silbernen Reling und winkten ihm und Bölthorn zu. Der Mops hatte es sich neben Lennart auf dem angewärmten Asphalt bequem gemacht, und er schien zu schlummern.

Dann aber öffnete er unter einem Schmatzen ein Auge, mit dem er zu Lennart hinüberblickte. »Das Wetter wird nicht immer so bleiben, das weißt du, oder?«, blubberte Bölthorn dumpf und sabbernd. »Kann sein, dass bald ein Sturm aufkommt, wenn du dich nicht beeilst.«

»Jaja, das weiß ich«, sagte Lennart und blickte wieder hinaus auf den Göta älv.

»Der Strom fließt ins Meer und weiter über den großen Teich bis nach Amerika«, faselte Bölthorn, und Lennart kam es vor, als habe der untersetzte Hund zu tief in den Napf geschaut.

Plötzlich machte es »Buh!«. Bölthorn versuchte aufzuspringen, es wurde aber nur ein kurzes Wälzen und Aufstellen der Schlappohren. Lennart fuhr herum.

Hinter ihnen hatte sich ein kleines Mädchen angeschlichen, das vielleicht acht oder neun Jahre alt war. Es trug einen spitzen schwarzen Hut mit Sternen, einen satinglänzenden schwarzen Umhang und ein schwarzes Kleid. Dazu eine Perücke mit wirren grauen Haaren und eine Nickelbrille ohne Gläser. In der einen Hand hielt sie einen alten – wahrscheinlich vom Vater mit einer Säge gekürzten – Reisigbesen, in der anderen einen Zauberstab aus Plastik, der Lennarts, wie dieser sich schamhaft eingestehen musste, erstaunlich ähnlich sah.

»Wer bist du denn?«, fragte Lennart.

»Ich bin eine Hexe«, antwortete das Mädchen. Es vollführte dabei einige rhythmische Zauberstabbewegungen.

»Wirklich?«

Bölthorn setzte sich und kratzte sich unelegant mit dem Hinterlauf am Kopf.

»Hihi, was für ein hässlicher Hund«, rief das Mädchen und zeigte mit dem Zauberstab ungeniert auf Bölthorn, dem das nichts auszumachen schien.

Stattdessen fragte er mit ruhiger Stimme: »Du bist doch nicht hierhergekommen, um mich zu beleidigen, oder?«

Das Mädchen schüttelte wie wild den Kopf. »Macht aber Spaß.«

Bölthorn verzog missmutig das Gesicht. »Sag, was du zu sagen hast, dann hau ab! Hexe!«

»Okay«, sagte das Mädchen und wandte sich an Lennart. »Ich kann machen, dass du kicherst. Ich kann selber kichern, weißt du. So als wäre ich verrrrüüüückt und psychisch arg belastet.« Sie begann zu schielen und Grimassen zu schneiden, die erstaunlich abstoßend aussahen.

»Das ist ja toll«, lobte Lennart die Kleine, unsicher, ob das pädagogisch tatsächlich eine gute Idee war. Außerdem war ihm schleierhaft, woher das Mädchen derlei Wörter kannte.

»Überdies«, sagte die Kleine, schob ihre glaslose Nickelbrille mit einem altklugen Gesichtsausdruck höher auf die Stupsnase und hob ihren Zauberstab elegant in die Höhe, »überdies vermag ich den letzten Wächter mit einem ganz bestimmten Zauber zu rufen, Lennart Malmkvist. Soll ich?«

»Woher weißt du meinen Namen? Woher kennst du den Wächter?«

»Oh Mann«, stöhnte das Mädchen und tippte sich mit der freien Hand an die Stirn. »Ich bin doch eine Hexe! Schon vergessen? Hexen wissen alles! Also. Soll ich? Soll ich ihn rufen? Zuerst aber musst du mich erwecken, verstehst du?«, sagte das Mädchen.

»Nein, ich verstehe nicht«, antwortete Lennart ehrlich, aber etwas verzweifelt. Er wusste wirklich nicht, was er von all dem halten sollte und was dieses eigenartige Mädchen meinte. Leise ertönte von irgendwoher Leierkastenmusik …

»Dir muss man aber wirklich alles zehn Mal erklären, was?«, grummelte Bölthorn, ohne den Kopf zu heben, und zuckte mit den Stummelbeinchen. Im gleichen Moment begann die minderjährige Hexe, grauenhaft zu kichern, lauter und lauter und schließlich derart unerträglich, dass sich Lennart die Ohren zuhalten musste und aufsprang.

Ein Schmerz flammte auf.

Er hatte sich den Kopf an der Werkbank von Buri Bolmen angeschlagen, wo er bis zu seinem Albtraum dicht bei Bölthorn geschlafen hatte, und saß nun auf dem Boden davor.

Doch er täuschte sich nicht. Es kicherte immer noch.

Im Dunkeln tastete er nach seinem Zauberstab und erhob sich. Wo war Kapitän Darraben?

Das Kichern kam von vorne. Lennart huschte aus der Werkstatt und machte sich auf den Weg durch den Laden. Mittlerweile kannte er die engen Regalgassen so gut, dass er kein Licht machen musste, um zu wissen, wo er sich befand und wohin er treten musste. Ein kühler Luftzug drang herein. Hatte er die Ladentür nicht abgeschlossen? Er stürmte weiter, und als er vorne am Eingang angekommen war, rief er mit gezücktem Zauberstab: »Wer ist da? – *»Ǥlittā gløa lyşa!«* Sofort entflammte die Spitze des Zauberstabes in gleißendem Grün, das die Umgebung hell ausleuchtete.

Ein gedrungener Schatten stand in der halb geöffneten Tür. Ein Geruch nach Tang, Seegras und feuchtem Holz wurde von der Nachtluft hereingetragen. »Kapitän, sind Sie das?«, fragte Lennart.

»Bei allen rostigen Enterhaken und verbogenen Säbeln, wer soll es denn sonst sein? Kann man nicht mal in Ruhe austreten?«, kam es zurück, gefolgt vom psychedelischen Hexenkichern von Buri Bolmens Türglocke; Kapitän Darraben war in den Laden gekommen und hatte die Tür hinter sich zugemacht. »Ich war nur kurz auf der Gasse, um Wasser zu lassen. Ich wusste nicht, wo sich in diesen verwinkelten Gemächern der Abort befindet. Da bin ich hinaus in die Nacht. Ist das denn verboten?«

»Die Hexe … das Kichern …«, stammelte Lennart und deutete mit dem leuchtenden Zauberstab nach oben zur Türglocke.

»Was plappert Ihr da?«, wollte der Kapitän wissen. »Seid Ihr von Sinnen?«

»Ich glaube, ich weiß, wie wir den vierten Wächter der Dunklen Pergamente herbeirufen können. Können Sie sich noch an die Worte des Orakels erinnern?«

Darraben kratzte sich am Hinterkopf und verschob dabei ungelenk seinen Dreieckshut, der ihm auf die Stirn rutschte. »Welche Worte? Järnskägg redet viel, wenn die Keksdose erst einmal geöffnet ist, scheint mir.«

»Den Zauberspruch. Warten Sie! Ich habe ihn aufgeschrieben«, präzisierte Lennart, und noch bevor der ihn fragend anschauende Darraben etwas sagen konnte, lief er bereits nach hinten in die Werkstatt. Dort angekommen, schnappte er sich den Notizzettel, den er an die Pinnwand gehängt hatte. »Ich weiß nicht, ob du es wirklich warst, vorhin im Traum, und wie du das angestellt hast, aber ich danke dir. Ich werde dich retten, mein Freund«, flüsterte er und strich dem Mops über den rundlichen Leib. Dann zog er das Keksdosenorakel aus dem Regal, klemmte es sich unter den Arm und eilte im selben Moment zurück zu Darraben, der im Dunkeln an der Eingangstür ausharrte.

»Möchtet Ihr gnädigst Eure Erkenntnis mit einem alten Seemann teilen?«, fragte er ungehalten, kaum dass er vom Schein von Lennarts noch immer grün leuchtendem Zauberstab erfasst wurde.

»Natürlich, Kapitän, entschuldigen Sie bitte. Hier steht unsere Lösung.« Lennart stellte die Keksdose neben sich auf den Boden und hielt dem Kapitän den Notizzettel unter die Nase.

»Auf diesem Fetzen Pergament?«

»Es ist der Zauberspruch, den uns das Orakel genannt hat. Der, mit dem wir den vierten Wächter rufen können. Besser gesagt, denjenigen, der ihn kennt. Und ich hatte einen Traum, in dem mir Bölthorn und ein als Hexe verkleidetes Mädchen erschienen ist …«

»Damit macht man keinen Spaß«, fiel Darraben Lennart ernst ins Wort. »Viele kamen schon auf den Scheiterhaufen oder an den Galgen wegen weit besserer Scherze …«

»Ja, das mag sein, aber glücklicherweise nicht mehr heutzutage. Denn anlässlich eines Festes, das aus dem angelsächsischen Raum kommt und *Halloween* heißt, machen das mehr und mehr vor allem junge Menschen auch bei uns.«

Der Kapitän starrte Lennart fassungslos an. »Junge Christen verkleiden sich an einem Heidenfest als ketzerische Hexen, anstatt den kirchlichen Erntedank zu begehen?«

»Ich gebe zu, dass wirkt so gesehen nicht wirklich verständlich. Das ist aber im Moment auch egal«, sagte Lennart. »Jedenfalls erschien mir die kleine Hexe im Traum und kicherte.«

»Sie kicherte?« Darrabens bronzefarbenes Gesicht behielt einen entgeisterten Ausdruck bei.

»Ja. Und zwar genauso wie diese Türglocke.« Lennart deutete hinauf über den Eingang.

In diesem Moment schien dem Kapitän ein Licht aufzugehen. »Ihr meint, der alte Buri war so verrückt, den Spruch zum Rufen der Wächter in diesem Ding zu verstecken, das sich als imbezil kicherndes Weib und Buhle des Satans tarnt?«

»So könnte man sagen. Lassen Sie uns das ausprobieren. Ihr Teil des Spruches ist Ihnen bekannt?«

Darraben lachte verächtlich auf. »Selbstverständlich.«

»Gut. Dann sollten wir noch Järnskägg bitten, uns zu helfen.« Lennart hockte sich vor das Orakel und öffnete den Deckel. Mit dem Ring am Finger rief er es herbei. Und kaum, dass der Nebel aus dem verbeulten und angerosteten Behältnis stieg und sich das bläuliche Glimmen aus der Keksdose mit dem grünen Schein von Lennarts Zauberstab zu einem wundervollen Farbgemisch vereint hatte, ertönte wie gewohnt die Stimme des Orakels:

Wer ist es, der mich ruft
In diesem Dunkel,
Die Stimme schwach,
Am Ring Kar…

Doch Kapitän Darraben fuhr dazwischen und rief: »Halt die Klappe, Järnskägg! Wir haben keine Zeit für diese räudige Reimerei und überflüssige Verse! Wir müssen den vierten Wächter rufen. Kennst du deinen Teil des Zauberspruchs?«

Das Orakel schwieg. Nach einer Weile fragte es zögerlich und zu Lennarts Verwunderung in nicht gereimten Worten: »Darraben? Bist du das etwa?«

»Bei allen Wirbelstürmen und Orkanen: Ja! Wer denn sonst? Was machst du eigentlich in dieser Dose?«

»Das ist eine lange Geschichte …«, sagte das Orakel und holte tief Luft.

»… für die wir jetzt leider keine Zeit haben«, schnitt Lennart Järnskägg das Wort ab. »Verzeihung. Wir müssen den letzten der Wächter rufen. Rœkrvænn. Sind die Herren bereit?«

»Gewiss«, sagte Järnskägg aus der Keksdose.

»Aye!«, sagte Darraben.

»Jetzt gilt es. Ich hoffe, ich habe mich nicht getäuscht.« Lennart richtete den Zauberstab auf die Türglocke und konzentrierte sich. Er ließ die Worte in seinem Geist kreisen und kreisen, fokussierte seine Gedanken auf einen Punkt an der Spitze seines Zauberstabes.

Dann ließ er alle Energie auf einmal frei und las den Spruch vom Notizzettel ab: *»Frelsa fria hugskot sāl-sāla ǫnd!«*

Ein Lichtbogen fuhr aus dem Zauberstab in die Halloween-Türglocke aus den USA. Kaum war er darin verschwunden, beulte sie sich aus, zog sich zusammen, wackelte, bebte, schüttelte sich. Dann auf einmal ertönte die Stimme der kichernden Hexe: »Hihihi! Lennart, Lennart, hast du das Geheimnis gelüftet? Hihihi.« Es klang genauso grauenhaft wie in Lennarts Traum. Nur lauter.

»Buri war in der Tat recht exzentrisch, will ich meinen«, raunte Kapitän Darraben wie zur Bestätigung von Lennarts Gedanken. Doch der legte den Zeigefinger der freien Hand auf die Lippen und lauschte weiter dem Krächzen und Quietschen der Hexenstimme.

»Buri war eins. Darraben war zwei. Järnskägg war drei. Rœkrvænn war vier. Zu dritt müsst ihr sein. Wer nicht da ist, schweigt. Hihihi. Bereit, bereit? Hihi, hin. Dreimal, dreimal. Ich beginne: *Hleypiflokkr Hleypiflokkr Hleypiflokkr …*«

Ein dünner grüner Blitz, nicht dicker als ein Haar, entlud sich aus der Türglocke und endete mitten über den Köpfen von Lennart, dem Orakel und Darraben, wo er zuckend eine winzige, tanzende Kugel aus grüner Energie formte.

Darraben rief als Zweiter: *»hljōða hljōða hljōða …«*

Nach Verklingen der letzten Silbe zischte ein roter Lichtblitz empor, vereinte sich mit dem ersten zu einer bräunlichen Energiekugel, die mittlerweile bereits die Größe einer Murmel aufwies und immer schneller im Raum unter der Decke auf- und abtanzte.

Nun rief Järnskägg als Dritter aus der Orakelkeksdose: *»Vårgūlfskĭŋŋsvarðkeri Vårgūlfskĭŋŋsvarðkeri Vårgūlfskĭŋŋsvarðkeri!«*

Diesmal war es ein blauer Blitz, der aus dem Dunkel der Dose an die Decke schoss, dort die Kugel weißlich und hell einfärbte und auf die Größe eines Tischtennisballs anschwellen ließ.

Dann ging alles rasend schnell.

Die Hexe kicherte. Die Eingangstür sprang auf. Die weiße Kugel an der Decke zischte hinaus in die Nacht und verschwand. Ein Auto bremste quietschend. Die Tür schlug zu. Die Hexe kicherte nicht mehr.

»Wo ist das … Ding … hin?«, fragte Lennart.

»Das Irrlicht überbringt dem gerufenen Wächter die Nachricht, dass er zu den anderen stoßen soll«, kam es hohl und blechern aus der Keksdose.

Lennart nahm wohlwollend zur Kenntnis, dass das Orakel beziehungsweise Järnskägg sich immer noch an das von Kapitän Darraben ausgesprochene Reimverbot hielt; das vereinfachte die Kommunikation erheblich. »Und wann kommt der letzte Wächter?«, wollte er wissen.

»Ja«, sagte Darraben, »das ist ein wenig das Problem. Das Irrlicht führt ihn stets dahin, wo die rufenden Wächter, also wir, sich aufhalten. Bis Mitternacht desjenigen Tages, an dem es erschaffen wurde, ist Leben in ihm, danach verlöscht es wieder, es sei denn, man bringt es in eine magische Umgebung.«

»Eine magische Umgebung?«, fragte Lennart. »Was soll das sein?«

»Ihr wisst nicht viel, junger Freund. Eine magische Umgebung kann zum Beispiel ein Feenreich sein wie das …«

»… das von Trindemossen!«, rief Lennart und erinnerte sich daran, das Bölthorn aufgrund des magischen Feldes im Reich der Fee auch ohne Gewitter hatte sprechen können.

»Exakt«, bestätigte Darraben. »Oder wie mein altes Schiff, die *Intill döden*. Das war vielleicht eine magische Umgebung … Ha!«

Lennart sah nervös auf die Uhr. Es war kurz nach sieben. »Magie hin, Umgebung her, wir können hier jedenfalls nicht tatenlos herumsitzen. Diese Zeit hat Bölthorn nicht.«

»Ich denke«, meinte Kapitän Darraben und trat näher zu Lennart, »ich denke, wir sollten das Schiff um Mitternacht ohnehin schon längst gekapert haben und ablegen, sobald Rœkrvænn seinen vermoderten Fuß auf die Planken setzt. Mops hin, Irrlicht her.«

»Dann müssen wir jetzt sofort und solange es noch dunkel ist zum Hafen und das Schiff klarmachen«, verkündete Lennart mit entschlossener Stimme.

»Bei Hakenarm und Lebertran, das ist ein Vorhaben nach meinem Geschmack!«, freute sich der Kapitän mit funkelnden Augen und schlug sich mit der Faust voller Tatendrang in die geöffnete Bronzehand, dass es schepperte.

»Und was ist mit mir?«, fragte Järnskägg von unten. Es schien, als ob ihn niemand beachtete.

»Ich hole mein Auto …«, hob Lennart an.

»Auto?«, fiel ihm Darraben fragend ins Wort.

»Eine Art branntweingetriebene Kutsche ohne Pferde«, erklärte Lennart knapp. »Herr Kapitän, ich muss noch einmal kurz nach oben in meine Wohnung und etwas organisieren, danach hole ich den Wagen her, wir laden Bölthorn sowie ein paar Zauberutensilien und wetterfeste Klamotten von mir ein, und du«, sagte er ans Orakel gewandt, »du kommst natürlich mit, denn ohne dich geht es nicht, Järnskägg.« Mit diesen Worten schloss Lennart den Deckel der Keksdose, holte sich Autoschlüssel und Jacke aus der Werkstatt und stürmte aus dem Laden hinaus in den noch sonnenlosen Morgen, in dem der Nebel wie Dickmilch durch die Straßen floss.

01:34:56

Diese Zeit hatte er eben auf Bölthorns Fell gesehen. Es musste gelingen …

11. Kapitel

»Was machst du denn hier? Wir sind doch erst heute Abend verabredet«, sagte Kerstin Malmkvist schlaftrunken und rieb sich die Augen, kaum dass sie die Tür zu ihrer Kabine einen Spaltbreit geöffnet hatte. »Ich habe gestern zwei Mal versucht, dich auf dem Handy zu erreichen, und statt zurückzurufen, stehst du jetzt um diese Uhrzeit vor der Tür …« Dann fiel ihr Blick auf Darraben, der ein paar Schritte hinter Lennart im engen Gang wartete und sich an der Messingreling festhielt. »Und dieser … kostümierte Herr …?«, Lennarts Mutter deutete verstört auf den bronzefarbenen Kapitän, der ihr kopfnickend und sich mit der anderen Hand an den Dreieckshut tippend einen Gruß entbot.

»Ein Freund«, antwortete Lennart.

»Und was bringst du da mit?« Sie deutete auf die Reisetasche und die Rettungsdecke, die daneben auf dem Teppichboden lag.

»Zwei weitere Freunde«, wäre die korrekte Antwort gewesen, denn wie sonst könnte Lennart Bölthorn und das Orakel in der Keksdose bezeichnen? Diese korrekte Antwort allerdings hätte die Verstörtheit von Kerstin Malmkvist nicht unbedingt verringert. »Nicht jetzt, Mama«, sagte er deshalb und lächelte unverbindlich.

»Wer ist denn da, Liebes?«, drang mit einem Mal Stefan Malmkvists Stimme aus der Kabine. »Ist etwas passiert? Ich dachte, wir hätten Urlaub und könnten endlich mal ausschlafen.« Ein Bett quietschte, dann erschien das Gesicht von Lennarts Vater ebenfalls im Türspalt. »Lennart? Du? Was ist los? Es ist gerade mal halb acht. Und der Mann da? Was ist mit dem? Wer ist das? Wie sieht der denn überhaupt aus? Ist der ins Farbbad gefallen?«

»Ich habe nicht viel Zeit, euch das alles zu erklären«, sagte Lennart. »Es ist aber so, dass wir in Gefahr sind. Und ihr auch. Deshalb, so leid es mir tut, müsst ihr Heiligabend heute ohne mich feiern, und auch nicht hier an Bord oder bei mir zu Hause, sondern ganz woanders. Das ist sicherer. Ich habe euch ein Doppelzimmer für drei Nächte gebucht. Es liegt bedauerlicherweise etwas außerhalb, auf die Schnelle war in der Stadt über die Feiertage nichts mehr frei. Hier sind die Daten. Rechnung geht natürlich an mich.« Mit diesen Worten reichte Lennart seiner komplett verdutzten Mutter den zusammengefalteten Ausdruck der Hotelreservierung, die er noch kurz vor Antritt der morgendlichen Fahrt hierher organisiert hatte.

»Ein Hotel? Außerhalb? Aber heute ist doch schon Heiligabend, und wir sind extra wegen dir ...«, seine Mutter bekam feuchte Augen – ratlos drehte sie sich zu ihrem Mann um.

»Kommt nicht in die Tüte«, beschloss der mit fester Stimme. »Ich glaube, du spinnst! Wir kommen extra aus Stockholm hierher, um bei der Eröffnung von diesem Zauber-Krimskrams-Laden dabei sein zu können und hinterher mit dir die Festtage zu begehen. Deine Mutter und ich sind mit dem Aufenthalt auf diesem Hotelschiff sehr zufrieden, und jetzt kommst du und willst uns umquartieren? Willst du lieber mit diesem angemalten Zausel feiern?« Erregt deutete Stefan Malmkvist auf Kapitän Darraben, der sich nach allen Seiten umsah, als könnte er nicht gemeint sein.

Als er begriff, dass dem doch so war, kam er schnell heran und fauchte: »Hört besser auf Euren Sohn und verschwindet rasch, unbewaffneter Mann im Schlafgewand. Und Euer Weib nehmt mit fort von hier. Rasch, rasch! Ein groß' Unglück wird kommen, bei Syphilis und Schanker und allen schwärenden Wunden! Wir werden eine letzte Schlacht schlagen müssen gegen Krähenbein und seine Scharen, vielleicht auf hoher See, und da wird kampfuntüchtiges und unerfahrenes Volk nicht gebraucht, versteht Ihr das? Oder seid Ihr etwa Seeleute?«

»Ich habe einen Segelschein«, stammelte Stefan Malmkvist, eingeschüchtert und mit der Situation offensichtlich völlig überfordert.

Lennart wollte eben eingreifen, um ein paar Dinge ins rechte Licht zu rücken, da öffnete sich die Tür am Ende des Ganges und es rief: »*Caro*, hier bist du ja. Und da sind ja auch deine Eltern. *Meraviglioso!* – Wunderbar!«

Lennart fuhr herum. »Maria? Was machen Sie denn hier?«

Statt einer Antwort kam die untersetzte Italienerin herangewackelt, in der Hand einen Korb, der mit einem rotweiß-karierten Küchentuch zugedeckt war. Als sie bei der Tür zur Kabine von Lennarts Eltern anlangte, verbreitete sich der Duft von Kardamom, Safran, Esskastanien und Schokolade. »*Tortelli dolci di castagne* – Kastanienplätzchen«, erklärte Maria und deckte den Korb auf, in dem bestimmt drei Dutzend puderzuckerbestäubte Plätzchen lagen. »Für unsere gemeinsame Ausfahrt. Habe ich noch rasch heute Morgen gebacken.« Sie warf Kapitän Darraben einen Seitenblick zu, schwieg aber über dessen merkwürdiges Äußeres.

»Was für eine Ausfahrt?«, fragte Lennart zaghaft.

Maria blickte ihn vollkommen verständnislos an. »Aber du hast doch die Einladung geschickt, *caro* …«

Wieder ging die Tür am Ende des Ganges auf. »Yep! Noch nicht zu spät!«, rief es plötzlich, und fünf erstaunte Augenpaare richteten sich auf Frederik. »Um neun geht's los, oder?« Frederik kam näher und strahlte über sein ganzes, jungenhaftes und sommerbesprosstes Gesicht. Dann deutete er auf Kapitän Darraben. »Hehe, coole Verkleidung. Sieht absolut echt aus, Respekt!«

»Was zur Hölle und beim Klabautermann soll das bedeuten? Wer sind all diese sonderlichen Menschen?«, fauchte Darraben an Lennart gewandt.

»Familie und Freunde«, gab der zurück, »aber ich verstehe nicht, weshalb sie zusammen hierher …«

Plötzlich schwiegen alle Anwesenden – sogar ausnahmsweise einmal auch Kapitän Darraben – und starrten gebannt zur Schwingtür am Ende des Ganges im Bauch der *Viking II*. Denn zum dritten Mal an diesem dunklen Dezembermorgen öffnete sie sich, und jemand trat herein. Dieser jemand war klein, gedrungen, sein runder Kopf saß beinahe halslos auf einem ebenso runden Körper, sodass es im schummrigen Licht der Beleuchtung wirkte, als habe jemand einen Schneemann aus zwei unterschiedlich großen Bällen gebaut, ihm einen Hut aufgesetzt, zwei erheblich zu kurze Beine montiert und ihn dann mit einer großen Aktentasche in der Hand auf den Weg geschickt.

»Advokat Isaksson!«, rief Lennart, »Sie auch hier? Hat man Sie auch gerufen?«

»Gewissermaßen«, schnarrte der Anwalt und kam langsam näher, die bereits Anwesenden skeptisch musternd, als habe er jemand anderes hier erwartet.

»Ich habe eine SMS erhalten«, meldete sich Maria wieder zu Wort und erklärte: »Du hast mir geschrieben, *caro*, dass wir heute zusammen eine Weihnachtsfahrt auf diesem Schiff hier machen würden, um zusammen mit deinen Eltern zu feiern. Es sei eine Überraschung für sie und für uns ein Dankeschön wegen der Hilfe bei der Wiedereröffnung des Ladens. Außerdem hast du geschrieben, der liebe Bölthorn sei auch dabei!« In Ihrer kraftvollen Stimme schwang eine ordentliche Portion Sorge und eine Prise Vorwurf mit.

»Und ich habe im Chat dieselbe Message bekommen«, schloss sich Frederik an. »Mal sehen …« Er zog sein Handy aus der Tasche und begann, konzentriert darauf herumzutippen.

Lennart kratzte sich ratlos am Kopf. »Es ist zwar wunderschön, euch zu sehen, aber ich habe niemals eine solche Nachricht verschickt. An niemanden von euch, auch nicht an Sie, Herr Isaksson.«

»Was Sie nicht sagen …«, sagte der nur, blickte sich angespannt um und trat heran. Dann nahm er seinen Hut ab und begrüßte Maria Calvino sowie Kerstin Malmkvist formvollendet mit einem dezenten Handkuss.

»Aber wer war es denn dann?«, fragte Maria mit leicht geröteten Wangen.

»Das ist mir scheißegal!«, brüllte Darraben dazwischen und drängte sich dicht an Lennart heran. »Wir müssen sofort das Schiff kapern und hier weg, sonst gibt's ein Unglück. Ich kann es spüren!«

»Wen kapern wir?«, fragte Lennarts Vater verwirrt und blickte in die Runde. »Wer, wie, was?«

Wie zur Bestätigung von Kapitän Darrabens Befürchtung begann draußen ein furchtbares Geheule, und Wellen schlugen gegen das Schiff.

Lennart sah auf sein Handy. *00:24:11* »Sie haben recht. Jetzt oder nie. Dann bleiben meine Eltern und Freunde eben an Bord. Ist jetzt nicht mehr zu ändern. Wie gehen wir vor?«

Darraben lachte grimmig. »Schafft Ihr mir Eure nichtsnutzigen Kameraden und Anverwandten, diese elenden Landratten, in die Kajüte. Alle anderen Passagiere müssen von Bord. Auch die Mannschaft kann nicht bleiben, ich werde sie verjagen! Zu viele Augen, zu viele Ohren! Wir schaffen das allen! Ha!« Mit diesen Worten sprang Darraben zwei Sätze vor und riss wild entschlossen einen Säbel aus seiner Verankerung, der an der getäfelten Holzwand als Dekorationsobjekt neben einem Stück Tau und einem Steuerrad fest verschraubt worden war. Er prüfte die Klinge mit dem Daumen, dann ließ er sie erschreckend dicht über den Köpfen der Anwesenden mehrere Male durch die Luft sausen. »Bei Seemannsgebein und Totenkopf! Stumpf wie ein Holzbein, aber besser als nichts!«, brüllte er lachend, dann stürmte er los und schlug und trat an die nächstbeste Kajütentür, bis ein verschlafen dreinblickender Gast des Hotelschiffes öffnete. Als der den nach Tang und Meer stinkenden und mit einem Säbel bewaffneten

Bronze-Kapitän erblickte, wurde er bleich und wollte die Tür gleich wieder zuschlagen. Doch Darraben fuhr mit dem Fuß dazwischen und brüllte: »Feuer! Feuer an Bord! Alle Mann an Deck! Wer nicht kommt, vermodert bei den Fischen! Rette sich, wer kann, ihr elenden Landratten!«

Dann sprang er zur nächsten Tür weiter und wiederholte seinen Weckruf. Lennart und die anderen, die vor der Kabine zusammenstanden, sahen ihm nach. Verdutzt. Verängstigt. Verwundert. Stumm.

Darraben tobte indes weiter und weiter den Gang entlang, schlug hie und da die Scheiben von Schaukästen ein und drosch mit dem Säbel an die holzvertäfelten Wände, während aus den Kabinen, die er schon heimgesucht hatte, bereits die ersten Gäste mit zerzausten Haaren, bleichen Gesichtern und hastig gepackten Koffern hinauf an Deck stürmten.

»Ich schlage vor, wir gehen in Eure Kabine, wenn es recht ist«, sagte Lennart an seine Eltern gewandt und in den Tumult hinein. »Ich habe euch allen etwas zu erklären, und ich denke, es ist besser, wenn wir hier nicht länger herumstehen.«

Beide nickten widerspruchslos, Frederik schloss sich ihnen an. Anwalt Isaksson schwieg und blickte Darraben stumm und regungslos nach. Maria hingegen schien den Auftritt des bronzefarbenen Kapitäns, der im Hintergrund weiterbrüllte und zeterte und damit eine wahre Panik unter den Gästen des schwimmenden Hotels ausgelöst hatte, noch nicht zur Gänze verdaut zu haben. »Und was ist mit Bölthorn?«, fragte sie schließlich mit zitternder Stimme.

»Auch das werde ich erklären müssen«, antwortete Lennart, ging in die Knie und atmete tief durch. »Es tut mir leid«, sagte er, dann schlug er die Rettungsdecke zurück, die neben seiner Reisetasche am Boden lag.

Lennarts Mutter entfuhr ein erstickter Aufschrei; sie schlug sich die Hand vor den Mund. Maria hingegen blieb totenstill und starrte bloß mit schreckgeweiteten Augen und halb offenen Lippen nach unten. Mehr und mehr nahm ihr ansonsten rosiges Gesicht die Farbe einer Eisscholle an, dann – urplötzlich – verdrehte sie die Augen und knickte weg. Nur mit vereinten Kräften gelang es Frederik, Lennart und Advokat Isaksson zu verhindern, dass sie zu Boden fiel. Gemeinsam und unter Aufbietung all ihrer Kräfte bugsierten sie zuerst die über eine bemerkenswerte Körperdichte verfügende Frau Calvino in die Kajüte von Lennarts Eltern und legten sie aufs Bett, dann holte Lennart auch Bölthorn auf der Rettungsdecke herein. Kerstin Malmkvist eilte ins Bad, um ein Glas Leitungswasser und einen kühlenden Waschlappen zu holen, wie sie sagte, während die Männer ein wenig ratlos um die beleibte Italienerin auf dem Bett und den beleibten Mops zu ihren Fußen herumstanden.

Lennarts Vater räusperte sich. »Ich bin verwirrt«, gestand er ein. »Was ist hier los? Und, Lennart, dass ich so ruhig bleibe, ist allein der Uhrzeit und dem Herrn Anwalt zuzuschreiben, den ich auf der Wiedereröffnungsfeier deines Scherzartikelladens als ruhigen und besonnenen Menschen kennengelernt habe, den diese Situation recht kaltzulassen scheint. So schlimm kann es also demnach gar nicht sein. Habe ich recht, Herr Isaksson?«

Der Advokat sah auf. Seine kleinen Äuglein blitzten aufmerksam aus dem kugelrunden Gesicht. »Oh, da täuschen Sie sich, Herr Malmkvist«, sagte er an Lennarts Vater gerichtet, »ich bin vielleicht einiges gewohnt und kenne das Recht besser als jeder hier im Raum, doch glauben Sie mir, auch ich bin im höchsten Maße verwirrt wegen der aktuellen Situation. Ich denke, der Einzige, der Licht ins Dunkel bringen kann, ist Ihr werter Herr Sohn.«

Alle Augen richteten sich auf Lennart. Doch gerade als der anhob, eine Erklärung abzugeben, überschlugen sich die Ereignisse. Draußen ertönten Sirenen und quietschende Reifen. Wenig später kam Kerstin Malmkvist mit einem feuchten Waschlappen und einem Glas Wasser aus dem Badezimmer zurück, und fast gleichzeitig sprang die Kajütentür auf, was Lennarts Mutter dazu veranlasste, das eben geholte Glas nebst Waschlappen vor Schreck fallen zu lassen.

In der Tür stand Kapitän Darraben mit dem erbeuteten Deko-Säbel in der Hand – es schien, als sei er ganz in seinem Element. »Melde: Gendarmen sind im Hafen von Land her eingetroffen, ich habe sie kommen sehen. Doch ich habe die Leinen gekappt und den Steg ins Wasser geworfen, nachdem ich diese Landratten alle von Bord getrieben hatte! Haha!«, brüllte er lachend. »Und nun hopphopp an Deck, Ihr Rabauken und nutzlosen Mäuler, aber die Weiber bleiben hier unten! Wir haben schließlich ohne Unglück ein Schiff zu übernehmen.«

»Das war auch höchste Eisenbahn!«, rief Lennart. Ihm war nun alles egal, erklären musste er ohnehin so viel, dass jetzt die Zeit dafür nicht reichte, und ob ihm überhaupt jemand glauben würde, stand auf einem ganz anderen Blatt. Kurzentschlossen zog er seinen Zauberstab hervor und hauchte: *»Glittā gløa lyșa.«* – die Spitze begann zu leuchten.

»Ist *das* aus deinem Laden?«, fragte Stefan Malmkvist irritiert und trat näher. »Faszinierend, das muss ich zugeben.«

»Aus dem Laden? Ja, könnte man so sagen«, antwortete Lennart und hielt den Zauberstab dicht über Bölthorns Fell. *»Mekta!«, galierte* Lennart, und die Spitze leuchtete noch heller. Die Augen von Lennarts Vater wurden noch größer, und Frederik staunte: »Ja, das ist echt cool«, obwohl er diese Magie ja schon von der Werkstatt her kannte.

Cornelius Isaksson hingegen hatte das alles scheinbar völlig ungerührt gelassen, ganz als sei es etwas absolut Alltägliches für ihn. Als er aber den Countdown auf Bölthorns Fell entdeckte, den Lennart in diesem Augenblick mit dem grünen Licht seines Zauberstabes erfasste, kam auch er neugierig näher und betrachtete den Mops.

00:09:08 zeigte die Zeit und lief Sekunde für Sekunde weiter rückwärts.

»Slǫckna!«, sagte Lennart, und das Licht verlöschte augenblicklich.

»Wir haben keine zehn Minuten mehr!«, rief er und eilte zu Darraben an die Tür. »Lassen Sie uns die Sache mit der magischen Energie des Mastes der *Intill döden* in Angriff nehmen. Bölthorn wird ansonsten in Kürze tot sein, und wir können uns nicht vor Krähenbein verstecken.«

»Jawohl!«, schmetterte Kapitän Darraben, bleckte die Zähne vor Freude und strich sich durch den verwitterten Bart, in dem noch immer einige Muscheln und kleine Krebse zu Hause waren.

»Magische Energie des Mastes der *Intill döden*?«, fragte Frederik. »Das klingt auch nicht besser oder weniger bedrohlich als ›Todesstern‹ …«

Lennarts Mutter, die sich vom ersten Schreck erholt und bei ihrem Mann untergehakt hatte, schloss sich Frederiks Skepsis an. »Was wird hier eigentlich gespielt? Was ist das für ein dummes Gerede? Was hat da so grün geleuchtet?«

»Mama, entschuldige, und du auch, Papa. Und, Frederik, du sowieso. Ich weiß, es muss für euch alle extrem verrückt wirken und wie ein einziger großer Schwachsinn, aber glaubt mir, es ist bitterer Ernst! Wir werden von einer großen Gefahr bedroht, von einem mächtigen Mann, einem … einem … Zauberer.«

»Ach, von einem Zauberer?«, vergewisserte sich Lennarts Vater und sah dabei seine Frau an, als mache er sich große Sorgen um Lennarts Geisteszustand.

»Ja, ein Zauberer. Sein Name ist Krähenbein, und er wird mächtiger und mächtiger. Er will mich erpressen, ihm zu helfen, die Dunklen Pergamente zu finden, versteht ihr?«

Lennarts Eltern sahen nicht so aus, als wären sie willens, so einen Unfug zu akzeptieren, wohingegen sich in Frederiks Gesicht zumindest die Bereitschaft widerspiegelte, es zu versuchen.

»Kommt Ihr endlich?«, donnerte Darraben, dem das Debattieren sichtlich auf die Nerven ging.

»Moment!«, rief nun überraschend Advokat Isaksson mit fistelnder, aber schneidender Stimme quer durch die Kajüte. »Man hat mir keine elektronische Nachricht geschickt, ich möge herkommen.«

Lennart blickte ihn fragend an. »Woher wisst ihr es dann? Und was noch weit wichtiger ist: Welche Rolle spielt das im Moment? Unsere Zeit ist knapp, und …«

»Dieser Fakt spielt eine ganz gewichtige Rolle, das

dürfen Sie mir glauben. Ich sagte nämlich, dass ich keine *elektronische* Nachricht erhalten habe, eine Nachricht allerdings schon. Ich habe sie dabei und auch noch etwas anderes, das Sie, Herr Malmkvist, und Sie, Herr Kapitän Darraben« – Cornelius Isaksson sprach den Namen süffisant, beinahe provokant aus, als fasse er ihn verbal mit spitzen Fingern an – »sehr interessieren dürfte.«

»Das ist prima, Herr Isaksson, aber, wie gesagt, können wir das nicht nachher …?«, versuchte Lennart zu intervenieren.

Doch der gedrungene Anwalt hatte sich schon unter schnaufenden Mühen gebückt und die große Aktentasche zu seinen Füßen geöffnet.

Niemand sagte ein Wort, alle starrten gebannt auf die Tasche, aus der mit einem Mal ein heller weißlicher Schein drang. Und dann, ganz unvermittelt, erhob sich ein kugelrunder, leicht pulsierender Lichtball aus der Tasche, stieg gemächlich bis zur Kajütendecke empor und begann zwischen Darraben, Lennart, Cornelius Isaksson und Lennarts Reisetasche hin und her zu schweben.

»Das ist wirklich schön«, sagte Frederik, »wie eine kleine Sonne.«

Lennarts Vater schwieg beeindruckt, Lennarts Mutter fragte leise: »Was ist das wieder für ein chinesisches Technikwunder?«

Weder die näher kommenden Hubschraubergeräusche noch das hier unter Deck nur schwer verständliche Lautsprechergebrabbel der Polizei von außerhalb des Schiffes schafften es, diesen Moment der Andacht zu entweihen.

Maria erwachte, hustete leise und schlug die Augen auf.

Als sie die Lichtkugel erblickte, sagte sie: »*La luce, il tunnel … Sono nel paradiso* – das Licht, der Tunnel … Ich bin im Paradies!«, und fiel wieder in Ohnmacht.

»Das ist unser Irrlicht«, stellte Lennart nach einem besorgten Seitenblick auf Maria Calvino fest.

»Nur der vierte und letzte Wächter hätte es bekommen dürfen …«, sagte Darraben.

»In der Tat«, sagte Cornelius Isaksson tonlos. Er bückte sich erneut, holte etwas aus der Aktentasche hervor und hielt Lennart und dem Kapitän schließlich ein uraltes Schriftstück unter die Nase. »Das dürfte den Herren bekannt vorkommen, nicht wahr?«

Lennart blieb fast das Herz stehen.

Das, was der Anwalt in den Fingern hielt, war zweifelsfrei eines der vier Dunklen Pergamente, ein Viertel der *Vårgūlfskĭŋŋ*, ein Stück der uralten Haut eines schwarzen Wolfes, versehen mit unerklärlichen, magischen Zeichen, mit schwungvollen Linien und kraftvollen Runen. Ein Teil der gefangenen magischen Seele von Olav Krähenbein.

»Rœkrvænn …«, stammelte Darraben und kam näher, »bist du es wirklich?«

»*Ihr* seid der vierte Wächter?«, fragte Lennart, nicht weniger perplex.

»Ja, ich bin Rœkrvænn, der vierte Wächter, und ich war es schon immer. Dass Buri Bolmen und ich uns nach hunderten von Jahren hier in Göteborg trafen, war reiner Zufall, aber es tat auch gut, einen alten Weggefährten in der Nähe zu wissen. Doch nun sollten wir tatsächlich große Eile walten lassen, um zu verschwinden. Zumindest fürs Erste. *Bladra lafa rìða våga vappa*«, zauberte Cornelius

Isaksson wie selbstverständlich und dirigierte das kleine Irrlicht mit der Hand direkt über Bölthorn. Dann zauberte er den Lichtzauber: *»Årnā ðrygja şkīla«*, und die Energie des Irrlichtes wurde auf den leblosen Bölthorn gelenkt.

00:04:35 stand dort für alle gut sichtbar zu lesen.

Lennart hätte dem kugelrunden Anwalt so einiges zugetraut, aber das? Eigentlich nicht. Doch jetzt, da er wusste, wer Advokat Cornelius Isaksson wirklich war, erschien ihm einiges an ihm, das ihm früher lediglich sonderbar vorgekommen war, in völlig anderem Licht. Insbesondere zwei Dinge fielen Lennart sofort ein. »Die Fußbodenornamente in der Eingangshalle ihres Hauses in der Viktor Rydbergsgata sind kein Werk eines überkandidelten Vorbesitzers, sondern das Schutzmandala der Wächter«, sagte Lennart und schüttelte den Kopf. »Dass ich nicht von selbst darauf gekommen bin.«

»Immerhin begreifen Sie es jetzt«, schnarrte der Anwalt.

»Und Ihre Sekretärin? Ist sie ein Mensch?«, wollte Lennart wissen.

Cornelius Isaksson lächelte milde.

Die Hubschraubergeräusche wurden immer lauter. Auch vom Wasser her waren Sirenen zu hören. Scheinbar griff nun auch die Wasserschutzpolizei in das Geschehen ein. Cornelius Isaksson hob den Zeigefinger und deutete nach oben.

»Wäre es nicht an der Zeit, dieses Schiff zu übernehmen und einen Zauber am Mast zu sprechen, anstatt über die Wesensart meiner Angestellten zu philosophieren?«, fragte Cornelius Isaksson und eilte voraus an Deck.

12. Kapitel

Es hatte nicht viel Überredungskunst bedurft, um Lennarts Mutter davon zu überzeugen, mit der erneut in Ohnmacht gesunkenen Maria und dem wie tot daliegenden Bölthorn in der Kajüte unter Deck zu bleiben, während sich die Männer der kleinen Schicksalsgemeinschaft treppauf nach oben begaben. Lennarts Vater, der auch mit von der Partie war, sah zwar überhaupt nicht aus, als verlange es ihn brennend danach, sich aktiv an der Kaperung eines Viermasters zu beteiligen, der bis vor wenigen Minuten noch ein Hotelschiff gewesen war. Aber seine Mitteilung von vorhin an Darraben, er, Stefan Malmkvist, sei im Besitz eines Segelscheines, hatte dem Kapitän genügt, ihn mit grimmem Blick dazu aufzufordern.

»Wo ist die Mannschaft abgeblieben?«, wollte Lennart wissen, als er die Tür zum Deck aufstieß und dem Kapitän hinaus in die Dezemberdämmerung folgte.

Darraben lachte düster auf. »Ha! Wer nicht freiwillig von Bord gegangen ist, den habe ich ins Hafenbecken befördert.« Er deutete mit dem Daumen über seine Schulter, während er weiter auf den Hauptmast zuhielt. Tatsächlich sah Lennart, wie Rettungsboote in der Nähe der Mole einige Männer in orangefarbenen Schwimmwesten aus dem eiskalten Wasser zogen.

»Aber wie wollen Sie dieses riesige Schiff denn jetzt steuern?«, rief Lennart ihm nach.

»Das lasst nur meine Sorge sein«, kam es zurück. Lennart sah, dass der Kapitän den Hauptmast erreicht hatte und vor ihm auf die Knie ging. Er blickte nervös und angespannt auf sein Mobiltelefon.

00:04:47

»Wo ist er hin, dieser bronzefarben lackierte Piratendarsteller?«, fragte Stefan Malmkvist, als er schwer atmend und zusammen mit einem noch stärker schnaufenden Cornelius Isaksson bei Lennart anhielt.

»Dort«, sagte Advokat Isaksson und deutete auf Darraben, der den Mast des Schiffes mittlerweile mit beiden Armen so innig umschlossen hielt, als würde er ihm seine Liebe gestehen, und etwas mit halb geöffneten Augen wie in Trance zu murmeln schien.

»Ganz gleich, was er vorhat«, mischte sich Frederik ein, »es wäre eine Bombenidee, wenn er es schnell machen würde, sonst kriegen wir mächtig Ärger, schätze ich.« Dabei deutete er aufs Wasser, wo sich ein Polizeiboot rasch näherte und mit seinen Scheinwerfern die *Viking II* erfasst hatte. Zudem sah Lennart, dass der Helikopter, den er schon unter Deck wahrgenommen hatte, vom der Altstadt gegenüberliegenden Ufer her ebenfalls auf sie zuhielt und den Göta älv erreicht hatte. Hinter ihnen, am nahe gelegenen Hafen, ertönte mit einem Mal eine weibliche Stimme über Lautsprecher. Im Freien war sie bestens zu verstehen.

»Achtung, Achtung! Hier spricht die Polizei. An die Besatzung der Viking II*: Wir fordern Sie auf, unverzüglich wieder anzulegen und sich zu ergeben, andernfalls werden wir das Schiff entern und die Kontrolle übernehmen. Lennart Malmkvist! Ich*

weiß, dass Sie auch an Bord sind. Wenn Sie Einfluss auf die Besatzung haben, empfehle ich Ihnen, diesen zu nutzen. Geben Sie auf! Sie haben keine Chance und machen alles nur noch schlimmer! Das bringt doch alles nichts!«

»Das war Kommissarin Tysja«, erkannte Frederik und schaute Lennart erstaunt an. »Woher weiß sie, dass du an Bord bist?«

»Sie wird es von derselben Quelle erfahren haben, die auch dich und die anderen, hierhergelotst hat. Aber das ist mir im Moment ziemlich wurst!«, rief Lennart. »Ich muss etwas unternehmen.«

Er hatte gesehen, dass Darraben tatsächlich etwas zu erreichen schien. Er war von einem rötlichen Schimmer umgeben, der wie eine Aura aus ihm herausfloss und sich von seinem Körper aus rasch über den ganzen Mast verteilte, den er noch immer umschlossen hielt. Es machte den Anschein, als werde der Mast mit einem brennbaren Gel überzogen und angezündet, so sanft und zaghaft breitete sich die magische Aura aus. Doch selbst wenn es dem Kapitän gelang, den Zauber zu vollbringen, so würde es verflucht knapp werden. Lennart eilte zum Bug des Schiffes und stellte sich dicht an die Reling. Er zog seinen Zauberstab hervor, konzentrierte sich, zielte durchs Halbdunkel des anbrechenden Tages auf das näher kommende Polizeiboot und zischte: *»Skotja elding pīla!«*

Sofort sammelte sich Energie an der Spitze des Zauberstabes, die sich blitzartig entlud und wie ein Feuerwerkskörper über das Wasser schoss, weiter und weiter, bis zum Polizeiboot, dann aufstieg und schließlich wie eine Leuchtgranate in einen der Suchscheinwerfer einschlug. Lennart hörte einen dumpfen Knall, ein Splittern, einen

Aufschrei, dann war das Licht aus. Er lächelte. Der *Skotja*-Zauber war einfach, flexibel und hocheffizient und deshalb einer der mächtigsten von allen. Und Spaß machte er auch.

Lennart wiederholte den Zauber so oft, bis er alle Scheinwerfer an Bord des Polizeibootes zerstört hatte und es schließlich abdrehte. Dann schleuderte er zwei Blitze auf den näher gekommenen Helikopter, von denen er einen ebenfalls in die Beleuchtung schickte und den anderen an eine der Kufen, was das Fluggerät kurzzeitig ins Schlingern und den Piloten dazu brachte abzudrehen. Die Besatzung sowohl des Helikopters als auch des Polizeibootes musste unweigerlich annehmen, dass sie beschossen worden waren, und sicher verspürte keiner von ihnen große Lust, mit dieser anscheinend großkalibrigen Leuchtspurmunition einen Volltreffer verpasst zu bekommen.

Von Land her drohte Tysja über ihr Megaphon: *»Sind Sie verrückt? Stellen Sie unverzüglich das Feuer ein, sonst erwidern wir es!«*

»Darraben!«, rief Lennart, »Dauert das noch lange?« Er sah hektisch auf sein Handy: *00:02:07*

Der Kapitän antwortete nicht. Aber die von ihm ausgehende rötliche Aura erreichte in diesem Augenblick die Spitze des Hauptmastes und umschloss ihn schließlich zur Gänze. Für die Ewigkeit von einer oder vielleicht zwei Sekunden wirkte die Welt wie eingefroren.

Nichts bewegte sich.

Nichts regte sich.

Es war still.

Und kalt.

Und magisch.

Dann rauschte die gesamte Energie des Mastes in einer glutroten Lawine das uralte Holz herab, beschleunigte am Ende und fuhr wie in einer geräuschlosen Implosion in Kapitän Darraben. Er löste sich aus der Umarmung des Mastes, drehte sich um und lehnte sich mit dem Rücken ans Holz, den Kopf im Nacken, die Augen geschlossen.

Mit einem Mal riss er die Augen auf. Aus ihnen strahlte es hellrot, genau wie aus den Ohren und aus seinem weit geöffneten Mund. Die Strahlen wurden dichter und dichter, verwandelten sich in etwas, das aussah wie Plasma, herabtropfte und sich in kleinen Pfützen sammelte, die größer wurden, immer größer, bis all das Strahlen und Leuchten im Nichts verging. Schlagartig wurde es dunkel. Im Umkreis von zwei- oder dreihundert Metern um die *Viking II* herum verlöschten alle Lichter, alle Gebäudebeleuchtungen, Straßenlaternen, Schiffsbeleuchtungen, die Blaulichter und sämtliche Scheinwerfer der Polizeiautos an der Hafenmole. Sogar Maja Tysjas Megaphon, aus dem bis eben noch knackende Geräusche und der Beginn einer weiteren Aufforderung gekommen war, verstummte.

Lennart spürte förmlich, welche Verwirrung an Land unter den Beamten herrschen musste. Ohne Licht waren sie blind, der geraubte Viermaster im Hafen dürfte für sie nicht mehr erkennbar sein. Die Polizei würde es auf die Sichtverhältnisse schieben, wenn das Schiff plötzlich nicht mehr da war, sobald der Strom für die Scheinwerfer zurückkehrte. Lennart wusste es besser. Die *Viking II* war durch Kapitän Darrabens Zauber unsichtbar geworden.

Schwach und blässlich, eher wie ein gedemütigter Stern als ein Zentralgestirn schob sich die Sonne zwischen Horizont und dicht bewölkten Himmel. Lediglich anhand der Uhrzeit konnte man ahnen, dass dies der Tagesbeginn des vierundzwanzigsten Dezember sein sollte. Da vernahm Lennart ein Geräusch, vor dem er sich seit der Entdeckung des Countdowns auf Bölthorns Fell gefürchtet hatte: das Piepen seines Handys. Die Frist war abgelaufen. Er sah auf sein Mobiltelefon. Es war zwei Minuten vor neun. Sonnenaufgang. Frederik hatte tatsächlich recht gehabt mit seiner Vermutung.

Angespannt blickte Lennart sich um, den Zauberstab noch immer in der Hand, bereit, sich und seine Eltern und Freunde zu verteidigen, sollte Krähenbeins Angriff beginnen. Doch nichts dergleichen geschah. Stattdessen hörte er eine bekannte Stimme hinter sich.

»Hahaha! Es ist vollbracht, Lennart Malmkvist! Nun sind wir sicher.«

Lennart fuhr herum und staunte nicht schlecht. Vor ihm stand Kapitän Darraben. Allerdings erinnerte nichts an ihm noch an den vermoderten Muschelmann, der aus einer bronzenen Figur zum Leben erweckt worden war. Keine Meeresfrüchte fielen ihm aus den ungepflegten Haaren, kein Gestank nach Tang, Seegras und faulem Holz erfüllte die Luft. Vor Lennart stand, rank und schlank, hochgewachsen und mit geradem Rücken, ein Kapitän in bestem Gewand aus rotem und gelbem Tuch und brauner Weste. Am ledernen Gürtel trug er einen Säbel mit glänzendem Griff in einer reich verzierten Scheide (den Übergangs-Dekosäbel musste er unbemerkt über Bord geworfen haben). Dazu trug der Kapitän hohe braune Lederstiefel an den Füßen und eine Feder am nunmehr tadellosen Dreieckshut.

Weit mehr als die Verwandlung des Kapitäns beeindruckte Lennart die Tatsache, dass der Viermaster wie durch Zauberhand alle Segel gesetzt und bereits ordentlich Fahrt in Richtung offenes Meer aufgenommen hatte. Die Freisetzung der magischen Energie aus dem alten Mast der *Intill döden* musste bei Kapitän Darraben neben einer erheblichen Verbesserung seines Aussehens zugleich auch einen immensen Zuwachs seiner Zauberkraft bewirkt haben. »Ich habe Euch doch gesagt, dass Ihr das ruhig meine Sorge sein lassen sollt, wie wir mit einer kleinen Mannschaft das Schiff aufs Meer bekommen. Und Ihr könnt Euch entspannen. Niemand kann uns mehr sehen. Das Schiff ist für die anderen unsichtbar, sowohl für die Gendarmen am Ufer als auch für Krähenbein. Ha! Bei allen pestverseuchten Toteninseln!«

Lennart beendete den immer noch piependen Alarm seines Telefons. Jetzt erst riss er sich aus seinem Staunen und rannte unter den überraschten Blicken seines Vaters und Frederiks zurück zur Kabine seiner Eltern. Dort angekommen klopfte er gar nicht erst an, sondern stürmte hinein.

Ihm bot sich ein Anblick, den er selbst kaum glauben konnte und der sein Herz ganz leicht machte.

Maria Calvino war wieder aus ihrer Ohnmacht erwacht. Das freute Lennart. Doch es war nicht seine Nachbarin, deren Anblick ihn so glücklich machte wie schon lange nichts mehr. »Bölthorn!«, rief er außer sich vor Freude und trat näher. Ob der Mops ihn gehört hatte, konnte Lennart nicht sagen, denn Maria Calvino hatte den aus seinem todesähnlichen Schlaf erwachten Hund aufs Bett gehievt und umarmte ihn schluchzend derart heftig, dass Lennart für einen Moment ernsthaft überlegte, seinen vierbeinigen Freund aus diesem Würgegriff der Liebe zu befreien, bevor er ihm zum Opfer fiel.

Kerstin Malmkvist hatte auf der anderen Seite des Bettes Platz genommen und betrachtete diese Szene mit einer Mischung aus Verstörtheit – sicher aufgrund der jüngsten Vorkommnisse – und tiefer Anteilnahme, denn sie schien zu spüren, wie sehr Maria Calvino an dem übergewichtigen Hund hing und wie erleichtert sie war, ihn wohlbehalten in den Armen halten zu dürfen.

»O dio, o dio!«, rief sie tränenerstickt, »Oh Gott, oh Gott! *Carissimo* Bölthorn – allerliebster Bölthorn, *il mio cuore* – mein Herz!«

Lennart lachte wie jemand, der einen Sechser im Lotto gewonnen hatte. Er wäre am liebsten vor Freude an die Decke gesprungen, denn er fühlte sich ja mindestens so erleichtert wie Maria, was Bölthorn anging. Dass er seinen geliebten vierbeinigen Freund noch einmal so mopsfidel sehen würde … Er hatte in den letzten Stunden mehr als einmal große Zweifel daran gehegt und schon mit dem Schlimmsten gerechnet. Aber Lennart ließ Maria den Vortritt, versuchte einen kühlen Kopf zu bewahren und wandte sich mit noch immer klopfendem Herzen an seine Mutter. »Und bei dir ist hoffentlich auch alles so weit in Ordnung, Mama?« Kerstin Malmkvist nickte, wirkte aber erschöpft. »Maria, geht es Ihnen gut?«

Die Italienerin ließ von Bölthorn ab, der die Gelegenheit nutzte und unter einem gurgelnden und sabbernden Mopsstöhnen vom Bett hüpfte.

»Ich bin böse auf dich, *caro*«, sagte Maria zu Lennart. »Du hast mich angelogen! Bölthorn hatte gar keine Verletzung am Bein, und er war gar nicht im Krankenhaus für Tiere in Billdal, *non è vero* – nicht wahr?«

»Ja, das stimmt. Es tut mir leid. Aber ich wollte Ihnen das ersparen. Können Sie mir verzeihen?«

Maria Calvino verschränkte die Arme vor dem mächtigen Busen. »*Non sono sicura* – Ich bin nicht sicher«, aber ihre Augen sagten: »Schon passiert!«

Lennart ging in die Hocke. »Bölthorn, mein Freund, komm zu mir und lass dich anschauen. Bist du wieder voll einsatzbereit?«

Bölthorn machte ein paar kleine Tippelschritte auf ihn zu. Sein rosafarbener Bauch wankte dabei rhythmisch von links nach rechts. Lennart atmete auf. Offensichtlich hatte er Krähenbeins Fluch tatsächlich spurlos verdaut, denn nicht nur, dass Bölthorn so gesund wirkte wie eh und je, auch der Countdown auf seinem Fell war komplett verschwunden. Bölthorn war zurück, und wieder ganz der Alte, wie es schien.

»Hier an Bord herrscht dank unseres Verbündeten Kapitän Darraben ein magisches Feld, was bedeutet, dass du … na, du weißt schon …«, flüsterte Lennart und zwinkerte ihm zu.

Fellüberzogene Wellen aus Haut und Speck schoben sich skeptisch im Gesicht des Mopses zusammen. Er verzog unschlüssig die Lefzen und sah abwechselnd Maria Calvino und Kerstin Malmkvist an, dann warf er Lennart einen Blick zu und nickte.

Lennart verstand und erhob sich unter einem Räuspern. »Da wäre noch etwas«, sagte er entschuldigend an Maria und seine Mutter gerichtet. »Bölthorn ist kein Mops.«

»Was sagst du da, *caro*?«, fragte Maria.

»Ach, wirklich?«, fragte Kerstin Malmkvist erstaunt, aber ihre Stimme klang schon relativ resigniert, ganz als habe sie längst aufgegeben, sich gegen eigentlich unmögliche Vorkommnisse und Realitäten zu wehren.

»Ihr beiden habt heute schon viele durchaus wundersame und wahrscheinlich schwer zu verarbeitende Dinge erlebt«, sagte Lennart, »und … und um diese kommt ihr auch nicht herum. Bölthorn, erklär du es ihnen.«

Bölthorn zuckte mit den Lefzen und schmatzte einen Moment, als würde er nachdenken. Dann setzte er sich auf den Hintern, wobei ihm der dicke, rosafarbene Bauch über die Stummelbeine und die Mopsfüße rutschte, und grunzte noch einmal. Schließlich sagte er mit blubbernder und tiefer Stimme: »Ja, da muss ich Lennart mal ausnahmsweise recht geben. Ich bin tatsächlich kein Mops. Zumindest kein gewöhnlicher. Ich bin schon über tausend Jahre alt, und ein anderes Wesen steckt in mir. Maria, Ihnen wollte ich schon lange einmal sagen, wie sehr ich sie mag, und …« Bölthorn hielt abrupt inne »Lennart? Deine Mutter wirkt ziemlich blass, und mir scheint, dass die liebe Maria Calvino schon wieder in Ohnmacht gefallen ist. Hole den beiden doch einen Schluck Wasser. Ich kann zwar denken und sprechen und vielleicht noch mehr, aber mit Händen bin ich nicht gesegnet worden. Wenigstens nicht in dieser jämmerlichen Hülle von einem Körper. Ach, und wenn du schon dabei bist, dann besorge mir doch irgendwas zu fressen, ich habe einen irrsinnigen Kohldampf – als hätte ich schon eine Ewigkeit nichts Anständiges mehr bekommen.«

13. Kapitel

Mit der müden und noch tiefstehenden Morgensonne im Rücken, erreichten sie bereits eine gute halbe Stunde später die Göteborger Schären. Sie waren sämtlichen Verfolgern einfach entwischt. Diese hatten noch nicht einmal gesehen, wie und wohin sich das durch Zauberei unsichtbare Schiff davongestohlen hatte.

Nun durchpflügte die *Intill döden* unter vollen Segeln, weiß bekrönte mächtige Wellen durchschneidend, das tiefblaue Wasser. Sie waren bereits vorbei an den Inseln Rivo, Asperö, Bränno und Galtero und segelten weiter hinaus aufs offene Meer.

Ja, das Schiff hieß nun *Intill döden* und nicht mehr *Viking II*. Kapitän Darraben hatte es sich nicht nehmen lassen, einen kurzborstigen Pinsel durch einen entsprechenden Zauberspruch dazu zu bringen, den Taufnamen des Viermasters mit demjenigen seines gesunkenen Schiffes übermalen zu lassen, von dem der magische Mast stammte.

Darraben, so wirkte es wenigstens auf Lennart, hatte sich darüber hinaus nicht nur optisch zu seinem Vorteil verwandelt, sondern ein ganz klein wenig sogar in puncto Umgangs- und Ausdrucksformen. Das konnte allerdings auch durchaus an den Frauen an Bord liegen, die zwar erfahrungsgemäß Unglück brachten, wie der Kapitän Lennart wiederholt zuraunte, aber denen gegenüber man sich sogar als altgedienter Seeräuber ordentlich zu benehmen hätte. Ob diese Verbesserung allerdings von Dauer war, würde sich erst noch zeigen müssen; Lennart hatte da so seine Zweifel ...

Beim Durchsuchen des geräumigen Windjammers hatten die neuen Eigner unter anderem das an die Kombüse angrenzende Lager- und Kühlhaus entdeckt, welches erfreulicherweise bis unters Dach mit Lebensmitteln vollgestopft war. Offensichtlich hatte man über die Feiertage noch mehr Gäste erwartet und daher genug Verpflegung gebunkert.

Die bemerkenswerteste Entdeckung allerdings schnarchte unter Deck, und zwar ganz vorne beim Anker. Es war Frederik, der auf die beiden Männer gestoßen war, die dort in völliger Dunkelheit zwischen Tauen und Kisten, Brettern und Seilen dicht bei der Winde lagen. Er hatte Lennart und dessen Vater sofort nach unten geführt, wo sie die beiden ziemlich seltsam aussehenden und wirklich übel riechenden Typen geweckt und zur Rede gestellt hatten. Lennart war klar, dass mit diesen Männern etwas nicht stimmen konnte, noch bevor auch nur eine Silbe über ihre ausgetrockneten Lippen gekommen war. Er spürte deutlich eine magische Aura, die beide umgab. Es waren eindeutig Seemänner, und so wie sie gekleidet waren, stammten sie nicht aus der heutigen Zeit.

Fragte sich nur, woher sie kamen. Lennart allerdings traute dem Braten nicht. War es möglich, dass Krähenbein sie geschickt hatte?

»He! Wer seid Ihr?«, rief er und hielt den Zauberstab auf sie gerichtet.

Die beiden grummelten etwas, das Lennart nicht verstand, zwinkerten sich verschlafen mit den Augen zu und blickten schließlich Lennart an.

»Keine Sorge«, sagte mit einem Mal Kapitän Darraben, der hinzugestoßen war und über beide Ohren grinste. »Ich kenne die beiden.«

Lennart hatte sich ganz umsonst Sorgen gemacht. Diese Seemänner waren nicht von Krähenbein entsandt worden. Im Gegenteil. Vielmehr stellte sich heraus, dass die beiden durch einen besonderen magischen Umstand im Holz des Mastes der *Intill döden* gefangen worden waren. Als das Schiff vor der dänischen Insel Svolderoie im Dezember des Jahres 1679, in der Nacht vor Heiligabend, durch einen Sturm und mit Verfolgern im Nacken auf eine Klippe getrieben worden war, hatte Kapitän Darraben die Aussichtslosigkeit seiner Lage erkannt und, bevor er selbst als Letzter von Bord ging, alle Magie des Schiffes durch einen letzten großen Zauberbann in den Mast fließen lassen.

Der Kleine mit den dünnen skorbutgeformten Beinchen stellte sich als Skalle und der Kräftige mit dem runden Rücken, der mit dem Kopf unter Deck kaum aufrecht stehen konnte, als Tobben vor. Sie erzählten ihrem Kapitän sowie den anderen interessiert lauschenden Zuhörern – Lennart, Frederik und Herrn Malmkvist –, dass sie sich zum Zeitpunkt der Zauberei unter Deck bei den Kanonen aufgehalten hatten. Dort hatten sie in scheinbar todsicherer Erkenntnis ihres letzten Stündleins bereits mehrere Flaschen Rum gebechert und waren dementsprechend reaktionsarm gewesen. Das Krachen der Wellen, das Donnern der Brandung und das Schreien des Sturmes hatten ihr Übriges dazu getan, dass Skalle und

Tobben vom Zauber Darrabens erst erfuhren, als es für sie zu spät gewesen war und er seine Wirkung auch auf sie entfaltete.

So wurden sie von seiner Magie erfasst und in den Hauptmast hineingezogen, wo sie bis zu ihrer heutigen Befreiung im Hafen von Göteborg gefangen gewesen waren. Seitdem versuchten sie, den Rausch eines Rumbesäufnisses auszuschlafen, das über vierhundert Jahre zurücklag – der Zauber Darrabens hatte anscheinend nicht nur ihr Aussehen und die Kleidung, die sie am Leib trugen, konserviert, sondern auch ihren damaligen Zustand. Das erklärte auch die erheblich nuschelnde Aussprache und das rhythmische Wanken der Seemänner, das Lennart zuerst auf Müdigkeit und Wellengang zurückgeführt hatte. Falsch. Diese beiden ehemaligen und seit heute erneuten Mitglieder der Schiffscrew von Kapitän Darraben waren schlichtweg noch immer sturzbetrunken.

Kapitän Darraben äußerte zwar den Vorschlag, die beiden kielzuholen, doch dann ließ er Gnade vor Recht ergehen und befahl ihnen, sich wieder hinzuhauen und ihren Rausch wenigstens bis zum Mittag auszuschlafen, denn es gäbe für sie genug zu tun.

Gerade als Kapitän Darraben, Lennart, Stefan Malmkvist und Frederik wieder nach oben an Deck gehen wollten und auf die Tür zuhielten, erschien ein Schatten am Fuße der Treppe.

»Was ist hier los? Lennart? Bist du das? Und Bölthorn? Und diese anderen Männer … ich … ich …«, stöhnte es leise, gefolgt von dem dumpfen, hässlichen Geräusch, das ertönt, wenn ein Mensch ohnmächtig zu Boden fällt.

14. Kapitel

»Zeigen Sie mir die beiden Dunklen Pergamente«, sagte Harald Hadding. Die Augen dieses seltsamen Mannes funkelten mehr, als das Licht der spärlichen Beleuchtung in der Kapitänsmesse eigentlich hergeben konnte, und zum ersten Mal meinte Hendrik Nilsson ein leichtes Zittern in dessen Stimme wahrzunehmen – allerdings nicht das Zittern von Angst, sondern eher das einer freudigen Erregung.

»Anschauen: ja. Anfassen: nein! Klar?«, fauchte Nilsson und wartete vergeblich auf eine Antwort seines Gegenübers. Hadding lächelte nur milde und nickte Nilsson auffordernd zu. Der überlegte kurz, doch dann beschloss er, dass es sich immer noch anfühlte, als wollten er, Tryggvasons Erben und der stinkreiche Unternehmer aus Stockholm dasselbe. Wortlos machte er den Reißverschluss seiner Jacke auf, griff hinein und zog eine Rolle aus mitternachtsblauem Stoff hervor, die er an beiden Enden verknotet hatte, sodass sie wirkte wie ein viel zu großes Bonbon. »Hier sind sie«, sagte er und legte die Stoffrolle vor Hadding auf den spiegelglatt polierten Palisandertisch mit Messingeinfassung.

Haddings Lächeln wurde immer breiter. »Endlich«, hauchte er, »nach all den Jahrhunderten ... die *Vårgūlfskĭŋŋ* kommt zusammen ... Stück für Stück ...« Damit tasteten seine Finger vorsichtig nach der Rolle und entknoteten die beiden Enden. Behutsam wickelte er den Stoff auf und entnahm die beiden mit schier unleserlichen Runen über und über beschrifteten Stücke Haut, die – das sah man sofort – vom selben Tier stammen mussten.

Die Wellen schlugen gegen den Bug der riesigen Jacht, die längst den Öresund hinter sich gelassen hatte und mittlerweile die Gewässer des Kattegats durchquerte. Niemand sonst war im Raum und niemand konnte hineinsehen; die Scheiben waren getönt und von außen verspiegelt. Obendrein standen vor der verschlossenen Tür zwei Männer der Besatzung Wache. »Kennen Sie den alten Zauber?«, fragte Harald Hadding und richtete seinen Blick auf Hendrik Nilsson.

»Welchen alten Zauber?«

»Den, um die Stücke der *Vårgūlfskĭŋŋ* wieder zusammenzusetzen.«

Nilsson schüttelte den Kopf. »Es gibt einen Zauber dafür? «

»Ich dachte, Sie und Ihre Genossen von – wie nennen Sie sich gleich? ›Tryggvasons Erben‹? –, ich dachte, Sie wüssten Bescheid. Aber scheinbar haben Sie keine Ahnung.«

Nilsson beugte sich blitzschnell über den Tisch und zog die beiden Teile der Tierhaut und den Stoff, der sie umschlossen hatte, zu sich heran. Dann verschränkte er die Arme und fragte: »Aber Sie kennen diesen Zauber, oder was?«

»Möglich«, sagte Hadding. Er wirkte nicht überrascht.

»Blödsinn!«, schimpfte Nilsson. »Sie wollen sich bloß

wichtigmachen. Wenn Sie den Zauber beherrschen, warum wenden Sie ihn dann nicht an?« Hendrik Nilsson begann, die beiden Artefakte wieder sorgsam in ihre Hülle einzuwickeln.

Hadding hingegen lächelte süffisant. »Das geht der Legende nach erst, wenn alle vier Teile der *Vårgūlfskĭŋŋ* zusammen auf Krähenbeins Altar gelegt werden. Alles zu seiner Zeit.«

Hendrik Nilsson mühte sich ebenfalls ein Lächeln ab, doch er fühlte sich in diesem Moment so unwohl wie schon lange nicht mehr. Er allein mit Harald Hadding und den beiden Dunklen Pergamenten, quasi dem Heiligtum von Tryggvasons Erben. Dazu noch Haddings vielköpfige Schiffsbesatzung, die auch nicht gerade einen zimperlichen Eindruck machte – er stand allein auf verlorenem Posten. So hoffte er insgeheim, dass sie bald die Schären vor Billdal erreichen würden, damit auch seine Männer endlich an Bord kommen konnten. Dann würde sich die Sache schon anders darstellen.

Hendrik Nilsson verknotete die beiden Enden der Stoffrolle und steckte diese wieder in die Jacke. »Ich hau mich jetzt noch ein wenig aufs Ohr in meiner Kabine, wenn es recht ist. Habe nicht viel Schlaf gehabt in letzter Zeit. Wecken Sie mich, wenn wir da sind.« Damit erhob er sich, nickte Harald Hadding zu, der ihn nicht aus den Augen ließ, verließ die Messe und ging unter Deck.

In seiner Kabine angekommen, überprüfte er zwei Mal, ob er die Tür auch wirklich hinter sich abgeschlossen hatte, bevor er sich auf den Rand der Koje setzte und sich die Schuhe und das Hemd auszog.

Was war bloß los mit ihm? So kannte er sich gar nicht.

Hendrik Nilsson hatte Jahrzehnte bei der Polizei gearbeitet. Zuerst Ausbildung, Streifendienst, dann bis zu seiner Schussverletzung beim SEK, danach Beförderung, höherer Dienst und am Ende Leiter der Mordkommission in Göteborg. Er hatte so ziemlich alles gesehen, das es gab, kannte beinahe jede menschliche Schwäche und Stärke, wusste, wann man sich im rechten Moment wegduckte, um danach blitzschnell aufzustehen und zuzuschlagen, hatte ein Gespür für Charaktere und Situationen entwickelt. Doch dieser Stockholmer Millionär war anders. Anders als alle Gauner und Halunken, Mörder und Diebe, mit denen er je zu tun gehabt hatte. Hendrik Nilsson gab es ungern zu, aber Harald Hadding beeindruckte ihn, verunsicherte ihn und machte ihm vielleicht sogar ein wenig Angst.

Zu gerne hätte er mehr über Hadding und seine Vergangenheit in Erfahrung gebracht, aber an einen Zugang zum zentralen Polizeicomputer war seit seiner Suspendierung und Verhaftung natürlich nicht mehr zu denken. So blieb ihm lediglich, was er ohnehin schon wusste und was Hadding von sich preisgab. Und das war nicht viel. Im Grunde genommen war es gar nichts. Woher zur Hölle wusste er von alldem? Woher von Äskestock, woher von den Pergamenten? Woher so viele Details? Er wusste mehr als Tryggvasons Erben, und die wussten eigentlich alles über Olav Krähenbein, das man wissen konnte. Zumindest hatten sie das all die Jahre gedacht …

Es gab bloß eine logische Erklärung: Hadding war ein Besessener wie damals dieser Mats Wallin, allerdings mit dem Unterschied, dass er nicht nur über schier unbegrenzte finanzielle Mittel verfügte, sondern auch über ein Informationsnetzwerk und die entsprechende Technologie. So war es ihm offenbar möglich, sich Wissen zu beschaffen, das nicht allgemein zugänglich war. Wie eine Datenkrake. Wer wusste schon, über welche Methoden und Suchalgorithmen Haddings HIC AB durch ihre vielen Firmenkäufe verfügte? Wahrscheinlich waren Facebook und Konsorten wahre Schoßhündchen verglichen mit Haddings Datenbanksystemen, die nicht der breiten Öffentlichkeit zugänglich waren und daher nicht unter ständiger Beobachtung durch die Medien standen. So war es ihm sicher auch gelungen, über ein qualitativ miserables, bei Nacht gefilmtes Amateur-Handyvideo aus Göteborg derart schnell auf die Spur von Lennart Malmkvist zu kommen. Was hatte Hadding zur Erklärung gesagt? Professionelle Recherche, ein gut funktionierendes Netzwerk und eine gewisse Lebenserfahrung?

Und was für eine geheimnisvolle Fracht Harald Hadding an Bord hatte, darüber hatte er sich komplett ausgeschwiegen und nur wissend und überheblich gelächelt, als Hendrik Nilsson ihn daraufhin angesprochen hatte. Was es war, wusste Hendrik Nilsson nicht, aber es machte komische Geräusche, das hatte er im Vorbeigehen an der doppelt verriegelten Stahltür deutlich gehört. Es würde ihn nicht wundern, wenn Harald Hadding Geiseln genommen und an Bord gebracht hatte, zu welchem Zweck auch immer. Hendrik Nilsson würde es erfahren, früher oder später. Er war so weit gekommen und würde seine Dunklen Pergamente mit dem Leben verteidigen.

Das alles, die lückenhaften Informationen und Haddings Schweigen, hinterließ in Hendrik Nilsson das unbefriedigende Gefühl, belogen worden zu sein. Die Situation verströmte die Art Unsicherheit, die einen überfällt, wenn man ein Getränk herunterstürzt und einem danach Bedenken kommen, ob es vielleicht vergiftet gewesen sein könnte. Vielleicht waren das alles auch bloß Hirngespinste, bedingt durch Schlafmangel und den Stress der Verfolgung durch die ehemaligen Kollegen quer durch Südschweden. Vielleicht aber wurde dieses ungute Gefühl von dem klar denkenden Teil in ihm hervorgerufen, der trotz aller Gesetzesbrüche noch immer eine Art von Detektiv war.

Fest stand jedenfalls, er würde wachsam bleiben müssen und seine Haut so teuer wie irgend möglich verkaufen, wenn es darauf ankam. Hendrik Nilsson warf einen letzten Blick auf die dunkle Stoffrolle, in der die Pergamente steckten. Er hatte sie neben seine entsicherte Waffe auf die Ablage dicht am Kopf seiner Koje gelegt. Dann zog er den Vorhang vor das Bullauge, durch das er über das Wasser aufs Meer hinausblicken konnte. Schließlich knipste er das Licht aus und legte sich hin. Er versuchte, von einem Leben ohne Flucht und in hohen Diensten im Palast eines wiedererweckten Olav Krähenbein zu träumen, dessen rechte, magische Hand er geworden war. Und von der zauberhaften Hinrichtung Lennart Malmkvists und seines fetten Mopses.

15. Kapitel

»Emma?« Lennart hatte sich auf den Boden neben die ohnmächtige junge Frau gekniet und ihren Kopf auf seine Oberschenkel gelegt. Sanft strich er ihr das Haar von der feuchten Stirn.

»Das ist ja ein dickes Ding«, sagte Frederik. »Das ist ja tatsächlich unsere Emma.«

»Wer ist die Frau?«, erkundigte sich Lennarts Vater, der hinzugestoßen war.

»Sie heißt Emma Mårtensson und ist eine ehemalige Kollegin, die mit mir zusammen bei der HIC AB gearbeitet hat«, erklärte Lennart. »Und wir haben uns eine Zeit lang getroffen.«

»Ihr kennt dieses Weib?«, fragte Kapitän Darraben mit Erstaunen in der Stimme. »Respekt, junger Freund. Ein hübsches Ding und wohlgeformt an den richtigen Stellen. Haha!« Er machte einen Schritt auf Lennart und Emma zu. »Dennoch ist mir mittlerweile zu viel Weibsvolk an Bord. Dieses Unglück langt ja für eine ganze Flotte. Was will sie hier? Und wie ist sie hierhergekommen?«

»Wenn ich das wüsste …«, sagte Lennart. Emma war schön wie eh und je. Ihre Blässe hatte etwas Vornehmes, und ihr dichtes schwarzes Haar gab ihr, jetzt da sie vor ihm lag, ein wenig die Ausstrahlung einer Märchenprinzessin.

Lennart hatte die kurze, aber schöne Zeit mit Emma nicht vergessen, die Treffen, die Abende, *die* Nacht … die Nacht, bevor die Asche Buri Bolmens aufgefunden worden war. Lennart hatte sich beinahe in Emma verliebt. Oder nicht? Er konnte es nicht sagen, konnte nicht einmal mehr sagen, was Liebe war.

Immer, wenn ihn auch nur der Anflug eines Gefühls für eine Frau überkommen hatte, war diese widerliche Allergie aufgetaucht. Pusteln am ganzen Körper – juckend und nässend. Ein Zustand, den man seinem schlimmsten Feind nicht wünschte. Vielleicht mit Ausnahme von Hendrik Nilsson und Olav Krähenbein. Auch bei Emma war die Allergie aufgetreten. Durfte er nicht lieben? Das letzte Treffen war nicht gerade schön verlaufen, sie war zur Wiedereröffnung von *Bolmens Skämt- & Förtrollningsgrotta* gekommen, hatte ihm ein Verhältnis mit Kommissarin Maja Tysja unterstellt – was in gewisser Hinsicht ja auch zutraf, denn auch bei ihr hatte Lennart schon den Ausschlag bekommen, als er nur daran dachte … passiert war nie etwas. Emma war trotzdem sauer davongegangen. Verübeln konnte er es ihr nicht.

Lennart hatte versucht, Emma vorsichtig die Wahrheit beizubringen … Doch welche Frau kaufte einem schon eine Liebesallergie ab? Bedeutungsloser Sex, ja, kein Problem. Aber sobald es ernster werden, sich in Richtung Beziehung entwickeln könnte, bekam er einen fiesen Hautausschlag? Das klang nach nicht mehr als der billigsten und blödesten Ausrede überhaupt und musste zudem auf jede Frau beleidigend wirken. Dabei war es ja für Lennart selbst schon kaum zu fassen. Doch er wusste mittlerweile, dass es stimmte, und er wusste, wer dafür verantwortlich war. Der Leierkastenmann, dieses irrsinnige Wesen aus der Schattenwelt, das sich von Zeit zu Zeit in Lennarts Leben und Träumen zeigte. Er hatte es ihm gestanden, damals, kurz vor dem Verhör durch Maja Tysja wegen der Geschichte mit Professor Hellström, dem Direktor des Göteborger Naturhistorischen Museums.

Was Lennart allerdings noch immer nicht wusste, war, warum er überhaupt Opfer einer solch perfiden Krankheit geworden war. Ganz klar, es war ein Fluch, doch zu welchem Zweck …?

»Lennart? Du bist es ja wirklich. Ich dachte einen Moment lang, ich hätte das alles nur geträumt.« Emma war erwacht und blickte ihn mit ihren grasgrünen Augen an.

Er spürte bereits nach wenigen Sekunden, wie sich seine Haut an Armen und Beinen wie unter leichter Spannung zusammenzog und ein wenig zu jucken begann. Es war wieder einmal so weit. Er hoffte, dass es nicht so schlimm werden würde, und versuchte, die Symptome so gut es ging zu ignorieren. »Wie und warum bist du hierhergekommen?«

»Das fragst du mich allen Ernstes?«, entgegnete Emma, hob ihren Kopf von Lennarts Schenkeln und setzte sich unter einigen Mühen auf. Das Grün ihrer Augen hatte eine giftige Nuance erhalten. »Erst schickst du mir eine Einladung zu einer romantischen Bootsfahrt am Weihnachtstag und so etwas wie eine Liebeserklärung per SMS und lockst mich auf dieses Schiff hier. Doch kaum bin ich an Bord, sehe ich, wie ein verrückter, bronzefarben angemalter Mann im Piratenkostüm unter Todesdrohungen Passagiere und Mannschaft von Bord treibt. Daraufhin habe ich mich in einem Putzraum versteckt, bis wir auf See waren und alles wieder ruhig geworden zu sein schien. Und jetzt komme ich her, sehe dich mit diesem Piraten ein Schwätzchen halten, und du fragst mich, wie und warum ich hier bin? Entweder bist du verrückt oder ein echter Vollidiot!«

»Das Weib hat Feuer«, lachte Kapitän Darraben anerkennend. »Aber sie hat auch ein großes Maul. Soll ich sie für Euch über Bord werfen?«

»Danke für das Angebot, Kapitän, sehr nett«, wiegelte Lennart ab, »aber das ist nicht nötig.« Dann wandte er sich wieder Emma zu. »Ich verstehe deinen Ärger, aber ich habe dir keine SMS geschickt, ehrlich. Alle hier wurden auf diese Weise an Bord gelockt.«

Emma sah nicht aus, als würde sie das glauben.

»Lennart hat recht«, mischte sich deshalb Frederik ein. Seine Locken wippten aufgeregt, während er weiter ausführte: »Ich habe eine Chat-Nachricht bekommen mit demselben Inhalt wie du. Okay, ohne Liebeserklärung, aber auch mit einer Einladung zur Bootsfahrt. Maria Calvino, Lennarts Nachbarin, ging es genau so. Die Malmkvists, Lennarts Eltern, waren sowieso schon auf dem Dampfer. Sogar Lennarts Anwalt ist hier, weil er … äh … sozusagen gerufen wurde, und Bölthorn war krank. Den hat Lennart selbst mitgebracht. Bei Licht betrachtet scheint es fast so, als würde jemand alles und jeden, der Lennart wichtig ist, hier zusammenbringen.«

»Um was zu tun? Wer macht so etwas?«, fragte Emma. »Und vor allem wie?«

»Ich weiß, wer's war«, sagte Frederik plötzlich mit absoluter Überzeugung in der Stimme. »Sorry, hatte ich wohl vergessen, zu erwähnen.«

Lennart erhob sich. »Woher weißt du das?«

»Der richtige Mann mit der richtigen Software und dem richtigen System.«

»Jetzt sag schon!«, rief Lennart ungeduldig.

»Ich habe noch im Hafen meine Nachricht mit einer speziellen App getrackt, und heraus kam, dass sie von einem Server verschickt wurde, der einer Firma namens DigitalSea AB gehört. Die machen so etwas im Kundenauftrag. Aber der Clou ist eigentlich, wem dieses Unternehmen wiederum gehört.«

»Wem?«

»Der HIC AB unseres alten Freundes …«

»… Harald Hadding«, vervollständigte Lennart den Satz.

»Hadding!«, rief nun auch Emma vom Boden aus und blickte mit schreckerfüllten Augen zu Lennart auf. »Ich habe immer gesagt, dass etwas mit ihm nicht stimmt. Immer schon. Du erinnerst dich?«

Lennart nickte verhalten. »Ich habe dich damals für ein wenig …«

»… wahnsinnig und hysterisch gehalten?«, fragte Emma und verzog das Gesicht. »Vielen Dank für das Kompliment. Aber bei unserem letzten Treffen im *Le Président* habe ich es dir doch bewiesen und dir das Foto von meinem Großvater gezeigt, oder etwa nicht?« Emma stand auf und schaute Lennart fragend an.

Lennart dachte nach. Hätte er ihren Verdacht von Anfang an ernster nehmen sollen? Vor gar nicht allzu langer Zeit hatten Emma, Frederik und er zusammen in Haddings Unternehmensberatung und Investorenfirma, der HIC AB, gearbeitet. Schon bald nachdem sie sich kennengelernt hatten, hatte Emma behauptet, dass mit ihrem damaligen Chef etwas nicht stimmte. Da sie zu dieser Zeit allerdings in Behandlung gewesen war und Psychopharmaka genommen hatte, war sich Lennart nicht sicher gewesen, ob sie sich da nicht etwas zusammengesponnen hatte. Die Tatsache, dass Emmas Großvater, Mats Wallin, an eines der Dunklen Pergamente gelangt war und zudem bei Ausgrabungen seines Archäologenvereins in Gudhem noch eine geheimnisvolle und höchstwahrscheinlich ziemlich magische Amuletthälfte gefunden hatte, sprach hingegen für die Befürchtungen seiner Kollegin. Und nach dem Mordanschlag auf Emma durch den skrupellosen Hendrik Nilsson war dann vollends klar, dass sie nicht übertrieben hatte. Im Gegenteil. Denn als die Spur dieses Amuletts Lennart in die Höhle von Äskestock geführt hatte, entdeckte er dort die Messingtafel von Harald Haddings Kulturhistorischer Stiftung.

»Was für ein Foto?«, blubberte es von hinten.

»Bölthorn!«, rief Lennart. »Gut, dass du kommst.«

Emma setzte sich notgedrungen wieder und stammelte mit bleichem Gesicht: »Der Mops kann … sprechen?«

»Ich bin kein Mops«, sabberte Bölthorn und kam näher, »aber streicheln darf man mich trotzdem.« Er kam herangewackelt, hockte sich neben Emma und blickte sie auffordernd mit seinen Glupschaugen an.

»Was ist hier los? Was ist das für ein Geisterschiff? Bin ich doch verrückt?« Emma begann, Bölthorn zu kraulen, sah aber zugleich verstört in die Runde aus Menschen und scheinbaren Fabelwesen mit unerklärlichen Fähigkeiten.

»Nein, du bist nicht verrückt und warst es auch nie«, intervenierte Lennart. »Ich weiß, es ist schwer zu verstehen, aber akzeptiere bitte eines: Magie gibt es wirklich – nicht nur in Kinder- oder Schauergeschichten. Kriegst du das hin?«

Emma schüttelte sachte den Kopf. »Ich weiß nicht … Ich will's versuchen.«

»Gut«, sagte Bölthorn daraufhin mit tiefer, morastiger Stimme und wiederholte seine Eingangsfrage: »Von was für einem Foto hast du gesprochen? Was für ein Foto hast du Lennart gezeigt?«

Emma beendete das Mopskraulen, holte tief Luft und schien sich zu sammeln. Dann erzählte sie davon, wie ihr ihre Adoptiveltern zum einundzwanzigsten Geburtstag einen Koffer geschenkt hätten, der mit den Erinnerungsstücken ihrer leiblichen Eltern angefüllt gewesen sei. Neben den Fotos von ihnen sei auch ein Foto ihres Großvaters, Mats Wallin, darunter gewesen. Dieser sei im Jahre 1989 – Emma war gerade einmal drei Jahre alt gewesen – in der Höhle von Äskestock spurlos verschwunden.

Nachdem sie Jahre später bei der HIC AB in Göteborg eine Anstellung gefunden habe, habe sie – vielleicht aus reinem Zufall, vielleicht wegen einer düsteren Vorahnung – ebendiese Fotos irgendwann wieder aus dem Koffer genommen. Und da habe sie fast der Schlag getroffen. Denn dabei sei ihr klar geworden, dass ihr verschwundener Großvater ausgesehen habe wie der Zwillingsbruder ihres damaligen Chefs, des Millionärs und Großinvestors Harald Hadding. Die Ähnlichkeit sei so frappierend gewesen, dass sie Lennart davon berichtet und ihm das entsprechende Foto aus dem Koffer gezeigt habe.

Bölthorn bellte dumpf auf und drehte sich zu Lennart um. »Das hast du mir nie erzählt.«

»Ich hielt es damals für nicht so relevant, denn das Foto war extrem undeutlich und bestimmt über dreißig Jahre alt«, sagte Lennart. »Mats Wallin stand einige Meter weit von der Kamera entfernt an einem Gartenzaun. Nur mit viel Fantasie hätte man eine gewisse Ähnlichkeit mit Hadding hineininterpretieren können, aber als Beweis hätte das nie und nimmer gelangt.«

Bölthorn grummelte etwas Unverständliches in seinen nur aus wenigen Haaren bestehenden Mopsbart und schien nachzudenken. Schließlich stand er auf und schüttelte sich – ein kleiner Schleimfaden löste sich dabei von seinen Lefzen und wurde weit ins Dunkel des Schiffsbauches geschleudert. Schließlich sagte er mit fester, dunkler Stimme: »Ich befürchte, Mats Wallin, Emmas Großvater, ist damals gar nicht spurlos verschwunden und gestorben. Vielmehr hat er es irgendwie geschafft, die andere Amuletthälfte in der Höhle von Äskestock aufzuspüren und beide Hälften in einem Anfall von hobby-magischem Größenwahn rituell zusammenzufügen.«

»Bei Nesselsucht und Syphilis!«, rief Kapitän Darraben und schlug auf den Griff seines Säbels. »Das ist nicht gut«

Auch Bölthorn schüttelte den Kopf und sagte beipflichtend: »Da muss ich zustimmen. Das ist gar nicht gut.«

»Krähenbein hat also vielleicht schon die Kontrolle über den menschlichen Körper von Emmas Großvater«, sagte Lennart.

»Was hat das zu bedeuten?«, fragte Emma und blickte von einem zum anderen. Sie schien sich an die Tatsache, dass sie von einem altertümlichen Piraten und einem sprechenden Mops umgeben war, recht schnell gewöhnt zu haben.

Frederik machte ebenfalls einen relativ entspannten Eindruck. Immerhin hatte Lennart seinem besten Freund bereits gestanden, dass es Magie und Zauberei sehr wohl gab, und Frederik hatte das zwar voller kindlicher Begeisterung, aber zugleich mit naturwissenschaftlicher Distanz aufgenommen. Ihm stand der Mund etwas offen, aber sein Gehirn suchte permanent nach physikalisch-mathematischen Erklärungen für all die Phänomene, die sich vor ihm abspielten.

»Wenn das wirklich stimmt, müsste man wissen, was Hadding beziehungsweise Wallin beziehungsweise wer auch immer vorhat. Fest steht, dass er ziemlich schlau war«, merkte Frederik gefasst an. »Er hat sich die Branche ausgesucht, in der er die meiste Macht bündeln und die meiste Kohle scheffeln kann: die Informationstechnologie. Er hat uns die Nachrichten geschickt, und ich schätze, er weiß dank digitaler Überwachung immer, wo wir gerade sind. Die Frage ist nur, wo er das ganze Kapital herhatte, um die HIC AB überhaupt so groß zu machen.«

»Das ist leider rasch erklärt«, mischte sich Darraben ein. »Dieser Hund hat es mit meinem Gold gemacht.«

»Was für Gold?«, fragten Lennart und Bölthorn fast wie aus einem Munde.

Darraben druckste etwas herum, dann gestand er: »Wie Euch bekannt sein dürfte, habe ich bis zum Verlust meines Schiffes meinen Lebensunterhalt mit bedingt redlichen Methoden bestritten. Dabei hatte sich eine gewisse Menge Gold und Juwelen angesammelt, die ich aus nachvollziehbaren Gründen nicht zu einem Bankhaus in Verwahrung gebe konnte. Daher habe ich meinen Schatz an einem sicheren Ort versteckt. So dachte ich wenigstens.«

Lennart erinnerte sich an das, was er im Internet über Kapitän Darraben gelesen hatte. »Also stimmen die Legenden, die sich um Ihren Schatz ranken, und sind gar kein Seemannsgarn?«

»Ich kenne keine Legenden, nur meinen Säbel und mein Schiff«, donnerte der Kapitän.

»Wo hattest du das Gold versteckt, Darraben?«, fragte Bölthorn. »Wo war dieser sichere Ort?«

»Ich habe mir gedacht, ich schaffe meine Schätze dorthin, wo niemand sie vermutet. Jeder, der erfahren würde, dass ich den Schatz dorthinbringe, würde mich für verrückt halten. Das erschien mir als das beste Versteck.«

»Darraben!« Bölthorn bellte den Namen mehr, als dass er ihn aussprach, und auch Lennart machte eine deutliche Geste in Richtung des Kapitäns.

»Nach Äskestock«, sagte der knapp.

»Nach Äskestock? In die Höhle?«, vergewisserte sich Bölthorn – ihm stand das Maul offen, seine Lefzen hingen ihm wie überflüssige Körperteile seitlich herab. »Du willst mir weismachen, dass du all deine zusammengeraubten Reichtümer genau dort versteckt hast, wo du und die anderen Wächter der Dunklen Pergamente die zweite Amuletthälfte mit Krähenbeins Seele vergraben haben?«

»Es war immerhin ein paar Jahrhunderte später«, verteidigte sich Darraben. »Außerdem konnte ich nicht wissen, dass ein offensichtlich Verrückter auf die Idee kommt, die andere Hälfte des Amuletts in Gudhem aus geweihter Erde zu buddeln und dann auch noch genau dorthin zu tragen.«

»Ich schätze, Wallin oder Hadding oder wer auch immer hat sich fast ein Loch in den Bauch gefreut, als er all die Schätze gefunden hat«, mutmaßte Lennart.

»Nennen wir ihn doch einfach Krähenbein, denn das dürfte zutreffen. Er wusste natürlich sofort, was zu tun war und dass die Nornen, die Schicksalsgöttinnen, ihm mehr als gnädig gewesen waren. Unverdientermaßen«, fügte Bölthorn hinzu.

»Und vielleicht hat Harald Hadding auch genau deshalb das ganze Gebiet von der Kommune erworben und das Gitter am Eingang angebracht«, sagte Lennart. »Er möchte nur das beschützen, was sich darin befindet.«

»Ihr meint, es ist noch etwas übrig von meinem Schatz?«, fragte Darraben. Seine alte Entschlossenheit und Übellaunigkeit hatten wieder das Regiment übernommen.

Lennart zuckte die Achseln. »Mag sein, auf jeden Fall aber befindet sich dort etwas in den Tiefen des Berges, was Hadding sehr wichtig ist. Doch wir brauchen zuerst Ihr Dunkles Pergament, Herr Kapitän. Dieses ist weit bedeutsamer als dieses Gold, das obendrein noch nie Ihnen gehört hat.«

Lennarts Vater wirkte recht farblos und sah aus, als würde er schlafwandeln. Er hatte die ganze Zeit über kein Wort gesagt und schien das unglaubliche Geschehen um ihn herum einfach nur still zu beobachten. Er wirkte wie ein Gefangener, der wusste, dass Widerstand zwecklos war. »Das ist alles recht neu für mich«, sagte er in die Runde. »Ich gebe zu, ich habe Probleme, damit umzugehen. Wissen Sie«, jetzt wandte er sich – wohl aus Hilflosigkeit und in einer Art Übersprunghandlung – ausgerechnet an Kapitän Darraben, der Stefan Malmkvists Blick mit einer Mischung aus wiedergewonnener Grimmigkeit und verächtlicher Verständnislosigkeit erwiderte, »wissen Sie, ich habe einen Verlag in Stockholm. Bücher. Ich publiziere Bücher. Wissenschaftliche Bücher. Seiten. Papier. Druck. Einband. Sie wissen schon. Oder? Ich habe mit dem hier nichts zu schaffen. Mein Sohn wollte niemals in das Unternehmen einsteigen. Das bedauere ich. Sonntags gehe ich manchmal segeln. Wenn es das Wetter zulässt. Sie auch?«

Statt darauf einzugehen, brüllte der Kapitän völlig unvermittelt: »Alle Mann an Deck und auf nach Svolderoie!« Er trat gegen die beiden an der Wand liegenden Seemänner, Skalle und Tobben, die erschrocken hochfuhren. »Los, Ihr bettnässenden Halunken und Söhne billiger Hafendirnen! Scheißegal, ob ihr noch besoffen seid. Euch werde ich die Trunksucht noch vergällen! An Deck, an Deck, oder ich lasse euch kopfüber in die Rah hieven und dort hängen, bis ihr verfault und euch die Möwen die Augen ausfressen! Haha!«

16. Kapitel

Die fahle Sonne hatte den Zenit an diesem ohnehin so gut wie lichtlosen Wintertag bereits weit überschritten. Lennart stand am Bug der *Intill döden*. Er hielt sich mit beiden Händen an der Reling fest, hatte den Kragen hochgeschlagen und das Gesicht aus dem stürmischen Wind gedreht, der über das offene Meer fauchte wie ein böses Tier. Es fühlte sich trotz der beißenden Kälte komischerweise gut an, hier zu sein und die salzige Gischt der Wellen zu schmecken, die sich gegen das Schiff warfen und weit heraufspritzten, bis sie bei Lennart wie ein frostiger Eisnebel auf der Haut zu spüren waren. Emma stand dicht neben ihm, hielt ebenfalls die Reling fest umklammert. Und auch das fühlte sich eigentlich nicht schlecht an, denn es war beileibe nicht so, dass Emma Lennart nichts bedeutete, dass er sie nicht anziehend fand.

Doch es hätte sich wahrscheinlich noch weit besser angefühlt, wenn Lennarts hinterhältige Allergie nicht gewesen wäre. Allerdings hatte er die Erfahrung gemacht, dass diese sich einigermaßen zurückhielt, solange er Distanz wahrte – körperlich wie emotional. Bahnte sich etwas an, ließ die Allergie Lennart wissen, dass sie sehr wohl noch existierte, tief in seinem Inneren, irgendwo zwischen Seele und Herz, dort, wo der Leierkastenmann diesen Fluch aus unerfindlichen Gründen vor langer Zeit schon hinein *galiert* hatte; so hinterhältig war dieser Zauber.

Sie ergriff seinen Arm. Es juckte stärker. Lennart zog ihn nicht zurück. Er wollte nicht, dass es so aussah, als ob er Emma ablehnte, obwohl er selbst nicht genau wusste, ob er das nicht schon längst tat.

»Wohin fahren wir? Wo liegt dieses Svolderoie?«, fragte Emma. Sie hatte eine gefütterte gelbe Öljacke angezogen und die Ärmel hochgeschlagen. Diese Jacke musste wohl einem beleibten Mann der Besatzung der *Viking II* gehört haben, denn sie war viel zu groß für Emma – sie hätte bald zwei Mal hineingepasst.

»Es ist ein Eiland, vermutlich irgendwo vor Dänemark bei der Insel Hjelm. Darraben kennt den Weg. Hoffe ich wenigstens«, antwortete Lennart und blickte aufs Meer hinaus.

»Lennart, was ist hier los? Ich begreife das alles nicht.«

Er sah einige Sekunden lang über die graublauen Wellenberge hinweg, wo sich Fähren und Containerschiffe in der Nähe des Horizonts in gebührendem Abstand voneinander wie auf einer Perlenkette aufreihten. Dann schaute er wieder in Emmas Augen und zog seinen Arm vorsichtig zurück (das Jucken ließ etwas nach). »Es ist sehr kompliziert, und ich würde den halben Tag brauchen, um es dir zu erklären. Sagen wir mal so: Wir müssen unbedingt verhindern, dass derjenige, der sich damals deines Großvaters bemächtigt hat, noch mehr Macht erhält und dann vielleicht in der Lage ist, noch weit Schlimmeres anzustellen.«

»Dieser Krähenbein?«, fragte Emma.

»Genau der.«

»Wer ist er?«

»Gute Frage«, sagte Lennart. »Ich denke, er ist …«

»… er ist ein mieser Typ mit außergewöhnlichen Fähigkeiten. Stell dir so 'ne Art Mischung aus Darth Vader in seinen besten Zeiten und Imperator Sheev Palpatine vor. Stör ich?« Frederik war unbemerkt herangetreten.

»Nein«, sagte Lennart. »Was gibt's?«

»Nichts Bestimmtes. Ich wollte nur mal Seeluft schnappen, wenn wir nun doch die gemeinsame Ausfahrt machen, obwohl ich sie mir, ehrlich gesagt, etwas anders vorgestellt habe.«

»Was machen die anderen?«, erkundigte sich Lennart.

»Maria kocht mit sich selbst um die Wette, und Bölthorn ist auch in der Kombüse, wahrscheinlich, um das ein oder andere zu ergattern – von wegen, kein Mops! Dein Vater hat sich zu deiner Mutter in die Kabine zurückgezogen. Was dein Anwalt treibt, weiß ich nicht. Dafür weiß ich, was dieser Kapitän aus dem Piratenzeitalter macht. Er drangsaliert seine zweiköpfige Besatzung. Er schreit und tobt am Steuerrad herum wie ein Derwisch mit Skorpion im Schuh. Aber ich glaube, dass er das bloß aus Spaß macht. Fast habe ich den Eindruck, er könnte das Schiff ganz alleine steuern mit seiner Zauberkraft. Womöglich noch gegen den Wind.«

»Das wäre ihm durchaus zuzutrauen«, sagte Lennart und lachte über die unterhaltsame Schilderung. Frederik hatte es wieder einmal geschafft, selbst einer so bedrohlichen Situation etwas Humorvolles abzugewinnen. »Ganz abgesehen davon, dass dieses große Schiff mit der kleinen Mannschaft anders wahrscheinlich nicht zu kontrollieren wäre«, schloss Lennart.

»Du verlierst nie deine gute Laune, was?«, sagte Emma mit echter Bewunderung und ein klein wenig Neid in der Stimme an Frederik gewandt.

»Nur wenn es hilft«, gab Frederik zurück und grinste freundlich, auch wenn ihn gerade der Sprühnebel der Gischt traf und sich wie Morgentau in seinen Locken einnistete. Er strich sich durchs Haar, wischte seine Nerd-Brille sauber, dann blickte er auf sein Smartphone. »Irgendwie scheint auch der Mobilfunkempfang von der Magie ganz schön beeinträchtigt zu werden. Heute Morgen im Hafen von Göteborg war alles noch normal. Als aber unser unfreundlicher Kapitän, der da noch aussah, als wäre er kopfüber in eine messingfarbene Fischsuppe gestürzt, den Mast umarmte und anfing, die darin schlummernde Magie freizusetzen, brach plötzlich das ganze Netz zusammen. Zumindest für mich, und ich hatte erst wieder Empfang, als sich Kapitän Darrabens Verwandlung vollzogen hatte und wir aufs offene Meer hinausfuhren.«

»Das kann schon sein«, sagte Lennart und nickte. »Wie du schon vor längerer Zeit festgestellt hast, scheint Magie eine besondere Form von Energie zu sein, die sich in Feldern, Wellen und was weiß ich für physikalischen Phänomenen manifestiert. Warum sollte sie also nicht auch das Handynetz beeinflussen können? Das wäre mehr als denkbar. Als ich mit Bölthorn im Reich von Trindemossen gewesen bin, war mein Empfang auch plötzlich gleich null, obwohl ich kurz zuvor im Wald an gleicher Stelle noch vier Balken gehabt hatte …« Aus heiterem Himmel hielt Lennart schlagartig inne und starrte Frederik an.

»Geht's dir gut?«, fragte der besorgt.

»Du hast doch die Message, die du angeblich von mir bekommen hast, mit deiner App getrackt und bist so auf diese ominöse DigitalSea AB gestoßen, oder?«

Frederik nickte wortlos.

»Mist!«, entfuhr es Lennart. »Dass ich nicht schon vorher darauf gekommen bin. Entschuldigt mich …« Mit diesen Worten lief er eilig in Richtung Kommandobrücke davon und ließ Frederik und Emma einfach stehen.

Zuerst allerdings stattete er Maria einen Besuch in der Kombüse ab. Als er die Tür mit dem eingelassenen Bullauge öffnete, schlug ihm ein feuchtwarmer, aber herrlich riechender Dunst entgegen. Es herrschte eine ziemliche Lautstärke wegen der in die Jahre gekommenen Ventilation, die weit mehr Krach zu machen schien, als Wirkung zu zeigen. Der Ofen, brodelnde Flüssigkeiten, das Zischen des Bratguts und vor allem das durch den Seegang verursachte blecherne Scheppern der an einer rund um den Herd laufenden Metallstange aufgehängten Kochgeräte wie Kellen, Schaumlöffel, Schneebesen und kleinerer Töpfe fabrizierten einen ziemlichen Lautstärkepegel. Wahrscheinlich hatte ihn deswegen niemand bemerkt.

Durch den Dampf sah Lennart, dass Maria – beinahe wie zu Hause in der Västra Hamngata – wieder einmal Unmengen vorbereitet hatte und noch immer nicht damit fertig zu sein schien. Mit konzentriertem Gesicht, die voluminösen pechschwarzen Haare mühsam mit einem roten Tuch gebändigt, und einem Hauch von Feuchtigkeit auf Stirn und Wangen starrte sie in mehrere Töpfe gleichzeitig, rührte hier, schwenkte dort und würzte da. Gerade als Lennart etwas sagen wollte, löschte Maria die in der riesigen Pfanne befindlichen Fleischstücke mit Rotwein ab, sodass es zischte, als hätte man ein glühendes Schwert in Öl getaucht. Gleichzeitig füllte sich die gesamte Kombüse mit einem fruchtigen Duft nach Beeren, Rosmarin und Knoblauch. Und dann berührte etwas Weiches sein Bein.

»Oh Mann, Bölthorn!«, rief Lennart. »Wie in alten Zeiten. Genauso hast du mich schon immer in Buri Bolmens Laden erschreckt, wenn du dich angeschlichen hast.«

»Das war damals so leicht wie heute«, grummelte Bölthorn, und beinahe schien es, als würden sich seine Mopslefzen zu einem Siegerlächeln verziehen.

»Caro mio!«, rief Maria durch den Nebel aufsteigenden Rotweins. »Hast du Hunger? Willst du etwas versuchen? Vielleicht die frischen *Papardelle*, die *Bolognese*-Soße oder die *Bistecca di vitello al vino rosso* – die Kalbssteaks mit Rotweinsoße? Im Ofen habe ich noch gratinierte Polenta. Vielleicht davon?«

Lennart schüttelte den Kopf. »Danke, nein. Ich bin gekommen, um Bölthorn zu entführen. Ich muss mich mit ihm … unterhalten.« Auch wenn alle an Bord mittlerweile wussten, dass Bölthorn sprechen konnte, fiel es Lennart noch immer nicht leicht, über die Fähigkeiten seines im Körper eines adipösen Hundes steckenden Freundes zu reden, waren diese doch bisher für alle Welt aus nachvollziehbaren Gründen stets ein gut gehütetes Geheimnis gewesen. Allerdings wirkte Bölthorns Sprechvermögen in Anbetracht der Gesamtumstände und der beteiligten Personen kaum noch erwähnenswert.

So wunderte es Lennart auch nicht, dass Maria sich umdrehte und rief: »Aber nachher bringst du ihn wieder her, *va bene*?«

»Geht klar«, sagte Lennart und machte Bölthorn ein Zeichen, ihm zu folgen. Sie verließen die Bordküche durch den hinteren Ausgang, der an den Vorratsräumen vorbei- und tiefer in den Bauch des Schiffes hineinführte. Lennart stoppte vor der Treppe aufs Oberdeck und zur Kommandobrücke, von wo das Gezeter und Gemecker Kapitän Darrabens gedämpft herunterdrang. Er ging in die Knie.

Bölthorn sah ihn fragend an und hockte sich unter einem Schnaufen auf seine dicken Hinterläufe. »Worüber möchtest du sprechen?«

»Ich mache mir Sorgen«, sagte Lennart.

»Gute Idee«, sagte Bölthorn. »Aber ist das nicht ein wenig verspätet?« Er legte den Kopf in den Nacken, sodass sich eine Speckrolle bildete. Dann wurde er ernst. »Warum? Was ist los?«

Lennart strich Bölthorn sanft durchs Fell und blickte ihm tief in die Augen. Für den Bruchteil eines Augenblicks glaubte Lennart, die wahre Seele dieses Mopses gesehen zu haben. Er erschrak und zog seine Hand zurück. Nein, das konnte nicht sein. Das Bild, das er gesehen hatte, war verrückt, ganz verrückt …

Er verdrängte diese kurze Vision und fasste sich schnell wieder. »Du hast recht. Die Sorge kommt eventuell etwas spät, aber ich habe mir erst jetzt die zwei entscheidenden Fragen gestellt, deren Antworten zusammengenommen vielleicht einen Sinn ergeben könnten. Erstens: Wozu braucht Harald Hadding den besessenen Verbrecher Hendrik Nilsson? Er dürfte doch über weit mehr und bessere Männer verfügen, die ihm zu Diensten sind. Und zweitens: Warum glaubt Krähenbein, dass er eine Chance hat, gegen uns alle zu gewinnen? Ich denke, es ist offensichtlich, dass er uns eine Falle stellen will. Er weiß, dass wir nach Svolderoie segeln, und er weiß, dass alle, die mir etwas bedeuten, an Bord der *Intill döden* sind. Warum tut er das?«

Bölthorn schnaubte so ratlos, dass die Lefzen nur so flatterten. »Ich weiß es auch nicht, aber ich befürchte, dass du nicht danebenliegst. Die Nachrichten an alle und obendrein noch unser Kapitän Darraben und alle vier Wächter an Bord? Das gab es nicht mehr, seitdem wir Krähenbeins Macht in die *Vårgūlfskĭŋŋ* verbannt, diese in vier Teile gerissen und uns getrennt haben. Wir sollten jemanden fragen, der die Antwort wissen könnte.«

»Wer soll das sein?«, fragte Lennart verwundert.

»Wozu haben wir denn ein Orakel an Bord?«, meinte Bölthorn, verzog seine Lefzen zu einem Mopsgrinsen, erhob und schüttelte sich.

»Ich werde besser auch Advokat Isaksson dazubitten«, sagte Lennart nachdenklich.

Bölthorn trottete kommentarlos die zwei Meter bis zur Treppe. Dort drehte er sich um und blickte Lennart erwartungsfroh an. »Ein guter Gedanke. Aber worauf wartest du noch? Denkst du vielleicht, ich komme diese steile Stiege alleine hoch? Du musst mich schon tragen.«

Es war eine wahrhaft seltsame Atmosphäre, die sich über das Schiff gelegt hatte, kaum dass die vier Wächter der Dunklen Pergamente in der Offiziersmesse zusammengekommen waren. Kapitän Darraben hatte sich beruhigt und aufgehört, Skalle und seinen Seemannskumpanen wüst zu beschimpfen. Ersteren hatte er trotz stürmischer

See unter Morddrohungen hinauf in die Wanten befohlen, während er Tobben mit übelsten Verwünschungen dazu verdonnert hatte, an seiner Stelle das Ruder zu übernehmen.

Darraben hatte Järnskägg – das Orakel – gleich mitgebracht und sich die alte Keksdose lieblos unter den Arm geklemmt. Er ließ sie scheppernd auf den Tisch fallen. Dann kramte er so lange in den Schränken herum, bis er fündig wurde und vier Gläser sowie eine halb gefüllte Flasche Whisky ebenfalls auf den Tisch knallte. »Hab ich's mir doch gedacht. Nur halb voll, aber besser als nichts, bei allen quälenden Quallen und kotzenden Kraken.« Er lachte, zog einen der acht abgenutzten Stühle unter dem Tisch hervor, ließ sich darauf nieder und schenkte sich ein.

Advokat Cornelius Isaksson, der als Letzter erschienen war und sich bislang noch an der Tür aufgehalten hatte, war anscheinend durch nichts und niemanden aus der Ruhe zu bringen. Er kam so geräuschlos zum Tisch, als wollte er niemanden stören, blickte einmal kurz reihum, nahm ebenfalls Platz und verschränkte andächtig die Hände über dem kugelrunden Bauch. Bölthorn legte sich zwischen ihm und Lennart auf den dunkelgrünen Teppichboden, welcher der ganzen Räumlichkeit das Ambiente vergangener Zeiten verlieh – zusammen mit der antiken Einrichtung aus Messinglampen, niedrigen, holzvertäfelten Decken und dunklen Möbeln.

Lennart ergriff das Wort, auch wenn er nicht so recht wusste, wie man diese kuriose Versammlung von Zauberern ansprechen sollte. »Liebe … äh … Kollegen … und Wächterfreunde …« – Bölthorn blickte Lennart entgeistert an und schüttelte nur den Kopf. Cornelius Isaksson alias Rœkrvænn hingegen kämpfte mit einem dünnen Lächeln. Darraben schwieg, sah aber aus, als könnte er mit Leichtigkeit etwas Beleidigendes sagen.

»Mist! Ich habe Järnskägg vergessen«, sagte Lennart, beugte sich über den Tisch, klappte ehrfürchtig den angerosteten Deckel der Keksdose auf und rief: »Oh, Orakel, ich rufe dich, hast du bitte ein Ohr für mich?«

Durch den dicht aufsteigenden Nebel und das immer stärker werdende bläuliche Glimmen drang die voluminöse, aber leicht kratzende Stimme des Orakels aus der Keksdose heraus:

Wer ist es, der mich ruft
In diesem Dunkel,
Die Stimme schwach,
Am Ring …

»Schluss jetzt!«, donnerte Darraben und schlug mit der Faust auf den Tisch, dass die Gläser tanzten. »Ich hab's dir schon einmal gesagt, du vergammelte Blechkiste. Hör mit diesen Reimen auf, sonst schmeiß ich dich über Bord, kapiert?«

»Ich vermute, dass Krähenbein einen perfiden Plan im Kopf hat«, sagte Lennart, ohne weiter auf Kapitän Darrabens unberechenbare Launen einzugehen – mit denen musste man wohl leben. »Er hat uns nicht ohne Grund auf diesem Schiff zusammengeführt, und auch meine Freunde, Frederik und Emma, genauso wie meine Eltern hat er nicht ohne Hintergedanken auf das Schiff gelockt.«

»Es ist eigentlich das, was er auf jeden Fall vermeiden müsste«, merkte Bölthorn mit schmatzender Stimme an.

»Korrekt«, pflichtete Isaksson bei. »Alle vier Wächter auf Svolderoie, wo obendrein noch ein weiteres Dunkles Pergament auf uns wartet, das kann eigentlich nicht in Krähenbeins Interesse sein.«

»Dass es dort liegt, kann er nicht wissen«, rief das Orakel blechern.

»Das stimmt allerdings«, grummelte Darraben. »Das kann er unmöglich wissen.«

»Das muss er auch nicht«, sagte Lennart. »Wahrscheinlich weiß er gar nicht, wohin wir fahren. Es kann ihm auch egal sein. Er will bloß, dass wir es finden und ihm die Arbeit abnehmen. Fragt sich nur, wie er darauf kommt, ernsthaft anzunehmen, er hätte in seiner jetzigen Verfassung eine reelle Chance gegen vier Magier und Wächter.«

»Dreieinhalb«, korrigierte ihn der Kapitän leise und deutete mit einem Kopfnicken in die Tischmitte.

»Das habe ich sehr wohl gehört!«, rief Järnskägg aus der Keksdose. »Holt mich halt hier raus, dann sind wir einer mehr!«

»Das ist leider nicht möglich«, sagte Cornelius Isaksson. »Wenn dem so wäre, hätte ich es längst getan, auch wenn ich es nicht übel finde, dass du für deine Taten Buße tust, Järnskägg. Du hast einen ordentlichen Teil dazu beigetragen, dass wir uns in dieser Lage befinden.«

Das Orakel schwieg. Es wirkte beleidigt.

»Es mag zwar stimmen, aber einigen wir uns doch auf ›eine Verkettung unglücklicher Umstände‹«, sagte Lennart, »denn auch Mats Wallin, Hendrik Nilsson und Harald Hadding spielen hierbei keine unbedeutenden Rollen, und wir wissen noch nicht einmal, welche genau und wie groß sie sind.«

»Wir müssten herausfinden, wo sich dieser Hadding aufhält«, grübelte Cornelius Isaksson halblaut. »Denn wenn es wirklich dieser Mann war, der Ihren Freunden, Herr Malmkvist, all diese Nachrichten hat zukommen lassen, dann ist anzunehmen, dass zumindest er eine äußerst bedeutende Rolle in diesem Spiel spielt.«

»Man müsste jemanden haben, der ihn für uns sucht und findet, ganz gleich, wo er sich aufhält«, dachte Darraben laut und kratzte sich am Bart. »Eine dressierte Brieftaube mit der Nase eines Spürhundes und den Augen eines Adlers – was, nebenbei bemerkt, auch wahrlich witzig aussehen würde.« Darraben goss sich den letzten Rest aus der Whiskyflasche ins Glas und leerte es in einem Zug. »Sehr witzig sogar.«

Lennart dachte an Frederiks Worte von vorhin an Deck und die Idee, die ihm deswegen gekommen war. »Wir brauchen einen Tracker!«, rief er und sprang auf. »Einen Späher!« Darraben verschluckte sich und hustete, Bölthorn riss den Kopf nach oben – ein weiterer Schleimfaden löste sich von seinen Lefzen und wirbelte unkontrolliert ans Stuhlbein, dicht neben Advokat Isakssons Nadelstreifenhose; und selbst dieser blickte verwundert auf. »Und ich weiß auch schon, wen wir schicken«, fuhr Lennart mit unverminderter Motivation fort, »zumindest, wenn mein Plan funktioniert.« Er setzte sich wieder und blickte mit funkelnden Augen fragend in die Runde. »Kennt sich einer der Herren eventuell besonders gut mit Bann-, Licht- und Transmutationszaubern aus?«

17. Kapitel

»Warum haben Sie mich nicht wecken lassen? Haben Sie die *Viking II* schon gesichtet?«, fragte Nilsson vorwurfsvoll und beschirmte seine müden Augen mit der Hand. Er war eben erst nach oben gekommen und hatte merkwürdig tief, fest und absolut traumlos geschlafen, beinahe wie ein Toter, nachdem er sich vor vielen Stunden zusammen mit den beiden Dunklen Pergamenten in seiner Kabine eingeschlossen hatte. Nun schaute er angestrengt durch das Glas der Kommandobrücke übers Meer hinaus und suchte ein großes Segelschiff, das sich seinen Weg durch die unruhige See bahnte.

Hadding trat neben ihn. »Sie sind dort draußen, das steht fest, aber sie sind nicht zu sehen. Vielleicht sind sie schon zu weit entfernt. Doch das ist einerlei. Neuer Kurs Süd-Süd-West nach Billdal«, befahl Hadding dem Kapitän. Der nickte stumm, und kurz darauf machte die *Ringhorn* eine sanfte Wendung nach Steuerbord, bis die Küste des schwedischen Festlandes wieder im Hauptfenster sichtbar wurde.

»Warum geben Sie die Verfolgung auf?«, wunderte sich Nilsson. »Was ist, wenn Sie sich irren? Oder was ist, wenn die ihr Ziel schneller erreichen und uns zuvorkommen? Dann wäre eines der Dunklen Pergamente verloren.

Unser Plan war doch, sie es aufspüren zu lassen und es Malmkvist und seinen Helfern dann abzunehmen!«

»Nilsson, Sie sollten sich mehr von Ihrem Hirn und nicht so sehr von Ihrem Hass steuern lassen«, sagte Hadding. »Alles zu seiner Zeit. Vertrauen Sie mir, ich weiß jetzt, wohin sie fahren. Ich hätte es mir gleich denken können. Wir müssen sie also nicht länger verfolgen, und wir ändern den Kurs, weil wir ja noch Ihre Kameraden von Tryggvasons Erben abholen müssen.«

»Und wohin fährt Malmkvist?«

»Zur Insel Svolderoie.«

»Svolderoie? Noch nie gehört.«

Wieder lächelte Hadding kalt und überlegen. »Das hätte mich auch gewundert. Bei Svolderoie wurde Krähenbein besiegt. Der Legende nach wurde diese Insel dabei von den vier Wächtern so verzaubert, dass ein Teil von ihr im Meer versank und sich nur von Mitternacht bis Tagesanbruch aus den Fluten des Kattegats erhebt. Mit dem ersten Sonnenstrahl versinkt sie wieder. Meinen Recherchen zufolge muss es sich dabei um einen Teil der dänischen Insel Hjelm handeln.«

»Sie machen Witze!«, rief Hendrik Nilsson.

»Mache ich auf Sie den Eindruck eines Komödianten?«, fragte Harald Hadding und warf seinem Gegenüber einen unmissverständlichen Blick zu.

»Sie glauben also wirklich, dass … «, begann Nilsson skeptisch, doch Harald Hadding fiel ihm ins Wort.

»Es spielt keine Rolle, was ich glaube. Entscheidend ist vor allem, dass die Besatzung dieses Viermasters es tut. Und ich schätze, Malmkvist und Konsorten meinen auch zu wissen, wo diese Insel vor der dänischen Ostküste unter der Wasseroberfläche liegt. Es genügt also, wenn wir wiederum wissen, wo sie sich aufhalten und vor Anker liegen. Schauen Sie.« Hadding deutete auf Deck, wo einige Männer seiner Besatzung zwei riesige Drohnen für den Start vorbereiteten. Sie hatten einen Durchmesser von weit über zwei Metern, schätzte Nilsson, und damit besaßen sie beinahe dieselben Dimensionen wie militärische Kampf- und Spähdrohnen, die man aus dem Fernsehen kannte. »Haben Sie vergessen, wer ich bin? Ich bin einer der vermögendsten und technisch bestausgerüsteten Unternehmer Schwedens. Diese Drohnen haben wir selbst entwickelt, und sie sind beinahe ein kleines Hobby von mir. Sie heißen Hugin und Munin – so wie die beiden weisen Raben auf den Schultern Odins«, fügte Hadding an. »Nur schade, dass Odin keine dressierten Krähen auf sich hocken hatte, das hätte mir noch mehr gefallen!« Hadding lachte. »So oder so, unsere beiden Kundschafter werden mit ihren elektronischen Augen weit mehr sehen als ihre gefiederten Vorfahren aus der nordischen Mythologie und uns immer exakt mitteilen, wo sich Malmkvist und seine Freunde aufhalten.«

Hendrik Nilsson sah sprachlos und tief beeindruckt dabei zu, wie die Drohnen aufstiegen. Ihre Motoren waren auffallend leise, kaum zu hören. Oder lag das am Wind, der das Geräusch mit sich nahm? Wenn die Ausrüstung der schwedischen Polizei auch nur halb so modern wäre, hätten sie ihn wahrscheinlich schon geschnappt.

»Rufen Sie Ihre Freunde von Tryggvasons Erben zusammen. Alle sollen zum alten Vereinsheim in den Wald nahe Årekärr kommen«, befahl Hadding unvermittelt und riss ihn aus seinen zähfließenden Gedanken.

»Sie wissen auch vom Vereinsheim?«, wollte Nilsson schon verwundert ausrufen, als ihm einfiel, dass es wahrscheinlich recht nutzlos war, sich überhaupt noch über den Informationsstand dieses Harald Hadding zu wundern, der scheinbar so gut wie alles zu wissen schien. Darum grummelte er nur: »Wird gemacht.«

»Teilen Sie ihnen mit, dass wir sie heute nach Anbruch der Dunkelheit dort erwarten werden.« Hadding sah auf seine goldene Armbanduhr. »In etwa vier Stunden.«

»Was soll ich ihnen sagen?«, wollte Nilsson wissen. »Ich meine, wenn sie fragen, worum es geht?«

»Sagen Sie ihnen die Wahrheit. Sagen Sie ihnen, es gehe um alles. Sagen Sie ihnen, Sie hätten zwei der Dunklen Pergamente und einen reichen Gönner, der Ihnen die anderen beiden auch noch beschaffen werde. Das war doch seit vielen hundert Jahren euer gemeinsamer Traum, oder? Wer von Tryggvasons Erben dann nicht kommt, der …«

»Herr Hadding, schauen Sie mal«, sagte mit einem Mal der Jacht-Kapitän, ein vierschrötiger Kerl mit tiefschwarzem Dreitagebart und dunklem Teint. Er deutete nach Steuerbord aus dem Fenster der Brücke. Exakt aus der Richtung, in der die beiden Drohnen vor wenigen Minuten verschwunden waren, zeigte sich ein gleißend heller Punkt am Horizont. Fast wirkte er wie ein Flugzeug beim nächtlichen Landeanflug, doch hatte diese Lichtquelle eine erheblich höhere Geschwindigkeit und kam rasend schnell näher.

Verwundert stellte Hendrik Nilsson fest, dass sie dabei nicht wesentlich größer wurde. Es war einfach ein sich bemerkenswert rasch bewegender Punkt von der Größe eines Sternes am Nachthimmel.

Und dann hatte dieser auch schon die *Ringhorn* erreicht.

Nun sah Nilsson, dass es sich um eine Lichtkugel mit dem ungefähren Durchmesser eines Tennisballes handelte. Unwillkürlich zog er kurz erschrocken den Kopf ein, als die Kugel dicht über der Jacht vollkommen geräuschlos vorbeizischte (was ihm einen verächtlichen Seitenblick von Harald Hadding einbrachte). Dann flog die Kugel in gleicher Höhe und mit unverminderter Geschwindigkeit drei, vier, fünf Kreise über dem Schiff – dadurch wirkten die gleißenden Spuren ihrer Flugbahn für diesen Augenblick wie ein Kreis aus Licht –, um sich danach ansatzlos wieder aufs offene Meer davonzumachen, über dem sie nach wenigen Sekunden verschwand.

»Was war das?«, fragte Hendrik Nilsson verwirrt, und auch der Jacht-Kapitän warf seinem Boss einen durchaus fragend zu nennenden Blick zu.

»Wenn mich nicht alles täuscht, war das auch so eine Art Drohne. Sah beinahe aus wie ein Irrlicht«, erklärte Hadding ungerührt, aber etwas nachdenklich.

»Ein Irrlicht?«, hakte Hendrik Nilsson nach und verstand die Welt nicht mehr. War er etwa im falschen Film?

Hadding lachte. »Na ja, ich sagte, es sah beinahe aus wie ein Irrlicht«, erklärte Hadding im Tonfall eines Arztes, der einen Patienten während der Visite über den Grad eines Knochenbruchs in Kenntnis setzt. »Aber dieses Ding war deutlich schneller als meine Drohnen. Doch was kümmert es uns, was das war? Wir haben einen Plan. Die *Ringhorn* fährt weiter nach Billdal, und Sie gehen jetzt und rufen Ihre Leute an, schlage ich vor.«

Hendrik Nilsson machte sich auf den Weg zurück in seine Kabine. Er fühlte sich unwohl und grübelte. So hatte er sich als Oberster von Tryggvasons Erben das alles nicht vorgestellt. Aber hatten er und seine Gefährten eigentlich jemals eine Vorstellung davon gehabt? Hatten sie je *wirklich* an Magie geglaubt, oder war es nur der Wille gewesen, dass sie gefälligst zu existieren habe, weil es ihrem Zirkel etwas Elitäres gab? Denn nun, da sich Hendrik Nilsson von ihr umgeben fühlte, merkte er, dass ihm recht mulmig wurde. Was würde als Nächstes geschehen? Würde in Kürze ein Drache um die Ecke kommen? Oder ein Seeungeheuer aus den Fluten nach ihnen schnappen? Was war möglich, was nicht? Wo war die Grenze? Und vor allem: Wie tief steckte Hadding tatsächlich in der Sache? Vielleicht war es besser, vom Verteidigungs- in den Angriffsmodus umzuschalten. Das hatte schon immer bestens geklappt, zumal der Gegner damit oft nicht rechnete, insbesondere, wenn er vorher vielleicht noch nicht einmal gewusst hatte, dass er überhaupt einer war.

Als Hendrik Nilsson die Kabinentür hinter sich schloss und sein Mobiltelefon vor sich auf die Koje legte, kam ihm eine Idee …

18. Kapitel

»Das gibt's doch nicht!«, rief Lennart und deutete zum Himmel hinauf. »Das Irrlicht ist schon wieder zurück? Erstaunlich. Es war kaum eine halbe Stunde weg.«

Bölthorn, der seinen Kopf gegen den Widerstand seines Nackenspecks ebenfalls in die Höhe reckte und dabei wegen des starken Seegangs Mühe hatte, nicht umzufallen, nickte und brummte: »Das bedeutet, dass Harald Hadding nicht allzu weit entfernt sein dürfte.«

Beide sahen dabei zu, wie der gleißende Lichtpunkt schnell näher kam und dann mit einem eleganten Flugmanöver aus den tiefhängenden Wolken nach unten auf die *Intill döden* zustürzte. Er vollführte kurz über den Planken des Schiffes eine waghalsig anmutende Wende, zischte ansatzlos um Takelage, Seile, Masten und Rettungsbote herum und schlug schließlich unter einem lauten Klirren durch das geschlossene Bullauge einer Seitentür ins Innere des Viermasters ein.

»Du hättest die Tür besser angelehnt gelassen«, grummelte Bölthorn.

»Bei dem Wind?«, entgegnete Lennart. »Außerdem hat mir niemand gesagt, dass Irrlichter kein Benehmen haben, selbst wenn sie von einem Wächter der Dunklen Pergamente beseelt sind.« Lennart ging voraus, und

Bölthorn folgte ihm zurück in die Offiziersmesse. Als sie bei Advokat Isaksson, der auf dem Tisch stehenden Keksdose und Kapitän Darraben eintrafen, schwebte das Irrlicht in einem leichten Auf und Ab über dem Tisch, und Darraben fragte in diesem Moment: »Wo ist der Halunke? Sprich! Aber komm bloß nicht auf die Idee, wieder mit dem Reimen loszulegen, sonst fange ich dich und sperre dich in den Abort, bei allen wundgerittenen Seepferdchen und abgerissenen Krakenarmen!«

Das Irrlicht tanzte etwas aufgeregter, doch dann verlangsamte sich der Rhythmus seiner Bewegungen wieder. »Ich habe ihn gesehen, ihn, seinen Freund und sein Schiff«, sprach das Irrlicht mit der Stimme Järnskäggs. »Er hielt auf die Küste zu.«

»Auf die Küste?«, wunderte sich Advokat Isaksson. »Was will er da?«

»Das weiß ich nicht«, sagte Järnskägg in seiner neuen Gestalt. Ein wenig stolz war Lennart schon auf sich, dass diese Zauberei geklappt hatte. Und das nur, weil er sich an einen ganz bestimmten Bann-Transmutationszauber aus einem der vielen Magiebücher Buri Bolmens erinnert hatte. Mit dessen Hilfe war es möglich, die Seele eines Verfluchten aus einer körperlichen Hülle in eine andere zu überführen. Derjenige, den dieser Bann betreffe, sei zwar immer noch verflucht, so hieß es in dem uralten Buch, das sei mittels dieses Zaubers nicht zu ändern, aber immerhin könne man dem Bann ein kleines Schnippchen schlagen und sich ein eventuell besseres Äußeres suchen. Als Beispiel hatte das Zauberbuch angeführt, dass ein in einen Froschkörper Verbannter – wenn er des Lebens im und unter Wasser und der andauernden Lebensgefahr durch Storchattacken müde geworden sei – sich in den einer Fledermaus transmutieren könne, wodurch er wenigstens selbst zum Jäger werde.

Er hatte es Bölthorn nie verraten, aber eine Zeit lang hatte Lennart überlegt, dem Mops mithilfe dieses Zaubers einen Gefallen zu tun, ihn aus seinem wenig attraktiven Körper zu befreien und ihm seinen eigenen zurückzugeben. Aber dafür taugte diese Magie bei eingehenderer Untersuchung dann doch nicht, und eine geeignetere hatte er nie gefunden.

Umso erfreulicher war es, dass es Darraben, Lennart und Cornelius Isaksson alias Rœkrvænn mit vereinten magischen Kräften und mithilfe ebendieses Zaubers gelungen war, den vierten im Bunde der Wächter aus seiner schäbigen, verrosteten Keksdose in die Hülle des strahlenden und vor allem rasend schnellen Irrlichts zu transmutieren.

Und diese neue Hülle schien Järnskägg sehr zu gefallen, denn jede Trübsal und jede Trauer, die in seiner Stimme gelegen hatten, waren wie weggeblasen. »Ich habe das Schiff etwa auf der Höhe der Insel Vrångö entdeckt.«

Cornelius Isaksson rieb sich nachdenklich das kaum vorhandene Kinn, und auch Darraben zuckte ratlos mit den Schultern. »Was will er denn da?«, grummelte er.

»Er will nicht nach Vrångö!«, rief Lennart plötzlich, und alle Augen richteten sich auf ihn.

»Natürlich«, bellte Bölthorn nun dumpf und sabbernd, »du hast recht. Er will nicht nach Vrångö, er will nach Billdal!«

»Genau«, sagte Lennart.

Cornelius Isaksson blickte auf. »Befand sich dort nicht das Vereinsheim dieser Sekte von Tryggvasons Erben?«

»Was für Erben?«, donnerte Darraben und schlug mit der Faust so hart auf den Tisch, dass die Keksdose tanzte. »Kann mich vielleicht netterweise mal jemand aufklären, bei allen Höllenhunden und Haifischzähnen?«

»Tryggvasons Erben ist eine Sekte, die kurz nach Beendigung Ihrer Karriere als Pirat gegründet wurde und deren Mitglieder an die Wiederauferstehung von Olav Tryggvason, besser bekannt als Olav Krähenbein, glauben«, sagte Lennart. »Sie hatten früher ein Vereinsheim in einem Wald in der Nähe von Billdal.« An Järnskägg gewandt fragte Lennart: »Wie viele Personen waren insgesamt an Bord der *Ringhorn*? Hast du jemanden erkannt?«

Das Irrlicht tanzte aufgeregt über dem Tisch. »Ein paar Mann Besatzung, und ich habe den groß gewachsenen Mann gesehen und auch den anderen Mann, den du mir auf dem kleinen Bildschirm von deinem Mobil...dings gezeigt hast, bevor ich mich auf die Suche gemacht habe.«

Lennart hatte Fotos von Harald Hadding, von Ex-Kommissar Nilsson und auch Bilder der Jacht von Hadding, der *Ringhorn*, aus dem Internet auf sein Smartphone heruntergeladen und sie Järnskägg vor dessen Abflug unter die Nase gehalten.

»Dann hat uns Hadding entweder aus den Augen verloren und aufgegeben, oder er muss sich seiner Sache sehr sicher sein«, meinte Bölthorn grübelnd.

»Was für eine irrsinnige Anmaßung, sein Boot *Ringhorn* – Totenschiff – zu taufen!«, fluchte Darraben verächtlich. Dann wandte er ein: »Doch warum zur Hölle sollte er sich seiner Sache so sicher sein?«

»Das ist eine gute Frage«, pflichtete ihm Advokat Isaksson bei, und auch Lennart dachte darüber nach.

»Etwas Seltsames ging an Bord vor sich«, sagte Järnskägg. »Als ich gerade dort angekommen war, haben sich zwei eigenartige Flugobjekte in die Luft erhoben. Jedes war groß wie ein Mann und hatte vier rotierende Luftschrauben an jeder Ecke.«

»Drohnen?«, fragte Lennart staunend. »Aber natürlich! Wenn jemand die finanziellen und die technischen Mittel zu so einer Art von Überwachung hat, dann Hadding. Das ist der Grund, weshalb er die Verfolgung aufgegeben hat und so entspannt nach Billdal an die Küste schippern kann. Er hat uns nicht verloren. Sobald diese Drohnen uns erfasst haben, hat er uns immer auf dem Schirm. Und zwar im wahrsten Sinne des Wortes.« Lennart zögerte kurz, dann lächelte er kühl und zog sein Smartphone hervor. »Ich habe eine Idee. Und auch wenn ich weder Hendrik Nilsson noch Harald Hadding, geschweige denn Olav Krähenbein, damit stoppen kann, so kann ich ihnen doch wenigstens das Leben etwas erschweren. Außerdem kenne ich jemanden, der sich sehr freuen wird, von mir zu hören.«

»Drohnen? Was ist das wieder für ein Teufelszeug? Große Bienen? Aber was kümmert's mich?«, sagte Darraben. »Ihr sprecht über Euer merkwürdiges Gerät mit wem auch immer, und ich steuere die *Intill döden* derweil unter vollen Segeln weiter nach Svolderoie. Wunderbar! Dann werde ich mal Skalle und Tobben ins Kreuz treten, dass wir auch pünktlich und vor Mitternacht dort ankommen, sonst rollen Köpfe, und meiner wird nicht darunter sein, bei Surströmming und Makrelenschiss. Ich empfehle mich.« Mit diesen Worten erhob er sich, nickte in die Runde, setzte sich seinen Dreieckshut auf den Kopf und verließ im Stechschritt die Offiziersmesse.

19. Kapitel

Es dämmerte bereits, als die *Ringhorn* in einer kleinen verborgenen Bucht, etwa dreihundert Meter vom Billdaler Badestrand entfernt, den Anker warf. Dort, wo sich im Sommer bis spätabends unzählige Badegäste tummelten, war es menschenleer. Und verflucht kalt. Es wäre bequemer und für den Landgang weit einfacher gewesen, in den ebenfalls ganz in der Nähe gelegenen Hafen einzufahren, aber der Tiefgang der Jacht verhinderte das, hatte Hadding auf Hendrik Nilssons Frage hin erklärt. So wurde ein Beiboot zu Wasser gelassen, das eine Größe hatte, die sich andere Menschen für ihr Hauptboot wünschen würden. Nilsson schätzte, dass es mindestens fünfunddreißig Fuß lang war, und es verfügte sogar über einen kleinen Lastkran und eine ziemlich große Ladefläche. Auf dieser waren zwei Motorschlitten unter einer Plane verstaut und vertäut worden.

Harald Hadding sowie vier Mann seiner Schiffsbesatzung stiegen zusammen mit Hendrik Nilsson in das Beiboot und setzten durch die immer mehr zunehmende Düsternis und seichtes Schneetreiben an den Strand über. Nilsson fühlte die Waffe an seinem Hosenbund und die Rolle mit den Dunklen Pergamenten an seiner Brust – zumindest war er vorbereitet, die eigene Haut zu retten, ganz gleich, was da kommen würde. Dennoch fühlte er sich unwohl, und ihn beschlich das ebenfalls ungute Gefühl, dass heute Nacht noch etwas Grausiges passieren würde.

Schweigend saßen die Männer nebeneinander und tuckerten einige Minuten durch das Wasser. Das Meer war hier, gebändigt von den vielen Inseln, welche die Küste von den Gezeiten abschirmten, weitaus ruhiger als noch vor gut einer Stunde draußen auf hoher See, wo sie dieses seltsame Licht gesehen hatten, das sie, wie eine Sternschnuppe auf Fährtensuche, mehrmals umkreist hatte, bevor es wieder in den Weiten des Himmels verschwunden war.

Als der Rumpf des Beibootes unter einem sanften Rumpeln einen Steg berührte und drei der vier Männer sich beeilten, das Boot festzumachen, warf Hendrik Nilsson einen Blick auf seine Uhr. Es war halb fünf und bereits stockdunkel. »Ihr wisst, was zu tun ist«, wies Hadding seine Untergebenen an, die sich beeilten, das kopfnickend zu bejahen.

Dann forderte er Hendrik Nilsson auf, ihm zu folgen, kletterte aus dem Boot auf den Steg und schritt die sanft ansteigende Uferböschung empor. Hendrik Nilsson eilte ihm hinterher. Oben angekommen, traten sie auf die menschenleere Straße, wo lediglich ein einziges Auto einen Schneeballwurf entfernt parkte.

»Wie kommen wir in den Wald zum Vereinsheim im Årekärrsvägen? Es sind immerhin noch über vier Kilometer …«, begann er, doch Harald Hadding kümmerte sich nicht um Nilssons Worte, sondern schob nur ungerührt die Hand in die Manteltasche. Gleich darauf flammten die Scheinwerfer des geparkten Wagens kurz auf, und die Blinker des Autos leuchteten zweimal. Dann erstrahlte die Innenraumbeleuchtung.

Hadding drehte sich zu Nilsson um und zog den Autoschlüssel aus der Tasche seines Mantels. »Sie fahren.« Damit warf er ihm den Schlüssel zu und marschierte breitschultrig und in aller Seelenruhe zu dem wartenden Wagen hinüber, wo er auf der Beifahrerseite einstieg und die Tür zuzog.

Mit dem Wagenschlüssel in der Hand und einer Mischung aus Unsicherheit und Wut im Bauch, machte sich Hendrik Nilsson auf den Weg über die Straße. Auch wenn dieser Hadding ein beeindruckendes und vielleicht sogar größeres Wissen über Olav Krähenbein, die Dunklen Pergamente und all die alten Legenden hatte als Tryggvasons Erben und auch wenn er noch weit mehr Geld und Einfluss besaß – niemand benahm sich Hendrik Nilsson gegenüber derart herabwürdigend! Zumindest nicht dauerhaft. Harald Hadding mochte entschlossen und zu allem bereit wirken, doch es würde ihm guttun, den Bogen nicht zu überspannen, denn eine große Klappe machte nicht automatisch kugelsicher, und nicht Hadding hatte die beiden Dunklen Pergamente und eine geladene Knarre dabei, sondern er, Hendrik Nilsson.

Bisher hatte er von ihm ausschließlich krude Behauptungen gehört, aber dass Hadding ihn scheinbar weit mehr brauchte als umgekehrt – diese Vermutung schlich sich nicht erst in Hendrik Nilssons Gedanken, seitdem er die technische Ausrüstung auf der monströsen Privatjacht gesehen hatte. Wenn Hadding alles wusste und alle Möglichkeiten besaß, was wollte er dann mit ihm? Es musste etwas Besonderes sein. Er würde es herausfinden, und wenn er Gewalt anwenden musste. Seine Brüder waren informiert, und wohin er jetzt mit Harald Hadding fahren würde, war sein Revier und nicht das dieses bornierten Unternehmers aus Stockholm.

Hendrik Nilsson zog die Pistole aus dem Hosenbund und steckte sie der Bequemlichkeit und besseren Erreichbarkeit halber vorsichtig in die linke Jackentasche, bevor er die Fahrertür aufzog, sich in das Auto setzte, es startete und wortlos in die Dunkelheit davonfuhr. Nach wenigen hundert Metern erschienen einige Häuser am Stadtrand von Billdal, dann die große Halle des etwas abseits der Straße gelegenen Reitsportvereins, dann wieder ein paar Häuser. Es waren die letzten. Sie verließen Billdal und fuhren in einen stockfinsteren Wald und weiter nach Osten in Richtung des Örtchens Årekärr. Wenige Minuten und etwa zwei weitere Kilometer später ließen sie die letzten Zeichen sichtbarer Zivilisation hinter sich: eine schmale Brücke, welche über die vierspurige Schnellstraße 158 führte, die Kungsbacka mit Göteborg verband. Und kurz darauf einen Waldfriedhof. Hendrik Nilsson hatte beim Wackeln der Scheinwerfer auf dem unebenen Untergrund und dem Glitzern des Schnees auf Straßen und Schildern nicht erkennen können, zu welchem Ort dieser Friedhof gehörte. Doch eigentlich war es ihm egal. Und den Leuten, die dort im hartgefrorenen Boden lagen, wahrscheinlich auch.

Es dauerte nicht lange, da führte von der schmalen Straße nach Årekärr ein noch schmalerer Weg tiefer in den Wald. Hendrik Nilsson verlangsamte die Fahrt und bog ab. In der Kurve rutschte der Wagen ein wenig – es war kalt, der Schnee überfroren, und bald schon ging es auch noch bergan, was das Vorankommen ohne Vierradantrieb oder Schneeketten nicht unbedingt vereinfachte. Sie waren nicht die Ersten, die heute Nacht hier entlangfuhren. Mindestens ein weiteres, womöglich sogar zwei weitere Fahrzeuge hatten sich bereits ihren Weg durch den Schnee gebahnt. Deutlich waren Reifenspuren im bläulichen Weiß zu erkennen. Hendrik Nilsson unterdrückte ein erleichtertes Ausatmen. Er würde nicht alleine sein, falls es zum Äußersten käme.

»Folgsam sind sie ja, Ihre Kameraden«, bemerkte jetzt auch Harald Hadding, als hätte er Hendrik Nilssons Gedanken gelesen, und brach damit das Schweigen, das die ganze Fahrt über angedauert hatte. Doch wieder schwang ein Unterton der Überheblichkeit mit. Hendrik Nilsson enthielt sich eines Kommentars und sagte nur: »Man kann sich eben auf sie verlassen. Wir sind einander durch einen Schwur eng verbunden und halten uns auch daran.«

»Sehr löblich«, sagte Harald Hadding und spähte aufmerksam in die Dunkelheit wie ein Käuzchen auf der Lauer. Nach weiteren Minuten erreichten sie schließlich den höchsten Punkt des Hügels mitten im Wald, auf dem sich eine Lichtung befand.

»Da hinten ist es«, sagte Nilsson und deutete mit dem Zeigefinger durch die Windschutzscheibe nach draußen, wo sich auf der gegenüberliegenden Seite der Lichtung ein überwuchertes und zugeschneites Gebäude befand. Aus einigen Ritzen der verhangenen Fenster drang ein schwacher gelblicher, beinahe heimelig wirkender Lichtschein heraus und erzeugte einen deutlichen Kontrast zum ansonsten kalten Grau und Schwarz der mondlosen Winternacht.

»Nicht gerade ein Schloss«, bemerkte Hadding süffisant. »Ich hätte mir zu Ehren von Olav Tryggvason etwas Würdevolleres vorgestellt.«

»Es erfüllt seinen Zweck. Hierher verirrt sich niemand, und wenn doch, dann wird er außer einer alten Bauernhütte nichts finden. Manchmal ist Tarnung eben wichtiger als Ansehen und Protzerei«, erklärte Hendrik Nilsson mühsam beherrscht und parkte den Wagen neben dem Gebäude, wo bereits zwei andere Autos standen.

Harald Hadding stieg aus und schlug den Kragen hoch. Hendrik Nilsson sah auf seine Armbanduhr. Fünf vor fünf. Er zog den Zündschlüssel ab und folgte ihm nach draußen. Er schloss leise die Tür – die andere Hand ertastete das kalte Metall der Pistole in seiner Jacke.

»Gehen wir hinein? Ich möchte Ihre tapferen Kameraden zu gerne endlich kennenlernen«, sagte Hadding, »dann nehmen wir sie mit auf die *Ringhorn*.« Damit machte er sich durch den Schnee auf den Weg zur Tür. Unvermittelt hielt er inne und reckte die Nase in die Luft, als nähme er Witterung auf, sah sich nach allen Seiten um und lauschte in die Finsternis.

»Was ist los?«, fragte Nilsson angespannt und zog seine Waffe lautlos aus der Tasche.

»Ich weiß nicht …«, gab Hadding zurück. »Ich habe plötzlich das komische Gefühl, hier stimmt etwas nicht.« Er wirkte nicht unsicher, nur äußerst konzentriert. Einige Sekunden später entspannten sich seine Züge aber wieder, und er sagte: »Unfug! Wahrscheinlich sehe ich schon Gespenster. Gehen Sie voran?«

Hendrik Nilsson blickte sich noch einmal um. Aber auch er konnte weder etwas erkennen noch etwas hören. Also steckte er seine Pistole wieder in die Jackentasche zurück und schritt an Hadding vorbei zur Tür. Eine ganze Reihe deutlicher Fußabdrücke deuteten darauf hin, dass vor Kurzem erst mehrere Personen über die Schwelle getreten waren. Nilsson klopfte zweimal mit kurzer und zweimal mit langer Pause. Dann öffnete er die Tür und trat ein, dicht gefolgt von Harald Hadding, der beim Betreten des uralten Hauses gehörig den Kopf einziehen musste, um sich nicht zu stoßen. Und selbst nachdem er die Tür hinter sich geschlossen und vom Eingang aus den schummrig beleuchteten und ziemlich verrauchten Raum betreten hatte, in dem vier Männer auf durchgesessenen Sesseln und Stühlen auf ihn warteten, reichte sein Kopf beinahe bis zur Decke.

»Gut, dass ihr gekommen seid«, sagte Hendrik Nilsson und grüßte reihum nickend in die Runde. »Es ist lange her, dass sich Tryggvasons Erben hier gemeinsam eingefunden haben. Und das hat einen guten Grund, den ich euch aber nicht erklären werde, sondern dieser Mann hier.« Damit deutete er auf seinen Begleiter. »Das ist Harald Hadding«, stellte er ihn vor. »Vielleicht habt ihr schon von ihm gehört. Er wird uns nun ganz genau erklären, warum wir uns hier versammelt haben. Nicht wahr, Herr Hadding?« Nilssons Überleitung klang bedrohlich.

Der Angesprochene lächelte scheinbar gänzlich ungerührt. »Aber gewiss doch. Sind wirklich alle vollzählig erschienen?«

Die vier anwesenden Mitglieder von Tryggvasons Erben und Hendrik Nilsson sahen sich gegenseitig an und nickten stumm. »Ja«, antwortete Nilsson schließlich. »Mehr gibt es von uns nicht mehr. Zumindest im Moment nicht.«

»Hervorragend«, ergriff Hadding wieder das Wort und wandte sich erneut an die Versammelten. »Zuallererst möchte ich Ihnen für Ihre jahre-, ja teils jahrzehntelangen Bemühungen um das legendäre Erbe von Olav Krähenbein mein Kompliment aussprechen. Nur durch Ihren unerschütterlichen Glauben und Ihre Forschungen war es möglich, wenigstens zwei der Dunklen Pergamente aufzuspüren und in den Besitz Ihres Obersten, meines lieben, mutigen Freundes und Begleiters, Hendrik Nilsson, zu bringen. Er dürfte Ihnen ja bereits im Vorfeld in groben Zügen mitgeteilt haben, worum es heute Nacht geht, denke ich. Sie sind alle aus zwei Gründen hierhergekommen. Der erste Grund ist, dass ich Ihnen mitteilen möchte, dass der Tag nicht mehr fern ist, an dem die vier Dunklen Pergamente nach über tausend Jahren endlich wiedervereint sein werden und Olav Tryggvason, genannt Krähenbein, wieder zu alter Macht gelangen wird. Denn ich weiß, wo die beiden noch fehlenden zwei Dunklen Pergamente versteckt sind, und ich habe vor, sie in meinen Besitz zu bringen.«

Nun brach doch erregtes bis freudiges Gemurmel aus, und eine Diskussion entbrannte zwischen den bis dahin schweigenden Anwesenden. »Und der zweite Grund?«, rief einer der Männer und blickte Harald Hadding fragend an.

»Ja, genau! Was ist der zweite Grund?«, schloss sich ein anderer an und nickte Hendrik Nilsson auffordernd zu.

Der zog daraufhin blitzschnell seine Pistole aus der Jacke und richtete sie auf Harald Hadding. »Ja, genau, Hadding!«, rief er triumphierend, »was ist der zweite Grund? Genug des Versteckspiels!« Noch während er sprach, zogen auch die anderen Mitglieder von Tryggvasons Erben Waffen aus ihren Jacken, sprangen von ihren Stühlen auf und zielten ebenfalls auf Harald Hadding, der in der Mitte des Raumes etwa drei Schritte vor der Gruppe stand und immer noch kalt und scheinbar vollkommen ungerührt lächelte.

Nilsson rief: »Aber wissen Sie was, Hadding? Der zweite Grund ist uns scheißegal. Sie werden uns jetzt verraten, wo sich die beiden Dunklen Pergamente befinden! So einfach ist das! Kapiert? Sonst …« Nilsson lud seine Pistole durch und zielte auf die Brust seines Gegenübers.

Harald Hadding blickte ihm ruhig in die Augen. Doch sein Blick trug etwas in sich, dass Nilsson erschaudern ließ. »Der zweite Grund sollte Sie aber interessieren, denn er ist noch bedeutsamer als der erste«, sagte Hadding.

Die Anwesenden sahen sich ratlos an. »Wichtiger als die vier Dunklen Pergamente?«, erkundigte sich Nilsson. »Was soll das sein?«

»Der zweite Grund ist Ihrer aller Ende. Und zugleich das Ende Ihrer lächerlichen Vereinigung.«

»Sind Sie wahnsinnig? Sie sind nicht in der Position, Drohungen oder schwachsinnige Prophezeiungen auszustoßen. Glauben Sie denn, dass Sie davonkommen, wenn wir verrecken?«, schrie Nilsson außer sich. »Ich werde Ihnen …«

Plötzlich dröhnte es blechern von draußen herein: *Achtung! Achtung! Hier spricht die Polizei! Das Haus ist umstellt. Kommen Sie einzeln und mit erhobenen Händen heraus!*

Nilsson erstarrte. Dann huschte er blitzschnell zum Fenster und schob den verlumpten, blickdichten Vorhang einen Fingerbreit zur Seite. »Scheiße, die Bullen!«, rief er. »Und jetzt?«

»Die wollen dich, *Hofuð*, nicht uns«, sagte einer der Männer und schwenkte seine Waffe von Hadding langsam auf Nilsson.

»*Hofuð?* Das ist Ihr Deckname?«, fragte Hadding Hendrik Nilsson amüsiert. »Wie fantasievoll.«

»Schnauze, Hadding!«, entgegnete Hendrik Nilsson und zielte nun auf den Mann mit der Waffe. »Und du, mieser Verräter, fällst mir also in den Rücken?«

»Du rufst uns alle an, erzählst uns, es sei ganz leicht, diesen angeberischen Millionär zu überrumpeln, und bestellst uns hierher, mitten in der Nacht. Und plötzlich tauchen die Bullen auf? Da stimmt doch was nicht? Ich gehe jedenfalls nicht für deine Spielchen in den Bau. Vergiss es!«

In diesem Moment verpasste Harald Hadding Hendrik Nilsson einen Hieb mit dem Ellbogen an die Schläfe, sodass er stöhnend nach hinten stolperte und sich benommen an der Wand abstützte. Fast gleichzeitig schnappte er ihm die Waffe weg und schoss dem Mann, mit dem Hendrik Nilsson sich eben noch gestritten hatte, mitten in die Stirn. Aus dem kleinen Loch in der Vorderseite des Schädels trat Blut aus, der Getroffene stöhnte kurz auf, verdrehte die Augen und ging wie ein nasser Sack zu Boden. Die anderen schrien auf, ließen ihre Waffen fallen und rissen die Hände nach oben. »Raus!«, befahl Hadding und richtete seine Pistole auf sie.

Von draußen meldeten sich erneut die Gesetzeshüter,

die den Schuss natürlich gehört hatten: *Hier spricht die Polizei! Was ist da los? Kommen Sie unverzüglich einzeln und mit erhobenen Händen langsam aus dem Haus, sonst eröffnen wir das Feuer!*

Die drei übrig gebliebenen Männer gehorchten und gingen im Gänsemarsch durch die Tür nach draußen, wo mittlerweile zwei taghelle Scheinwerfer in Position gebracht worden waren und furchtbar blendeten. Doch kaum dass alle im Freien standen, da zerbarst eine Fensterscheibe. Harald Hadding, der ebenso wie der noch immer angeschlagene Hendrik Nilsson in der Hütte zurückgeblieben war, richtete seine Waffe nach draußen. Einen Augenblick später ertönten zwei Schüsse, die beide Polizei-Scheinwerfer trafen. Es klirrte und wurde sofort stockfinster. Dann verschoss Harald Hadding aus der Deckung heraus das ganze restliche Magazin und brüllte: »Tod dem Staat, Tod der Polizei, es lebe Olav Krähenbein!«

Zeitgleich brach hinter dem Haus etwas durchs Unterholz, was sich anhörte wie ein wild gewordenes Pferd. Das Bersten von Holz vermengte sich mit dem Krachen der abgefeuerten Schüsse, dem Pfeifen und Einschlagen der Projektile und den Schreien der Menschen, die von ihnen getroffen wurden. Im Nebel seines langsam zurückkehrenden Bewusstseins erkannte Hendrik Nilsson nun Harald Haddings Plan, und der schien aufzugehen. Die Polizei musste annehmen, dass Tryggvasons Erben verrückt genug wären, das Feuer auf sie zu eröffnen. Sie konnte nicht ahnen, dass Harald Hadding sie alle damit in den Tod getrieben hatte – aber das hatte er ihnen ja vorausgesagt.

Hendrik Nilsson kam vollends zu sich, als er von Harald

Hadding ins Freie geschleift worden war, und fand sich wieder im blutroten Schnee, der von Haddings Taschenlampe erleuchtet wurde. Er setzte sich auf und blickte sich um. Überall lagen Körper auf dem Boden verteilt; Harald Hadding stand neben ihm. »Sind alle tot?«, fragte er.

»Wahrscheinlich«, antwortete Hadding. »Alle, bis auf eine Person, und ich wette, Sie werden sich sehr freuen, sie wiederzusehen. Ich habe sie schon fesseln und zum Motorschlitten auf der anderen Seite des Hügels bringen lassen. Und wir sollten uns auch rasch dorthin auf den Weg machen, denn ich denke, die Polizei wird bald nach ihren verschollenen Kollegen suchen, und ich bin an einer weiteren Konfrontation im Moment nicht interessiert.«

»Was ist mit dem Auto?«, fragte Nilsson und deutete zu den drei nebeneinander abgestellten Fahrzeugen, unter denen sich auch das befand, mit dem sie hierhergekommen waren. Hadding schüttelte lächelnd den Kopf. »Dummkopf! Wenn sie uns suchen, dann auf der Straße. Und außerdem ist die Karre komplett zerschossen. Mit der kämen wir keinen Kilometer weit. Außerdem soll man immer das tun, was die anderen nicht von einem erwarten.«

Nilsson nickte und erhob sich. Er rieb sich die Stelle, wo ihn Hadding mit dem Ellbogen erwischt hatte, und stieß einen zischenden Schmerzenslaut aus.

»Stellen Sie sich nicht so an«, sagte Hadding unterkühlt. Er drückte dem am Boden sitzenden Nilsson ebenfalls eine große Taschenlampe in die Hand. »Ich musste Sie entwaffnen, sonst hätten Sie vielleicht noch Dummheiten angestellt. Und Sie können von Glück sagen, dass ich Sie noch brauche und ich mir schon gedacht habe, dass Sie und Ihre albernen Freunde etwas im Schilde führen, denn normalerweise mache ich mit Verrätern kurzen Prozess. Also versuchen Sie besser nie wieder, mich zu hintergehen. Haben wir uns verstanden?« Damit verschwand Hadding im stockfinsteren Wald – lediglich der kleiner werdende Lichtkegel seiner Taschenlampe verriet noch seine Position.

Hendrik Nilsson saß tief atmend im aufgewühlten Schnee vor der Hütte. Wenn Harald Hadding das alles gewusst hatte, weshalb hatte er dann mitgespielt? Wollte er alle Zeugen beseitigen, die auch nur im Entferntesten von Krähenbein wussten? Warum dann nicht auch ihn? Warum ließ er ihn am Leben? Und wie lange noch? Schließlich schaltete er die Lampe an, erhob sich und machte sich daran, Hadding zu folgen. Am Rande der Lichtung blickte er nochmals zurück, ließ den Lichtkegel einen Moment lang über die vielen Toten wandern. Tryggvasons Erben waren für immer ausgelöscht und mit ihnen etwa fünf oder sechs Polizeibeamte. Das alles hatte eine Dimension angenommen, die unheimlich war. Ja, auch Hendrik Nilsson war bereit, über Leichen zu gehen. Aber mussten es gleich so viele sein? Er drehte sich um und lief Hadding nach, der sich schon ein gutes Stück von ihm entfernt hatte.

Einige Minuten später erreichten Sie die beiden Motorschlitten, auf denen zwei der Männer saßen, die sie vorhin im Beiboot begleitet hatten. Nun ergab auch diese Ladung einen Sinn. Dieser Kerl war unfassbar gut auf alles vorbereitet, staunte Nilsson insgeheim. An einem der Motorschlitten war ein Anhänger auf Kufen befestigt, darauf ein Mensch, eingewickelt in Decken und zusammengeschnürt mit Paketband.

»Wer ist das?«, fragte Nilsson an Hadding gewandt, der sich schon auf einen der Schlitten gesetzt hatte.

»Jemand, der überlebt hat«, sagte Hadding. »Schauen Sie ruhig nach.«

Hendrik Nilsson stakste durch den Schnee zur Deckenmumie auf dem Anhänger und drehte das Gesicht der Person zu sich ins Licht der Taschenlampe. Es war eine Frau mit blonden Haaren und stechend blauen Augen. Sie war hübsch, aber wirkte so kalt und wütend wie ein Eissturm. Sie hatte einige Schrammen im Gesicht und war geknebelt.

»Oho!«, rief Nilsson erfreut. »Na, das ist ja mal wirklich eine Überraschung! Jetzt weiß ich auch, woher ich die Stimme aus der Flüstertüte vorhin oben vor der Hütte kannte. Das waren Sie! Ich habe keine Ahnung, was Herr Hadding mit Ihnen vorhat, aber ich bin sicher, es wird etwas Interessantes sein. Ich freue mich jedenfalls.« Mit diesen Worten tätschelte Nilsson seinem hilflosen Opfer lächelnd die Wange, woraufhin es angewidert den Kopf wegdrehte. Dann knipste er seine Lampe aus, steckte sie ein und stieg auf. Beide Motoren sprangen an, und die Schlitten setzten sich schnell in Bewegung.

Schon kurz nach dem Start, gerade als sie um eine kleine Baumgruppe fuhren, stutzte Nilsson. Im tanzenden Scheinwerferlicht des Motorschlittens direkt vor ihm waren deutlich Spuren eines Tieres im Schnee zu erkennen. Sie schienen direkt zum bewaldeten Hügel mit dem Vereinsheim der nun nicht mehr existenten Tryggvasons Erben zu führen, zurück an den Ort, von dem sie eben weggefahren waren. Waren es die Spuren eines Hundes oder Wolfes? Sie ähnelten sich sehr, und doch war das unmöglich, denn diese Fußabdrücke waren schlicht riesig. Das Tier, von dem sie stammten, musste mindestens so groß sein wie ein Grizzly, wahrscheinlich noch weit größer. Hendrik Nilsson wurde heiß und kalt. Er versuchte, die offensichtliche Erklärung für die vielen toten Polizisten auf der Lichtung von sich abzuschütteln wie einen Schwarm Aasfliegen. Es gelang ihm nicht. Worauf hatte er sich da bloß eingelassen …

20. Kapitel

Die große Messinguhr, die auf der Kommandobrücke über den Bildern der ehemaligen *Viking II* hing – sie hieß ja nun dank Darraben geringfügig anders –, zeigte sieben Minuten vor Mitternacht, als der Kapitän mit Sextant und Karte nochmals die Position des Schiffes überprüfte und Skalle und Tobben befahl, alles zum Ankern vorzubereiten. Lennart und Bölthorn standen bei ihm. Die anderen Mitreisenden versuchten – vermutlich jeder auf seine Weise –, sich zu entspannen. Kerstin Malmkvist und Emma hatten sich nach dem Abendessen erschöpft hingelegt, und Maria bereitete in der Küche wieder einmal neue Speiselawinen für das morgige Weihnachtsessen vor. Obwohl Lennart sehr daran zweifelte, dass es in Anbetracht der Umstände ein harmonisches Fest geben würde, hatte er nichts dazu gesagt und ließ sie gewähren, denn er wusste nur zu gut, was sie in den letzten Tagen und Wochen alles durchgemacht hatte und dass Kochen für sie eine wichtige meditative Bedeutung besaß.

Cornelius Isaksson, Lennarts Vater und Järnskägg wagten indes in der Offiziersmesse eine Partie Rommé, wobei Frederik zuvor versprochen hatte, selbst nicht zu spielen, sondern dem Körperlosen der vier Wächter seine Hände zu borgen. Denn auch in seiner neuen Hülle war es dem ehemaligen Orakel Järnskägg zwangsläufig unmöglich, die Karten zu halten. Die Vorstellung, wie ein aufgeregtes Irrlicht seinem besten Freund über die Schulter ins Blatt stierte und ihm leise Anweisungen ins Ohr flüsterte (wie hörte es sich eigentlich an, wenn ein Irrlicht flüsterte?) brachte Lennart zum Schmunzeln.

Das verging ihm allerdings schlagartig, als Kapitän Darraben ohne Vorwarnung, aber dafür umso lauter »Anker fällt!« brüllte, dass es Skalle und Tobben wohl auch am anderen Ende des Schiffs gehört hätten. Doch sie mussten bereits an Deck im Dunkeln gewartet haben, denn Lennart sah, wie zwei Gestalten in diesem Moment mit schier unglaublicher Geschwindigkeit in die Wanten sprangen, emporflitzten und jedes einzelne Segel in einem Affenzahn zusammenrefften, dass Lennart nur noch verschwommene Bewegungen wahrnahm, als würde er das Foto eines sich bewegenden Objektes betrachten, das mit extrem langer Belichtungszeit aufgenommen worden war.

Darraben bemerkte Lennarts erstauntes Gesicht. Dieser kannte mittlerweile viele Arten von Magie und Zaubersprüchen, aber natürlich noch lange nicht alle. »So ein Blitzzauber wirkt Wunder, was?«, lachte der Kapitän und rückte sich seinen Dreieckshut auf der üppigen Frisur zurecht. »Der, den ich kenne, hält zwar lediglich ein paar Minütchen an, dafür ist er aber sehr wirkungsvoll, wie man sieht.« Wie zur Unterstreichung dieser Aussage waren beide Seeleute mit einem Mal in eine Luke unter Deck gesprungen. Bloß zwei Sekunden später hörte man die laufende Ankerkette und kurz darauf ein mächtiges Klatschen im Wasser. Das Gerassel der Kette hielt noch einen Augenblick an, dann musste der Anker den Meeresboden erreicht und sich in den Untergrund gebohrt haben. »Ist nicht tief hier«, erklärte Darraben ungefragt, »vielleicht zwischen vierzig und fünfzig Fuß.«

»Wirklich?«, fragte Lennart und blickte aus dem Fenster, wo sich in weiter Entfernung flackernde Lichter wie eine nächtliche Fata Morgana zeigten. »Aber die dänische Küste ist doch bestimmt noch etliche Kilometer entfernt.«

»Vergiss nicht«, sagte Bölthorn dumpf von unten, »wir sind ganz in der Nähe einer Insel. Bloß weil man nur einen Teil von ihr erkennt, heißt das nicht, dass es hier keine Untiefen gibt, die auf die Existenz des verborgenen Teils hindeuten.«

»Der fette Hund hat recht«, sagte Darraben. An Bölthorn gewandt fügte er hinzu: »Nichts für ungut!«

Lennart kniff die Augen zusammen, und jetzt meinte er tatsächlich, eine Insel zu erkennen, die sich zwischen die Lichter der Küste und die *Intill döden* schob. Flach, scheinbar unbewohnt, dürftig bewachsen und etwa so groß wie zwanzig oder dreißig Fußballfelder war das kleine Eiland, schätzte er. »Tatsächlich. Da ist etwas im Meer. Ist das Svolderoie?«

»Sozusagen«, grummelte Darraben. »Und gleich werdet Ihr sehen, warum wir nicht näher am Ufer ankern. Denn der Teil der Insel, der wirklich interessant ist … ach, was rede ich. Macht einfach die Augen auf, denn so ein Schauspiel werden eine elende Landratte und ein mieser Süßwasserpirat wie Ihr in seinem jämmerlichen Leben nicht nochmals zu Gesicht bekommen, bei allen Bombarden und Schrapnellen! Es sei denn, Ihr führet nochmals in der Nacht vor Weihnachten hierher.« Nun war es Darraben, der einen Blick über seine Schulter auf die große Messinguhr an der Wand warf. »Jetzt ist es gleich so weit.« Darraben lächelte verheißungsvoll.

Lennart starrte wieder angestrengt ins Dunkel und auf die vor ihnen liegende kleine Insel, die mehr wie ein zufälliger Schatten im Wasser lag. Dann schaute er zu Bölthorn hinunter, der aufgrund seiner kaum erwähnenswerten Schulterhöhe nicht in der Lage war, nach draußen zu sehen. Er ging kurzentschlossen in die Hocke und hob ihn hoch. Der Mops roch alt und streng. Lennart hievte ihn aufs Instrumentenbrett vor den Scheiben der Kommandobrücke. Wieder durchzuckte Lennart ein seltsames Bild … ein Bild von Anmut und Schönheit? Was geschah hier? Es war noch deutlicher als vorhin am Fuße der Treppe, und auch wenn er sich noch keine wirkliche Vorstellung von Bölthorns wahrer Gestalt machen konnte, so blickte er doch in die verborgene Seele dieses eigenartigen Wesens, das ihm dadurch für einen Moment fremder und vertrauter zugleich wurde.

»Was ist?«, brummte der Mops. »Träumst du?«

»Wie man's nimmt«, gab Lennart zurück. »Ich habe etwas gesehen …«

»Das ist schön, doch sieh lieber nach draußen«, mahnte Bölthorn. »Ich kenne das schon, ganz im Gegensatz zu dir.«

Pling! Es war Mitternacht.

Lennart blieb keine Zeit, sich länger darüber zu wundern, was Bölthorn da eben von sich gegeben hatte, denn nicht weit entfernt von der *Intill döden* geschah tatsächlich etwas Merkwürdiges.

Mit dem leisen Glockenschlag der Schiffsuhr begann

die ohnehin schon aufgewühlte See an der westlichen Seite der Insel plötzlich zu brodeln, als hätte jemand unter diesem Flecken Wasser ein großes Feuer entfacht. Wie in einem siedenden Kessel begann es zu blubbern, und große Wassermassen, vermengt mit Luft, wallten in breiter Front nach oben. Weiß beringte Schaumkränze bildeten glatte Flecken in den Wellen des Meeres, tanzten auf den Kämmen, weiteten sich aus und öffneten sich schließlich, bis sie von neuen Flecken vertrieben wurden.

Und dann tauchte der erste Fels im Meer auf.

Lennart fühlte sich wie in einem seiner Albträume. Vor ihm war eine Landschaft in Bewegung, die es eigentlich gar nicht geben durfte. Weitere Felsen erschienen, Klippen, dann die Konturen von Bäumen und Sträuchern. Die Insel, so schien es, war dabei, ihre Oberfläche auf das Doppelte zu vergrößern. »Das gibt's doch nicht!«, entfuhr es ihm voller Erstaunen.

»In der Tat beeindruckend«, wisperte eine hohe Stimme neben ihm. Es war Cornelius Isaksson, der, zusammen mit Frederik, unbemerkt die Kommandobrücke betreten hatte.

»Wow!«, staunte Frederik mit offenem Mund und stierte gebannt auf die aufgewühlte See hinaus, wo sich mehr und mehr von Svolderoie zeigte. Die emporstoßenden Gesteinsmassen erzeugten mittlerweile recht hohe Wellen, welche die *Intill döden* bereits in ziemliche Schwingungen versetzten. »Dagegen ist ja die Story mit Yoda und dem versunkenen X-Fighter im Sumpf auf Dagobah regelrecht ein Kinkerlitzchen. Eine ganze Insel auftauchen zu lassen – das ist mal echte Macht! Respekt maximum! Wer von euch Magiern hat das auf die Reihe gekriegt?«

Frederik sah sich um und schaute erst Lennart, dann Advokat Isaksson und schließlich Kapitän Darraben an.

»Niemand von denen, die hier sind«, beantwortete überraschenderweise Bölthorn die Frage mit tiefer, leicht belegter Stimme. »Es ist Buris Zauber, die alte Magie von Buri Bolmen.«

»Ach, echt?«, sagte Frederik.

Und Lennart meinte, nicht weniger verwundert: »Ist das wahr? Weshalb hat er das gemacht?«

»Zum Schutz vor Krähenbein«, antwortete Darraben und strich sich durch den Bart. »Ich habe das gewusst und deshalb auch mein Dunkles Pergament hier versteckt.« Kaum hatte der Kapitän das ausgesprochen, erstarrte die Bewegung der Insel. Das Aufwärtsstreben der steinigen Massen aus den Untiefen des Meeres hatte schlagartig aufgehört; die Insel Hjelm hatte sich komplettiert und war nun: Svolderoie. Darraben wirkte zufrieden und betrachtete andächtig die in der sie umgebenden Dunkelheit liegende schwarze Insel, deren nasse Felsen das dürftige Licht des Mondes spiegelten, als seien sie mit Edelsteinen besetzt. Unvermittelt brüllte er: »Skalle! Tobben! Ihr unwürdigen Söhne einer modernden Miesmuschel und einer bekloppten Krabbe. Zack, zack! Anker lichten und Segel setzen und in die Krähenbucht von Svolderoie vorstoßen, so weit es geht!«

Darraben trat aus der Kommandobrücke in die eiskalte Nacht und wiederholte seinen, wie er ihn nannte, Blitzzauber, der die beiden bemitleidenswerten und gequälten Matrosen kurzzeitig mit Fähigkeiten ausstattete, die Frederik recht zutreffend als »krasse Sache« bezeichnete und mit »so schnell wie *The Flash*« kommentierte.

Nur drei Minuten später war der Anker gelichtet, alle Segel waren gesetzt, und der Viermaster nahm schwankend Kurs auf Svolderoie, umrundete die gut hundertfünfzig Meter ins Meer reichende Landzunge der Westküste, welche sich vor Kurzem erst aus den Fluten erhoben hatte und von einer bewaldeten Kuppe gekrönt wurde. Nachdem sie diese hinter sich gelassen hatten, erkannte Lennart, dass sich durch die neu hinzugewonnene Landfläche ein natürlicher Hafen gebildet hatte – wenn man in diesem Fall überhaupt von »natürlich« sprechen konnte. Eine hufeisenförmige Bucht hatte sich herausgeformt und streckte sich der *Intill döden* einladend oder bedrohlich entgegen, je nachdem wie man es betrachtete. Darraben hatte inzwischen das Ruder fixiert, war hinausgetreten und nach vorne an den Bug seines Schiffes geschritten, wo er sich majestätisch aufgebaut hatte – ein Bein angewinkelt auf den hölzernen Absatz der Reling gestellt.

Er beschirmte mit der einen Hand die Augen gegen eine nicht existente Sonne, und die andere hatte er herrschaftlich an das Heft seines Säbels gelegt. So verharrte er beinahe bewegungslos für ein paar Minuten, dann gab er dem abgehetzten Skalle und dem schnaufenden Tobben das erneute Kommando zum Segel einholen und zum Ankern, gefolgt von einem: »Beiboot klar, ihr faulen Heringskadaver!«

Darrabens Habitus war tatsächlich der eines ganz großen Piratenkapitäns, dachte Lennart bei sich und musste schmunzeln. Erneut verrückte, bezaubernde und formlos magische Bilder und Farben vor Augen, hob er Bölthorn (der allerdings in realiter noch immer nicht besser roch als vorhin) unter einem Ächzen und begleitet von einem gurgelnden Blubbern und Röcheln des Mopses vom Instrumentenbrett zu Boden. Dann schnappte er sich seine Jacke und ging zusammen mit Bölthorn, Cornelius Isaksson und Frederik ebenfalls hinaus in die Nacht.

Kaum hatte Frederik die Tür zur Kommandobrücke hinter sich zugemacht, da horchte Lennart auf. »Hört ihr das auch?«

»Ein Summen«, stellte Advokat Isaksson fest und legte seinen kugelrunden Kopf schief, vermutlich um mit seinen kleinen Ohren den Ursprung des Geräusches besser orten zu können.

»Wie ein Schwarm ziemlich großer Aasfliegen«, sagte Frederik und runzelte die Stirn. »Aber weit weg.«

»Kann harmlos sein. Trotzdem müssen wir aufpassen«, sagte Lennart besorgt. Er wandte sich an Darraben, der vom Bug zu den anderen an der Kommandobrücke zurückgekehrt war: »Kapitän? Ob wohl einer Ihrer Männer in den Ausguck …«

Er hatte noch nicht zu Ende gesprochen, da donnerte Darraben, der das Summen anscheinend auch gehört hatte und besorgt in den nur leicht bewölkten Sternenhimmel blickte: »Tobben, du verwester Aalkopp. Ab in den Mast und Augen auf!«

»Aye!«, rief Tobben und flitzte den Hauptmast so schnell und elegant hinauf, als wären es drei Stufen einer Treppe und nicht gut fünfundzwanzig Meter bis zum Korb an der Spitze des magischen Holzes.

»Der Mast verleiht dem Mann im Ausguck eine erheblich bessere Sehkraft. Man braucht kein Fernrohr, ha!«, erklärte Darraben ungefragt und lautstark.

Tatsächlich vergingen nur wenige Sekunden, da brüllte es vom Ausguck herab: »Äh … äh … so Dinger von Nord-Nord-Ooooost!«

»Wie bitte?«, brüllte Darraben zurück. »So Dinger? Was für Dinger? Bist du besoffen? Drück dich klarer aus, Mann, oder du wirst gekielt, Teufel und Granaten!«

Tobbens Stimme klang verzweifelt, als er versuchte zu präzisieren: »Aye, Kapitän! Sind aber so Dinger. So Flugdinger. Wie Vögel, aber anders eben. Kein Schnabel, keine Flügel. Aber sie fliegen.«

»Ich weiß, was das ist!«, rief Lennart. »Es sind die Drohnen von Harald Hadding, was sonst?«

»Du hast recht«, pflichtete ihm Bölthorn bei, und auch Cornelius Isaksson nickte.

Frederik sagte: »Wir sollten sie abfangen, sonst weiß dieser Typ ratzfatz, wo wir uns aufhalten. Kennt jemand einen Flugabwehrzauber?«

»Das nicht«, sagte Lennart, »aber ich könnte sie vom Ausguck aus mit energiegeladenen Kugelblitzen beschießen. Ich müsste nur hinauf …«

»Prinzipiell eine gute Idee!«, mischte sich Cornelius Isaksson ein. »Aber nicht auf diese Entfernung. Zu ungenau. Es braucht jahrelange Übung, um mit einem *Skotja*-Zauber wirklich zielsicher und vernichtend zu treffen. Ich habe einen anderen Gedanken und möchte es versuchen, mit Verlaub.« Mit diesen Worten stellte sich der gedrungene Anwalt an die Reling in Richtung Nordosten und lauschte eine Zeit lang dem allmählich lauter werdenden Summen, das man nun eindeutig als das Surren von Elektromotoren erkannte. Der Umriss des Anwalts, als er so dastand, die körperformbedingt zwangsläufig zu lange Jacke bis in die Knie hängend und die Mütze mit den Ohrenklappen weit auf den halslosen Kopf gezogen, sah von hinten aus wie der eines großen, abgedeckten Kugelgrills.

Alle schwiegen angespannt. Einige Sekunden lang war nichts zu hören außer dem Wind und den Wellen, die ans Schiff schlugen und sich am Strand von Svolderoie brachen.

Und den Drohnen.

Dann reckte Cornelius Isaksson seine Arme langsam höher und höher, konzentrierte sich, fokussierte scheinbar seine Gedanken, bis er schließlich mit fistelnder, aber dennoch machtvoller Stimme ausrief: *»Dękkva Niði, mikk enn oss usynligr myrknætti!«*

Kaum dass die letzte Silbe dieses Spruches verklungen war, erhoben sich schwarze Nebel aus den Fluten rund um die *Intill döden* und begannen, dichter und dichter zu werden und weit in den Nachthimmel aufzusteigen.

»Ich dachte, wir seien sowieso unsichtbar«, raunte Frederik Lennart zu.

»Das schon«, sagte dieser, »allerdings nur für das menschliche Auge. Ein vorbeifahrendes Schiff würde uns nicht entdecken, aber Haddings Drohnen sind mit Sicherheit mit allem ausgerüstet, was der Stand der Technik im Moment hergibt, und deshalb …«

»… würde er das Feld der magischen Energie, welche das Schiff und uns unsichtbar macht, trotzdem sehen und erkennen, sobald die Drohnen nah genug bei uns sind«, vervollständigte Frederik den Satz seines Freundes. »Verstehe.«

»Richtig«, sagte Lennart. »Und ich gehe davon aus, dass Advokat Isakssons Zauber genau das verhindert.«

»So ist es«, erklärte Bölthorn, der ebenfalls zu den beiden getippelt war. »Es handelt sich um einen uralten Dunkelheits- und Unsichtbarkeitszauber. Große Magie, hohe Kunst.«

Mittlerweile hatte sich der Nebel so verdichtet, dass man um das Schiff herum nichts mehr erkennen konnte. Es war so schwarz und dunkel, dass nicht ein einziger Lichtstrahl mehr hindurchdrang. Selbst die Sterne und der halbe Mond, die noch bis vor Kurzem den Himmel spärlich beleuchtet hatten, waren nicht mehr zu erkennen. Lennart konnte buchstäblich die Hand vor Augen kaum noch sehen, wäre da nicht die Schiffsbeleuchtung gewesen, die dünn und gelblich von den Masten und aus den Fenstern der hinter ihnen liegenden Kommandobrücke fiel.

Das Surren der Drohnenmotoren ebbte wieder ab. Sie mussten just in diesem Moment unweit von ihnen in einem Bogen vorbeigeflogen sein und sich bereits wieder entfernen. Vielleicht weiter in Richtung der vor ihnen liegenden dänischen Küste? Vielleicht zurück nach Schweden? Das konnte Lennart unmöglich sagen, und doch war ihm vollkommen klar, dass Harald Hadding von Svolderoie und dem auf der Insel verborgenen Geheimnis wusste, oder es zumindest ahnte. Warum sonst hätte er die Drohnen hierhergeschickt?

»Ich schlage vor, wir lassen die *Intill döden* unter diesem Schutzzauber und begeben uns mit dem Beiboot an Land«, unterbrach Advokat Isaksson Lennarts Gedanken. »Wir haben einen dringenden Besuch in einer Höhle zu absolvieren, die bei Sonnenaufgang wieder im Meer versinken wird.«

»Gut«, meinte Lennart. »Dann sage ich rasch den anderen Bescheid und hole Järnskägg. Wenn es stimmt, dass auf der Insel eines der Dunklen Pergamente versteckt liegt, dann sollten wir so viele Wächter wie möglich sein, finde ich. Ein Irrlicht zu viel hat noch keinem geschadet. Wer weiß, was uns dort erwartet?«

»Ich werde mitkommen, denn auch ich habe kein gutes Gefühl bei der Sache«, blubberte Bölthorn und blickte ihm dabei tief in die Augen.

21. Kapitel

Skalle und Tobben ruderten ächzend und stöhnend vor Anstrengung, während die anderen schweigend mit im Beiboot saßen. Kapitän Darraben hatte dieselbe Pose wie am Bug der *Intill döden* eingenommen: ein Bein angewinkelt auf den Rand der Schaluppe gestellt, Augen beschirmt, andere Hand am Säbel, scheinbar jederzeit zum Nahkampf bereit. Diese Haltung schien ihm zu gefallen, und Lennart musste zugeben, dass er durchaus ein hohes Maß an Souveränität und Professionalität dabei ausstrahlte, vor allem weil ihm das Schwanken des kleinen Bootes überhaupt nichts auszumachen schien. Im Gegenteil. Darraben wirkte vielmehr, als wäre er mit dem Boot verwachsen und als könnte ihm nicht einmal die wildeste Böe oder die höchste Welle etwas anhaben. Er schwieg. Nur ab und zu meckerte er missgelaunt etwas wie: »Mehr Backbord, ihr miesen Kröten!«, »Weiter nach Steuerbord, ihr verlausten Affen!« oder »Legt euch gefälligst mehr in die Riemen, ihr faulen Seehunde!«.

Die Damen der *Intill döden*-Besatzung, Maria Calvino, Emma und Lennarts Mutter Kerstin, hatten es vorgezogen, an Bord des weit größeren Schiffes zu bleiben, was Darraben mit einem gezischten »Weiber bringen ohnehin bloß Ungemach!« armeverschränkend und kopfnickend als weise Entscheidung gewürdigt hatte. Lennarts Vater hingegen, scheinbar von Abenteuerlust gepackt, hatte es sich nicht ausreden lassen mitzufahren und saß jetzt neben Frederik, zu dessen Füßen es sich wiederum Bölthorn zwecks Mopsmassage bequem gemacht hatte.

Lennart hockte neben einem wortkargen Advokat Isaksson im Heck des Bootes auf der hintersten Holzbank und hatte Järnskägg in der Hand. Es fühlte sich seltsam an, ein Irrlicht zu tragen. Auf der Haut der Finger und den Handflächen war ein Bitzeln zu spüren, wie an der Zungenspitze, wenn man sie mit einer Mischung aus Zitronensaft und Chilischoten benetzte. Dazu pulsierte dieses Gefühl im Rhythmus eines meditierenden Herzschlages.

»Land voraus!«, rief Darraben. »Auf geht's ans Ufer!« Er zog übereifrig seinen Säbel, hielt ihn hoch und sprang vom Boot – die Spitze des Säbels begann noch im Sprung rot zu leuchten. Lennart hatte sich eingebildet, dass Darraben kurz zuvor etwas geflüstert hatte. Dann watete der Kapitän bereits an Land, noch bevor sich der hölzerne Rumpf des Beibootes knirschend in den feinen Kies des Strandes von Svolderoie bohrte und das Gefährt zum Stehen kam. Mit tropfenden Hosen wartete er, bis die anderen zu ihm stießen.

»Und ihr tauben Nüsse bewacht gefälligst das Boot, bis wir zurück sind, sonst verpass ich jedem von euch ein morsches Holzbein, bei allen Höllenhunden!«, fluchte er in Skalles und Tobbens Richtung und schüttelte den glühenden Säbel. Die beiden nickten nur und riefen leidgeprüft: »Aye, aye!« In diesem Augenblick begriff Lennart, dass die Säbelspitze so stark zu leuchten begonnen hatte, wie sein Zauberstab es tat, wenn er einen *Glœðāmȳ* sprach – einen Leuchtzauber. Vielleicht war der Säbel quasi Darrabens Zauberstab. Zur Exzentrik dieses magischen Piraten würde das jedenfalls bestens passen.

Jetzt deutete Darraben auf eine überhängende Felswand. Diese befand sich im rechten der beiden Ausläufer, welche die Bucht umschlossen, etwa in dreißig oder vierzig Meter Höhe. »Da oben ist es«, erklärte er. »Das Loch von Svolderoie, die Höhle, deren Eingang nur einmal im Jahr für die Dauer weniger Stunden aus dem Meer auftaucht. Wer sich in der Höhle verläuft und sich noch darin befindet, wenn die Sonne am Weihnachtstag aufgeht, der wird ersaufen wie eine räudige Herbstkatze oder sich in den schier unendlichen Gängen verlaufen und elendig in völliger Dunkelheit zugrunde gehen. Haha! Kein schönes Ende. Außerdem sagt die Legende, dass menschenfressende Würmer von der Größe fetter Ratten darin leben sollen. Diese habe ich persönlich zwar noch nie zu Gesicht bekommen, aber wer weiß schon, was wahr ist und was nicht auf solch einem magischen Eiland? Das Höhlensystem ist gigantisch groß. Gehen wir?« Ohne eine Antwort abzuwarten, schritt der Kapitän voran.

»Menschenfressende Würmer? Das klingt uncool«, sagte Frederik und schluckte hörbar.

»Ja«, schloss sich Stefan Malmkvist an, »irgendwie ziemlich … ähem … uncool … genauso wie das Ertrinken. Und das Verlaufen in dunklen Gängen sowieso.«

»Ihr solltet Kapitän Darraben zwar nicht gleich jedes verrückte Seemannsgarn abkaufen, aber ihr wolltet doch unbedingt ein Abenteuer«, entgegnete Lennart. »Bitte schön, hier ist es!« Dann zog er seinen Zauberstab hervor, konzentrierte sich kurz und sprach: *»Ǥlittā gløa lyşa!«* Sofort bildete sich ein grünes Leuchten an der Spitze, das im Umkreis von fünf Metern die Umgebung erhellte wie eine Taschenlampe. Weshalb Lennart genau in diesem Moment kurz an den sympathischen und zugleich höchst merkwürdigen Herrn Solesson denken musste, den Licht- und Suchzauberer aus dem Wald von Trindemossen, konnte er nicht sagen … Seltsam, dass er ihm gerade jetzt in den Sinn kam … Vielleicht war es das magische Leuchtmittel in seiner Hand? Oder hatte das etwas zu bedeuten? Lennart vertrieb seine Gedanken und stellte erfreut fest, dass ihm solche Standardzauber immer leichter von der Hand gingen. »Ihr könnt auch hier am Boot warten«, schlug er Frederik und seinem Vater vor, doch die beiden tauschten kurz Blicke aus und schienen in diesem Moment zu beschließen, doch mitzukommen und die Angst am Strand zu lassen. Die ganze Magie um sie herum schien einfach zu faszinierend zu sein. Denn auch wenn keiner der beiden etwas zu Lennarts leuchtendem Zauberstab, dem rot glühenden Säbel Darrabens, einer aus dem Meer aufgetauchten Inselhälfte oder den zwei etwa vierhundert Jahre alten Matrosen bemerkt hatte, so spürte Lennart förmlich, dass sie von der Magie verzaubert waren. Selbst die größte drohende Gefahr hätte es nicht geschafft, sie von dem Abenteuer abzuhalten, wenn sie nur noch ein klein wenig mehr von diesem für sie vollkommen neuen, fremden, bisweilen bedrohlichen, aber vor allem so wunderbaren Phänomen zu sehen bekämen. Man fühlte sich wie ein kleines Kind, wenn man mit Magie in Berührung kam.

Der Aufstieg zum Eingang der Höhle, dem »Loch von Svolderoie«, wie sie von Darraben tituliert worden war, hatte über eine Stunde gedauert. Der einzig begehbare Pfad quälte sich wie eine Schlange mit Bauchschmerzen den Berg hinauf. Loses Geröll, nasser, glitschiger Untergrund, schlüpfrige Algen, rutschiges Seegras, ja sogar der ein oder andere zappelnde Fisch (schließlich hatte sich dieser Teil der Insel noch bis eine Sekunde vor Mitternacht zur Gänze unter Wasser befunden) hatten den anstrengenden Aufstieg zusätzlich erschwert. Ganz abgesehen von der Tatsache, dass an vielen Stellen ein Sturz drohte; wer nicht schwindelfrei war, hatte hier definitiv nichts verloren.

Zum Glück war niemandem etwas geschehen, wenn man davon absah, dass Frederik einmal gestolpert war und sich das Knie angehauen hatte und dass Bölthorn, als er oben angekommen war, so stark schnaufte und hechelte, als habe er sich fest vorgenommen, die *Intill döden* kraft seines Atems von der Ankerkette los- und aus der Krähenbucht von Svolderoie hinauszupusten.

Lennart stand mit dem schwer röchelnden Mops am Rand des kleinen Plateaus, an dessen rückwärtiger Seite sich der Höhleneingang befand. Zusammen schauten sie schweigend aufs Meer hinaus. Die *Intill döden* versteckte sich unter dem zähflüssigen, pechschwarzen und absolut undurchsichtigen Nebel, den Cornelius Isaksson herbeigezaubert hatte. Der Nebel stieg von der Wasseroberfläche in einem sich langsam um sich selbst drehenden Wirbel bis weit hinauf, fast bis in die Wolken, wie es schien, wo er sich zu einer Kuppel wölbte und wieder aufs Meer herabtropfte wie öliger Schlamm.

Da fragte Bölthorn völlig unvermittelt und immer noch erschöpft zwischen zwei tiefen Atemzügen: »Warum, glaubst du, hast du deine Allergie?«

Lennart blickte verwundert zu seinem vierbeinigen Freund hinunter. »Wie kommst du denn darauf? Also, nicht dass mich dieses Thema nicht interessieren würde, im Gegenteil, schließlich geht es um mein Liebesleben, aber warum fragst du mich das gerade hier und jetzt?«

Bölthorn wandte seinen Blick vom Meer, hockte sich hin und schaute zu Lennart auf. Beim Einatmen blähte sich sein durch das fadenscheinige Fell rosa schimmernder Bauch auf, als hätte der Mops einen ziemlich großen Kugelfisch verschluckt, nur um beim kurz darauf folgenden Ausatmen auf die Größe einer prall gefüllten Wärmflasche zu schrumpfen. »Ich weiß nicht«, sagte er leise. »Ich habe das Gefühl, dass diese Frage gerade hier eine Bedeutung hat und vielleicht sogar die Liebe …«

»Das klingt mir doch etwas zu romantisch für diesen Ort«, sagte Lennart.

»Du weißt nicht, was hier einmal war, was sich hier zugetragen hat und warum wir hier sind«, sagte Bölthorn leise. »Nicht einmal ich weiß das wirklich.«

»Na ja, wir sind hier wegen des Dunklen Pergaments, das hoffentlich in der Höhle hinter uns auf uns wartet, und wenn ich an meine Allergie denke, denke ich natürlich sofort an den Leierkastenmann, dem ich sie zu verdanken habe. Was weiß ich, warum er sie mir verpasst hat. Vielleicht hasst er mich, vielleicht will er sich für etwas rächen, ich habe echt keine Ahnung. Krähenbein und der Leierkastenmann sind auf jeden Fall beide nicht unbedingt eine Verkörperung von Liebe und Romantik, oder?«

Bölthorn schüttelte nachdenklich den Kopf, sodass seine Fett- und Hautfalten hin und her schwangen. »Nein, sicher nicht. Aber einen Zusammenhang muss es geben zwischen all dem. Und eine Verbindung zu dir. Und ich habe das Gefühl, als wäre ich zu Hause angekommen, hätte aber meinen Wohnungsschlüssel verloren … Was hat das zu bedeuten, Lennart?«

So kannte er den Mops gar nicht. Er, der sonst immer einen flotten Spruch auf den Lefzen hatte, der eher griesgrämig, etwas altklug, vor allem aber sehr direkt war, wirkte auf einmal regelrecht zerbrechlich und überfordert.

»Genug verschnauft, die edlen Herrschaften! Haltet keine Maulaffen feil!«, rief Darraben vom Eingang der Höhle zu ihnen herüber, als sei er der General dieser Truppe. Immerhin befreite er Lennart damit von seinen verwirrenden Gedanken, in die sich bereits wieder seltsame Bilder von Blumen und ein Gefühl tiefer, unerklärlicher Sehnsucht gemischt hatten. Jetzt erst bemerkte er, dass alle anderen sich schon vor dem düster gähnenden Schlund versammelt hatten und auf sie zu warten schienen.

Der einzige der vier Wächter der Dunklen Pergamente, der keinen leuchtenden Zauberstab dabeihatte, war Rœkrvænn alias Cornelius Isaksson. Lennart hatte keine Ahnung, wie das Zauberutensil des gedrungenen Anwalts aussah. Gesetzt den Fall, dass er überhaupt einen solchen Gegenstand mit sich führte. Denn erfahrenere Magier wie er brauchten nicht für jeden Zauber ein Hilfsmittel, was Isaksson durch den lediglich mit den Händen herbeigeführten Nebelzauber auf der *Intill döden* mehr als deutlich belegt hatte. Auf jeden Fall schien ihm die Beleuchtung, welche der ihm vorausschwebende Järnskägg in seiner strahlend hellen und kugeligen Gestalt als Irrlicht erzeugte, zu genügen, denn er selbst machte keine Anstalten, etwas Magisches zur Gesamtillumination beizutragen.

Kapitän Darrabens Säbelspitze glühte hell und feurig rot. Ihr Schein vermischte sich mit dem grünen Schimmern aus Lennarts Plastikzauberstab zu einem farbigen Blinken und Funkeln an den feuchten und mit mineralischem Gestein durchzogenen Wänden der immer weiter in die Erde hineinführenden Höhle.

Weiter und weiter ging es bergab. Nach einer gefühlten Ewigkeit – Lennarts Uhr zeigte ihm, dass erst eine halbe Stunde vergangen war, seitdem sie die Höhle betreten hatten – erreichten sie eine Gabelung, an der sich Darraben links hielt, und kurz darauf einen Raum, von dem fünf Gänge in unterschiedliche Richtungen abgingen. Darraben nahm zielstrebig den Gang in der Mitte. Dann kam wieder eine Gabelung. Hier wählte er erneut die linke Seite. Schließlich wurde der Gang höher und breiter. Ihre Schritte hallten dumpf und wie aus sehr großer Entfernung.

Keiner sprach ein Wort. Darraben, Lennart und Bölthorn sahen konzentriert nach vorne. Frederik und Lennarts Vater drehten sich von Zeit zu Zeit nervös um, als ob sie glaubten, verfolgt zu werden. Wurden sie verfolgt? Auch Lennart horchte und fühlte einmal in die hinter ihnen liegende Dunkelheit.

Doch da war nichts.

Bölthorn wurde zwar nicht müde, immer wieder zu betonen, dass er kein Mops, sondern ein ganz anderes Wesen sei, das aufgrund eines Fluches lediglich in der unförmigen Gestalt eines solchen Tieres gefangen war. Dennoch verfügte er zwangsläufig über alle Sinne, die ein Hund mitbrachte. Vor allem sein Geruchs- und Hörsinn waren so gut ausgeprägt, dass er die Gruppe vor jeder nahenden Gefahr hätte frühzeitig warnen können. Beruhigt wandte sich Lennart wieder nach vorne.

Keine Sekunde zu früh. Cornelius Isaksson und der Kapitän hatten nämlich derart plötzlich angehalten, dass Lennart dem Anwalt um ein Haar in die Hacken getreten wäre. »Bei Satanas und Klabautermann«, fluchte Darraben und deutete mit seinem Säbel nach vorne. Der glutrote Lichtkegel seiner Waffenspitze beleuchtete einen Durchgang – dahinter war gähnende Leere, ein schwarzes, unendliches Nichts. »Wir sind da. Ha!«

»In diesem Teil der Höhle haben Sie Ihr Dunkles Pergament versteckt?«, fragte Lennart.

»Ein guter Platz, nicht wahr?«, freute sich Darraben. »Wer sollte diesen Ort hier schon finden? Gehen wir!« Er betrat den Durchgang, die anderen gingen hinterher, und als sie sich einige Meter durch den recht engen Zugang geschoben hatten, weitete sich die Öffnung immer weiter und wandelte sich schließlich zu einer riesigen Höhle, deren Decke in der Mitte bestimmt die Höhe des Hauptmastes der *Intill döden* maß.

Ich scheu mich nicht
Und mach mal Licht!

Järnskägg begann, schneller und schneller an der Decke des Raumes große Kreise zu ziehen, bis er endlich so schnell war, dass man nur noch einen in hoher Frequenz an- und abschwellenden Lichtkreis über sich wahrnahm.

»Wenigstens macht er sich nützlich und kann bedeutend schlechter reimen, solange er da oben herumfliegt. Zumindest versteht man ihn weniger gut«, grummelte Darraben, während Frederik und Stefan Malmkvist näher zu Lennart traten und mit großer kindlicher Verwunderung nach oben an die Höhlendecke starrten.

Doch da entdeckte auch Lennart etwas, das seine Aufmerksamkeit erregte. »Järnskägg!«, rief er. »Kannst du mal etwas weiter nach rechts fliegen? Und etwas höher zur Decke hinauf?«

Gewiss, gewiss, das mach ich gleich,
Mehr ist's nicht als ein Kinderstreich!

Darraben drohte dem über ihm herumsausenden Irrlicht verdrossen mit dem Säbel, während Järnskägg sein Zentrum mehr in die von Lennart gewünschte Richtung verlagerte.

Und tatsächlich.

Da war etwas. Jemand hatte einen riesigen Kreis mit vielen unterschiedlichen Symbolen an die gut zwanzig Meter hohe Decke gemalt. Und er wusste auch, wer dieser jemand gewesen war. »Kapitän Darraben, haben Sie das Schutzmandala der Wächter dort hingemalt?«

»Ja, natürlich! Wer denn sonst?«, kam es irgendwoher aus einem unbeleuchteten Winkel des riesigen Raumes zurück.

»Das Schutzmandala der Wächter?«, erkundigte sich Frederik. »Was ist das denn?«

»Damit kann man ein Dunkles Pergament vor Olav Krähenbein unsichtbar machen. Die hier anwesenden Wächter, mich ausgenommen, haben zusammen mit Buri Bolmen nach dem Sieg über Krähenbein einen Schutzzauber heraufbeschworen, den sie mit einer bestimmten

Anordnung von Symbolen verbanden. Sie nannten es das Schutzmandala der Wächter.«

»Und wie funktioniert so etwas genau?«, wollte Lennarts Vater wissen, der mit einer übereifrigen Neugier scheinbar die eigene Furcht zu überspielen suchte.

»Solange sich ein Dunkles Pergament in einem Raum oder Gebäude befindet, an dem irgendwo an der Decke dieses Schutzmandala angebracht ist, bleibt es für Krähenbein unsichtbar«, erklärte Lennart.

»Aha«, sagte Stefan Malmkvist. »Interessant.« Er blickte sich um und sah aus, als würde er sich immer noch äußerst unwohl fühlen.

Dieser Zustand verbesserte sich nicht, als plötzlich ein gellender und sehr wütender Schrei durch die Höhle hallte. »Es ist weg! Verflucht, verdammt und dreimal verteufelt! Jemand hat es gestohlen!«

Es war die Stimme von Kapitän Darraben. Sofort eilten alle in die Richtung, aus welcher der Schrei gekommen war. Als Lennart sich über einen kleinen Geröllhügel am Rande der Höhle gekämpft hatte und dann noch einige Schritte um Stalaktiten und größere Felsbrocken gemacht hatte, gelangte er zu einem schmalen Durchgang, der nach zehn Metern in eine weitere Höhle mündete, die allerdings nur so groß war, dass man mit Ach und Krach einen mittelgroßen Lkw dort hätte parken können. Am Ende der Höhle befand sich rechts ein kleiner Tümpel mit brackigem, trübem Wasser. Daneben stand Kapitän Darraben mit hängenden Schultern. In der einen Hand hielt er seinen Dreieckshut, in der anderen kraftlos den Säbel, mit dem er vor sich in eine Nische deutete. Das rote Licht der metallenen Spitze fiel hinein und beleuchtete: nichts.

»Was ist weg?«, fragte Lennart und hoffte, der Kapitän würde eine andere Antwort geben, als die, die er befürchtete.

»Na, was wohl? Das Pergament, das Dunkle Pergament ist fort, entwendet, gestohlen. Es ist nicht mehr da.«

Mittlerweile hatten sich alle in der kleinen Höhle versammelt und starrten auf Darraben.

»Mist!«, sagte Lennart. »Und nun?«

»Wie konnte das passieren?«, wisperte Advokat Isaksson und strich sich die dünnen Haare quer über die Halbglatze.

»Kann es nicht fortgespült worden sein?«, fragte Frederik. »Immerhin liegt die Insel doch die meiste Zeit unter Wasser.«

Über mich herzieh'n an allen Tagen
Und dann am Ende selbst versagen!,

schimpfte Järnskägg.

»Ist das irgendwie schlimm, dass dieses Dokument weg ist?«, erkundigte sich Stefan Malmkvist.

Plötzlich hielten alle die Luft an und zuckten erschrocken zusammen. Konnte das möglich sein? Musik? Hier an diesem Ort? Vorsichtig begab sich die Gruppe zum Eingang der kleinen Höhle und trat hinaus. Nur Lennart wusste genau, wer hier aufspielte, und es war mit Sicherheit wieder einmal kein gutes Zeichen. Denn wo er war, waren Unheil und Verderben nicht weit.

Der Leierkastenmann …

22. Kapitel

Wieder hatte Hendrik Nilsson ein dumpfes Gerumpel und andere seltsame Dinge vernommen, als er auf dem Weg zu seiner Kajüte an dem verschlossenen Raum vorbeigekommen war, vor dem zwei Bewaffnete Wache standen. Es hatte ein wenig geklungen wie Geräusche, die manchmal im Winter vom Dachboden her kommen und von denen man nicht weiß, ob es sich lediglich um das Eigenleben der Holzbalken oder doch um einen Marder oder ein anderes Tier handelt. Die Frage war nur, ob die Männer vor der Tür das beschützten, was in dem Raum war, oder ob sie es bewachten, damit das Schiff und die Menschen an Bord keinen Schaden nahmen. Fest stand: Irgendetwas sehr Wichtiges und Eigenartiges musste sich darin befinden.

Und fest stand auch, dass sich Hendrik Nilsson in seinem ganzen Leben noch nicht so verloren und unsicher gefühlt hatte. Hatte er Angst? Ja, vielleicht ein wenig, aber es war vielmehr die Wut darüber, nicht erkennen zu können, was dieser Hadding vorhatte. Und darüber, sich vollkommen hilflos in dessen Händen zu befinden. Er war ihm ausgeliefert. Auf Gedeih und Verderb. Es schien, als könne sich dieser Mann aufgrund seines Vermögens einfach alles erlauben. Hadding maßte sich an, über Leben und Tod zu entscheiden, wie es ihm beliebte, und nicht einmal die Staatsmacht konnte ihm ernsthaft etwas entgegensetzen. Zumindest spielte das scheinbar absolut keine Rolle bei Haddings Entscheidungen. Wer ihm im Weg stand, wurde weggeräumt wie ein altes Möbelstück – ganz gleich, ob es sich dabei um einen Polizisten handelte –, und wer ihm nutzte, durfte leben, musste ihm aber dienlich sein.

Demzufolge schien Hendrik Nilsson für Harald Hadding eine gewisse Bedeutung zu haben, die wenigstens so groß war, dass er ihm nicht einfach die beiden Dunklen Pergamente abnahm und ihn um die Ecke brachte, was, so realistisch schätzte Hendrik Nilsson die Situation mittlerweile ein, für den Stockholmer Multimillionär eine lächerliche Kleinigkeit gewesen wäre. Er lebte also quasi von Haddings Gnaden, was sich einfach unsagbar demütigend und schlecht anfühlte.

Kommissarin Maja Tysja ging es genauso. Das war zwar ein sehr schwacher Trost, aber verdient hatte sie es auf jeden Fall. Es hatte ihn mehr gefreut als überrascht, als er sie nach dem Massaker an der Hütte von Tryggvasons Erben im Anhänger des Motorschlittens gesehen hatte. Vielleicht würde er von Harald Hadding ja etwas über sie erfahren, was ihn seine eigene Rolle besser einschätzen ließ. Vielleicht würde es aber auch Licht ins Dunkel bringen, wenn er endlich erfuhr, was zur Hölle sich in dem bewachten Raum befand. Einen Versuch war es wert, er hatte nichts zu verlieren, was nicht sowieso schon verloren war, und schließlich war er ja nicht umsonst jahrelang ein sehr erfolgreicher Ermittler und Kriminalpolizist gewesen. Töten würde Hadding ihn wohl kaum, wenn er fragte. Das hätte er schon längst und leichter haben können.

Er dachte noch einen Moment lang nach, dann drehte er vor der Tür zu seiner Kajüte auf dem Absatz um und ging wieder zurück nach oben.

Wenig später stand er vor Harald Haddings Privaträumen und wollte eben anklopfen, als sich die Tür öffnete und Harald Hadding erschien. »Sie wollten zu mir?«

Nilsson ließ die Hand sinken, nickte und spähte an Hadding vorbei ins Zimmer. Der Raum war nur schwach beleuchtet, auf dem Tisch in seiner Mitte brannten einige Kerzen. Hätte Nilsson es nicht besser gewusst, dann hätte er angenommen, Harald Hadding habe ein Rendezvous. Im Hintergrund erkannte der Ex-Kommissar Maja Tysja am Tisch. Doch nach einem romantischen Candle-Light-Dinner sah das nicht aus – Tysja war an ihren Stuhl gefesselt und starrte wütend Löcher in die Luft.

»Ich habe ein paar Fragen«, sagte Nilsson.

»Ist das so? Na, dann fragen Sie.«

»Was wollen sie mit ihr?« Hendrik Nilsson nickte in Richtung von Maja Tysja, die mittlerweile den Kopf zu Nilsson gedreht hatte und ihn mit funkelnden Augen und tiefer Verachtung anstarrte. »Warum haben wir sie mitgenommen?«

Hadding lächelte. »Alles zu seiner Zeit. Nächste Frage?«

»Was befindet sich in dem bewachten Raum dort unten?«

Haddings Lächeln verstärkte sich kurzzeitig. »Alles zu seiner Zeit. Nächste Frage?«

»Hören Sie«, fuhr Nilsson auf und schlug mit der flachen Hand an die Wand neben dem Türrahmen. »Mir reicht's! Ich will jetzt wissen, was für ein Spiel Sie spielen und welche Rolle ich dabei habe. Das ist mein gutes Recht.

Ich helfe Ihnen, und dann murksen Sie meine Kameraden von Tryggvasons Erben ab – gut, die waren ohnehin nicht wirklich zu etwas zu gebrauchen. Dennoch, es war Mord! Also beantworten Sie mir wenigstens diese eine Frage! Was wollen Sie von mir?«

Haddings Lächeln gefror, seine Augen verengten sich zu Schlitzen. »Sie haben mir eine Falle gestellt und wollten mich mit Ihren Kameraden überwältigen und mich zwingen, die Verstecke der anderen beiden Dunklen Pergamente zu verraten. Und jetzt wollen Sie wissen, was ich mit Ihnen vorhabe und weshalb Sie nicht auch tot im Wald liegen, wenn ich das doch alles habe kommen sehen, nicht wahr? Ganz abgesehen davon, hat die Polizei die meisten Ihrer sogenannten Kameraden erwischt. Ich habe kein Blut an den Händen. Zumindest nicht dieses.« Hadding machte eine Pause. »Aber gut«, fuhr er in versöhnlicherem Ton fort, »ich will es Ihnen verraten. Früher oder später erfahren sie es ja doch. Sie sind zwar kaltblütig, hinterhältig und unehrlich, aber das ist ja nicht unbedingt ein Nachteil, wenn man die passende Aufgabe hat und im Dienste der richtigen Sache steht.« Er trat aus der Tür und zog sie hinter sich zu. »Kommen Sie.«

Harald Hadding ging mit bedächtigen Schritten voraus und stieg ins Untergeschoss seiner Jacht hinab – den Weg, den Hendrik Nilsson vor wenigen Minuten selbst erst gekommen war. Während er Hadding auf der steilen Wendeltreppe nach unten folgte, kam ihm in den Sinn, dass er vielleicht doch besser die Klappe gehalten hätte, um auf eine günstige Gelegenheit zur Flucht zu warten. Jetzt war es wohl zu spät. Er schluckte unwillkürlich, als Harald Hadding vor dem Raum mit den beiden Wachen anhielt und diese anwies, den Posten zu verlassen, bis er sie wieder rufen würde.

Hendrik Nilsson sah den beiden Männern mit den Maschinenpistolen nach, wie sie im schlecht beleuchteten Gang in Richtung Mannschaftsraum verschwanden. Als ihre Schritte verhallt waren, blieben nur das sonore Brummen der Schiffsmotoren und der schwache Klang, den die Wellen verursachten, wenn sie an den Bug der *Ringhorn* klatschten. Nun war Hendrik Nilsson allein mit Harald Hadding. Und mit dem, was sich hinter der dicken Stahltür in diesem Raum befand.

»Die Antwort auf Ihre erste Frage lautet: Unsere liebreizende Kommissarin hat etwas, was bloß die wenigsten Menschen von sich behaupten können. Sie hat die richtigen Vorfahren«, sagte Harald Hadding mit dunkler Stimme. »Darum habe ich sie mitgenommen.«

»Was? Was meinen Sie damit?«

»Wissen Sie, was ihr Name, Tysja, bedeutet?«

»Nein.«

»Er bedeutet ›Hexe‹.«

»Sie meinen ernsthaft, die Kommissarin der Göteborger Kriminalpolizei sei eine Hexe?« Dieser Gedanke erschien Hendrik Nilsson trotz der angespannten Situation derart abstrus, dass er grinsen musste.

»Erfassen Sie den Unterschied zwischen Ihnen und mir?« Harald Hadding blickte Hendrik Nilsson fragend und mit ernstem Gesicht an. »Jemand wie ich erreicht seine Ziele, weil er sich optimal vorbereitet, weil er nur dann den Mund aufmacht, wenn er wirklich weiß, wovon er spricht, vor allem aber weil er seine Träume lebt und dafür alles zu opfern bereit ist. Sie sind das genaue Gegenteil von all dem. Das ist bedauerlich, insbesondere weil Sie eigentlich gute Anlagen mitbringen.«

»Was soll all das Gefasel?«

»Das ist die falsche Frage«, sagte Hadding seelenruhig. »Die richtige Frage wäre, warum Sie noch leben. Auch die will ich Ihnen beantworten. Ich möchte die Dunklen Pergamente nicht haben, bloß um sie zu besitzen. Genau aus diesem Grund konnten Sie Ihre ja auch bis jetzt behalten, oder dachten Sie, es wäre mir schwergefallen, Ihnen die Artefakte nach der Aktion im Wald oder schon zuvor abzunehmen und Sie einfach den Fischen zum Fraß vorzuwerfen? Nein, bestimmt nicht. Ja, und ich gebe zu, ich habe Sie dafür benutzt, Ihre Tryggvasons Erben zusammenzurufen, um alle möglichen Zeugen, die etwas von Krähenbein und der alten Legende wissen, zu eliminieren. Dass die Polizei dort aufgetaucht ist, dafür kann ich nichts. Das haben wir unserem gemeinsamen Freund zu verdanken. Ich habe lediglich die Gunst der Stunde genutzt.«

»Lennart Malmkvist!«, fauchte Hendrik Nilsson und ballte die Fäuste. »Woher wusste er, dass wir dorthinfahren?«

»Ich vermute, dieses seltsame Licht über der *Ringhorn* vorhin war eine Art Späher. Der hat gemeldet, in welche Richtung wir unterwegs sind. Da hat Malmkvist eins und eins zusammengezählt und seine alte Freundin Tysja angerufen, die bestimmt bis nach Lappland gefahren wäre, um *Sie* in Handschellen legen zu können. Den Rest kennen Sie ja. Ich wusste darüber genauestens Bescheid, denn ich höre viel lieber Polizeifunk als Radio.«

Wieder einmal war Hendrik Nilsson von der Zielstrebigkeit seines Gegenübers überrascht. »Nur weiß ich noch immer nicht, was Sie von mir wollen, Hadding«, sagte er, als er sich gefasst hatte.

Der Angesprochene lächelte milde. »Ich möchte dasselbe wie Sie. So einfach ist das. Ich will, dass Olav Krähenbein zurückkehrt, und ich brauche Sie, weil Sie beim heiligen Ritual der Wiedererweckung und auch danach eine wichtige Rolle übernehmen sollen, eine Aufgabe, die ich Ihnen von Anfang an zugedacht hatte.«

»Was für eine Aufgabe?«

»Ich zeige es Ihnen.« Mit diesen Worten entriegelte Harald Hadding die dicke Stahltür und öffnete sie einen Spaltbreit. Ein bestialischer Gestank, getragen von verbrauchter, feuchtwarmer Luft, schlug Hendrik Nilsson aus völliger Dunkelheit entgegen. Angewidert wandte er sich ab und machte intuitiv einen Schritt zurück.

»Worauf warten Sie?«, wollte Hadding spöttisch von Nilsson wissen. »Ist Ihr Interesse an Antworten bereits erloschen?«

»Was ist da drin?«, fragte Hendrik Nilsson unsicher.

Hadding schloss die Tür wieder und blickte Hendrik Nilsson an. »Wenn Sie die Wahrheit und Ihre Aufgabe nicht annehmen wollen, verspreche ich Ihnen, Sie unversehrt an Land zu bringen. Natürlich ohne Ihre Pergamente, das versteht sich von selbst, nicht wahr? Aber somit wären Sie in Sicherheit und hätten für den Rest Ihres von der Polizei gejagten Lebens nichts mehr mit mir und Krähenbein zu tun. Allerdings würden Sie dann auch niemals erleben, was ich erleben werde, wenn Krähenbein wiederaufersteht. Was sagen Sie? Entscheiden Sie sich. Wenn Sie es wagen, wird das Ihr Leben grundlegend verändern, glauben Sie mir.«

Hendrik Nilsson versuchte, sich seine Anspannung nicht anmerken zu lassen. In seinem Kopf tobten und rasten die Gedanken wild umher. Er befand sich auf einem Schiff auf hoher See, umgeben von mindestens einem Dutzend bewaffneter Männer. Es gab keine Möglichkeit zur Flucht. Selbst wenn er Harald Hadding jetzt überraschend und mit aller Entschlossenheit an die Gurgel gesprungen wäre und ihn vielleicht sogar ein für alle Mal zum Schweigen hätte bringen können – es hätte ihm wenig genutzt. Die zwei noch fehlenden Dunklen Pergamente wären verloren gewesen, und Antworten hätte er dann nie wieder erhalten. Er atmete tief durch. »Ich bin bereit«, sagte er und gab sich große Mühe, seinen Worten Mut und Zuversicht mit auf den Weg zu geben.

»Eine weise Entscheidung«, sagte Hadding und öffnete die Tür wieder, dieses Mal zur Gänze.

Hendrik Nilsson nahm allen Mut seiner Verzweiflung zusammen, warf Hadding noch einen trotzigen Blick zu, dann schob er sich erhobenen Hauptes an ihm vorbei in den Raum. Hinter ihm fiel die Tür mit einem lauten Schlag zu und wurde verriegelt. »Die Wahrheit kann grausam sein, aber das legt sich, und dann werden Sie froh sein, diesen Schritt getan zu haben!«, rief Hadding und schien sich zu entfernen, als ginge ihn das alles nichts mehr an.

Ein Kratzen und Schaben ertönte wie von scharfen Messern auf kaltem Stahl. Hendrik Nilsson zuckte zusammen und versuchte zu atmen. In einem stockdunklen Raum eingesperrt zu sein, in dem man kaum Luft bekam, weil es so unfassbar nach Verwesung stank, war eine ohnehin schon angsteinflößende Situation. Wenn man aber spürte, dass man in diesem Raum definitiv nicht allein war und dass das andere Wesen etwas Grauenhaftes sein musste, war kaum zu ertragen.

So war es fast eine Erlösung, als sich plötzlich jemand auf Hendrik Nilsson stürzte und er an der Schulter durchbohrt wurde. Er schrie auf. War diese warme Flüssigkeit, die seinen Pullover durchnässte, sein eigenes Blut? Ein weiterer Schmerz gesellte sich dazu. Ein Brennen, ein kaum erträgliches Brennen am ganzen Körper. Er schrie wieder, er bäumte sich auf, er wehrte sich, er wurde schwächer. Und schwächer. Er wusste, dass dies sein Ende war. Warum hatte er Harald Hadding bloß vertraut? Dieser Tod war nicht nur deshalb so grausam, weil er Qualen litt. Er war so grausam, weil er keine Antworten gefunden hatte. Er erschien ihm vollkommen sinnlos.

23. Kapitel

Alle Augen hatten sich auf den Mann gerichtet, der mit seinem schäbigen, von Rost und Stockflecken überzogenen Musikinstrument urplötzlich am anderen Ende der großen Höhle aufgetaucht war und ihnen nun langsam, aber scheinbar unaufhaltsam, entgegenkam. Järnskägg in seiner Irrlichtform war unaufgefordert wieder weit hinauf an die Decke der Felskuppel geflogen, wo er aufgeregt schnelle Bahnen zog. Damit leuchtete er die Umgebung zwar einigermaßen aus, erzeugte jedoch gleichzeitig einen Effekt wie bei einem Stroboskop und ein verwirrendes Schattenspiel an den Wänden und den zackigen Felsen ringsum, das die Augen anstrengte und diesen Auftritt noch irrealer erscheinen ließ, als er ohnehin schon war.

Lennart starrte gebannt hinüber und wurde, wie immer, wenn der Leierkastenmann ihm erschien, von Furcht, grundloser Sehnsucht nach besseren Zeiten und einer tiefen Traurigkeit gepackt, die er sich nicht erklären konnte.

Der Bote des Unheils steckte in einem zerschlissenen roten Frack aus abgewetztem Samt. Einige der ursprünglich einmal goldglänzenden Knöpfe dieser ehemals festlichen Jacke fehlten, die verbliebenen waren verkratzt und verbogen. Dazu trug er eine Hose aus dem gleichen Material, die noch verschmutzter und abgetragener war.

Über seine schmalen Schultern hatte er einen fadenscheinigen schwarzen Umhang geworfen. Eines jedoch hatten all seine Kleidungsstücke gemein: Sie hingen flatternd an ihm herab wie von einem Kleiderständer, umwehten seinen skeletthaften Körper wie Fragmente eines Leichentuches, und das, obwohl in der Höhle kein Luftzug ging.

Auf dem Kopf trug der höllenhafte Musikant einen uralten Zylinder, wie man ihn einem Zirkusdirektor aus dem neunzehnten Jahrhundert auf den Kopf gesetzt hätte. Diese Kopfbedeckung wirkte allerdings, als hätte man sie mit besagtem Zirkusdirektor nach dessen Tod begraben und jetzt erst wieder ausgebuddelt. Die unergründlichen und leblosen Augen des Leierkastenmannes saßen tief und matt in rabenschwarz umrandeten Höhlen eines abgemagerten und mit dünner, lederiger Haut überzogenen Schädels. Sie reflektierten den Lichtkreis, den der herumsausende Järnskägg erzeugte. Zugleich blickten sie stechend und brennend heiß wie glühende Kohlen; Lennart meinte, die Blicke durch den Stoff seiner Kleidung zu spüren.

Doch das Schlimmste war diese kakophonische, durch Mark und Bein gehende Musik aus seinem verrotteten Instrument, das er leise quietschend immer weiter in die Höhle und auf Lennart und seine Gefährten zuschob, während er beständig die Kurbel drehte. Die Töne waren so furchtbar, dass einem übel werden konnte. Stefan Malmkvist und Frederik hielten sich die Ohren zu, und auch Cornelius Isaksson und Kapitän Darraben machten Gesichter, als hätten sie soeben mit der Amalgamfüllung eines entzündeten Backenzahnes auf ein dickes Stück Aluminiumfolie gebissen. Am übelsten erging es allerdings dem armen Bölthorn, der, als Mops, das beste Gehör von allen Anwesenden, aber weder Arme noch Hände hatte, um sich vor diesem akustischen Terror zu schützen. Darum presste er sich dicht an Lennart und winselte leise.

Dann ließ der Leierkastenmann die Kurbel seines Instrumentes plötzlich los. Die Kakophonie stoppte schlagartig. Lennart meinte, ein kollektives Ausatmen in der Höhle wahrzunehmen, und auch er fühlte sich erleichtert.

»Möge der Krach nie mehr mit uns sein«, sagte Frederik mit zittriger Stimme und bleichem Gesicht. »Alter Verwalter, was ist das denn für ein Heini? Dagegen ist ja ein Chagrianer ein echtes Fotomodell!«

»Wer oder was ist das?«, fragte Lennarts Vater.

»Ein böser Geist«, sagte Cornelius Isaksson.

Darraben hielt seinen Säbel kampfbereit in die Höhe. »Kein Geist lebt ewig, bei allen Geistern ... ähem ... was auch immer.«

»Wir sind bedauerlicherweise sozusagen alte Bekannte«, sagte Lennart und umklammerte seinen Zauberstab. Dann rief er wütend an den Leierkastenmann gewandt quer durch den Felsendom: »Er ist nämlich der Mörder von Buri Bolmen und der, der mich verflucht hat, nicht wahr?« Seine Worte hallten als Echo wider. Zusammen mit einem seltsamen Geräusch, das klang wie eine Mischung aus Rascheln und leisem Kichern.

Der Leierkastenmann verzerrte die Reste seines Gesichtes zu einem Grinsen. »Mit beidem hast du recht, mein einfältiger, junger Freund«, hauchte er lauter, als es physikalisch eigentlich möglich sein konnte.

»Mörder!«, rief Darraben und wollte losstürzen, doch Cornelius Isaksson hielt ihn zurück.

»Und zugleich hast du mit beidem unrecht«, hauchte der Leierkastenmann weiter. »Ich habe Buri Bolmen nicht ermordet, ich habe ihn lediglich bei seinem unvermeidbaren Tod ein klein wenig unterstützt.« Aus seinem dünnlippigen Mund quoll ein verächtliches Lachen. »Und was deinen Fluch angeht, Lennart Malmkvist, so wirst du mir gewiss bald sehr dankbar sein. Du verstehst das alles nicht? Frag deine Mutter, ob sie mich kennt! Frag sie! Vielleicht verstehst du es dann ...«

»Was hat meine Frau damit zu tun?«, rief Lennarts Vater, als er begriffen hatte, um wen es ging.

»Wer zur Hölle bist du? Und was willst du?«, schrie Lennart wütend und richtete den Zauberstab auf den Leierkastenmann. Auch Kapitän Darraben und Cornelius Isaksson zeigten mit ihren Zauberutensilien auf den bloß wenige Schritte entfernt stehenden Gegner. Darraben mit seinem Säbel und der Anwalt (nun erhielt Lennart die Antwort auf die Frage, was für einen Gegenstand Cornelius Isaksson wohl zum *Galieren* verwendete) mit seiner Pfeife, deren Kopf violett pulsierte.

»Ich bin nicht hier, um euch zu schaden«, antwortete der Leierkastenmann. »Denn ich weiß, wo sich das befindet, was ihr sucht.« Er grinste wieder.

»Was suchen wir denn, bei allen stinkenden Dorschkadavern?«, donnerte Darraben.

»Ihr sucht einen Teil der *Vårgūlfskĭŋŋ*, das letzte der vier Dunklen Pergamente.«

»Woher weißt du das?«, fragte Cornelius Isaksson.

»Ich weiß beinahe alles«, kam es überheblich zurück.

»Ach? Wirklich? Und wo ist es dann, das Dunkle Pergament von Kapitän Darraben?«, fragte Lennart.

»Krähenbein hat es sich geholt«, sagte der Leierkastenmann. »Vor langer Zeit schon. Ihr seid zu spät gekommen.«

»Das ist unmöglich!«, rief Kapitän Darraben. »Niemand wusste davon, und es war geschützt durch das Mandala der Wächter.«

»Ja, das war es«, hauchte der Leierkastenmann bitter, »aber bedenke, dass diese Höhle immer feucht ist, und so verblasste das Mandala über die Jahrhunderte, und eines Tages war es nicht mehr das alte und verlor seine Wirkung. Von diesem Tag an war es ungeschützt und für Krähenbein sichtbar. Er musste nur noch herkommen und es sich holen.«

»Aber wie?«, rief Lennart. »Er ist doch erst seit Kurzem zurück.«

»Bist du dir da ganz sicher, Lennart Malmkvist? Vielleicht ist er auch schon viel länger zurück, vielleicht schon seit Jahrzehnten. Und vielleicht hat er sich das Pergament, das hier lange Zeit versteckt lag, als Allererstes geholt, kurz nachdem er auf wundersamen Wegen zurück in die Welt kam, weil dieser dumme Mats Wallin mit den Amuletthälften gespielt hatte. Und die anderen Dunklen Pergamente hat er erst gefunden, nachdem Wallins nicht weniger unglücksselige Enkelin begonnen hat, in der Vergangenheit herumzukramen.« Der Leierkastenmann starrte Lennart herausfordernd an.

»Wohin hat er es gebracht?«, fragte Lennart.

»Das weiß auch ich nicht«, antwortete der Leierkastenmann.

»Ach, sieh an! Ich dachte, Ihr wisst beinahe alles!«, rief Kapitän Darraben.

Statt zu antworten, begann der Leierkastenmann unvermittelt und zum Schrecken aller wieder an seinem verrotteten Instrument zu kurbeln. »Es geht um eine Prophezeiung. Um seine Blutlinie. Um altes Blut«, rief er krächzend und bleckte die Reste seiner bräunlichen Zähne. »Und um neues Blut!« Die grauenhafte Melodie, die kratzenden und beißenden Töne erschallten durch die Höhle und die Gänge. Alle hielten sich erneut die Ohren zu, Bölthorn warf sich auf den Boden, winselte und drückte sich an Lennart. In den furchtbaren Krach hinein rief der Leierkastenmann einen unverständlichen, aber anscheinend äußerst machtvollen Zauberspruch, denn kaum dass seine Worte verhallt waren, wurde er mitsamt seines Instrumentes von einem Wirbel aus feurigem Licht und schwarzen Schlieren verschluckt, bis er schließlich in einer dumpfen Explosion verging, die immerhin so gewaltig war, dass sie bis weit in alle Abgründe der Insel hinein nachhallte und es jeden von den Füßen fegte.

Nachdem sich Staub und Lärm gelegt hatten und wieder so etwas wie Ruhe in der Höhle eingekehrt war, rappelten sich alle langsam wieder hoch und blickten sich teils erstaunt, teils erschrocken und etwas ratlos an, während sie sich den Schmutz aus den Kleidern klopften.

»Was für ein großmäuliger Exzentriker!«, rief Darraben und fuchtelte unwirsch mit dem Säbel umher. »Aber ein wahrhaft mächtiger Zauberer, das muss man ihm lassen.«

»Er ist und bleibt für mich ein böser Geist, und doch werde ich nicht schlau aus ihm«, murmelte Cornelius Isaksson mit hoher Stimme, wobei er sich am Doppelkinn kratzte.

Irgendwo im Untergrund ächzte und kicherte es.

Auch von ihm geht etwas aus,
Das sich anfühlt wie Zuhaus'!

wisperte Järnskägg, flackerte aufgeregt und stieg langsam empor.

»Für mich ist dieser Typ auf jeden Fall der mit Abstand krasseste Zauberer, den ich bis jetzt getroffen habe!«, rief Frederik nicht ohne Bewunderung. »Wären wir bei Star Wars, würde ich fast sagen, er ist so eine Art cooler Imperator, nur vielleicht nicht ganz so böse, sonst hätte er uns wohl angegriffen, oder?«

Auch Lennart hatte sich erhoben. Er war in die Mitte der Höhle getreten, wo Järnskägg unter der Felskuppel seine erleuchtende Flugbahn wieder aufgenommen hatte und damit bessere Sicht spendete. »Nein«, pflichtete er Frederik bei, »böse ist er vielleicht nicht, aber zumindest eine ständige Bedrohung. Für ihn scheinen weder Wände, Wasser oder Felsen noch der Schlaf eine Grenze darzustellen, die ihn am Erscheinen hindern.« Lennart lief es noch immer eiskalt den Rücken hinunter, wenn er an seinen letzten Albtraum dachte, in dem ihm der Leierkastenmann erschienen war, und den Auftritt, den er eben hingelegt hatte.

»Also, falls jemand meine Meinung hören möchte«, mischte sich Stefan Malmkvist ein und trat zu seinem Sohn, »ich möchte lediglich anmerken, dass wir, rein theoretisch – da sich dieses Düstere Dokument, oder wie auch immer besagtes Schriftstück heißt, ja scheinbar nicht mehr hier auf der Insel befindet, wie uns der bemerkenswert furchteinflößende Mann mit Zylinder eben beigebracht hat –, gleich zurück an Bord des Schiffes von Herrn Darraben gehen könnten. Außerdem ist Weihnachten. Ganz abgesehen davon ist mein aktuelles Bedürfnis nach Abenteuern gedeckt. Doch dies nur am Rande. Was meinen die anderen?«

Wieder kicherte es unangenehm. Von irgendwoher aus der Dunkelheit.

»Ich meine, wir haben noch ein ganz anderes Problem als den Leierkastenmann«, knurrte Bölthorn dumpf. Er war auf einen Geröllhaufen geklettert, spähte nach allen Seiten und hatte die Mopsohren gespitzt. »Wir sind nicht alleine.«

»Was meinst du?«, fragte Lennart und hob seinen Zauberstab höher. Aus dem Augenwinkel sah er, dass Advokat Isaksson seine Pfeife gezückt hatte und dass der Kapitän den Säbel vor sich hielt und sich grimmig dreinschauend umblickte.

»Ich kann nichts erkennen«, sagte Bölthorn, »aber ich bin ja auch nur so hoch wie ein Melkschemel. Etwas hören kann ich allerdings. Es raschelt und faucht leise, und ab und zu klingt es, als würde es kichern …«

»Das habe ich auch gehört«, sagte Frederik.

»Seltsam«, murmelte Lennart. Dann rief er: »Järnskägg? Sei so gut und flieg doch mal los. Schau, ob du nicht etwas erkennen kannst.«

Ich schaue gerne, eile, bin schon fort,
Auch mich treibt's weg von diesem Ort.

Mit diesem Vers auf den unsichtbaren Lippen sauste das Irrlicht durch den Felsendom davon und zurück in den Gang, von dem aus sie gekommen waren.

»Irgendwann mache ich einen Ringkampf mit ihm«, zischte Darraben, der eine regelrechte Aversion gegen Lyrik in jeder Form entwickelt zu haben schien.

Lennart sah noch, wie Järnskägg im Gang verschwand, dann wurde es dunkel in der Höhle. Nur Lennarts Zauberstab, Isakssons Pfeife und Darrabens Säbel erhellten die Umgebung ein paar Meter weit. Es dauerte aber lediglich einen kleinen Augenblick, da kam Järnskägg auch schon überraschend schnell zurückgeflogen.

Aufgeregt rief er:

Mir persönlich ist's ja gleich,
Befind ich mich doch über'm Boden.
Zum Glück bin ich jetzt nicht bei Euch,
Auch ihr wärt besser fortgeflogen.

D'rum: Zaubert schnell und zaubert weise,
Es in den Gängen gierig fleucht.
Der Geruch von leck'rem Menschenfleische,
Hungrigen Würmern in die Nasen kreucht.

Kaum hatte Järnskägg seinen Reim beendet, da erschienen tatsächlich Dutzende von Würmern am Ausgang der Höhle und besetzten ihn ringsum. Sie waren unterschiedlich groß – manche wie ein Maulwurf, andere hingegen hatten wirklich die Ausmaße von fetten Ratten. Aus ihren glatten Gesichtern leuchtete es mattweiß, als seien ihre Augen getrübt. Sie waren dünn behaart und krochen mit einer erstaunlichen Geschwindigkeit. Sie besaßen mehrere Körperglieder und bewegten sich wie Raupen vorwärts. Und das unter einem ekelerregenden Geräusch, das wie die Mischung aus einem dämonischen Kichern und dem Reinigen eines angebrannten Topfes mit Stahlwolle klang. Das Erschreckendste an ihnen waren jedoch die riesigen, mit mehreren Reihen spitzer Zähne besetzten Mäuler, die sie weit aufrissen und sofort wieder zuschnappen ließen.

»Es gibt sie also doch!«, rief Frederik panisch. »Nix Seemannsgarn! Was machen wir denn jetzt?«

»Rasch, kommt alle zu mir! Wir errichten zusammen einen Schutzzauber und dann nichts wie raus hier!«, rief Lennart an Darraben und Cornelius Isaksson gewandt und deutete auf die immer zahlreicher hereinkrabbelnden und -robbenden Würmer, die sich vom Eingang aus auf den Boden, die Wände und die Decke der Höhle verteilten.

Alle trafen in Windeseile in der Mitte zusammen, und selbst Järnskägg schwebte plötzlich dicht über ihren Köpfen. Wahrscheinlich war er sich mittlerweile auch nicht mehr sicher, ob diese ekligen Würmer nicht auch Irrlichter auf der Speisekarte hatten und ihm vielleicht doch etwas anhaben konnten. Lennart, Darraben und Advokat Isaksson hoben ihre Zauberutensilien in die Höhe und sprachen gemeinsam einen Schutzzauber: *»Jødarr şkulì şkylì vårì!«*

Sofort bildete sich eine Halbkugel um die Gruppe, die in drei unterschiedlichen Farben changierte – Lennarts magischem Grün, dem Zauberviolett von Cornelius Isaksson und schließlich dem Rot aus Kapitän Darrabens Säbelspitze.

»Cool …«, staunte Frederik.

»Das war knapp«, sagte Lennart. »Aber wir haben zumindest diese Gefahr überstanden.«

»Gehen wir jetzt zurück?«, erkundigte sich Stefan Malmkvist vorsichtig und mit schwacher Stimme.

»Ja, das machen wir«, antwortete Lennart, »und ich verspreche euch, nie wieder das Wort Seemannsgarn in den Mund zu nehmen.«

»Das will ich aber auch meinen«, fauchte Kapitän Darraben. Doch er grinste dabei.

Bölthorn streifte Lennart am Bein und sah zu ihm auf. »Ich lobe ungern, wie du weißt. Aber in diesem Fall komme ich wohl kaum drum herum – gut gemacht, Lennart!«

Unter dem Schutz des Zaubers, der sie von außen abschirmte wie ein undurchdringliches Zelt aus Energie, gelang es ihnen, die Höhle unbeschadet zu verlassen; die gierigen Würmer folgten ihnen nur einige Minuten und gaben dann auf.

Nach gut einer Stunde erreichten sie Skalle und Tobben, die am Strand neben dem Beiboot ein Nickerchen hielten und von Kapitän Darraben entsprechend zusammengestaucht wurden. Erschrocken und mit kleinen Augen sprangen die beiden hoch und machten hastig das Boot klar. Dann setzten sie durch unruhige See zur *Intill döden* über.

Dort angekommen, beendete Cornelius Isaksson den Unsichtbarkeitszauber, hinter dem sich das Schiff bis jetzt befunden hatte. Die undurchsichtigen schwarzen Schlieren, die bis in die tiefhängenden Wolken dieses angebrochenen 25. Dezember gereicht hatten, sanken herab und lösten sich in den Wellen rund um die *Intill döden* langsam auf. Währenddessen scheuchte Kapitän Darreben Skalle und Tobben unter Verwendung von unflätigen Drohungen und Flüchen und eines erneuten Blitzzaubers zuerst zum Ankerlichten unter Deck und danach sofort wieder in die Wanten, um Segel zu setzen.

Nur zehn Minuten später fuhr die *Intill döden* aus der Krähenbucht von Svolderoie aus und segelte in Richtung offener See. Darraben verbannte Skalle ans Ruder und ließ ihn Kurs auf das einzige Ziel nehmen, das allen sinnvoll erschien: Göteborg.

Die Freude und Erleichterung bei den Damen an Bord des Viermasters war groß, als die Männer endlich zurückkehrten und dem bangen Warten ein Ende setzten. Umgekehrt verhielt es sich nicht anders, insbesondere auch deshalb, weil Maria Calvino zusammen mit Kerstin Malmkvist und Emma die Offiziersmesse gekapert und dort eine beeindruckende Festtagstafel eingedeckt hatte, die ihresgleichen suchte. Ein Seitenblick von Lennart auf Kapitän Darraben offenbarte allerdings, dass dieser sichtlich an sich halten musste und es ihm nur sehr bedingt gefiel, dass sich jemand während seiner Abwesenheit, wie von ihm grummelnd zu hören war, »im Allerheiligsten eines Kapitäns breitgemacht« habe. Seinen Unmut bekam wieder einmal Tobben zu spüren, den er grundlos anherrschte und Rum und Wein holen schickte.

Darrabens Schimpftirade fiel dieses Mal aber nicht allzu heftig aus, weil selbst der grimmige Kapitän von der weihnachtlichen Tafel stark beeindruckt war. Maria Calvino hatte sich wieder einmal selbst übertroffen. Kerzen über Kerzen brannten auf dem Tisch, jeder Platz hatte drei verschiedene Gläser, in denen sich die flackernden Flammen brachen. Acht verschiedene Gerichte hatte die Italienerin mit Unterstützung von Lennarts Mutter gezaubert. Lennart erkannte *Parmigiana di Melanzane* – italienischen Auberginenauflauf, *Insalata frutti di mare* – Meeresfrüchtesalat, Lammrücken mit Polenta, Pasta mit Ragout und weitere Köstlichkeiten. Als Nachtisch gab es einen selbstgebackenen Weihnachts-Panettone und die Kastanienkekse, die sie am Morgen ihrer Abfahrt aus Göteborg mit an Bord gebracht hatte. Lennart vermutete, dass noch kein einziger Kochtopf in der Kombüse dieses Hotelschiffes jemals zuvor so leckere Sachen produziert hatte, und nicht zum ersten Mal fragte er sich, wie seine Nachbarin das wieder ohne eine ganze Abteilung Beiköche hinbekommen hatte. Magie hin, Magie her, am Herd war sie die ungekrönte Zauberkönigin.

Maria Calvino stand am Rande der Tafel und wirkte zufrieden, aber etwas erschöpft und nachdenklich. Sie hatte noch die Schürze um den bemerkenswert prallen Leib gebunden, die sie in der Schiffsküche gefunden hatte. Sie war marineblau, ziemlich verwaschen und trug die Aufschrift *›caboose-chef‹* – »Kombüsen-Chefkoch«. Darüber war der Kopf eines leicht deplatzierten, weil stark französisch anmutenden Cartoon-Koches mit Schnauzbart und Kochmütze zu sehen, der definitiv weit besser ins *Le Président* gepasst hätte als an Bord dieses schwedischen Segelschiffes.

Nun räusperte sich die Köchin verlegen und machte einen kleinen Schritt nach vorn. Das leise Gemurmel der Anerkennung ringsum verebbte. Sie schaute lächelnd reihum und rieb sich nervös die Hände. »Liebe Freunde und Mitreisende und« – sie schaute mit strahlenden Augen vor Lennarts Füße, wo der Mops saß – »geliebter

Bölthorn. Viel ist in letzter Zeit geschehen, viel Trauriges, viel Unbegreifliches. Es ist das erste Weihnachtsfest ohne unseren geliebten Buri, und er fehlt uns sehr, vor allem mir.« Ihre Augen bekamen einen feuchten Schimmer. »*Solo Dio sa, come sarà il nostro destino* – Gott allein weiß, wie unser Schicksal sein wird. Aber ich will, dass wir trotz aller Ungewissheit und aller gefährlichen Abenteuer heute einen schönen und vielleicht sogar fröhlichen Abend gemeinsam verbringen und …«

Weiter kam sie nicht.

Die Tür der Offiziersmesse sprang unvermittelt auf.

Es war der abgehetzte Tobben. »Herr Kapitän, ich muss Meldung machen.«

»Dann melde endlich, Mann!«, fauchte der Angesprochene. »Und wehe dir, es ist nicht wichtig, dann…« Darraben griff nach seinem Säbel.

»Schiff voraus, Herr Kapitän!«, sagte Tobben und wischte sich mit dem Handrücken den Schweiß von der Stirn.

»Willst du mich verar…«, hob Darraben lautstark an, schien sich aber im letzten Moment der Anwesenheit der Frauen bewusst zu werden, brach ab und fuhr leiser und mühsam beherrscht fort: »Ich bin zutiefst dankbar für diese besondere Mitteilung, Matrose. Ich möchte allerdings darauf hinweisen, dass es ein Meer ist, auf dem wir fahren. Und auf dem Meer sind gemeinhin Schiffe aller Art unterwegs. Etwas Außerordentliches scheint dieser Umstand also nicht zu sein.«

»Ich widerspreche Euch ungern, Kapitän, aber in diesem Fall … Vielleicht solltet Ihr Euch dieses Boot einmal selbst anschauen, denn als gewöhnlich würde ich es jedenfalls nicht bezeichnen.«

24. Kapitel

Maja Tysja war sauer. Ziemlich sauer sogar. Sie hatte ihre anfängliche Angst überwunden, nachdem sie die Fahrt mit dem Motorschlitten und die mit dem Beiboot der Jacht gut überstanden hatte. Man hatte sie den Umständen entsprechend gut behandelt, ihr zu essen und zu trinken gegeben. Sogar neue Hosen und ein neuer Pullover waren ihr überreicht worden, bevor man sie an diesen Stuhl gefesselt hatte. Und keiner der Bewacher hatte Anstalten gemacht, ihr auf den Leib zu rücken. Sie war Polizistin genug, um zu verstehen, dass sie ihrem Entführer ausschließlich unversehrt etwas wert war. Wenigstens im Moment noch.

Doch so etwas konnte sich schnell ändern, wenn ein Entführer seine Ziele erreicht hatte. Also galt es herauszufinden, was vorhin schon dieser Verräter, Hendrik Nilsson, hatte herausfinden wollen. Es machte nicht den Eindruck, als sei dieser ebenfalls von Hadding entführt worden, allerdings schien es so, als wisse er auch nicht mehr als Maja Tysja.

»Was wollen Sie von mir, Hadding? Wo ist Ihr Busenfreund Nilsson, dieser miese Verräter und Verbrecher, abgeblieben? Putzt er Ihnen die Schuhe?«

Harald Hadding hatte sich einen Cognac eingeschenkt.

Jetzt drehte er sich zu Maja Tysja um, kam glasschwenkend zu seiner Gefangenen an den Tisch und setzte sich ihr gegenüber. »Herr Nilsson bereitet sich intensiv auf seine Aufgabe vor«, antwortete er, »und meine Schuhe zu putzen gehört mitnichten dazu. Seien Sie dessen versichert.« Er stellte sein Getränk neben den ausladenden Bleikristall-Aschenbecher, in dem eine sehr lange Zigarre vor sich hin qualmte. Hadding nahm sie, befeuchtete ihr Ende mit den Lippen, dann paffte er genüsslich daran, legte sie wieder ab, nippte am Cognac und stellte auch das Glas wieder auf den Tisch. Doch er ließ es nicht los, sondern blickte hinein, drehte und wendete es bedächtig, sodass sich das Licht der Kerzen in den eingeschliffenen Ornamenten brach und wundersame Reflexionen mit dem Anflug kleiner Regenbogen an die holzvertäfelten Wände und die Decke warf.

»Es gibt wenig Vergleichbares«, stellte er fest und machte dabei fast einen verträumten Eindruck. »Wenn sich der richtige Tabak und der richtige Cognac erst einmal begegnet sind, dann erst begreift man, dass sie zusammengehören. Für immer und untrennbar. Durch keine andere Kombination zu ersetzen. Keiner der Männer, die das eine oder das andere erschufen, wussten voneinander, und doch taten sie es unbewusst füreinander. Das ist wahres Schicksal. Dinge, die nicht voneinander wissen und doch untrennbar füreinander geschaffen wurden. Verstehen Sie, was ich meine?« Hadding blickte auf.

»Ihr teurer Schnaps und diese stinkenden Stumpen sind mir, gelinde gesagt, herzlich egal. Doch was ich verstehe, ist, dass Sie ein selbstverliebter und machtversessener Mann sind, der sich wegen seines vielen Geldes für unantastbar hält. Meinen Sie ernsthaft, Sie kämen damit durch?«, fauchte Maja Tysja.

Hadding legte den Kopf schief und musterte die Kommissarin. »Sie sind eine erstaunliche Frau«, sagte er. »Für gewöhnlich durchschaue ich jeden sofort, aber bei Ihnen bin ich nicht immer sicher. War das eben eine Provokation, die Sie auf der Polizeischule gelernt haben, um ihren Opponenten aus der Reserve zu locken, oder waren das unkontrollierte Emotionen, ehrlicher Hass und ehrliche Wut? War es Mut oder Verzweiflung?«

»Alles zu seiner Zeit«, antwortete Maja Tysja und drehte den Kopf weg.

Harald Hadding lachte auf. »Sie sind gut«, sagte er anerkennend, »sehr gut sogar. Sie gefallen mir. Aber das ist ja auch kein Wunder bei Ihrer Abstammung.« Er lachte wieder und trank den Cognac aus. Dann lehnte er sich vor und starrte Maja Tysja an. Er paffte dichte Rauchschwaden in den Raum. »Wollen Sie die Wahrheit wissen? Ich glaube nämlich, dass Sie alles mit vollkommen anderen Augen sehen, wenn Sie Ihre wahre Abstammung erst einmal kennen, Frau Kommissarin, und ich wette mit Ihnen, dass sie bald auf der richtigen Seite stehen werden.«

25. Kapitel

»Das gibt's doch nicht!«, rief Frederik aus und deutete hinaus in die Dunkelheit des Kattegats, wo sich düstere Wellenberge übereinandertürmten und erneut ein unangenehmer Wind aufgekommen war.

Auch Darraben, Lennart, Bölthorn und Cornelius Isaksson waren Tobben nach oben an Deck gefolgt und standen nun vorne am Bug auf der Steuerbordseite an der Reling und spähten in die Nacht.

Und was sie da erblickten, schien selbst den schlachterprobten Kapitän und den ansonsten so besonnenen Anwalt die Fassung verlieren zu lassen.

»Bei allen Höllenschlunden und Seeungeheuern, was ist das für ein Verrückter?«, rief Darraben.

»Das scheint Magie in einer ihrer bizarrsten Formen zu sein«, meinte Cornelius Isaksson.

Nur Lennart und Bölthorn wussten, wer da draußen, nicht einmal einen Steinwurf von ihnen entfernt, auf offener See trieb und freundlich zu ihnen herüberwinkte. Hatte er vorhin auf Svolderoie eine Vorahnung gehabt? Dennoch staunte Lennart über das Bild, das sich ihnen bot. Sie sahen einen Mann, dessen Kleidung gut zu einem Opernbesucher der 1920er-Jahre passen würde, keinesfalls aber zu einem Schiffbrüchigen in einem solchen Gefährt.

Scheinbar vollkommen angstfrei stand der Mann mitten in einem Tretboot, das aufgrund mangelnder Hochseetüchtigkeit hier absolut nichts verloren hatte, sondern eher auf einen Ausflugsteich gehörte. Der Mann trug neben einem schwarzen Frack auch eine schwarze Melone als Kopfbedeckung und hielt in der rechten Hand einen Regenschirm, auf den er sich zu stützen schien. Lennart hatte ihn bereits im Wald von Trindemossen getroffen, als Bölthorn und er das Rätsel rund um Henrietta Hellström zu lösen versuchten, die in Verbindung zu Tryggvasons Erben gestanden hatte. Dieser Mann dort auf der winzigen Nussschale war ein – so hatte er sich seinerzeit zumindest selbst tituliert – Lichtzauberer. Und einer, der es sich, warum auch immer, zur Aufgabe gemacht hatte, Menschen den Weg zu den Dingen zu zeigen, die sie suchten.

»Herr Solesson? Sind Sie das wirklich?«, rief Lennart zu ihm hinüber.

»Ei, gewiss doch!«, kam es fröhlich zurück.

»Du kennst den?«, fragte Frederik.

Auch Cornelius Isaksson und Kapitän Darraben starrten Lennart verwundert an. Aber der ignorierte ihre Blicke und rief an Herrn Solesson gewandt: »Kommen Sie doch an Bord! Was Sie da machen, ist lebensgefährlich. Das Wetter ist doch furchtbar grausig!«

»Ach, finden Sie? Ich dachte eigentlich, das, was *Sie* machen, sei lebensgefährlich. Ich für meinen Teil lege mich ja nicht mit großen Zauberern an. Und was das Wetter angeht, nun …« – Herr Solesson lächelte, spannte seinen Schirm auf und stellte sich darunter – »… so schlecht ist es doch gar nicht.«

Aus dem Schirm fiel ein so warmes und sanftes Licht, wie es nur die Sonne eines unschuldigen Frühlingsmorgens spenden konnte. Am Rande des Schirmes bildeten sich durch die Gischt der Wellen und dem Licht, das herausschien, kleine Regenbogen, und Lennart meinte sogar, Vogelgezwitscher wahrzunehmen. In dieser Pose tanzte Herr Solesson eine Zeit lang mit seinem Tretboot schweigend auf den Wellen, geborgen in der Strahlensäule seines zauberhaften Sonnenschirmes. Dann rief er: »Sie suchen etwas, und ich will Ihnen gerne auch dieses Mal sagen, wo Sie es finden.«

»Sie wissen davon?«, fragte Lennart.

»Entscheidend ist nicht, was *ich* zu wissen glaube, sondern allein, dass *Sie* wirklich wissen, was Sie suchen. Dann werden Sie es auch finden. Fahren Sie an den Ort, den ich Ihnen im Trindemossen genannt habe. Ich habe Sie zwar davor gewarnt, aber jetzt führt kein Weg mehr daran vorbei. Alles weist dorthin. Nun bin ich mir sicher und kann meinen Blick vor dieser Wahrheit nicht länger verschließen. Es hilft ja doch nichts. Aber seien Sie bloß auf der Hut. Ich mag Sie und Ihren Hund nämlich recht gerne.«

»Äskestock«, sagte Bölthorn mit einem Mal und schmatzte. »Er meint Äskestock.«

Alle sahen zu ihm hinunter.

»Du hast recht«, sagte Lennart nachdenklich. »Das hat er damals gesagt.«

»Die Höhle von Äskestock?«, vergewisserte sich Kapitän Darraben.

»Genau. Da, wo du deinen Schatz versteckt hattest«, stellte Cornelius Isaksson fest.

»Hab Dank, werter Freund. Ich entsinne mich, was

ich dort versteckt hatte, bevor es mir gestohlen wurde!«, fauchte Darraben zurück.

Lennart blickte auf und rief: »Meinen Sie die Höhle von …«, doch seine Worte blieben ihm im Halse stecken.

»Interessant«, sagte Cornelius Isaksson. »Sehr talentiert.«

Frederik sagte wieder: »Das gibt's doch nicht!«

Denn Herr Solesson und sein Tretboot waren wie vom dunklen Wasser des Kattegats verschluckt.

»Und mich und meine Grillen bezeichnet man als eigenartig? Ha, dass ich nicht lache!«, rief Darraben. »So einen Auftritt habe ich noch nie hingelegt. Ihr sagt, Ihr kennt den Kerl?«, fragte er nun an Lennart gewandt.

»Ja, das tue ich.«

»Kann man ihm vertrauen?«

»Ich habe keine Ahnung«, antwortete Lennart, »aber mein Bauchgefühl sagt mir, dass wir das können.«

»Beim letzten Mal hat er uns auch geholfen und nicht in die Irre geführt«, schloss sich Bölthorn an, setzte sich und kratzte sich mit dem Hinterlauf am rechten Ohr.

»Nun gut, dann sei es«, sagte Kapitän Darraben. Im gleichen Atemzug brüllte er in Richtung Ruder: »Skalle, du Missgeburt einer hässlichen Seegurke und einer hinterhältigen Muräne. Kurs auf Äskestock. Wir fahren durch den Sund.«

»Aye, Käpt'n!«, kam es von der Brücke zurück, und kurz darauf begann sich der Bug der *Intill döden* weiter nach Osten zu wenden.

»Wie lange werden wir brauchen?«, wollte Lennart wissen.

»Wenn uns die Winde gewogen sind, dann etwa eineinhalb Tage, ansonsten können es auch leicht zwei werden«, antwortete Darraben. Er schlug Lennart auf die Schulter. »Jedenfalls mehr als genug Zeit, um sich endlich den Leckereien unter Deck zu widmen und anzustoßen. Und ich muss sagen, so langsam gewöhne ich mich an die Weiber an Bord. Hat auch sein Gutes, will ich meinen. Allein wenn ich da an unser großes und unübertroffenes Festmahl denke … Und vergiss deinen fetten Mops nicht. Er soll ja auch nicht leben wie ein Hund. Haha!«

Die Fahrt durch den Öresund und weiter durch den Kalmarsund, vorbei an der Insel Öland, war alles andere als eine Erholungsfahrt. Kurz überlegte Lennart sogar, seine Eltern, Maria und Frederik irgendwo an Land zu lassen, um sie nicht weiter den Gefahren der Witterung und der bösen Mächte auszusetzen. Doch für seinen Vorschlag hatte Lennart nur Entrüstung und Ablehnung geerntet. Niemand wollte ihn jetzt alleine lassen. Selbst Stefan Malmkvist, der zwar mehrmals betonte, sein Lebenskontingent an Abenteuerhunger stehe kurz vor der Sättigung, machte seinem Sohn unmissverständlich klar, dass man in solchen Situationen als Familie und besonders als Vater und Sohn zusammenhalten müsse. So werde man auch die schwersten Prüfungen gemeinsam bestehen. Es schien fast, als würde diese Reise zustande bringen, was all die Jahre zuvor unmöglich schien – sie brachte Lennart und seinen Vater einander näher.

Auch das Wetter wendete sich innerhalb weniger Stunden zum Guten. So kam es, dass die *Intill döden* schließlich am frühen Abend des zweiten Weihnachtsfeiertages in der kleinen Bucht nahe der Höhle von Äskestock einlief und es ganz aufgehört hatte, zu stürmen und zu schneien. Die

Wolken hatten sich größtenteils verzogen, und obwohl sich die müde Wintersonne bereits hinter den die Bucht umrandenden Erhöhungen und Felsen zur Ruhe begeben hatte, leuchtete noch immer ein von lichtem Gelb ins Nachtblau übergehender Farbstreifen am Horizont und machte nur langsam Platz für die ersten Sterne, die sich schon am Firmament zeigten.

Bölthorn stand mit Lennart an Deck und betrachtete dieses beeindruckende Schauspiel der Natur. Der Mops schaute zwischen den hölzernen Pfosten, welche die umlaufende Reling stützten, hinaus. Ohne den Blick abzuwenden, sagte er: »Ich habe das Gefühl, dass alles hier sein Ende finden wird.«

Lennart schwieg zunächst, doch auch er hatte ein ähnliches Empfinden. »Mir geht es nicht anders. Aber was mir Angst macht, ist nicht so sehr der Umstand, *dass* alles zu Ende geht. Vielmehr macht mir Angst, dass ich nicht weiß, *wie*.«

»Wer kann das schon mit Sicherheit sagen?«, blubberte Bölthorn dumpf. »Vielleicht die drei Nornen am Fuße des Weltenbaums Yggdrasil.«

»Und Järnskägg«, sagte Lennart und musste lächeln. »Ein Ex-Orakel aus einer Keksdose, jetzt Irrlicht – wenn mir das mal einer erzählt hätte …«

»Ja, seine Prophezeiungen waren nicht übel«, meinte Bölthorn.

»Verstanden hat man sie allerdings meistens erst dann, wenn sie schon eingetreten waren«, wandte Lennart ein. Dann sah er Bölthorn an. »Ganz gleich, wie die Sache hier ausgeht. Ich wollte dir nur sagen, dass ich … dass ich froh bin, dich zum Freund zu haben.«

Bölthorn erwiderte Lennarts Blick. Es fühlte sich an, als würde der dicke Hund versuchen, sich etwas vorzustellen, als würde er gedanklich abschweifen. Schließlich schmatzte er laut und sagte: »Wirst du auf deine alten Tage jetzt auch noch sentimental?«

»Du bist wirklich kein Mops«, sagte Lennart. »Wahrscheinlich bist du aber ein ebenso adipöser wie fieser Troll, den man entweder aus Strafe oder zu seinem eigenen Schutz in diesen Körper gesteckt hat, bevor ihn die anderen umbringen.«

»Knapp daneben«, sagte Bölthorn und verzog die Lefzen zu etwas, das wie ein Lächeln aussah, doch dann erstarrte er und deutete mit der eingedrückten Schnauze in Richtung der Einfahrt zur Bucht. »Schau, da drüben. Ein Schiff.«

Lennart lehnte sich an die Reling und schaute angestrengt ins Halbdunkel zwischen den vor ihnen liegenden Schären. Deutlich zeichnete sich der Umriss einer riesigen Jacht ab. Ihre Positionslampen wirkten gegen den Silberstreif am hinter ihr liegenden Horizont beinahe wie ein Sternbild, das sich langsam in Richtung der *Intill döden* bewegte.

»Wir sollten besser den Kapitän rufen und auch den anderen Bescheid sagen. Ich denke nämlich, dass uns dieses andere Schiff trotz Radar nicht sehen kann. Schließlich sind wir unsichtbar für das menschliche und viele andere Augen. Nicht dass die uns noch zufällig rammen. Allerdings sollten wir auch keinen Krach schlagen, solange wir nicht genau wissen, wer das ist. Am Ende ist es die Küstenwache, und dann haben wir den Salat und müssen uns wieder aus der Sache herauszaubern.«

»Ich gehe schon«, sagte Bölthorn und tippelte hechelnd und röchelnd auf eiligen Mopspfoten davon.

Lennart sah, wie der wackelnde Körper mit dem aufgepflanzten Ringelschwanz hinter einem Lüftungsrohr verschwand, dann wandte er seinen Blick wieder dem anderen Schiff zu.

Von wegen Küstenwache.

Es konnte nur einer sein, der sich um diese Jahres- und Uhrzeit zufällig genau in dieselbe kleine Bucht begab wie die *Intill döden*. Doch nur weil es Harald Hadding war, der seine monströse Jacht auf ihn zusteuerte, sollte Lennart eigentlich keine solch düsteren Gefühlswallungen und Symptome bekommen. Der Mann war reich und mächtig, war egozentrisch und Lennarts ehemaliger Arbeitgeber. Na und?

Die Ahnung blieb.

»Bei schlickigem Seetang und allen stechenden Korallenriffen«, fauchte Kapitän Darraben anerkennend, »das ist mal ein ordentliches Bötchen.« Er war zusammen mit Bölthorn, Cornelius Isaksson und Järnskägg hinter ihm aufgetaucht und musterte die sich nähernde Jacht. »Wer hat sie entdeckt?«

»Bölthorn«, sagte Lennart.

»Und was ist mit Tobben im Ausguck?«

Lennart zuckte die Achseln.

Järnskägg sauste wie ein Blitz den Hauptmast hinauf und wieder hinunter. »Schläft. Und riecht nach Rum.«

»Tooooobben!«, brüllte Kapitän Darraben urplötzlich los. »Komm runter und hol dir deine Strafe ab, du verlauster Haikadaver!«

Alle anderen sahen ihn fassungslos an.

Die Motoren der einlaufenden Jacht ertönten kurz etwas lauter, dann drehte sie sich, und nun zeigte ihr Bug genau auf die Mitte der *Intill döden*, ganz so als hätte das Schiff Ohren und wüsste genau, woher der tobende Ruf des Kapitäns gekommen war.

»Ein meisterliches Stück Selbstbeherrschung«, kommentierte Cornelius Isaksson das Verhalten Darrabens mit einem Kopfschütteln, und auch Järnskägg murmelte irrlichternd irgendetwas Unverständliches, das aber auf jeden Fall nicht höflich klang.

»Es ist Harald Hadding«, sagte Lennart. »Ich weiß es. Und er weiß, dass wir hier sind.«

»Woher sollte er das wissen?«, erkundigte sich Advokat Isaksson.

»Ich habe keine Ahnung. Vermutlich hat er eine Technologie an Bord, die magische Felder über weite Strecken hin aufspürt. Vielleicht dieselbe, die möglicherweise auch in seinen Drohnen eingebaut ist.«

»Oder jemand hat ihm verraten, dass wir hierherfahren«, wandte Darraben ein.

»Wer sollte das sein?«, fragte Lennart.

»Dieser seltsame Lichtzauberer mit seinem Sonnenschirm und der lachhaften Kopfbedeckung im Tretboot vielleicht? Oder dieser noch seltsamere Leierkastenmusikant aus der Höhle von Svolderoie? Was weiß denn ich?«, antwortete der Kapitän ungehalten wie immer.

»Wir werden es wahrscheinlich bald erfahren«, sagte Bölthorn und blickte auf das nur noch hundert Meter von ihnen entfernte und sich weiter nähernde Schiff.

»Soll ich den Unsichtbarkeitszauber unseres Schiffes wirkungslos machen für den Moment?«

»Mach das, Darraben«, antwortete Cornelius Isaksson und holte seine Zauberpfeife hervor. »Ich werde mich derweil auf eventuell unliebsame Überraschungen vorbereiten.«

Auch Lennart zog seinen Zauberstab und heftete seinen Blick auf die langsam herannahende Jacht. Järnskägg flog etwas zurück und schien sich im Hintergrund für eine etwaige Attacke als Lichtblitz mental vorzubereiten.

Darabben hingegen hielt den Mast der *Intill döden* mit beiden Armen umschlossen und murmelte etwas mit halb geöffneten Augen. Wie schon im Göteborger Hafen, als er zum ersten Mal den Zauber des Hauptmastes seines alten Schiffes heraufbeschworen hatte, wirkte er auch jetzt wie in Trance. Und tatsächlich. Es dauerte nur wenige Sekunden, da begann der zarte rötliche Schimmer, welcher das ganze Schiff und alles und jeden an Bord wie eine kaum sichtbare Aura umgab, abzufließen und sich in Kapitän Darraben zu sammeln. Schließlich sprang er von ihm auf den Mast über, schoss wie ein Kugelblitz nach oben und verschwand in der Höhe des Ausgucks im Holz.

»Aye, aye, Kapitän! Bin wach. Hab nix getrunken. Aye, aye.« Es war Tobben, der bisher tief und fest im Ausguck geschlafen hatte. Jetzt rieb er sich erschrocken und müde die Augen, zückte das Fernrohr und rief, aufgeregt auf die mittlerweile in Rufweite herangekommene und definitiv vollkommen unübersehbare Jacht deutend: »Schiff Backbord, ahoi«.

Kapitän Darraben ließ den Mast los und schüttelte sich. Er zog seinen Säbel, rief nach oben: »Wir haben selber Augen im Kopf! Komm runter, du versoffener Zitteraal!«, und gesellte sich wieder zu den anderen.

Die Jacht stoppte. Man hörte, wie der Anker fiel. Die Kette rasselte.

Und dann tauchte die Silhouette eines großen Mannes am Bug der Jacht auf.

26. Kapitel

»Herr Malmkvist? Sind Sie das etwa? Erstaunlich! Das letzte Mal, als ich Sie getroffen habe, wurden Sie gerade von der Polizei verhaftet. Die Sache hat sich hoffentlich zu Ihren Gunsten aufklären lassen. Und jetzt an Bord eines ganz besonderen Schiffes mit einer ganz besonderen Besatzung. Sie haben einen schier unerschöpflichen und bemerkenswerten Bekanntenkreis.«

Es war Harald Hadding. Unverkennbar.

»Was wollen Sie hier, Herr Hadding?«

»Ah, Sie kommen gleich zur Sache. Bestens. Wie damals in der Firma, in der HIC AB, als Sie noch für mich gearbeitet haben. Obwohl … damals haben wir uns ja bedauerlicherweise aufgrund Ihrer mangelhaften Arbeitsweise und sprachlichen Probleme von Ihnen getrennt.«

»Sind Sie also hergekommen, um mir ein neues Jobangebot zu machen?«, rief Lennart.

»Humor haben Sie auch? Das ist mir damals entgangen«, lachte Hadding, dann nahm seine Stimme einen sehr ernsten Tonfall an. »Hören Sie, Malmkvist. Sie, ihre Freunde und ich, wir alle wollen dasselbe.«

»Das kann ich mir schwer vorstellen«, sagte Lennart.

»Wir alle wollen, dass die Dunklen Pergamente nicht in

die falschen Hände gelangen. Glauben Sie mir das, oder lassen Sie es bleiben. Aber das ist die Wahrheit.«

»Sie lügen!«, rief Lennart. »Woher wissen Sie von all dem?«

»Das ist eine lange Geschichte. Alles zu seiner Zeit. Vertrauen Sie mir. Ich bin alles andere als ein Lügner. Und ich habe hier jemanden bei mir, der Ihnen überzeugend versichern wird, dass alles stimmt, was ich sage, und dem Sie wahrscheinlich mehr glauben als mir.«

Hadding hob die Hand, und sofort tauchte aus dem Hintergrund eine Person auf, die zielstrebig zu ihm ging und sich neben ihn stellte. Der fahle Mond und das Licht der Lampen auf der *Ringhorn* beleuchteten ihre Umrisse; sie war schlank und wohlgeformt.

»Er sagt die Wahrheit, Lennart.«

Lennart stockte der Atem, und zugleich begann seine Haut leicht zu jucken. »Kommissarin Tysja?«

»Willst du mich nicht endlich Maja nennen?« Sie lachte amüsiert. »Spaß beiseite. Du kannst Herrn Hadding vertrauen. Und wenn du ihm nicht vertrauen willst, dann vertraue wenigstens mir. Das kannst du doch, oder?«

»Ich weiß nicht. Ich finde das alles wenig überzeugend«, antwortete Lennart.

»Ich verstehe dich ja«, sagte Maja Tysja. »Zuerst war ich auch stinksauer auf ihn und hätte ihn am liebsten verhaftet oder erschossen, weil ich dachte, er hätte das Massaker in dieser Sektenhütte von Tryggvasons Erben in der Nähe von Billdal angezettelt, wo viele meiner Kollegen …« – sie sammelte sich einen Moment lang, dann sprach sie weiter. »Nun, es war nicht Herr Hadding, der das getan hat. Im Gegenteil. Er war es, der mich gerettet hat. Sonst würde ich womöglich auch dort oben tot im Schnee liegen wie die anderen.«

»Was für ein Massaker?«, fragte Lennart entsetzt.

»Ach, Sie wissen nichts davon, Malmkvist?«, entgegnete Hadding. »Na ja, wer auf so einem magischen Schiff ohne Radio herumtuckert, erfährt eben keine Neuigkeiten, nicht wahr?« Er lächelte milde. »Jedenfalls kam es zwischen Ihrem alten Freund Hendrik Nilsson und seinen verrückten Mitstreitern von Tryggvasons Erben auf der einen und der Polizei auf der anderen Seite zu einer Schießerei, bei der alle außer Nilsson und Fräulein Tysja getötet wurden. Ich selbst bin nur knapp dem Tod entgangen.«

»Nilsson!«, rief Lennart wütend. »Dieser Kerl ist wirklich schlimmer als die Pest. Wo ist er?«

»Bei mir an Bord in einer Zelle«, sagte Hadding. »Ich gebe zu, es war nicht ganz fair von mir, denn ich habe ihn benutzt, um die beiden in seinem Besitz befindlichen Dunklen Pergamente an mich zu bringen und mehr über die noch fehlenden zu erfahren. Nach der Schießerei an der Hütte habe ich Nilsson mit auf mein Schiff genommen, wo ich ihn unter Kontrolle hatte. Doch er hat zu viele Fragen gestellt, da habe ich ihn weggesperrt. Sicher ist sicher. Von ihm geht keine Gefahr mehr aus, und wir können ihn später der Polizei übergeben, wenn das gewünscht ist. Wenn er zufällig auf hoher See über Bord fallen sollte, wäre mir das allerdings genauso recht.« Hadding lachte.

»Traust du ihm etwa?«, frage Bölthorn leise, der sich wieder neben Lennart eingefunden und sich hingesetzt hatte.

»Irgendetwas stimmt da nicht, und was in Gottes Namen macht Kommissarin Tysja da an Bord bei ihm?«, murmelte Cornelius Isaksson.

Lennart nickte nachdenklich. Plötzlich kam ihm eine Idee. »Wir werden ihn prüfen. Bölli, hol Emma her, rasch!«

Zuerst verzog Bölthorn skeptisch das Gesicht, aber dann verstand er.

»Aber sag den anderen, sie sollen um Himmels willen unten bleiben. Es ist zu gefährlich. Ich weiß nicht, was hier noch passiert.« Bölthorn nickte stumm, drückte sich an Cornelius Isaksson und Kapitän Darraben vorbei und tippelte unter Deck.

»Und weshalb soll ich Ihnen trauen, Herr Hadding?«, fragte Lennart.

»Mein Gott, Malmkvist! Seien Sie nicht so dumm und kindisch«, rief Hadding mit einem beinahe verzweifelten Unterton. »Niemand verlangt von Ihnen oder Ihren Freunden, *mir* zu vertrauen, sondern lediglich, dass Sie auf die unumstößlichen Fakten vertrauen. Sind Sie der Meinung, Ihnen bleibt noch viel Zeit, bis Krähenbein wieder zu alter Macht gelangt? Sie täuschen sich! Bald hat er es geschafft, und Sie wissen doch selbst am besten, was das bedeutet. Soll ihr Mentor Buri Bolmen denn umsonst gestorben sein? Soll denn …«

Plötzlich stockte Hadding. Er ließ die Hände sinken, die er während seiner flammenden Rede gestikulierend in die Höhe gehoben hatte, und trat weiter vor. Dann beugte er sich so weit über die Reling der *Ringhorn*, dass er schon kurz davorstand, das Gleichgewicht zu verlieren und ins Wasser zu fallen. Verwirrt und überrascht lehnte er sich wieder zurück und fragte: »Emma? Bis du das wirklich? Warum bist du hier? Meine kleine Emma!«

Lennart schaute neben sich. Tatsächlich. Bölthorn war zurückgekehrt, und bei ihm stand Emma Mårtensson. Mit bleichem Gesicht und zitternder Stimme fragte sie zurück: »Großvater? Bist du das? Du … du … du bist doch … tot?«

»Nein, Kind, nein!«, rief Hadding erregt. »Ich bin es wirklich. Ich bin nicht tot. Ja, ich bin beinahe gestorben, damals in der Höhle von Äskestock, hier ganz in der Nähe, aber ich habe es überlebt und habe mein Leben um viele Jahrzehnte verlängert. Ich bin Mats Wallin!«

»Oh, Großvater!«, schluchzte Emma. »Ich habe es immer gewusst. Ich habe es gewusst, als ich das Foto gesehen habe und als ich begonnen habe, in der HIC AB zu arbeiten. Niemand hat mir geglaubt, nur Kommissar Hendrik Nilsson …«

»Dieser Hund hat natürlich gewusst, dass es wahr ist!«, rief Hadding. »Mich haben alle stets für einen Spinner gehalten. Aber ich war der Einzige, der die Wahrheit kannte, und ich habe alles dafür geopfert. Meine Ehe, mein Leben, ja sogar meine Tochter. Krähenbein wandelte schon lange unter uns, aber er war zu schwach, um eine wirkliche Bedrohung darzustellen. Aber um mich zu quälen und mein Leben zu zerstören, dafür hat es gereicht. Dachte er zumindest. Doch als ich die Amulетthälften und dann noch einen alten Amulettzauber für eine Verlängerung des eigenen Lebens fand, der Krähenbein obendrein zu einem Geistwesen verdammte, und dann noch dieser unermessliche Schatz in der Höhle von Äskestock …«

»Ha! Mein Schatz! Ich hab's gewusst! Elender Dieb! Es war mein Schatz!«, ereiferte sich Darraben.

Hadding ignorierte diesen Zwischenruf. »Als ich all das

Gold und das Silber und die Edelsteine fand, wusste ich, dass ich der Einzige war, der eine Chance hat zu verhindern, dass die falschen Mächte gewinnen. Und ich durfte mich nicht zu erkennen geben, denn Krähenbein hat viele Augen und Ohren. Hätte er früher davon erfahren, dass Harald Hadding eigentlich Mats Wallin und somit dein Großvater ist, dann hätte er dich und mich vielleicht sogar getötet.«

»Nilsson hat es versucht«, schluchzte Emma; Lennart nahm sie in den Arm. Das Jucken seiner Haut, das schon begonnen hatte, als Kommissarin Tysja bei Hadding an Bord erschienen war, breitete sich aus und wurde fast unerträglich.

»Wer weiß«, sagte Hadding mit ruhiger Stimme, »vielleicht hatte Krähenbein da schon einen gewissen Einfluss auf ihn. Doch glaube mir, liebe Emma, er wird dir nie wieder etwas antun, so wahr ich hier stehe.«

»Sie sind also tatsächlich Mats Wallin, Emmas Großvater?«, fragte Lennart und löste sich kratzend von Emma.

»Ja, der bin ich. Nun muss ich nicht länger leugnen.«

»Und Sie haben es geschafft, mit einem alten Zauber zu verhindern, dass Krähenbein von Ihnen Besitz ergreift, als Sie die beiden Amulетthälften zusammenfügten?«

»So ist es«, antwortete Harald Hadding. »Ich habe mich seinerzeit jahrelang intensiv mit den beiden Amuletthälften, allen Legenden und jedem Zauber beschäftigt, ob er nun Scharlatanerie oder wirklich Magie darstellte. So ist Krähenbein zwar wieder auferstanden, hat aber keinen Körper gefunden und ist als Geist entkommen. Die Energie aber hat genügt, dass ich seitdem kaum noch altere. Ein netter Nebeneffekt.«

»Weshalb, zur brennenden Hölle, haben Sie alter Narr ihn denn überhaupt gerufen?«, donnerte Darraben.

Hadding wirkte ernsthaft zerknirscht. »So wie manche nicht ohne Gold leben können und sich nach immer neuen Schätzen verzehren, so ging es mir damals mit alten Legenden, Zauberei jeglicher Art und mit der Archäologie. Ich war ignorant und neugierig. Ja, es war dumm von mir, ich gebe es zu. Ich habe Krähenbeins Macht und die des Amuletts maßlos unterschätzt und dachte, ich hätte alles unter Kontrolle. Und jetzt ist er zurück. Aber heute weiß ich, wie wir ihn besiegen können.«

»Sie möchten also ebenfalls, dass Olav Tryggvason, genannt Krähenbein, die Dunklen Pergamente nicht bekommt?«, fragte Cornelius Isaksson.

»Nein, im Gegenteil. Ich bin der Meinung, wir sollten sie ihm geben«, kam es zurück.

»Seid Ihr von Sinnen?«, krächzte Darraben. Cornelius Isaksson starrte Hadding ebenfalls entgeistert an.

»Ganz im Gegenteil. Ich bin noch sehr wohl bei Trost. Glauben Sie mir, nur so können wir ihn vernichten. Ein für alle Mal. Ich habe Buch um Buch, Legende um Legende und Aufzeichnung um Aufzeichnung zusammengetragen und studiert. Ich habe viele Millionen Kronen in alte Pergamente, Landkarten und Artefakte investiert, um die Zusammenhänge zu begreifen. Krähenbein hat bloß einen einzigen Schwachpunkt, und zwar in dem kurzen Augenblick, in dem er die *Vårgūlfskĭŋŋ* aus den vier Dunklen Pergamenten zusammengesetzt hat und sich zu inkorporieren beginnt. Wenn es gelingt, ihn in diesem Moment zu erwischen, kann man ihn besiegen. Und dieses Mal für immer!«

»Daran könnte etwas Wahres sein«, murmelte Darraben an Cornelius Isaksson und Lennart gewandt.

»Und was ist mit den beiden Amuletthälften?«, fragte Bölthorn. »In der *Vårgūlfskīŋŋ* ist Krähenbeins magische Macht gefangen, aber in den Amuletthälften steckten seine Seele und sein Körper.«

»Das stimmt«, antwortete Harald Hadding, »aber das Amulett nützt ihm nichts mehr, denn das habe ich ja schon verwendet, um mein eigenes Leben zu verlängern. Das war zwar von den vier Wächtern anders gedacht, aber was soll's. Leider ist Krähenbeins schwarze Seele dabei entwichen und hat sich an meiner Familie gerächt. Das habe ich nicht vorhergesehen.«

»Wo ist er jetzt?«, fragte Lennart.

»Ich habe keine Ahnung«, antwortete Hadding achselzuckend. »Vielleicht geistert er in der Höhle von Äskestock umher, vielleicht ist er mitten unter uns. Ich weiß es nicht. Meine Intuition sagt mir jedoch, dass er nicht weit sein kann und dass wir auf der Hut sein müssen.«

»Was schlagen Sie vor?«, fragte Lennart.

»Wir sollten uns zusammentun. Gemeinsam sind wir stärker, und nur so haben wir eine realistische Chance.«

Niemand sagte etwas.

Das vom silbrigen Mondschein beschienene Wasser der Bucht schlug unaufgeregt gegen die beiden so unterschiedlichen Schiffe. Es schien fast, als würde auch die Natur darüber grübeln, ob das tatsächlich eine gute Idee war.

Doch noch bevor Lennart oder einer seiner Gefährten etwas sagen konnte, meldete sich Harald Hadding erneut zu Wort. »Hören Sie, Malmkvist. Ich kann es Ihnen, nach allem, was geschehen ist, und bei dem Bild, das Sie von mir haben müssen, nicht verübeln, dass Sie eine Zusammenarbeit mit mir als äußerst fragwürdig beurteilen. Aber begreifen Sie doch, dass wir sonst vielleicht die Chance auf einen Sieg wegen persönlicher Animositäten verspielen! Wollen Sie das riskieren? Ich mache Ihnen einen Vorschlag, der Ihnen die Entscheidung erleichtern wird.«

»Und der wäre?«

»Ich schicke Ihnen Ihre Bekannte Maja Tysja mit dem Boot hinüber. Sie wird Ihnen nicht nur bestätigen, dass ich lautere Absichten habe, sondern Ihnen auch – damit Sie mir wirklich glauben und sehen, dass *ich* Ihnen sehr wohl vertraue – etwas übergeben, das weder Sie noch Ihre Freunde erwarten.«

»Was soll das sein?«, fragte Lennart verdutzt.

»Die zwei Dunklen Pergamente, die ich in meinem Besitz habe. Das von Mats Wallin und das, welches Hendrik Nilsson Ihnen aus Ihrem Zauber- und Scherzartikelladen gestohlen hat.«

»Bei allen todbringenden Kaventsmännern …«, staunte Kapitän Darraben.

Järnskägg wisperte: »Dann fehlt uns bloß noch eines«, und flog, vermutlich um seine Freude zu unterstreichen, eine Pirouette um den Hauptmast.

Sogar dem ansonsten stets beherrschten Cornelius Isaksson entfuhr ein: »Potzblitz!«

»Ich möchte nur eine einzige Gegenleistung dafür haben!«, rief Hadding herüber. »Ich möchte, dass mir die vier Wächter der Dunklen Pergamente, und ich gehe mal davon aus, dass diese Herren und Sie, Herr Malmkvist« – er deutete reihum auf Darraben, Cornelius Isaksson, Järnskägg und Lennart – »diese Wächter sind – ich möchte, dass Sie mir helfen, Olav Krähenbein morgen in der Höhle von Äskestock herbeizurufen, um ihn in dem kurzen Moment seiner Verletzlichkeit ein für alle Mal zu vernichten. Endgültig. Einverstanden? Ich kann das nicht, ich kann nicht zaubern. Habe ich Ihr Wort als Wächter der Dunklen Pergamente und als ehrenwerte Magier?«

27. Kapitel

Keiner der vier Zauberer an Bord der *Intill döden* schien glauben zu können, was eben geschehen war. Harald Hadding hatte das eingeforderte Ehrenwort gar nicht erst abgewartet, sondern Maja Tysja mit den beiden Dunklen Pergamenten, die er Hendrik Nilsson abgenommen hatte, ins Beiboot seiner Jacht gesetzt und sie hinüberfahren lassen.

Lennart war an einer Strickleiter die steile Bordwand hinabgestiegen und hatte die an beiden Enden verknotete Rolle aus mitternachtsblauem Stoff entgegengenommen, welche die Dunklen Pergamente enthielt. Er musste sie nicht einmal öffnen, um zu wissen, dass sie sich tatsächlich darin befanden. Von der Rolle ging, sofort als er sie berührte, ein dermaßen machtvolles magisches Feld aus, dass es keinen Zweifel geben konnte. Es war ganz so, wie Hadding versprochen hatte.

Gerne hätte Lennart Kommissarin Tysja bei der Übergabe gefragt, ob sie es ernst meine, ob sie wirklich aus freien Stücken handele oder ob sie die Gefangene Harald Haddings sei, der sie zu dem zwinge, was sie gerade tue. Doch das war unmöglich. Hadding sah der Übergabe mit verschränkten Armen und zufriedenem Gesichtsausdruck von der *Ringhorn* aus zu und hatte sie fest im Blick. Außerdem stand dicht neben Maja Tysja einer seiner Männer, der obendrein bewaffnet war. Aber da war noch etwas anderes. Es war Maja Tysjas Gesichtsausdruck. Entweder war sie eine Ausnahmeschauspielerin oder aber sie war wirklich zutiefst von dem überzeugt, was sie tat. Sie lächelte selig, ja sie schien sich über die Maßen zu freuen, dass die Dinge so liefen, wie sie es taten. Dass sie Gast bei Hadding war, dass sie Lennart gegenüberstand und dass sie ihm hier und jetzt die beiden Dunklen Pergamente übergeben konnte. So glücklich muss derjenige aussehen, der nach langer, verzweifelter Suche nach seinem für immer verloren geglaubten Ehering aufgegeben hat und ihn kurz darauf in einer Stadt, in der er zuvor noch nie gewesen ist, zufällig auf der Straße wiederfindet.

Ihr Verhalten war mehr als seltsam. Als sie Lennart die Rolle mit den Pergamenten übergab, berührte sie für einen kurzen Augenblick seine Hand. »Es ist schön, dass du hier bist, Herr Malmkvist.« Ihre stahlblauen Augen hatten einen beinahe magischen Sog, etwas so Verführerisches, dass Lennart sich wirklich zusammennehmen musste, weil er sich so zu ihr hingezogen fühlte, dass er sie am liebsten sofort geküsst hätte – so wie sie es damals aus heiterem Himmel in der Västra Hamngata mit ihm gemacht hatte. Gerne hätte er mit ihr auch über diese bizarre Situation unter vier Augen gesprochen, nur fünf Minuten. Doch Haddings Mann, der neben ihnen wachte, beobachtete sie die ganze Zeit über argwöhnisch. Hatte er Weisung, später alles haarklein seinem Boss zu berichten? Jedes Wort, jede Regung? Vielleicht. Vielleicht passte er aber auch bloß auf die Dunklen Pergamente und die Kommissarin auf. Maja Tysja jedenfalls lächelte nochmals nach der Übergabe und hauchte zum Abschied: »Bis morgen. Am Ende wird alles gut, glaube mir.« Sie zwinkerte ihm zu.

Das Beiboot wollte eben wieder ablegen, da trat Emma Mårtensson an die Reling der *Intill döden* und rief an Maja Tysja gerichtet: »Warten Sie. Ich will mit!«

»Ich weiß nicht, ob das eine gute Idee ist«, wandte Lennart ein.

Aber Emma beharrte auf ihrer Entscheidung. »Wenn das alles stimmt und mich mein Gefühl nicht täuscht, dann ist dieser Mann da drüben tatsächlich mein totgeglaubter Großvater. Somit ist er das letzte Stück wirkliche Familie, das ich noch habe. Willst du mir das verwehren?«

»Nein, natürlich nicht«, hob Lennart an, »aber …«

»Kein Aber!«, beschloss Emma und kletterte bereits über die Reling, um an der herabhängenden Strickleiter hinunterzuklettern. »Es sei denn, mein Großvater hätte etwas dagegen«, rief sie und schaute zu Harald Hadding auf.

»Aber Kind, ich bitte dich«, kam es zurück. Harald Hadding strahlte. »Nichts ist mir lieber als dein Besuch. Ich hätte dich eingeladen, doch ich dachte, dass das für dich vielleicht etwas zu viel auf einmal ist – diese ganzen verrückten Umstände und dein wiederauferstandener Opa.« Er lachte freundlich. »Wenn du nun aber den Entschluss selbst gefasst hast, dann bist du natürlich umso herzlicher willkommen bei mir.«

Das ließ sich Emma nicht zweimal sagen. Sie kam die Strickleiter herunter, streifte Lennart zufrieden lächelnd beim Vorbeikommen (es juckte und brannte auf Lennarts Haut wie verrückt) und flüsterte ihm zu: »Es ist für mich ein wunderbarer Glücksfall nach all dem Leid, das ich erlebt habe, Lennart. Ich weiß, dass *du* mich verstehst.« Sie stieg mithilfe von Haddings Mann, der ihr die Hand reichte, an Bord des Beibootes, und kurz darauf stand sie neben Maja Tysja, der Frau, die sie noch bis vor Kurzem als ernsthafte Konkurrentin um Lennarts Liebe angesehen hatte. Lennart war die Szene, die sich zwischen den beiden Frauen während der Wiedereröffnung seines Ladens abgespielt hatte, noch gegenwärtig. Was geschah hier?

»Ich schlage vor, wir treffen uns alle morgen Abend nach Einbruch der Dunkelheit am Eingang der Höhle!«, rief Harald Hadding herüber und holte Lennart in die Gegenwart zurück. »Wappnen Sie sich, und vergessen Sie die Pergamente nicht, wenn Sie kommen, sonst war alles umsonst. Ich habe eine Idee, wo das vierte und letzte der Dunklen Pergamente versteckt sein könnte. Bis morgen. Gute Nacht!« Damit hob er die Hand zum Abschied und verschwand unter Deck.

Währenddessen hatte das Beiboot abgelegt und war zurück zur *Ringhorn* gefahren. Lennart beobachtete noch, wie ein Kran es mitsamt Maja Tysja und Emma Mårtensson an Bord der Jacht von Harald Hadding hievte. Dann verstaute er die Stoffrolle mit den Dunklen Pergamenten in seiner Jacke und stieg die Strickleiter wieder hinauf. Er war kaum oben angekommen und über die Reling geklettert, da lichtete die *Ringhorn* den Anker, ließ die Motoren an und fuhr in einem weiten Bogen gemächlich davon. Vermutlich, um einen näher am Ufer gelegenen Ankerplatz aufzusuchen.

Die letzte halbe Stunde hatte in Lennart das Gefühl hinterlassen, das man während eines Pokerspiels verspüren musste, wenn man wegen eines miserablen Blattes dazu gezwungen war, einen gigantischen Bluff zu machen, von dem man allerdings nicht wusste, ob er zu einem grandiosen Sieg oder zu einer vernichtenden Niederlage führen würde.

»Keine Frage, sie sind echt«, sagte Advokat Isaksson, als er die Rolle geöffnet hatte und die beiden Dunklen Pergamente in der Offiziersmesse auf dem Tisch neben seinem ausbreitete, das er aus seinem Aktenkoffer geholt hatte.

»Fast beschleicht mich das Gefühl, als wollten sie jetzt schon zueinander«, sagte Kapitän Darraben und deutete auf die Ränder der drei mit unzähligen Runen und Zeichen beschriebenen Wolfshautteile, die sich langsam wölbten und regten, als sei Leben in sie gefahren.

Dies kann und muss ich hier verneinen.
Wenn alle vier zusammen sind,
Werden sie sich erst vereinen.

Darraben quittierte Järnskäggs gereimte Aussage mit einem genervten Blick und grummelte: »Das ist mir hinlänglich bekannt, du zappelnde Sternschnuppenimitation.«

»Ich bin hin- und hergerissen«, wechselte Lennart das Thema. »Ich weiß nicht, ob wir Hadding trauen können.«

»Wäre er in Krähenbeins Auftrag auf der Jagd nach den Dunklen Pergamenten, um ihn wieder ins Leben zu rufen, dann hätte er sie uns nie und nimmer überlassen«, brummte Bölthorn nachdenklich. »Andererseits ist er mir sehr suspekt, und dieser Mann ist absolut skrupellos.«

»Das ist wahr«, sagte Lennart. »Wenn wir allerdings davon ausgehen, dass er gar nicht Harald Hadding ist, sondern in Wirklichkeit tatsächlich Mats Wallin, Emmas Großvater – stellen wir uns das einen Augenblick lang vor –, dann bekommt sein Verhalten eine andere Motivation.«

»Warum?«, fragte Cornelius Isaksson knapp.

»Nun, wie hinlänglich bekannt ist, war Mats Wallin ein totaler Spinner«, erklärte Lennart. »Er war besessen von der Legende einer Wiederauferstehung Olav Tryggvasons. Wir hier wissen ja, dass es keine Legende ist, aber der Rest der Menschheit hält es für ein Märchen. Abgesehen von Tryggvasons Erben – und eben Mats Wallin. Vielleicht wusste er, was eine Wiederauferstehung von Krähenbein bedeutete, vielleicht war das auch der Grund, weshalb er sich mit Tryggvasons Erben und den Göteborger Hobbyarchäologen verkracht hatte. Die einen wollten wirklich, dass Tryggvason wiederaufersteht, die anderen hielten Wallin für einen Idioten, und seine eigene Familie inklusive Ehefrau hatte schon lange kein Verständnis mehr für seine Eskapaden – er stand also alleine da. Gut möglich, dass er da keinen anderen Ausweg mehr sah, als diesen riskanten Amulettzauber auszuprobieren, um eine eventuelle und weit riskantere Auferstehung von Krähenbein in ferner Zukunft zu vereiteln. Und jetzt hat er sich an Tryggvasons Erben für das Misstrauen und die Schmach gerächt, die Jahre zurückliegt.«

»Da hätte er aber sehr vorausschauend und viele Jahre in die Zukunft planen müssen«, entgegnete Bölthorn skeptisch.

»Na ja, wenn du annähernd unsterblich bist, sind dreißig Jahre rein rechnerisch nicht wirklich viel«, sagte Lennart. »Aber wem erkläre ich das? Ihr solltet das allesamt besser wissen als ich. Ich bin im Gegensatz zu euch ja bloß ein Mensch. Jedenfalls fühlte sich Wallin in seinem Auftrag bestätigt, spätestens als er Järnskäggs Dunkles Pergament und eine alte Karte, vermutlich irgendwann von einem Mitglied von Tryggvasons Erben angefertigt, in die Finger bekommen hat …«

»Das war *dein* Dunkles Pergament?«, donnerte Kapitän Darraben los. »Wie konnte das geschehen, bei allen buckligen Trollen?«

Durchzogen
Unterschiedlich' Leben
Von unterschiedlich' Wegen …

Järnskägg versuchte sich offensichtlich herauszureden, was Darrabens Gesichtsfarbe in ein ungesundes Puterrot verwandelte. Er wollte schon wieder losdonnern, da sagte Lennart an ihn gewandt: »Ich denke, für Streit ist jetzt keine Zeit. Ganz abgesehen davon, dass Ihr Dunkles Pergament ja auch nicht mehr da ist, wo Sie es vor ein paar hundert Jahren hingelegt hatten, oder?«

Darraben schnappte kurz nach Luft, doch er schwieg.

»Was schlägst du vor?«, fragte Bölthorn.

»Wir gehen morgen zur Verabredung mit Hadding, sollten aber auf alles vorbereitet sein. Ich denke, es wäre ratsam, ein paar ordentliche Schutz- und Abwehrzauber bereitzuhalten. Keiner weiß, was genau geschehen wird, nur dass es keinen anderen Weg gibt, außer dem, der vor uns liegt. Oder hat jemand eine bessere Idee?«

Niemand in der Runde sagte etwas.

Cornelius Isaksson brach das Schweigen. »Einverstanden. Vielleicht ist das die letzte Schlacht. Wir müssen in der Tat gewappnet sein und sollten beim kleinsten Anzeichen eines Hinterhaltes entsprechend reagieren. Ich habe noch den ein oder anderen magischen Pfeil im Köcher, den ich euch gerne verraten werde, damit wir zusammen noch stärker sind, wenn es darauf ankommt. Es ist aus vielerlei Gründen bedauerlich, dass Buri nicht unter uns weilt. Er war mit Abstand der mächtigste Magier von uns, und seine Abwesenheit spielt Krähenbein in die Hände. Man könnte fast meinen, Buris Tod sei Teil eines von sehr, sehr langer Hand vorbereiteten Plans.«

28. Kapitel

Die Anweisung lautete: Wenn sich irgendetwas Verdächtiges oder Ungewöhnliches ereigne, und scheine es auch noch so unbedeutend, spätestens aber im Morgengrauen solle die *Intill döden* die Segel setzen und machen, dass sie davonkomme. Alle, die an Bord blieben, die also Lennart und Bölthorn, Järnskägg, Cornelius Isaksson und Darraben nicht an Land begleiteten, mussten versprechen, die Anweisung zu befolgen. Nötigenfalls sei es besser, das schwedische Militär mittels einer Lüge – Darraben schlug vor zu behaupten, wieder mal ein russisches U-Boot gesichtet zu haben, das helfe bestimmt! – herbeizurufen, als selbst zu versuchen, gegen irgendwelche magischen Monster oder was immer auch aus den Tiefen der Erde an die Oberfläche steigen würde, zu kämpfen. Das Militär verfügte zwar über wenig Erfahrung in puncto magische Gegner, hatte aber im Gegensatz zu Skalle, Tobben, Maria, Frederik und Lennarts Eltern wenigstens die entsprechenden Waffen, auch wenn fraglich blieb, ob die im Ernstfall die erhoffte Wirkung erzielen würden.

Zur Selbstverteidigung des Schiffes hatte Kapitän Darraben der Restmannschaft etwa zwei Dutzend kleine Frühstücksbeutel mit einer Art magischem Schwarzpulver gefüllt, die zur Explosion kein Feuer, sondern nur ein magisches Feld benötigten. Sollte also ein durch Zauberei erzeugtes oder durch selbige verwandeltes Wesen an Bord kommen, dann würde es genügen, dem Viech das Pulver an den Kopf oder sonst wohin zu pfeffern, und es würde sein blaues Wunder erleben, »bei allen pockengesichtigen und untreuen Elfenweibern«. Er habe alle Zutaten und Mischungsverhältnisse des Rezepts nicht mehr ganz genau im Kopf gehabt, gestand er, war sich aber sicher, dass das, was er hier gezaubert habe, die Originalrezeptur gewiss in Effekt und Wirkung bei Weitem übertreffen werde.

Als Darraben seine Erläuterungen und Ausführungen beendet hatte, bekam er überraschenderweise mit einem Mal feuchte Augen, befahl Skalle und Tobben in seine Arme, ernannte sie zu Ersatzkapitänen während seiner Abwesenheit und sagte ihnen, dass er es nie so gemeint habe und sie sehr schätze, sie aber mit rostigen Eisenstiften an den Hauptmast nageln werde, wenn sie sein Schiff verlören. Schniefend und unter Flüchen stieg er die Strickleiter zum Beiboot der *Intill döden* hinunter und sprang hinein, dass es zu schwanken begann und Cornelius Isaksson, der bereits Platz genommen hatte, seinen Hut festhalten musste.

Lennart drückte zum Abschied zuerst Frederik an sich (den hatte Darraben noch im Strickleiterabstieg zum Navigator ernannt), dann seinen Vater und schließlich seine Mutter. Aus den Augenwinkeln sah Lennart, dass sein Vater damit beschäftigt war, Bölthorn zum Abschied zu streicheln und Maria Calvino zu trösten, die weder einsehen wollte, warum es nötig war, den geliebten Hund gehen zu lassen, noch, weshalb es unangebracht war, ihm einen Mops-Rucksack mitzugeben, vollgestopft mit einer umfänglichen Vesper. Als Lennart seine Mutter in den Armen hielt, drückte er seinen Mund an ihr Ohr und flüsterte: »Ich will nicht, dass Papa etwas mitbekommt, aber ich muss es dich fragen: Woher kennst du den Leierkastenmann? Ich kann nicht gehen, ohne dass du es mir verrätst.«

Kerstin Malmkvist wirkte erschrocken. »Der Leierkastenmann? Warum fragst du mich das gerade jetzt?«

»Du hast es immer vermieden, davon zu sprechen, aber ich muss es wissen. Vielleicht ist es nützlich. Aber vor allem deshalb, weil er es mir auf Svolderoie aufgetragen hat.«

Bleich und mit angsterfüllten Augen fragte sie: »Du hast ihn wiedergesehen?«

»Ja. In der Höhle. Er sagte zu mir, ich solle dich fragen, ob du ihn kennst.«

Sie löste sich von Lennart und strich sich durch die Haare. Dann straffte sie ihre Schultern und sprach leise: »Ja. Ich kenne ihn. Er ist mir auch erschienen. Es ist lange her, sehr lange. Es war, als ich deinen Vater auf der Uni kennenlernte. Sein ständiges Erscheinen dauerte nicht lange, vielleicht ein oder zwei Wochen, aber es war ein furchtbarer Albtraum. Ja, auch in meinen Träumen ist er aufgetaucht. Ich wollte schon zum Psychiater gehen. Ich dachte, ich hätte Halluzinationen, denn es machte damals auf mich den Eindruck, als wollte der Leierkastenmann verhindern, dass wir zusammenblieben, Stefan und ich. Doch da war ich schon schwanger mit dir, und er verschwand und tauchte nie wieder auf.«

»Nie wieder?«, wunderte sich Lennart.

»Bis du mir das erste Mal von ihm erzählt hast. Damals am Telefon, erinnerst du dich? Ich hätte ihn fast vergessen. Ich verstehe das alles nicht …«

»Da bist du nicht allein«, sagte Lennart. Vom Beiboot kam ein lautstarkes Murren und Zetern – es war Kapitän Darraben, der scheinbar loswollte, obwohl es noch gut eine Stunde bis Sonnenuntergang war.

»Geh jetzt und pass auf dich auf, mein Sohn«, sagte Kerstin Malmkvist und gab Lennart einen Abschiedskuss, dann ging sie hastig zu ihrem Mann und Maria Calvino hinüber.

Lennart wuchtete Bölthorn hoch, steckte ihn in seine halb geöffnete Jacke und hielt ihn mit dem einen Arm fest, während der andere nach der Strickleiter tastete. So stieg er vorsichtig hinab, reichte, unten angekommen, Darraben den Mops und stieg hinterher ins Boot, an dessen Bug Järnskägg dicht über der Wasseroberfläche irrlichterte und Positionslampe spielte.

Über Lennart erschienen die Gesichter seiner Eltern und von Frederik und Maria. Sie lehnten sich über die Reling, winkten verhalten und sahen dem kleinen Boot nach. Dieses hatte sich wie durch Geisterhand – eigentlich war es ein Bewegungszauber, den Kapitän Darraben gesprochen hatte und der es ermöglichte, das Boot ohne körperliches Zutun zu fahren und zu steuern, vorausgesetzt, man brachte die dafür notwendigen magischen Fähigkeiten mit – in Richtung Land in Bewegung gesetzt und entfernte sich mehr und mehr von der *Intill döden*. In diesem Moment wurde Lennart urplötzlich schwer ums Herz, und er fragte sich, ob er seine Freunde und seine Eltern eben vielleicht zum letzten Mal gesehen hatte.

Die Überfahrt dauerte gute zwanzig Minuten. Kapitän Darraben steuerte das Bötchen aus Vorsicht und auf Anraten Cornelius Isakssons weitläufig um die nah am Ufer ankernde *Ringhorn* herum. Sie landeten fünfhundert Meter von Haddings Jacht entfernt in einer winzigen Bucht, die mit mannshoher Vegetation umgeben war und das kleine Beiboot so immerhin ein wenig vor neugierigen Blicken verbarg. Auch von der *Ringhorn* aus war es nicht zu sehen.

Der Fußmarsch zur Höhle von Äskestock war mühsam – Lennart hatte beinahe vergessen, wie mühsam – und führte über vereiste und verschneite Pfade, durch schmale Bäche und karge weiße Wälder immer höher hinauf, bis sie nach etwa einer halben Stunde unterhalb des letzten steilen Anstieges anlangten, an dessen felsiger Spitze der Eingang zu dem unterirdischen Höhlensystem lag. Das alles erinnerte ein wenig an Svolderoie, auch wenn diese Höhle stets über dem Meeresspiegel lag. Niemand sagte ein Wort, alle tauschten lediglich stille Blicke aus (außer mit Järnskägg, bei dem das aufgrund fehlender Augen nicht möglich war), dann machten sie sich an den kräftezehrenden Aufstieg. Wie schon bei seinem ersten Besuch an diesem Ort hob sich Lennart Bölthorn vorsichtig auf die Schulter und kraxelte Cornelius Isaksson nach, der diese wenngleich kleine, so doch nicht zu unterschätzende alpine Aufgabe erstaunlicherweise mit Bravour und ohne große Mühen meisterte. Darraben tat sich da schon etwas schwerer und schnaufte wie eine Dampflok hinter Lennart her, während Järnskägg wesensbedingt gar keine Mühe hatte und den anderen dafür mit aller Leuchtkraft den Weg erhellte.

Wenig später erreichten sie das kleine Plateau, das dem Höhleneingang vorgelagert war. Nach einer kurzen Verschnaufpause zückten alle ihre Zauberutensilien und machten sich auf den Weg zu der Öffnung, die ins Innere des Berges führte. Unter ihren Füßen knirschte der Kies, der, wie Lennart nicht ohne das Aufkommen eines unguten Gefühls bemerkte, vor gar nicht allzu langer Zeit von vielen Schritten bereits aufgewühlt worden war; deutlich konnte er einzelne Abdrücke und andere Spuren erkennen, die offensichtlich nicht von Schuhen stammen konnten. Als sie schließlich nach einiger Wegstrecke an der von Harald Haddings Kulturstiftung im Jahre 1990 angebrachten Gedenktafel für den hier im Berg verschollenen Mats Wallin ankamen, sah er, dass er sich nicht getäuscht hatte. Das massive und mit Rost über und über bedeckte Eisengitter, das zum Schutz vor unberechtigtem Betreten der Höhle in die Felsen verankert worden war, war herausgerissen worden und stand nun recht teilnahmslos an der rechten Seite der Höhle.

»Interessant«, sagte Darraben, der sich darangemacht hatte, die Inschrift auf der Gedenktafel zu studieren. »Hier steht, dass an dieser Stelle zwischen 950 und etwa 1000 v. Chr. okkulte Riten vollzogen und Schätze vergraben worden sind.« Er kratzte sich am Hinterkopf unterm Dreieckshut. »Verwachsene Dummköpfe und unterentwickelte Dorfdeppen«, murmelte er grimmig, »das mit den Riten stimmt, aber die Schätze kamen später. Und es waren meine, Bomben und Granaten!«

»Es muss seltsam für Mats Wallin gewesen sein, eine Gedenktafel für sich selbst montieren zu lassen«, sagte Lennart, der ganz genau wusste, wer das Gitter wahrscheinlich erst vor wenigen Stunden hatte entfernen und beiseiteräumen lassen.

»Das ist nicht das Einzige, was seltsam ist, wenn es um Mats Wallin geht«, merkte Bölthorn an – seine Mopsworte hallten dumpf wider.

»Ja, ich gebe zu, dass das ein komisches Gefühl war«, sagte plötzlich eine andere Stimme. Harald Hadding trat aus dem Dunkel des Höhleneingangs. »Pünktlich seid ihr, das muss man euch lassen. Gerade beginnt es zu dämmern. Ich hoffe, ich habe niemanden erschreckt? Ihr könnt mir glauben, dass es Angenehmeres gibt, als sich selbst eine Art Grabstein zu widmen«, fuhr Hadding fort und deutete auf die Messingtafel mit der Inschrift. »Insbesondere wenn klar ist, dass man höchstwahrscheinlich nie wieder man selbst sein darf. Ich hätte den gesamten Schatz, den ich in der Höhle gefunden habe, sofort und ohne Wenn und Aber gegen die Unversehrtheit meiner Familie und die Garantie getauscht, mein altes, beschauliches Leben weiterführen zu können, auch das dürft ihr mir glauben. Alles Gold und Silber hätte ich dafür wieder hergegeben.«

»Ich nicht«, murmelte Darraben mit grimmiger Miene und verschränkte die Arme.

»Wie geht es weiter?«, fragte Lennart.

»Für das Ritual müssen alle vier Wächter versammelt und alle Dunklen Pergamente gegenwärtig sein«, sagte Cornelius Isaksson.

»Aye«, sagte Kapitän Darraben.

»Nicht ganz«, widersprach Harald Hadding.

»Wie meinen Sie das?«, wollte Lennart wissen.

»Nun«, erläuterte Hadding, »die Aussage die Dunklen Pergamente betreffend ist durchaus korrekt, aber dass auch alle vier Wächter dabei sein müssen, stimmt so nicht. Zumindest wenn ich auf die Forschungsergebnisse meiner Kulturhistorischen Stiftung zu diesem Thema vertraue. Der alte Zauber, auf den ich mich berufe, besagt vielmehr, dass alle vier Dunklen Pergamente in einem Ritual zusammengefügt werden müssen. Ja, wenn alle Wächter da sind, ist diese Magie kraftvoller und mächtiger, aber es geht auch mit drei Wächtern. Vielleicht sogar nur mit zweien oder sogar ganz ohne? Wer weiß das schon.«

»Wächter hin, Wächter her, auf jeden Fall brauchen wir alle vier Pergamente, und wir haben bloß drei«, motzte Kapitän Darraben.

»Hatten«, verbesserte ihn Harald Hadding mit einem Lächeln auf den Lippen, »hatten. Denn das vierte habe ich vorhin in einer verborgenen Höhle in diesem Berg hier gefunden. Ganz wie ich es vermutete habe. Nun befinden sich also alle vier Dunklen Pergamente in unseren Händen, und wir können zu Werke gehen.«

»Sie haben das vierte Pergament gefunden?«, rief Lennart erstaunt, und auch die anderen machten ähnlich überraschte Gesichter. »Und das gerade heute? So einen Zufall gibt es nicht.«

»Zufall? Nein, bestimmt nicht«, lachte Hadding. »Vielmehr das Glück des Tüchtigen. Wäre ich zu einem früheren Zeitpunkt auf die Idee gekommen, es hier zu suchen, hätte ich es auch schon früher entdeckt. Ich könnte mich ohrfeigen. Doch nachdem ich die Höhle mit dem Gitter hatte versiegeln lassen, hatte ich mich damit abgefunden, dass hier nichts mehr lag außer schlechten Erinnerungen, und die wollte ich nie wieder wecken. Tja, wie es scheint, hat jemand vor langer Zeit das vierte Dunkle Pergament hierhergebracht. Es ist sogar das Schutzmandala der Wächter an die Höhlendecke gemalt, exakt über dem Ort, wo es jetzt liegt. Krähenbein hätte es hier niemals finden können.«

»Das muss mein Dunkles Pergament sein«, sagte Darraben, »dasjenige, welches zuvor auf Svolderoie versteckt lag.«

»Das ist gut möglich«, sagte Lennart, »aber wer hat es hierhergebracht?«

»Ich jedenfalls nicht, bei allen jaulenden Höllenhunden!«

»Es muss jemand gewesen sein, dem klar war, dass es auf Svolderoie nicht mehr länger sicher war«, sagte Bölthorn und kratzte sich dabei hinterm Ohr. »Aber wenn es kein Wächter war, wer dann?«

»Was kümmert's uns!«, rief Harald Hadding aufgeregt und rieb sich die Hände. »Das Wichtigste ist doch, dass es aufgetaucht ist, oder? Gehen wir hinein? Es ist nämlich nicht das einzig Bemerkenswerte, das ich heute gefunden habe. Ihr alle werdet überrascht sein! Auch du, Lennart! Ich darf doch Lennart sagen? Ich habe nämlich das wunderbare Gefühl, dass wir nicht nur alte Geschichten wiederentdecken werden, sondern kurz davor sind, selbst Geschichte zu schreiben! Wäre es nicht so gefährlich und dramatisch, würde ich fast sagen, es sei spannend!«

Harald Hadding war wie verwandelt. Es stand plötzlich Feuer in seinen Augen, das unstillbare Feuer der Neugier eines Wissenschaftlers. Und Lennart musste sich eingestehen, dass er sich einen ausschließlich auf seine neuste Entdeckung fixierten Hobbyarchäologen genau so vorgestellt hatte.

29. Kapitel

Lennart war trotz seines offensichtlichen Talentes eindeutig der am wenigsten versierte Magier unter den vier Wächtern, Cornelius Isaksson hingegen der erfahrenste. Das stand außer Frage. Nicht dass Kapitän Darraben oder Järnskägg keine Expertise hätten vorweisen können, aber selbst wenn sie vom Fachlichen her gesehen genauso gut wie der halslose Anwalt in seinem Nadelstreifendreiteiler, mit der viel zu kleinen Nickelbrille und seinem altbackenen Hut sein mochten, so waren sie doch erheblich unzuverlässiger. Der Kapitän aufgrund seines Charakters. Järnskägg ebenfalls – und natürlich wegen seiner aktuell nicht körperlichen Gestalt.

Darraben war aufbrausend, bisweilen unkontrolliert – man durfte ihn ansatzweise durchaus als cholerisch bezeichnen – und neigte zu Überreaktionen, was die zu effizienter Zauberei unabdingbare Konzentration doch sehr störte. Järnskägg war hingegen eher der poetische Typ, ein Lebemann, dem es immerhin gelungen war, durch übermäßigen Alkoholkonsum und allerlei anderer Genüsse sein Dunkles Pergament zu verlieren und sich selbst in eine rostige Keksdose zu verbannen, wo er viele, viele Jahre als Orakel verbracht hatte. So oder so, auch er schien nicht die magische Verlässlichkeit in Person zu sein, ganz abgesehen davon, dass er im Moment als Irrlicht zaubereimäßig außer Leuchtmitteldarstellerei sowieso wenig zu bieten hatte.

Wie also sollte man mit der vor ihnen liegenden Aufgabe umgehen? Sollte sich Olav Krähenbein tatsächlich manifestieren, wenn sie die vier Dunklen Pergamente zusammensetzten, dann müssten sie aufeinander abgestimmt sein und gut zusammenarbeiten, was sich aufgrund der sehr unterschiedlichen Charaktere als eine recht schwere, wenn nicht gar unlösbare Aufgabe darstellte.

All diese Gedanken schienen jeden zu beschäftigen, als sie Harald Hadding immer tiefer unter die Erde folgten. Zumindest ging es Lennart und Cornelius Isaksson so, die sich von Zeit zu Zeit anblickten und aufs Äußerste konzentriert waren. Und selbst Bölthorn schielte das ein oder andere Mal argwöhnisch zu Lennart und dem Anwalt hinauf. Nun verstand Lennart die Aussage Cornelius Isakssons vorhin auf dem Schiff noch besser: Buri Bolmen fehlte. Nicht nur als Persönlichkeit, nein, auch und vor allem als Magier. Mit Järnskägg Blicke zu tauschen war immer noch nicht möglich, und Darraben ging schlecht gelaunt und wenig zugänglich neben ihnen her. Zwar wirkte auch er angespannt, aber ob ihn diese Anspannung auch in die Lage versetzte, richtig zu reagieren, sobald es darauf ankam? Das konnte man unmöglich sagen …

»Bis hierhin und sogar noch ein ganzes Stück weiter kannte ich die Gänge schon einigermaßen«, sagte Harald Hadding nach gut zehn Minuten Abstieg in immer verwinkeltere Gänge und blieb stehen. »Aber heute ist mir an dieser Stelle, an der ich sonst immer achtlos vorbeigelaufen bin, etwas aufgefallen, und mir kam eine Eingebung.

Ich entdeckte eher zufällig diese merkwürdige Ader, die hier vom Felsen verschluckt zu werden scheint, und folgte ihr. Denn dieser Felsverlauf ist keinesfalls natürlichen Ursprungs.« Er deutete mit seiner Taschenlampe auf einen etwa handbreiten zittrigen Streifen aus glänzendem Mineral, der in dem ansonsten pechschwarzen Felsen mit einem Mal aufhörte und hinter einem Felsen verschwand.

»Jemand hat diesen riesigen Brocken hierherbewegt, um etwas zu verbergen«, stellte Lennart fest, als er sich die Sache eingehend betrachtet hatte.

»Respekt! Du bist ein guter Beobachter und ein kluger Kopf. Jetzt weiß ich auch, weshalb meine Enkelin Emma so viel von dir hält und ich dich besser nicht hätte feuern sollen«, lachte Hadding mit glänzenden Augen. »Genau diese Ungereimtheit mit der unterschiedlichen Felsstruktur habe ich auch erkannt. Ich bin der Sache auf den Grund gegangen, und dann fand ich, was ich euch jetzt zeigen will. Kommt!« Mit diesen Worten schob sich der hochgewachsene, breitschultrige Mann durch einen so engen Spalt, dass Lennart ihn im Vorbeigehen kaum entdeckt hätte. »Es ist nicht weit, nur etwa zehn Meter«, kam es gedämpft aus dem dunklen Loch. Lennart warf Isaksson und Darraben noch einen Blick zu, dann folgte er Harald Hadding durch den Felsspalt.

Als Lennart auf der anderen Seite aus dem Felsen trat, stockte ihm der Atem. Er hatte viel erwartet, aber das hier?

Vor ihm öffnete sich eine riesige Höhle, groß wie ein Supermarktparkplatz und wie eine Kathedrale beleuchtet. Haddings bewaffnete Männer hatten ringsum Fackeln entfacht, die alles in ein gespenstisches Licht tauchten. Am

Ende der Höhle erhob sich ein Tempel, der aus grob behauenen Steinblöcken errichtet worden war. Von der heiligen Stätte ging eine zauberhafte Ausstrahlung aus. Und das, obwohl sie bestimmt fünfzig Meter entfernt lag.

In der Mitte der Höhle befand sich ein von einer niedrigen Mauer eingefasster kleiner Teich, der im Durchmesser etwas mehr als zehn Meter maß. Hätte man Lennart gesagt, dass jemand darin Forellen züchtete, so wäre ihm das nicht absurd vorgekommen, auch wenn es wenig wahrscheinlich war.

»Bei allen schwärenden Pestbeulen und eitrigen Klumpfüßen«, staunte Kapitän Darraben, als er ebenfalls in die Höhle trat, und legte den Kopf in den Nacken.

»Das ist in der Tat beeindruckend«, grummelte Bölthorn und legte sein Mopsgesicht in Falten.

Cornelius Isaksson war etwas außer Atem, und auch das bislang tadellose Äußere des dicklichen Anwalts war wegen des Hindurchzwängens durch den engen Felsspalt ein wenig in Mitleidenschaft gezogen worden. Doch er schwieg dazu, tat in gewohnter Würde und Eleganz so, als sei nichts gewesen. Lennart aber nahm durchaus wahr, dass er seine magische Pfeife fest umklammerte und seine kleinen Äuglein die gesamte Umgebung unablässig und konzentriert beobachteten wie ein Radar.

»Ich denke, ich habe euch nicht zu viel versprochen, nicht wahr?«, fragte Harald Hadding. »Seid ihr bereit für das große Finale? Ich bin davon überzeugt, dass wir es hier zu Ende bringen werden.« Hadding lief mit hastigen Schritten voran und auf den Steintempel zu. Er machte trotz seiner imposanten Erscheinung im Augenblick eher den Eindruck eines Schuljungen kurz vor der Durchführung seines mit Abstand besten Streiches als den eines Multimillionärs mit magischen Weltrettungsambitionen.

»Wir sind nicht allein«, knurrte Bölthorn leise warnend, und nun erkannte auch Lennart, dass sich einige von Haddings bewaffneten Männern ringsum postiert hatten, aber im Schatten zurückblieben.

»Eine reine Vorsichtsmaßnahme«, sagte Hadding, der das anscheinend gehört hatte. »Man weiß ja nie, was auf einen zukommt.«

Schließlich hatten sie den Steintempel erreicht. Drei breite Stufen führten zu einer Art Altar empor, hinter dem sich die Gemäuer des Tempels erhoben. Die Opferstätte bestand aus einer grob behauenen Steinsäule von der Stärke eines menschlichen Oberschenkels und einer armdicken Platte, die eine seltsame Form aufwies; sie erinnerte in ihren Umrissen an ein Tierfell, das man sich vor den Kamin legte. »Kommt!«, rief Hadding, erklomm die Stufen und deutete auf den Tisch. »Ich habe meines bereits korrekt platziert. Ihr müsst die euren nur noch dazulegen, dann geht es los!«

Nun sah Lennart, was Hadding meinte. Sein Eindruck hatte ihn nicht getäuscht. Die Steinplatte hatte tatsächlich die Form eines Tierfells, und wie es schien, die eines ganz bestimmten, nämlich die der *Vårgūlfskĭŋŋ*: der Haut eines schwarzen Wolfes, in die vor über eintausend Jahren die magische Macht Olav Krähenbeins verbannt worden war. Ein Viertel der Platte war bereits von demjenigen Dunklen Pergament bedeckt, das Harald Hadding hier in der Höhle gefunden hatte. Die Konturen des Pergaments passten exakt zu den äußeren Umrissen der Steinplatte. Es wirkte wie ein Puzzle, bei dem noch drei Teile fehlten.

Und dem war auch so.

»Ich kenne diesen Altar nicht«, sagte Cornelius Isaksson, trat näher und berührte ihn mit der flachen Hand. Er schloss dabei die Augen. Ein leichtes Zittern durchströmte seinen Körper. Er zog die Hand zurück, öffnete die Augen wieder und sagte: »Kein Zweifel. *Er* hat ihn angefertigt. Es ist *sein* Werk, das Werk von Olav Tryggvason.«

Lennart holte die beiden Dunklen Pergamente aus der Stoffrolle hervor, die ihm Maja Tysja gestern übergeben hatte. Er wickelte sie aus, nahm das eine, das Buri Bolmen und dann ihm zur Bewachung übertragen worden war, und hielt es vorsichtig gerade so weit über den Tisch, dass das Pergament weder die Steinplatte noch das bereits darauf liegende Dunkle Pergament von Harald Hadding berührte. »Wenn dieser Stein hier tatsächlich von Olav Krähenbein stammt, dann hat er, schon bevor er in das Amulett und die *Vårgūlfskīŋŋ* verbannt worden ist, seine Wiederauferstehung geplant.«

»Aber wie ist das möglich, bei allen Unwettern und Gezeiten?«, fragte Darraben und kam ebenfalls die drei Stufen nach oben zum Tisch.

»Ganz einfach«, sagte Harald Hadding. »Ich denke, er war ein überdurchschnittlich intelligenter Zauberer. Doch nicht intelligent genug, wie mir scheint, denn nun sind wir am Drücker. Ich schlage vor, ihr gebt mir die drei Dunklen Pergamente, und ich lege sie aneinander. Ihr selbst solltet euch bereithalten, alles, was ihr an magischer Macht habt, auf Olav Krähenbein niedergehen zu lassen, sobald er erscheint. Denkt daran: Laut Überlieferung habt ihr nur wenige Augenblicke Zeit dafür. Es muss genau dann geschehen, wenn er sich aus einem Geistwesen in eine körperliche Gestalt wandelt. Dann und nur dann ist er zu besiegen.«

Harald Hadding blickte fragend und sichtlich aufgeregt in die Gesichter der vor ihm Stehenden. »Seid ihr so weit?«

Lennart blickte zuerst zu Cornelius Isaksson, der ihm entschlossen zunickte, und dann zu Kapitän Darraben. »Aye!«, rief dieser, und Järnskägg flog kleine Kreise, was Lennart als Zustimmung interpretierte.

Daraufhin entrollte er auch das zweite der Dunklen Pergamente und hielt beide Cornelius Isaksson hin, doch der schüttelte bloß den Kopf und reichte Lennart stattdessen sein eigenes. »Sie, Herr Malmkvist, sind der rechtmäßige Nachfolger von Buri Bolmen. Und da unser gemeinsamer Freund nicht mehr bei uns sein kann, sondern im Schattenreich weilt, ist es an Ihnen, das zu tun, was er getan hätte. Setzen Sie die *Vårgūlfskĭŋŋ* zusammen, und dann wollen wir Olav Tryggvason einen Empfang bereiten, den er nicht erwartet hat und der hoffentlich sein letzter gewesen sein wird.«

Lennart nahm ehrfurchtsvoll das Dunkle Pergament aus den Händen Advokat Isakssons entgegen und atmete mehrmals tief durch. Er schaute zu Bölthorn hinunter, der sich mittlerweile wieder auf seinen breiten Mopshintern gehockt hatte und röchelnd Lennarts Blick erwiderte. »Nur Mut«, sagte er, »es ist ohnehin unvermeidlich.« Lennart nickte und holte nochmals tief Luft, dann schritt er zum Altar und legte die drei Dunklen Pergamente an das von Harald Hadding auf den Tisch. Er trat zurück, den Zauberstab in der Hand, bereit, Olav Krähenbein alles entgegenzuwerfen, wozu er imstande war.

Hadding murmelte: *»Ek, ek, iðugliga hugskot mīnn ī sjā leðr enn iðugliga kvett mīnn ī sjā tjǫsulls fangelsi. Pō nū enn saman, heðan upptendra ī hlȳrn enn iðja fulla makt fyr āvalt!«* – »Ich, ich, immerfort meine Seele in dieser Haut und immerfort mein Fleisch in dieser Gefangenschaft des Runenzaubers. Doch jetzt noch zusammen, fortan entflammt im Himmel und wieder für immer voller Macht.«

»Er ist wirklich bestens informiert«, merkte Cornelius Isaksson erstaunt an. »Es hat den Runenzauber der vier Dunklen Pergamente korrekt und bemerkenswerterweise akzentfrei gesprochen.«

Eine schier unerträgliche Stille legte sich über alles und jeden, machte sich in der ganzen Höhle breit.

Das leise Plätschern des pechschwarzen Teichs in der Mitte der Felsenkathedrale stellte das einzige Geräusch dar. Alle schienen die Luft anzuhalten.

Doch es geschah: nichts.

Dann aber, nur wenige Sekunden später, regte sich etwas auf dem Steintisch vor ihnen. Plötzlich nämlich wirkte es, als würden die Pergamente ein Eigenleben entwickeln. Es begann an den Rändern der auseinandergeschnittenen Wolfshautstücke. Sie erzitterten, bewegten sich, wellten sich, rollten sich auf, schoben sich aneinander, als wollten sie sich nach über tausend Jahren der Trennung endlich wieder berühren und liebkosen.

An den Stellen, die zueinandergefunden hatten, die ineinanderpassten, begann es zu leuchten wie an den Rändern eines glimmenden Papiers. Und dort, wo das Glühen vergangen war, war die Haut wieder eins geworden, als hätte man sie verschweißt, als wäre sie niemals getrennt gewesen. Immer schneller, immer rasanter glommen die

Ränder, vereinten sich, dann griff das Glimmen auf die Runen und magischen Hieroglyphen über. Punkt für Punkt, Zeichen für Zeichen, Strich für Strich entflammten die Bilder und Sätze, und schließlich stand der gesamte Text des vereinten Pergaments für einen Augenblick in Flammen.

Mit einem Mal löste sich alle feurige Energie und Magie von den Symbolen und Bildern, strömte in der Mitte zusammen und schoss in einem rauchenden Kugelblitz zur Decke der großen Höhle empor. Dort prallte das tiefrot leuchtende Lichtgebilde ab wie eine Billardkugel von der Bande und ging funkenstiebend direkt auf Harald Hadding nieder, in dessen Körper es einschlug und spurlos verschwand.

Harald Hadding erstarrte, als hätte ihn der Schlag getroffen. Er machte große Augen, fing an zu zittern und brachte ein paar gurgelnde, beinahe mopsartig und recht hilflos klingende Laute hervor. Dann fiel er um wie ein nasser Sack und blieb neben dem Altar liegen, von dem die letzten verkohlten Reste der *Vårgūlfskĭŋŋ* durch einen Luftzug davongetragen wurden, sodass nichts weiter darauf zurückblieb als ein schwarzer Belag.

Alle waren wie versteinert und zugleich aufs Äußerste angespannt. Sie hatten die vier Dunklen Pergamente, die vier Teile der magischen Wolfshaut, zusammengefügt, und doch war Olav Krähenbein nicht erschienen, obwohl er hätte erscheinen *müssen*. Weshalb? Wo war er? Was war geschehen?

Bölthorn fasste sich als Erster wieder und stürmte hechelnd und unter Mühen die drei Stufen zum Altar empor. Vor dem Altar stand Lennart noch immer neben dem regungslos am Boden liegenden Harald Hadding. Dann erwachte auch er aus der Starre und lief seinem Freund nach.

»Bei allen Riffs und miesen Klippen, wo ist Krähenbein?«, rief nun auch Kapitän Darraben und sah sich in geduckter Haltung und mit seinem Zaubersäbel in der Hand nach allen Seiten um.

Cornelius Isaksson war ebenfalls überrascht, wirkte aber sehr konzentriert, als erwarte er doch noch einen Angriff aus dem Hinterhalt. Järnskägg stieg unterdessen senkrecht auf, um die ganze Höhle im Blick zu haben. »Nichts zu sehen«, rief es von oben.

Lennart ging in die Knie und fühlte Haddings Puls. Er lebte offensichtlich, wenngleich er nicht so aussah und sein Herzschlag äußerst langsam ging. Als sich Lennart wieder erhob, erkannte er, dass Haddings Männer noch immer stoisch am Rand der Höhle Wache standen. Das Schicksal ihres Arbeitgebers schien sie nicht sonderlich zu berühren. Oder hatten sie gar nicht mitbekommen, was hier eben mit ihrem Boss geschehen war? Kaum vorstellbar. Dennoch. Keiner der Bewaffneten regte sich.

»Was ist hier los?«, fragte Lennart und schüttelte ratlos den Kopf. »Haben wir etwas falsch gemacht? Ich meine, was kann es für einen Grund geben, dass Krähenbein nicht erschienen ist?«

»Es kann nur eine einzige Erklärung geben«, sagte Cornelius Isaksson. »Krähenbein ist uns nicht erschienen, weil Krähenbein …«

»Lennart, Schätzchen!«, rief es plötzlich hinter ihnen. Eine andere Stimme rief: »Komm her zu uns, Süßer!«

Lennart drehte sich um und traute seinen Augen kaum.

Aus dem pechschwarzen Wasser des Teiches in der Mitte der Höhle waren zwei Frauen aufgetaucht. Beide waren splitterfasernackt. Schwarze Schlieren und Tropfen liefen an ihren Körpern hinab wie Nektar. Sie sahen äußerst verführerisch aus – als seien sie bereit, nicht nur mit ihren Reizen zu kokettieren, sondern auch schnurstracks und ohne weitere Umschweife erotisch tätig zu werden. Beide jungen Frauen stiegen über den steinernen Rand des Teiches aus dem Wasser. Kommissarin Maja Tysja lächelte ihr abgründigstes Lächeln und setzte sich auf einen Felsen, während Emma Mårtensson sich hinter sie stellte und ihr die feuchten Haare mit laszivem Blick zärtlich zu einem Zopf flocht.

»Das gibt's doch nicht«, sagte Lennart fassungslos und starrte zu den beiden Schönheiten hinüber. Die eine blond mit eisblauem Blick, der alles versprach, die andere mit dunklem Haar und einem samtweichen Braun in den Augen, in dem man sich verlieren konnte. Er hatte mit vielem gerechnet, aber nicht mit einem nudistischen Auftritt dieser beiden Frauen.

»Respekt, bei allen sieben Weltmeeren«, sagte Kapitän Darraben und ließ den Säbel sinken.

»Lennart, komm doch!«, rief Emma. »Mir ist kalt und ich bin nass und einsam.«

»Ja, Lennart, komm her zu uns!«, rief nun Kommissarin Tysja und strich sich wie beiläufig mit der Zunge über die Lippen. »Ich zeige dir zauberhafte Dinge, die du niemals vergessen wirst.«

»Wenn du jetzt zu uns kommst, wirst du nie wieder die Allergie auf deiner Haut spüren. Nichts außer Liebe und Zärtlichkeit. Versprochen!«, rief Emma.

»Versprochen!«, rief auch Maja Tysja und warf Lennart eine Kusshand zu.

»Wenn Sie verzeihen und ich nur ganz kurz Ihre geschätzte Aufmerksamkeit haben dürfte …«, richtete Cornelius Isaksson das Wort an den von dem Anblick der beiden Frauen zugegebenermaßen faszinierten und etwas verwirrten Lennart. »Ich hatte Ihnen vorhin lediglich mitteilen wollen, dass ich der Auffassung bin, dass es in Anbetracht der Sachlage bloß eine mögliche Erklärung dafür geben kann, dass Krähenbein uns nicht erschienen ist.«

»Und die wäre?«, fragte Lennart.

»Nun, Krähenbein konnte uns nicht erscheinen, weil uns Krähenbein bereits erschienen war«, erklärte der Anwalt staubtrocken.

»Wie bitte?«, fragte Lennart und starrte Cornelius Isaksson an. »Was soll das heißen?«

»Er will uns nicht!«, rief Maja Tysja und erhob sich. »Er verschmäht unsere Lust, unsere Leidenschaft …«

»… und unsere ewige Liebe!«, schloss sich Emma an.

Und im Chor sagten sie: »Dann ist unser Leben sinnlos und verwirkt. Wir wollen jetzt sterben!« Mit diesen Worten umarmten sie sich, küssten sich innig und versanken in dem undurchsichtigen Teich, aus dem sie nicht mehr auftauchten.

»Verdammt!«, schrie Lennart. »Emma, Kommiss… Maja!« Er wollte gerade losrennen, um die beiden offensichtlich unter Drogen oder magischem Einfluss stehenden Frauen vor dem Ertrinken zu retten, als Järnskägg von der Decke aus mit erschrockener Stimme rief: »Obacht! Gefahr!«

Noch bevor die letzte Silbe verhallt war, gab es eine Explosion, die so stark war, dass sie Bölthorn wie einen dürren Zweig im Wind durch die Höhle blies und Järnskägg unter einem quietschenden Schreien weit nach hinten abgetrieben wurde, wo er unsanft an die Höhlenwand schlug. Cornelius Isaksson und Darraben riss es von den Füßen, den einen fluchend, den anderen still.

Nur Lennart blieb stehen; die Druckwelle konnte ihm seltsamerweise nichts anhaben. Langsam drehte er sich um.

Neben dem Altar lag noch immer Harald Hadding, doch vor dem Tempel stand ein Mann, ein Wesen, über zwei Meter groß, breit wie ein Kleiderschrank, eingehüllt in aschgraue Schlieren bösen, magischen Plasmas, umgeben von schwarzen Federn, die zu Boden sanken, und Flecken aus flüssigem Pech, welche sich um ihn herum auf dem steinernen Boden sammelten. Um seinen Hals baumelte eine dreireihige Kette aus gelblichen Tierknochen, die sich scharf auf der darunterliegenden mattschwarzen Rüstung abzeichnete. Auf dem Kopf trug er einen Helm, der mit einem Schweif aus Krähenfedern geschmückt war.

Olav Tryggvason, genannt Krähenbein, war zurück.

»Willst du sie retten, Lennart?«, rief er dröhnend.

Lennart fiel nichts ein, was er darauf sagen wollte. Natürlich wollte er Emma und Maja retten. Aber er wollte auch seine Freunde retten.

»Beides wird nicht gehen«, sagte Krähenbein und lachte. Lennart erschrak. Er konnte seine Gedanken lesen. Lennart hob den Zauberstab, doch noch bevor er auch nur die erste Silbe eines Zauberspruches hatte denken können, stand Krähenbein neben ihm und hüllte ihn mit seinen Schlieren ein, sodass Lennart nicht einmal mehr die nächste Umgebung erkennen konnte.

»Willst du nicht alles verstehen? Willst du nicht wissen, was deine Bestimmung ist, wie die Antworten auf all die Fragen lauten, die du in deinem kleinen sterblichen Herzen trägst?« Krähenbein machte eine Pause. Dann lachte er leise knisternd. »Ich kenne die Antwort, ich kann dich lesen wie ein Buch. Natürlich willst du das. Doch du musst dich entscheiden. Bleib hier und kämpfe mit deinen Freunden. Das wäre kühn, aber sehr töricht, denn ihr werdet alle sterben, ihr habt nicht die leiseste Chance gegen mich, meine Verbündeten und meine Macht. Und nachdem ich dich und deine armseligen Begleiter vernichtet habe, werde ich zuerst Emma Mårtensson und Maja Tysja in Stücke reißen und dann genüsslich alles Leben auf der *Intill döden* auslöschen.« Olav Tryggvason legte den Kopf schief und blickte Lennart lächelnd von oben herab an. Eine verkohlte Krähenfeder löste sich aus seinem Helmschmuck und schwebte zu Boden; es stank nach Schwefel. »Oder aber«, fuhr er fort, »du folgst mir jetzt an einen Ort, an dem wir ungestört sind, und kommst dort deiner unausweichlichen Bestimmung nach. Dann, das verspreche ich dir bei aller schwarzen Magie des Universums und meiner Ehre, dann wirst du leben, und zwar sehr gut, ich werde deine Freunde auf dem Segelschiff verschonen, und eine der beiden höchst ansehnlichen Frauen wird dir für immer an der Seite und natürlich stets zur Verfügung stehen. Oh, du kannst dich nicht entscheiden? Du möchtest gleich beide? Auch das soll mir recht sein, ich bin ja auch ein Mann, und wer will schon jeden Tag dasselbe fressen?« Er lachte dumpf, dann wurden seine Augen starr und glutrot. »Wie entscheidest du dich?« Krähenbein zögerte kurz, schwieg, dann sagte er: »Ich habe verstanden. Das ist sehr weise von dir. Dann komm.«

Bei diesen Worten ergriffen die herumwirbelnden Schlieren Lennart, hoben ihn an und trugen ihn Krähenbein hinterher, der in großen Schritten auf den Teich in der Mitte der Höhle zuhielt. Für einen kurzen Moment erkannte Lennart, dass draußen, außerhalb dieser magischen Wand, bereits ein unerbittlicher Kampf zwischen Harald Haddings Männern und seinen Freunden tobte. Bölthorn wirkte wie in eine grünliche Aura gehüllt, hatte scheinbar an Kräften hinzugewonnen, wirkte mopsfidel und angriffslustig. Er hatte sich in die Wade eines zeternden und schreienden Angreifers verbissen, den er wütend durch den Staub zog. Kapitän Darraben hackte und schlug mit seinem Säbel gleich auf drei Gegner ein und wehrte damit sogar Gewehrkugeln ab. Järnskägg hatte es sich zur Aufgabe gemacht, die Angreifer zu verwirren und zu blenden, sodass sie erst gar nicht richtig zielen konnten, während Cornelius Isaksson den Feinden einen magischen Blitz nach dem anderen aus seiner Pfeife entgegenschleuderte.

Das Letzte, was Lennart sah, ließ ihm das Blut in den Adern gefrieren. Aus dem Tempel am anderen Ende der Höhle kam plötzlich ein riesiger Hund herangetrabt, der genauso aussah, wie der, der ihn und Bölthorn vor drei Tagen im Park in Göteborg angegriffen hatte. Und jemand ritt obendrein auf diesem Barghest wie auf einem Pferd. Ein furchteinflößendes Wesen, das mordlüstern brüllte. Es hatte zerrissene, blutüberströmte Haut und gigantische, krallenbewehrte Hände, war muskelbepackt und in Fetzen gehüllt. Lennart war sich nicht sicher, ob der Reiter des Monsterhundes die Gesichtszüge von Hendrik Nilsson getragen hatte.

Bevor Lennart einen zweiten Blick auf das Wesen werfen konnte, hatte sich Olav Krähenbein mit ihm bereits in den pechschwarzen Teich gestürzt. Sie versanken im unendlichen Nichts wie schon Maja Tysja und Emma Mårtensson vor ihnen.

30. Kapitel

Die Reise war wie ein Traum. Lichter in allen Farben zogen vorbei, und in sich spürte Lennart etwas, das ihn mit sich forttrug, als sei er das Blatt eines Baumes in einer windigen Herbstnacht. Wie lange es dauerte? Er konnte es nicht sagen. Vielleicht nur einen Wimpernschlag, vielleicht aber auch über hundert Jahre – Zeit spielte keine Rolle.

Auf einmal schlug er die Augen auf und erkannte, wo er sich befand.

Und wer bei ihm war.

Er lag an einer steinernen Mauer und rutschte mit dem Rücken etwas höher, um sich aufzusetzen. Als er hinter sich blickte, bestätigte sich seine Vermutung. Auch hier lag eine pechschwarze Wasserstelle – so wie in Äskestock. Aber der Teich war kleiner und befand sich in einer weit kleineren Höhle.

»Wir sind in Svolderoie?«, fragte Lennart verdutzt. Er konnte das, was doch augenscheinlich war, kaum glauben. »Aber wie …«

»Es ist ein Portal«, sagte Krähenbein, der ein paar Meter weiter aufrecht dastand und die mächtigen Arme vor der Brust verschränkt hatte. »Ein Durchgang von einem Ort zum anderen.« Neben Krähenbein räkelten sich die noch immer nackten Frauen und lächelten Lennart verführerisch an.

»Ich weiß, was ein Portal ist. Aber wozu dient es? Ich verstehe es nicht …«

»Natürlich nicht«, sagte Krähenbein und lachte. »Wie sollst du das auch verstehen? Doch ich habe dir mein Wort gegeben, dir alles zu erklären, wenn du mir folgst, und so soll es jetzt geschehen.« Er machte eine herrische Handbewegung, woraufhin Maja Tysja und Emma Mårtensson begannen, sich aus der kleinen Höhle zu entfernen. »Aber geht nicht zu weit, meine willigen Schönheiten!«, rief Krähenbein ihnen nach. »Hier gibt es ein paar verfressene Würmer, die sich so etwas wie euch bestimmt nicht entgehen lassen würden. Und das wäre doch arg bedauerlich, denn mein Nachfahre und ich, wir brauchen euch noch!«

Maja Tysja und Emma kicherten lasziv, zwinkerten Lennart zu und tauchten schließlich im Dunkel der großen Höhle unter. Lennarts Juckreiz ließ nach. »Was meinst du mit ›Nachfahre‹?«, fragte er mit zitternder Stimme.

»Du wolltest die Wahrheit? Du sollst sie haben. Höre mir gut zu, Lennart Malmkvist. Was auch immer man dir über dich, deine Herkunft und deine Bestimmung gesagt hat – es war gelogen! In deinen Adern fließt mein Blut, denn du bist mein direkter männlicher Nachkomme, die Fortführung meiner Blutlinie.«

Lennarts Knie wurden weich; er setzte sich auf den steinernen Rand des pechschwarzen Tümpels. »Das ist unmöglich …«, stammelte er.

Krähenbein kam einen Schritt näher. »Tatsächlich? So unmöglich wie ein lächerlicher, sprechender Hund, ein untoter Hobbyarchäologe, ein fetter, zaubernder Anwalt oder ein Barghest, der von einem Monster geritten wird, das bis vor Kurzem noch Hendrik Nilsson hieß? Nichts davon ist unmöglich, und ich spreche die Wahrheit. Doch ich musste warten, bis andere meiner Nachfahren ebenfalls bereit waren.«

Lennart raufte sich die Haare. »Aber was in Gottes Namen willst du von mir? Und warum sind Kommissarin Tysja und Emma auch hier? Du hast sie verzaubert! Aber warum?«

»Auch wenn sie viel für dich übrighaben und sich vielleicht sogar freiwillig mit dir gepaart hätten, finde ich es doch sicherer, der ganzen Sache ein wenig nachzuhelfen.«

»Mit mir paaren?«, fuhr Lennart auf. »Ich … ich …«

Krähenbein stellte sich dicht vor Lennart. »Es sind die, auf die ich gewartet habe, denn auch diese beiden tragen mein Blut in sich, selbst wenn es nur noch ein verschwindend kleiner Tropfen sein dürfte.« Krähenbein lachte dröhnend. »Wenn du mit ihnen ein Kind zeugst, erfüllt sich eine uralte Prophezeiung, die noch nicht einmal die unsäglich dummen Wächter der Dunklen Pergamente kannten. Wenn drei Generationen meines Blutes zusammenkommen, werden wir mächtig und unbesiegbar sein. Einzig Buri Bolmen hatte geahnt, dass es etwas geben musste, das ich noch in der Hinterhand hatte. Der alte Narr ist bedauerlicherweise von uns gegangen. Was für eine Ironie des Schicksals.« Krähenbein lachte. »Wer auch immer es vollbracht hat, er hat mir zugegebenermaßen einen großen Gefallen getan!«

»Es war der Leierkastenmann«, sagte Lennart. »Er hat Buri umgebracht, und ich weiß bis heute nicht, wer er ist und warum er das getan hat.«

»Ein Leierkastenmann?«, donnerte Krähenbein. »Wer soll das sein? Ein Zauberer?«

»Ja. Ein mächtiger Zauberer. Und seinetwegen werde ich, selbst wenn ich wollte, nie und nimmer, weder mit Emma noch mit der Kommissarin, ein Kind zeugen können. Mit keiner Frau. Ich darf nicht dauerhaft lieben, und ich werde deswegen auch keine Nachfahren haben, denn ich bin verflucht. Von ihm.« Lennart erstarrte.

Olav Krähenbein fuhr herum. Maja Tysja und Emma kamen mit erschrockenen Gesichtern hereingelaufen und drückten sich wie verängstigte Schulmädchen an die mächtige Gestalt des Königs.

Deutlich erschallte rasch lauter werdende Leierkastenmusik durch die Gänge der Höhle von Svolderoie.

»Wer zur Hölle wagt es …«

»Da kommt er ja. Wenn man vom Teufel spricht«, sagte Lennart knapp und war zum ersten Mal zumindest ein kleines bisschen erfreut darüber, diese unerträglich dudelnde Musik zu hören. »Nun werdet ihr zwei euch kennenlernen. Ich bin gespannt, was du sagst, mein Urahn.« Lennart konnte sich den ironischen Unterton beim Aussprechen der letzten Worte nicht verkneifen, denn er fühlte zum ersten Mal eine gewisse Verunsicherung bei Olav Krähenbein.

Der löste sich von Maja Tysja und Emma und schob sie unter Murmeln eines magischen Spruches – *»Klëggì līmā hrëmşā fjǫtrā tjǫðrā«* – achtlos beiseite. Angespannt stellte er sich vor den Durchgang zur großen Höhle. Er drehte sich um. »Komm zu mir und schau dir an, was ich mit meinen Feinden mache – oder mit denen, die sich in meine Angelegenheiten mischen«, sagte er zu Lennart. Mit diesen

Worten verließ Olav Krähenbein schwebend die kleine Höhle.

Lennart eilte ihm nach. Als er an Maja Tysja und Emma vorbeikam, berührten ihn beide mit ihren Händen, wo sie nur konnten, und versuchten, ihn zu sich zu ziehen. Nur mit Mühe konnte Lennart sich von diesem magischen Anblick losreißen und von ihren Händen befreien. Aber es gelang ihnen nicht, ihm zu folgen. Es schien, als habe Krähenbein sie mit seinem Zauberspruch an Ort und Stelle an den felsigen Boden festgeklebt.

Als Lennart zu den beiden Zauberern kam, hatte sich der Leierkastenmann von seinem Instrument gelöst und war fast bis in die Mitte der Höhle getreten. Ihm gegenüber, nur etwa zwanzig Schritte entfernt, hatte sich Olav Krähenbein aufgebaut. Wieder wirbelte der aschgraue Schleier aus magischem Plasma um ihn herum wie ein kleiner Tornado. Doch das, was Lennart ziemlich beeindruckte, schien den Leierkastenmann recht kaltzulassen. Es wirkte, als stünden sich zwei ebenbürtige Gegner gegenüber.

»Du wagst es? Wer bist du und was willst du von mir?«, donnerten Olav Krähenbeins Worte durch die große Höhle.

»Ich bin hier, um dich willkommen zu heißen, alter Freund!«, rief der Leierkastenmann zurück und hob beide Hände wie zu einer Beschwörung empor. Grüne Lichtblitze zuckten von Fingerkuppe zu Fingerkuppe, umflossen seine Hände und verbanden sich zu einem knisternden Lichtbogen zwischen den Armen. Kurz musste Lennart daran denken, dass Frederik von diesen Star-Wars-Imperator-Effekten hundertprozentig maximal begeistert gewesen wäre, als ihm einfiel, dass das hier ja echt war. Und wirklich bedrohlich aussah.

»Du wirst sterben!«, rief Tryggvason und hob nun seinerseits die Hände, um die sich dichter, schwarzer Rauch bildete, der von glutroten Adern durchzogen war. »Wer bist du?«

»Ungewissheit ist etwas Furchtbares, nicht wahr?«, lachte der Leierkastenmann; es stank mittlerweile beinahe unerträglich nach Schwefel, Teer und Verbranntem. Dann wandte sich der Höllenmusikant überraschenderweise an Lennart: »Geh und nimm die beiden Frauen. Bringe sie durch das Portal in Sicherheit und helfe deinen Freunden in der Höhle von Äskestock. Sie werden es sonst nicht schaffen!«

»Okay!«, sagte Lennart und zog seinen Zauberstab. Das siegesgewisse Auftreten des Leierkastenmannes hatte ihm Mut und Hoffnung zurückgegeben. Und auch wenn er immer noch keine Ahnung hatte, was hier wirklich vor sich ging und wie er die magisch an Ort und Stelle gebannten Damen würde vom Höhlenboden lösen können, erschien ihm der Vorschlag, von hier schnellstens zu verschwinden und Emma und Maja Tysja mitzunehmen, als einer, den man getrost befolgen konnte.

»Nein!«, schrie Krähenbein wütend, fuhr herum und ließ einen Blitz in Lennarts Richtung los. Es war offensichtlich, dass er Lennart nicht treffen, sondern ihn lediglich daran hindern wollte, dem Vorschlag des Leierkastenmannes nachzukommen.

Der glutrot zuckende Blitz entlud sich dicht hinter Lennart und ließ einen ganzen Haufen Geröll vor dem Eingang der kleinen Höhle niedergehen, sodass der Zugang nur noch kriechend hätte passiert werden können. Um Verletzungen durch herabfallende Felsbrocken zu vermeiden, rief Lennart einen Schutzzauber herbei. Ein Nebenarm des von Krähenbein erzeugten magischen Blitzes hatte ihn allerdings am linken Fuß erwischt. Es tat höllisch weh.

Doch etwas war noch stärker als der Schmerz.

Etwas, das ihn überkam, als er unter seinem grünlich schimmernden Schutzschirm stand und sich mit schmerzverzerrtem Gesicht den verletzten Knöchel rieb.

Grenzenlose Wut!

Er starrte mit pochendem Herzen durch das grünliche Flirren und Changieren des Schutzzaubers nach draußen, wo sich der Leierkastenmann und Olav Krähenbein ein erbittertes Gefecht lieferten. Von außen betrachtet wirkte es so, als handelte es sich um zwei ebenbürtige Gegner. Der Leierkastenmann war ein wirklich mächtiger Zauberer, das war offensichtlich. Aber es war auch zu spüren, wie er sich mehr und mehr anstrengen musste, um gegen die nicht abebben wollenden Attacken von Krähenbein zu bestehen.

Lennart spürte den Hunger nach Gerechtigkeit und Wiedergutmachung.

Alles kam ihm in den Sinn, alles, was geschehen war, alles, was er und seine Freunde hatten durchmachen müssen, alles, wofür letztendlich allein Olav Tryggvason verantwortlich zeichnete: Macht, Gier, Unglück, Verderben und Tod. Bölthorn, Buri Bolmen, Mats Wallin, Emma, Maja Tysja, Maria Calvino, seine Eltern, sein Freund Frederik und viele mehr, nicht zuletzt er selbst – jeder hatte auf seine Weise unter diesem Magier gelitten und tat es noch. Damit musste ein für alle Mal Schluss sein, und wenn es das eigene Leben kostete. Denn die Frage war, was dieses Leben noch wert wäre, würde man es nicht für das opfern, was wirklich zählte und was man wirklich liebte.

Krähenbein entgingen diese Gedanken glücklicherweise, denn er war zu sehr damit beschäftigt, seinen Gegner mit Blitzen, Miniaturmeteoriten und glühenden kleinen Krähen in Schach zu halten, mit denen er ihn bombardierte. Es krachte, donnerte, blitzte, und Funken sowie glühende Krähenfedern flogen umher. Der Leierkastenmann wehrte sich redlich und antwortete seinerseits mit kleinen Schutzzaubern, die wie feinste Netze aus geschmolzenem Metall die Angriffszauber Krähenbeins umschlossen und neutralisierten oder aber umlenkten und auf diesen selbst niedergingen. Dennoch war dem Leierkastenmann mittlerweile im Eifer des Kampfes der Zylinder vom Kopf gepustet worden, der nun zerfleddert und rauchend ein paar Meter weiter am Boden lag. Der Leierkastenmann war in Bedrängnis.

Es war allerhöchste Zeit, etwas zu unternehmen.

Lennarts grenzenlose Wut war einer grenzenlosen Entschlossenheit und Ruhe gewichen.

»*Slǫckna!*«, hauchte Lennart leise, und der Schutzschirm löste sich auf. Dann richtete er seinen Zauberstab auf Olav Krähenbein, konzentrierte sich, ließ alles los, schloss seine Augen, spürte nur den Moment, entwickelte reine Energie, pure Magie …

Dann öffnete er die Augen.

Fokussiert wie ein Adler auf seine Beute.

Er schrie: »Krähenbein!«

Der Angesprochene fuhr herum.

Und Lennart flüsterte: *»Skotja elding pīla, mjǫrkvi enn ugð mjǫtuðr!«* Damit ließ er alles frei, was er an magischer Energie in sich angestaut hatte.

Sofort bildete sich an der Spitze seines Zauberstabes ein rundes Gebilde aus waberndem, magischem grünem Plasma und von der Größe einer Bowlingkugel. Kaum entstanden, löste sie sich und donnerte mit einer schier unfassbaren Wucht quer durch die Höhle. Ihr folgte ein undurchdringlicher Nebel, der schon während des Fluges zäh wie schwarzer Honig aus ihr herabströmte und alles blickdicht einhüllte.

Olav Krähenbein war offensichtlich dermaßen überrascht von dieser Attacke, dass er keine Gegenwehr leistete.

Dann traf der Kugelblitz sein Ziel.

Er schlug direkt in Krähenbeins Brustkorb ein.

Ein dumpfer Knall ertönte. Der Kugelblitz platzte in Abermillionen von kleinen Funken, die auf den Boden prasselten und das Geräusch eines elektrischen Knisterns verursachten. Krähenbein wurde sofort in pechschwarzen Rauch eingehüllt und schrie wütend auf. Doch da war noch etwas in diesem Schrei. Es war Angst – Lennart hatte einen Kugelblitz, schwarzen Nebel und Angst in seinen Zauber gelegt. Er wusste, dass dieses Gefühl, gegen das sich kein Getroffener erwehren konnte, bei jemandem, der so viel Macht besaß wie Krähenbein, nicht lange anhalten würde. Aber es verschaffte ihnen zumindest etwas Zeit zum Luftholen.

»Du hast viel gelernt, Lennart!«, rief der Leierkastenmann mit Anerkennung in der Stimme. »Und jetzt müssen wir ihn vernichten. Sei bereit!«

»Wo ist er? Der Nebel war vielleicht keine so gute Idee …«

Lennart konnte kaum die eigene Hand vor Augen erkennen. Er hörte, wie sich etwas hinter ihm bewegte. Steine kullerten, Geröll rutschte herab. »Er ist in der kleinen Höhle!«, rief Lennart. »Er will fliehen!«

Höchste Eile war geboten.

Der Leierkastenmann rief mit düsterer Stimme: *»Fjuka sløða sopa bøta lìda skila«*, und der Nebel löste sich auf. An Lennart gewandt sagte er: »Der Nebel war eine ganz passable Idee, aber die Angst hat Krähenbein vertrieben. Das war zu viel des Guten. Ihm nach, schnell!«

Mit einem weiteren Zauber sprengte der Leierkastenmann den Geröllhaufen vor dem Eingang zur kleinen Höhle. Als sie gemeinsam hineinstürmten, erkannten sie, dass Olav Krähenbein durch das Portal zurück nach Äskestock entkommen sein musste. Und sie machten noch zwei weitere wenig erfreuliche Entdeckungen. Zum einen hatte er Emma und Kommissarin Tysja mitgenommen, und zum anderen mussten sie feststellen, dass das gesamte Wasser aus dem pechschwarzen Tümpel verschwunden war.

»Das magische Portal ist für immer verschlossen«, sagte der Leierkastenmann mit leblosen Augen. »Krähenbein hat das Wasser abfließen lassen, als er hindurchging. Er ist wahrhaft durchtrieben und teuflisch einfallsreich.« Der dürre Alte deutete mit seinem skelettierten Zeigefinger auf eine armdicke Bresche, die von innen in die Umrandung des Beckens geschlagen worden war. Davor hatte sich eine große Pfütze gebildet, die jedoch schon beinahe zur Gänze im sandigen Höhlenboden versickert war.

»Und jetzt?«, fragte Lennart.

»Wären wir an Land, so hätte ich eine Idee«, antwortete der Leierkastenmann, »doch wir befinden uns unter dem Meeresspiegel in einer verfluchten Höhle auf Svolderoie, und da weiß selbst ich nicht, wie wir herauskommen können.«

»Letztes Mal bist du auch in einem Wirbel vergangen«, sagte Lennart.

»Da lag die verzauberte Insel auch über dem Wasser«, sagte der Leierkastenmann mit düsterer Stimme. »Jetzt müssen wir wohl oder übel warten, bis der versunkene Teil der Insel wieder aus dem Meer auftaucht.«

»So viel Zeit haben wir aber nicht!«, rief Lennart. »Krähenbein wird alle töten!«

»Mag sein«, antwortete der Leierkastenmann ungerührt und setzte sich auf den Rand des nunmehr wasserlosen Tümpels. »Aber zu ändern ist es nicht. Wir haben getan, was wir konnten. Er hat uns übervorteilt.«

»Blödsinn!«, widersprach Lennart wütend. »Das kann nicht sein! Was brauchen wir, um dieses Portal wieder … in Betrieb zu nehmen?«

»Wasser«, antwortete der Leierkastenmann und bleckte die bräunlichen Leichenzähne zu einem widerlichen Lächeln. »Genau genommen genügt irgendeine Flüssigkeit.«

»Wasser? Aber wir befinden uns doch im Moment unter Wasser, da könnten wir vielleicht …«, hob Lennart an.

»Nein, könnten wir nicht. Wir würden ertrinken. Also du. Ich nicht. Aber das Becken würden wir damit nicht wiederbeleben, denn wenn dieselbe Flüssigkeit überall im Raum ist, funktioniert das Portal auch nicht.«

»Das ist kompliziert«, sagte Lennart.

»Das ist magische Logik«, sagte der Leierkastenmann.

Von der großen Höhle her erklang ein leises Kichern.

»Wir bekommen Besuch«, sagte der Leierkastenmann. »Hungrigen Besuch. Nicht meine Sorge. Ich bin kein Mensch, mich mögen sie nicht.« Er lachte wie ein schadenfrohes Reibeisen.

»Auch das noch«, sagte Lennart ungehalten, doch dann erhellte sich sein Gesicht. »Kannst du das Becken wieder dicht kriegen, also reparieren, meine ich?«

Der Leierkastenmann hörte abrupt auf zu lachen. »Für wen hältst du mich? Das ist Grundschulmagie! Ich kann anderen Menschen in Träumen erscheinen und derlei Dinge mehr, wie du weißt.«

»Dann sollte das für dich ja eine einfache Übung sein. Ich schlage vor, du fängst besser gleich damit an, denn ich habe vielleicht eine Idee, wie wir hier herauskommen können.«

Damit ließ er den verdutzten Leierkastenmann zurück und ging hinaus in die große Höhle, aus der das Kichern immer lauter hereindrang.

31. Kapitel

»Bei allen tranigen Wassermännern! Dahinten sind unser junger Zauberkollege und der düst're Höllenmusikant. Zum Glück ohne Instrument!«, brüllte Kapitän Darraben, stieß den neben ihm stehenden Advokat Isaksson erfreut an und deutete mit ausgestrecktem Zeigefinger in Richtung Teich, der in der Mitte der Höhle von Äskestock lag und aus dem die beiden eben aufgetaucht waren.

Das musste er im selben Moment schon bereuen, denn das Projektil aus einer der Waffen von Harald Haddings Männern traf ihn am Arm. Zwar musste der Kapitän eine Art Schutzzauber um seinen Körper errichtet haben, aber der ließ die Kugeln nur abprallen wie eine dicke Ritterrüstung einen Pfeil. Die Energie der Kugel erwischte ihn trotzdem. »Aua!«, schrie er erbost. »Ihr hinterhältigen Soldatenimitationen! Euch werde ich das Fürchten lehren!« Damit hob er seinen Säbel und ließ einen Schwall Magie auf den Mann los, der ihn eben beschossen hatte. Den riss es sofort von den Füßen, er hob ab und prallte einige Meter weiter rücklings gegen die Felswand, wo er reglos liegen blieb.

Cornelius Isaksson und Järnskägg schien es ähnlich zu ergehen wie Darraben. Sie teilten aus, wurden jedoch ebenfalls getroffen. Einer der drei Wächter hatte Bölthorn einen im wahrsten Sinne des Wortes passenden Schutzzauber verpasst – es war wohl das Werk von Cornelius Isaksson. Der Körper des Mopses war durch einen Zauber gut geschützt, Maul und Lefzen hatte man aber ausgespart, sodass Bölthorn nach Leibeskräften zwischen den Gegnern umhersauste und jedem in die Waden biss, dessen er habhaft werden konnte. Allerdings waren die Gegner deutlich in der Überzahl. Dazu kam, dass sich die drei Zauberer und Bölthorn gegen einige Figuren aus Stein und Bronze verteidigen mussten, die zwar über keine eigenen Zauber-, dafür aber über erhebliche Körperkräfte zu verfügen schienen. Sie bewarfen Lennarts Mitstreiter mit großen Steinen oder versuchten, sie umzustoßen. Dass diese Wesen überhaupt lebendig waren, war verwunderlich genug. Lennart erkannte sie. Es waren die Statuen, die vor Kurzem spurlos in Göteborg abhandengekommen waren und hinter deren Verschwinden Polizei und Medien eine gewiefte Diebesbande vermutet hatten. Die Wahrheit war, dass Olav Krähenbein diesen Kunstwerken Leben eingehaucht und sie für seine Zwecke missbraucht hatte; sie mussten auf der *Ringhorn* mitgereist sein. Aber: Eine der Figuren fehlte, die gefährlichste …

»Vorsicht!«, brüllte der Leierkastenmann, aber schon traf Lennart ein Schlag, der ihn umwarf und mitten ins Kampfgetümmel schleuderte. Am Boden liegend sah er sich um und erkannte den Barghest, den Höllenhund, der ihn im Park in Göteborg schon einmal angegriffen und Bölthorn beinahe tödlich verletzt hatte. Auf seinem Rücken hockte ein ekelerregend behaartes Wesen mit muskulösen, warzenbesetzten Oberarmen, zerrissener Kleidung und einem hässlichen Gesicht, das seinesgleichen suchte. Dennoch war der Mensch, der sich in dieses Wesen verwandelt hatte, noch zu erkennen. »Ich habe mich also nicht getäuscht«, sagte Lennart, zog seinen Zauberstab und stand auf. Um ihn herum pfiffen die Geschosse. Er erzeugte rasch einen Schutzzauber. »Ich wusste doch, dass ich diese miese Visage kenne. Nicht wahr, Herr Nilsson? Sie sind ja noch hübscher als zuvor.«

»Lennart Malmkvist!«, zischte das behaarte Wesen, das aussah wie eine Kreuzung aus Werwolf und Grottenolm. »Endlich. Du wirst büßen. All deine Freunde werden sterben. Widerstand ist zwecklos. Mein Herr, König Olav Krähenbein, wird dich das lehren. Ich bin der Führer seiner Truppen. Dazu hat er mich gemacht, dazu bin ich berufen, und der Barghest hat mich verwandelt.« Mit diesen Worten trat der ehemalige Kriminalkommissar dem Monsterhund in die Flanken, woraufhin dieser sich aufbäumte und dann auf Cornelius Isaksson und Lennart zugaloppierte, als wollte er ihn wie ein D-Zug überrollen.

Geistesgegenwärtig eilte Lennart dem Anwalt zu Hilfe und zog ihn zur Seite. Der Barghest schoss knapp an ihnen vorbei. Werwolf-Nilsson riss den Höllenhund an der Mähne herum und wollte wieder auf Lennart und Cornelius Isaksson losreiten, da ertönte ein Schrei.

»Jeeeetzt! Auf sie mit Gebrüll!«

Freund wie Feind wirkten total überrascht und blickten zum Höhleneingang, durch den plötzlich sechs Maskierte hereinstürmten und wie nach einer abgesprochenen Choreographie eine Vielzahl kleiner Lederbeutel auf die Gegner von Lennart und dessen Verbündeten warfen. Alle sahen wie gelähmt zu, denn der Auftritt wirkte alles andere als bedrohlich. Zwei der Menschen waren Frauen, die eine ziemlich klein und korpulent, die andere eher zierlich. Die Männer wirkten auch nicht, als hätten sie je eine Nahkampfausbildung absolviert.

Die Stimmung veränderte sich schlagartig, als die ersten der kleinen Lederbeutel Krähenbeins Leute trafen.

Und unter unvorstellbarem Getöse explodierten.

Nun kam noch mehr Leben in die Höhle.

Getroffene flogen umher, magische Blitze zuckten wie in einem Gewitter, Schreie ertönten, Mopsgebell, Stöhnen, Ausrufe der Überraschung. Dann schlug eine der magischen Handgranaten neben dem Teich beim Leierkastenmann ein. Der brüllte, wandte sich um, verschwand kurz hinter dichtem Rauch, der sich bald darauf wieder lichtete. Und dann meinte Lennart, ihm müsse das Herz stehen bleiben.

Der Leierkastenmann war Geschichte.

Er hatte sich in jemand anderen verwandelt.

Und Lennart kannte diesen Mann.

Er konnte es nicht fassen.

»Bu… Bu… Buri? Buri Bolmen?«

Buri strich sich den langen grauen Bart glatt. »Ja, mein lieber Lennart. Doch für Erklärungen bleibt keine Zeit.« Er rief: »Darraben! Järnskägg! Rœkrvænn! Jetzt ist unsere Gelegenheit! Auf ihn! Und dich«, sagte er zu Lennart, »dich brauchen wir auch.« Dann stürmte er auf Krähenbein zu, der sich hinter dem Altar verschanzt hatte. Und noch während er auf ihn zulief, sprach er einen Zauber, dessen große Magie wie ein zuckender Lichtbogen aus seinen Händen und zu Olav Tryggvason floss. Lennart sprach denselben Zauberspruch: *»Årnā ðrygja şkĭla«*, und aus seinem Zauberstab floss ebenfalls Energie in Richtung des Schwarzmagiers und vereinte sich mit der von Buri Bolmen.

Die anderen drei Zauberer guckten vollkommen verdattert aus der Wäsche, doch dann begriffen sie, dass sie keine Zeit mehr haben würden, sich über das Auftauchen von Buri Bolmen zu wundern – oder darüber, dass einer von ihnen ebenfalls eine Verwandlung durchgemacht hatte: Järnskägg war kein Irrlicht mehr, sondern ein hagerer alter Mann mit aufrechtem Gang, schalkhaft blitzenden Augen und dichtem rostrotem Bart. Wenn sie nicht von Krähenbein vernichtet werden wollten, mussten sie sofort handeln. Wie auf Kommando schlossen sie sich Lennart und Buri an, entfachten ebenfalls magische Lichtbögen und Blitze, die sich zu einem gleißend hellen Strom aus Energie vereinten und tanzend und züngelnd in Olav Tryggvasons Körper trafen. Sie schritten weiter und weiter auf ihn zu, unaufhörlich …

Und als sie ganz dicht vor ihm standen und er sich nicht mehr wehren konnte, da, ganz plötzlich, explodierte der mächtigste aller Zauberer und verging in einem Blitz, der so hell war wie die Sonne, und einem Knall, der so laut war, dass Lennart noch viele Sekunden lang kaum etwas hören konnte.

Als seine Sinne endlich langsam zurückkehrten, erkannte er, dass vor ihm auf den Stufen des Tempels, die zum Altar emporführten, neben dem noch immer leblosen Körper Harald Haddings, ein regloser Vogel auf dem Rücken lag. Das schwarze Gefieder war zerrupft, er hatte die Beine unnatürlich von sich gestreckt, die Augen starrten milchig ins Leere.

Es war eine Krähe.

»Lennart? Lennart? Bist du okay?«

Lennart schreckte hoch und wandte sich um. Es war Frederik. Sein Haar war zerzaust, er hatte Ruß und Dreck im Gesicht, aber er und seine Sommersprossen schienen unversehrt.

»Alles in Ordnung«, sagte Lennart und drückte ihn an sich. Nach der Umarmung hielt er ihn weiter an den Schultern fest. »Hast du dieses Theater hier angezettelt?«

»Na ja«, antwortete Frederik mit einem Grinsen und noch immer sichtlich aufgeregt. »Wir haben es an Bord nicht mehr ausgehalten. Wir wussten ja nicht, was los ist. Der Kapitän hatte uns zwar befohlen, auf jeden Fall auf dem Schiff zu bleiben, aber deine Eltern, Maria und ich mussten etwas tun. Auch wenn Skalle und Tobben sich zuerst geweigert haben – ich glaube, sie haben Angst vor dem Kapitän«, sprach Frederik leiser und hinter vorgehaltener Hand. »Aber der hatte uns doch diese magischen Granaten dagelassen, für den Fall der Fälle. Da dachte ich mir, dass man die ja durchaus auch als Angriffswaffe einsetzen könnte. Warum nur zur Verteidigung? Also sind wir los, haben das andere Beiboot genommen, haben die Spuren zur Höhle gefunden, sind in der Höhle dem Krach gefolgt, haben uns unsere Schals und Mützen über die Köpfe gezogen, um gefährlicher auszusehen, und dann sind wir reingerannt und haben diese Magie-Handgranaten auf alles geworfen, was nicht nach euch aussah. War das falsch?«

Lennart lächelte. »Hättest du mich das heute Morgen gefragt, hätte ich das bejaht, aber euer sehr gefährlicher Einsatz hat uns das Leben gerettet und den Sieg über Krähenbein erst möglich gemacht.«

»Krähenbein ist noch nicht ganz besiegt«, mischte sich jemand in die Unterhaltung der beiden Freunde. »Zumindest können wir nicht hundertprozentig sicher sein.«

»Buri? Buri Bolmen?«, fragte Frederik erstaunt und riss die Augen auf. »Das gibt's doch nicht. Das ist ja krasser als bei Obi-Wan Kenobi … Sie sind … Sie sind doch …«

»Tot? Ganz recht«, antwortete der alte Zauberer mit einem Lächeln. »Ich war tot, also quasi. Allerdings nur vorübergehend. In Wirklichkeit steckte ich zur Tarnung bloß in einer anderen Persönlichkeit. In einem Leierkastenmann. Ich hielt das für eine gute Idee, denn ich mag Leierkästen nicht besonders und Leierkastenmänner sowieso nicht, und da dachte ich mir …«

Weiter kam er nicht.

Wie eine italienische Kanonenkugel zischte Maria Calvino, kaum dass sie Buri Bolmen erkannt hatte, durch die Umstehenden und warf sich ihm hemmungslos an den Hals. Sie schluchzte und bedachte ihn mit allem, was ihre Muttersprache an Komplimenten und Beschimpfungen hergab. Lennart verstand nur wenig, aber sehr wohl, dass sie Buri Bolmen liebe und ihn nie wieder gehen lassen wolle, dass sie ihn verfluche, weil er ihr so viel Kummer gemacht habe, dass sie ihn brauche wie eine toskanische Rose den Morgentau, dass sie ihn am liebsten erwürgen wolle, aber dass sie ihm verzeihe und ihm heute Abend Ravioli aus der Dose zubereiten werde, denn sie wisse natürlich schon lange, dass dies sein Lieblingsessen sei, und sie sei ihm deswegen auch nicht böse. Überhaupt nicht! Dann küsste sie ihn mehrfach und weinte bebend an seiner Schulter vor Glück und Freude.

Buri Bolmen wirkte trotz all seiner magischen Fähigkeiten mit dieser Situation sichtlich überfordert, doch nach einigen Sekunden gab er nach und sagte: »Liebste Maria, sieh es mir nach. Ich musste so tun, als sei ich tot, um Olav Krähenbein in Sicherheit zu wiegen. Anders wäre er vielleicht vorsichtiger gewesen, und wir hätten es noch schwerer gehabt.« Dann barg er Maria Calvino in seinen Armen, und es sah nicht so aus, als würde er das lediglich aus Mitleid tun.

»Wie ist das alles möglich?«, wollte Frederik wissen.

Lennart zuckte die Achseln. »Diese ganzen Verwandlungen müssen etwas mit diesen magischen Granaten von Kapitän Darraben zu tun haben. Anders kann ich es mir auch nicht erklären. Ziemlich wirkungsvoll, diese Dinger.«

»Natürlich«, mischte sich Advokat Cornelius Isaksson ein, »denn dieser alte Stümper hat ein undefinierbares Zeug zusammengerührt. Ich würde meinen, dass man diese Magie im Fallordner ›Gut gemeint, minderwertig gezaubert und dabei großes Glück gehabt‹ abheften muss.«

»Was soll das heißen, Teufel und Trompeten?«, ereiferte sich Darraben. »Ich habe ein höchst wirkungsvolles Präparat zusammengebraut, das seinesgleichen sucht. Ha! Etwas Verwandlungsmagie, ein wenig Lähmungsenergie, ein Quäntchen Explosivkraft und ein paar andere Dinge, die ich leider vergessen habe. Aber ganz gleich, was alles in meinem Pulver war, es hat gewirkt, nicht wahr? Schaut doch!« Er deutete stolz auf ihre ehemaligen Gegner. Auf die Männer von Harald Hadding hatte der Zauber der Granaten paralysierend gewirkt. Sie hockten, standen oder lagen mit ausdruckslosen Gesichtern und schlaffen Gliedern in der ganzen Höhle verteilt. Järnskägg hatte erneut eine Wandlung durchgemacht. Der Magier zeigte nun seine menschliche Gestalt. Er steckte in einem weißen Kapuzengewand aus derbem Stoff, das von einem breiten Gürtel zusammengehalten wurde, und trug einen ellenlangen rostroten Bart. Gemeinsam mit Lennarts Vater fesselte er ihre Gegner mit Stricken von der *Intill döden*, die Frederik und die anderen für eventuelle Abstiege zur Sicherheit mitgebracht hatten.

Lennart musste zugeben, dass Darrabens magisches Explosivgemisch auch bei den anderen Angreifern durchaus Wirkung gezeigt hatte. In der Mitte der Höhle lag Hendrik Nilsson noch immer an der Stelle, an der ihn die Explosion einer Darraben-Spezialgranate vom Barghest gefegt hatte. Er lebte, war aber ohnmächtig und hatte sich vom werwolfartigen Monster wieder zurück in einen ruchlosen Menschen verwandelt. Der Höllenhund, den er geritten hatte, war wieder das, was er gewesen war, bevor Krähenbein ihm Leben eingehaucht hatte: die Statue eines Hundes. Und auch die anderen Figuren aus Göteborg bestanden wieder aus Eisen, Marmor, Stein und Bronze; sie lagen – teils zerbrochen, teils verbogen – kreuz und quer verteilt.

Kerstin Malmkvist hatte sich unterdessen um die nackte Kommissarin Maja Tysja und Emma Mårtensson gekümmert und ihnen ein paar Umhänge und Kleidungsstücke gegeben, die sie den Gefangenen abgenommen hatte. Sie saßen mit verwirrten Gesichtsausdrücken am Rand des Teiches, dort, wo Lennart mit Buri Blomen erst vor wenigen Minuten – im wahrsten Sinne des Wortes – aufgetaucht war.

Kerstin Malmkvist kam zu Lennart herüber. »Ich bin so froh, dass alles vorbei ist und dass dir nichts passiert ist«, sagte sie und drückte ihn an sich.

»Ich auch«, entgegnete Lennart. Dann deutete er zu den beiden Frauen. »Diese verdammte Allergie. Ich habe sie noch immer. Wie geht es ihnen?«

»Sie sagen, sie können sich an nichts erinnern«, erklärte Kerstin Malmkvist.

Lennart nickte versonnen. »Das ist wohl auch besser so. Krähenbein hatte sie mit einem Bann belegt. Sie waren mir gegenüber recht, wie soll ich sagen, hingebungsvoll eingestellt in letzter Zeit.« Er blickte sich um. »Es scheint, alle haben es unbeschadet überst…«, dann stockte er. »Verdammt! Wo ist Bölthorn?«

»Lennart?«

Er drehte sich um. »Was ist los?«

»Schau, was ich gefunden habe.« Frederik machte ein betrübtes Gesicht. »Ich habe alles nach ihm abgesucht … nichts.« Da erkannte Lennart, dass sein Freund Bölthorns Halsband in der Hand hielt. Es klebte Blut daran.

Er nahm das Halsband wie in Trance entgegen. »Wo hast du es gefunden?«

Frederik deutete hinter sich. »Nicht weit weg von hier. Es lag dort hinten, kurz vor dem Ausgang.«

Auch die anderen waren sichtlich betroffen – insbesondere Maria Calvino, die Bölthorn über alles liebte, war kreidebleich geworden und schlug sich die Hand vor den Mund. Lennart aber war außer sich. »Oh Mann, nein, bitte nicht …« Er ließ das Halsband fallen und lief los, lief durch die Höhle, schaute in jede Ecke, umrundete den Steinkreis, der den pechschwarzen Teich in der Mitte einfriedete, blieb stehen, spähte und suchte seinen Freund. Schließlich rannte er zu dem schmalen Felsspalt, durch den sie am frühen Abend mit Harald Hadding in die Höhle gekommen waren.

»Bölthorn? Bölthorn? Bölli? Mann, sag doch was! Schmatz doch oder … komm zu mir!«, rief er verzweifelt. Irgendwo ertönte leise ein Echo.

Da legte sich eine Hand sanft auf Lennarts Schulter. Es war die von Buri Bolmen. »Lennart, mein junger Zauberlehrling. Ich muss mit dir reden.«

»Was ist mit Bölthorn? Wo ist er?«

Buri schwieg, schien nachzudenken. Schließlich sagte er. »Bölthorn ist fort.«

»Wohin ist er gegangen?«

»Ich weiß es nicht.« Er blickte Lennart eindringlich in die Augen. »Er war kein Mops, wie du weißt.«

Lennart nickte. »Er hat es mich mehr als einmal wissen lassen. Aber wer oder was war er denn wirklich?«

»Ich stehe in deiner Schuld«, erklärte Buri Bolmen ausweichend und forderte die anderen mit einer Geste auf, sich in die Mitte der Höhle zurückzuziehen, damit er sich ungestört mit Lennart unterhalten konnte. »Du hast deine Sache mehr als gut gemeistert. Sosehr ich stolz auf dich bin, sosehr schäme ich mich, dir das angetan zu haben, was ich dir antun musste. Und ich bedauere es darum umso mehr, dass ich niemandem sagen darf, wer Bölthorn wirklich ist. Nicht einmal dir. Ich habe es geschworen. Es ist seine Entscheidung, ob er sich dir zu erkennen gibt.«

»Ist er am Leben?«

»Ja. Ich habe gesehen, wie er sich verwandelt hat und davongelaufen ist. Hinaus aus diesem Gewölbe und weiter ins tief verzweigte System der Höhle von Äskestock hinein. Er kennt sich hier gut aus, glaube mir.«

»Und das Blut am Halsband?«

Buri lächelte. »Es ist nichts. Wahrscheinlich stammt es von einer Wade von Haddings Männern. Er hat ziemlich unter ihnen gewütet, das tapfere … Möpschen.«

Lennart stand ganz still, sagte nichts. Er fühlte sich erleichtert, aber auch einsam, in ihm steckte eine tiefe Sehnsucht nach Bölthorn. »Sie haben gesagt, Sie schämten sich. Warum?«

»Ich habe dich belogen.«

»Weil Sie mir verschwiegen haben, dass Sie der Leierkastenmann waren? Weil Sie mir verschwiegen haben, dass Sie noch am Leben sind?«

»Das auch«, antwortete Buri Bolmen. »Es ging nicht anders.«

»Ich weiß«, sagte Lennart. »Geschenkt. Wir haben gewonnen, das allein zählt.«

»Ich meinte auch die Sache mit der Allergie. Das war mein Werk. Ich musste unbedingt verhindern, dass du einen Nachkommen zeugst. Und da ich nicht wusste, welche Frau Krähenbeins Blutlinie fortführen würde, bevor du geboren wurdest …«

»… haben Sie zuerst versucht, dass meine Mutter mich erst gar nicht bekommen kann, und sind ihr erschienen«, vervollständigte Lennart Buri Bolmens Erläuterung.

»Sie hat mir leidgetan. Ich bin ja kein Unmensch oder Schwarzmagier, aber ich sah keine andere Möglichkeit. Doch es war zu spät: Sie war bereits schwanger mit dir.« Buri Bolmen strich sich verlegen durch den grauen Bart.

»Und deshalb haben Sie mir diese Liebesallergie angehext, als ich in die Pubertät kam?«, fragte Lennart.

»So ist es. Ich durfte kein Risiko eingehen. Und als ich mitbekommen habe, dass du von Stockholm nach Göteborg ziehst, und ich gespürt habe, welches magische Potenzial in dir schlummert, da musste ich in deiner Nähe bleiben. Ich wusste, dass Krähenbein längst auf dich aufmerksam geworden war. Dass er sich allerdings über den liebenswert verrückten Mats Wallin in Harald Hadding verwandelt hatte und dir als Arbeitgeber so nah war, das erkannte ich erst, als es fast zu spät war. Ich musste meinen eigenen Tod inszenieren, um Olav Tryggvasons perfiden Plan zu durchkreuzen – und um meine liebe Maria zu schützen. Denkst du, ich habe gerne Abstand von ihr gehalten?« Er hielt seine linke Hand in die Höhe, an welcher der Ringfinger fehlte, den die Polizei als einzigen Überrest von ihm im Laden neben seiner Asche gefunden hatte. »Und glaube mir, auch das hätte ich mir gerne erspart. Ich bin Zauberer, kein schmerzunempfindlicher Fakir.«

»Er hatte immer noch einen Trumpf im Ärmel«, merkte Lennart an und nickte zum Altar hinüber. »Beinahe wäre es schiefgegangen.«

»In der Tat«, pflichtete ihm Buri Bolmen bei. »Hätte unser alter Freund Kapitän Darraben etwas mehr Ahnung von exakter Zauberei und hätten deine Eltern und deine Freunde nicht so viel Mut, wären wir in arge Bedrängnis geraten. Dann wäre die Sache eventuell ganz anders ausgegangen.«

»Sie haben vorhin gesagt, Krähenbein sei noch nicht ganz besiegt?«

»Seine Hülle ist äußerlich tot, aber er noch lange nicht

begraben. Und das ist bei einem Magier dieses Kalibers unbedingt notwendig, denn seine Macht ist groß und bedarf einer bestimmten rituellen Behandlung«, erklärte Buri. »Gehen wir und erledigen das?«

Lennart nickte nachdenklich. »Ja, das sollten wir dann wohl tun.« Er hielt inne. »Eine Frage noch.«

Buri wandte sich zu ihm um und blickte ihn erwartungsvoll an.

»Wer trägt das Blut Krähenbeins in sich? Mein Vater oder meine Mutter?«

Buri blickte Lennart tief in die Augen. »Liebst du sie?«

»Ja, das tue ich.«

»Dann ist die Antwort nicht von Belang.« Mit diesen Worten ließ Buri Bolmen Lennart stehen und ging zu den anderen, die sich in der Mitte der Höhle zusammengefunden und stumm zu den beiden herübergeschaut hatten.

Lennart sah Buri einige Sekunden lang nach. Dann horchte er noch einmal ins Dunkel des Felsspaltes. Kein Röcheln, kein Bellen, kein Schmatzen, kein Blubbern.

Bölthorn war gegangen, und er hatte das Rätsel seiner Existenz für immer mit sich genommen.

Epilog

Der Winter neigte sich seinem Ende zu. Das dauert in Schweden für gewöhnlich länger als in anderen Ländern, doch dieses Jahr war es Anfang Mai bereits so warm wie an manchen Julitagen nicht. Die Tür von *Bolmens Skämt- & Förtrollningsgrotta* stand offen. Buri hatte zwar eine neue Halloween-Scherzartikel-Kicherpsychohexentürglocke übers Internet erworben, die schwieg allerdings, sofern man die Tür nicht bewegte (außerdem beinhaltete sie laut Buri definitiv keine Zauber wie die alte, war also komplett magiefrei).

Lennart hatte beschlossen, den Laden auf jeden Fall weiterzuführen. Das Erbe insgesamt war rein rechtlich sehr fragwürdig, da der Erblasser ja nun doch wieder lebendig aufgetaucht war. Solange das allerdings niemand mitbekam, vor allem offizielle Stellen nicht, und bei einer gewissen Frau Calvino nur ein namenloser Untermieter übergangsweise Unterschlupf gefunden hatte, sollte das niemanden stören. Außerdem hatte Lennart Spaß an der Sache gefunden und war begierig darauf, seine magischen Fähigkeiten mithilfe Buri Bolmens und dessen ehemaligen Ladens weiter auszubauen – man wusste ja nie, wozu es gut war.

Allerdings hatte Lennart etwas umgeräumt, und das Angebot des Ladens hatte sich weiter gelichtet. Dafür stand jetzt ein sehr großer, äußerst hübscher antiker Schreibtisch ganz vorne im Verkaufsraum, wo Lennart die Kasse und den Tresen eingerichtet hatte. Er saß auf dem dazu passenden Biedermeierstuhl, hatte die Augen geschlossen und atmete den warmen Frühlingswind ein, der sich unablässig, den Duft von Blüten und Lebensfreude mit sich tragend, an der Hexe vorbei in den Laden schlich und ihn sanft im Nacken streichelte.

Allen Beteiligten der Schlacht in der Höhle von Äskestock ging es gut, zumindest soweit Lennart das beurteilen konnte. Järnskägg hatte sich fürs Erste ein uraltes Haus unweit von Göteborg gesucht, hatte aber den Wunsch geäußert, in Kürze (vielleicht in zehn, zwanzig oder hundert Jahren, wie er sagte) entweder nach Lappland oder aber nach Island überzusiedeln, wo Wesen wie weissagende alte Männer, Eisbären, Elfen und Trolle noch erheblich willkommener wären als im ach so aufgeklärten Süd- und Zentralschweden.

Advokat Isaksson war weiterhin Anwalt und wohnte immer noch in der Uraltvilla zusammen mit seiner schwebenden Sekretärin mit der glockenhellen Stimme. Lennarts Eltern waren wieder in Stockholm – mit seinem Vater hatte er sich ausgesprochen, und es schien, als sei Stefan Malmkvist tatsächlich das erste Mal in seinem Leben sehr stolz auf seinen Sohn und mache sich nicht mehr über dessen Zauber- und Scherzartikelladen lustig. Kerstin Malmkvist hatte den Schreck über das wiederholte Erscheinen des grausigen Leierkastenmannes verkraftet, nachdem ihr Buri Bolmen gestanden hatte, dass er das gewesen war, und auch, weshalb er so gehandelt hatte.

Er hatte Lennart zudem versichert, dass er sich um seine Liebesallergie gleich nach dem Urlaub kümmern werde, immerhin beruhe sie ja auf einem Fluch von ihm. Vielleicht gebe es doch eine Möglichkeit, diesen zumindest durch die Verabreichung bestimmter magischer Mixturen abzumildern. Dann war Buri Bolmen mit Maria Calvino in deren alte Heimat, also nach Italien, gefahren, etwas, das weder er noch sie in den letzten Jahren gemacht hatten.

Krähenbein.

Sie hatten die tote Krähe vor dem Altar des Tempels in der Höhle von Äskestock mit einem gemeinsamen Spruch in Kohlestaub verwandelt und diesen mit unglaublicher Magie zu einem murmelgroßen, tiefschwarzen Kristall gepresst, der in seinem Inneren ein feines, kaum sichtbares Gespinst aus rubinroten Äderchen aufwies.

Den Stein hatten sie Kapitän Darraben anvertraut, der sich bereiterklärt hatte, ihn an der tiefsten Stelle des Kattegats ins Meer zu werfen. Dann hatte er sich von allen unter Flüchen und grimmen Wünschen verabschiedet und war mit seiner neuen Mannschaft losgezogen. Diese hatte er aus Haddings Männern und Hendrik Nilsson rekrutiert, die zur Strafe für ihre Verbrechen und aufgrund eines magischen Bannes nunmehr für alle Ewigkeit – oder bis Darraben etwas anderes in den Sinn kam – auf der *Intill döden* ihren Dienst tun mussten und als Besatzung dieses Geisterschiffes die Nord- und Ostsee unsicher machen würden.

Skalle und Tobben hatte er zu Offizieren befördert, wodurch diese ihre Ruhe vor dem missgelaunten Kapitän hatten und sich Darraben stattdessen auf den vielköpfigen Zuwachs in seiner Besatzung fokussieren konnte. Als Heimathafen hatte Darraben Svolderoie auserkoren, wenn man also irgendwann zwischen Mitternacht und Morgengrauen einmal Lust auf einen ordentlichen Schluck Rum habe, solle man seinen Landrattenarsch dorthin bewegen. Vielleicht sei er ja gerade anwesend. Am Weihnachtsabend sowieso! Ahoi!

Niemand hatte je wieder etwas von ihm gehört.

Ganz anders verhielt es sich bei Emma Mårtensson und Harald Hadding oder, besser gesagt: Mats Wallin. Dieser war nun zwar wieder sterblich, aber auch menschlich. Daher hatte er seine Rolle als Multimillionär noch einige Monate gespielt, sich dann aus dem Geschäft zurückgezogen, all seine Unternehmensanteile verkauft und sich mit seiner Enkelin und deren Adoptiveltern aufs Land zurückgezogen. Dort hatte er ein wunderschönes Landgut erworben, in dem er seinen Lebensabend im Kreise derer verbringen wollte, die ihm geblieben waren. Er besaß dermaßen viel Geld – allein der Verkauf der *Ringhorn* hatte zig Millionen Kronen eingebracht –, dass er den Großteil an die Seenotrettung, das Kinderhilfswerk und andere gemeinnützige Institutionen gespendet hatte (auf Drängen von Maria auch an das Obdachlosenheim in Göteborg) und sich trotzdem keiner in seiner Familie Gedanken um die Zukunft machen musste. Und er hatte Darraben zwei Truhen voller Gold, Silber und Edelsteinen beschafft. Auch wenn der Pirat derlei Wertgegenstände vor langer Zeit von Dritten geraubt hatte, war es schließlich sein Schatz gewesen, der Harald Hadding erst zu dem gemacht hatte, der er bis vor Kurzem gewesen war.

Emmas und Lennarts Liaison war damit zu Ende. Ja, sie

hatten viel füreinander übrig, ja, sie hatten viel miteinander erlebt und durchgemacht, aber es blieb noch immer Lennarts Allergie sowie die Erkenntnis, dass es selbst ohne dieses fluchbedingte Leiden für eine dauerhafte Beziehung emotional wohl nicht gereicht hätte.

Was Frederik und Maja Tysja anging, so hatten sich alle gewundert. Sie schienen während der letzten Wochen und Monate ihre Herzen füreinander entdeckt zu haben, und sogar über eine gemeinsame Wohnung wurde bereits gesprochen. Einen größeren Gegensatz als den überfreundlichen IT-Nerd und die kühle, zu allem entschlossene Kommissarin mit ihren eisblauen Augen dürfte es kaum geben – doch vielleicht war es ja der alte Spruch, der sich hier wieder einmal bewahrheitete: »Gegensätze ziehen sich an.« Was auch immer der Grund war, Lennart freute sich für die beiden und hatte Frederik gegenüber niemals ein Wort über Maja Tysjas Verhalten in der Höhle von Svolderoie verloren, was ihr und ihm mit Sicherheit furchtbar peinlich gewesen wäre, obwohl sie damals ja unter Krähenbeins magischem Einfluss gestanden hatte.

»Entschuldigen Sie, hatten Sie nicht einmal einen Mops?«

Lennart zuckte zusammen und öffnete die Augen. Vor ihm stand eine wunderschöne junge Frau. Sie mochte dem Aussehen nach Mitte oder Ende zwanzig sein, hatte lockiges braunes Haar, das ihr bis über die Schultern fiel, eine fein gezeichnete Nase, dunkle Augen mit bernsteinfarbenen Reflexen sowie ebenmäßige Gesichtszüge. Ihre Figur war so zart und zugleich so weiblich, dass es ihn im Innersten berührte. Sie trug Jeans, ein T-Shirt, Turnschuhe und einen sportlichen, geblümten Blouson – eigentlich nichts Besonderes, doch bei ihr wirkte es unfassbar elegant und bezaubernd.

»Einen Mops?«

»Das ist so eine Art Hund, nur dicker«, sagte die junge Frau und lächelte.

»Äh … jaja, ich weiß, was ein Mops ist«, antwortete Lennart, der sich erst langsam an den Anblick der vor ihm stehenden Schönheit gewöhnte. »Und in der Tat, ich hatte mal einen. Woher wissen Sie das?«

»Ich war vor längerer Zeit schon einmal in diesem Laden, und da habe ich ihn gesehen. Er war echt süß. Wo ist er? Ist er da?«, fragte die junge Frau.

»Nein«, antwortete Lennart betrübt, »er ist nicht da. Sie sind schon einmal hier gewesen? Ich kann mich gar nicht an Sie erinnern.«

»Darf ich mich setzen?« Sie zog einen der beiden vor dem großen Schreibtisch stehenden Stühle heran und nahm Platz, noch bevor Lennart etwas entgegnen konnte.

»Bitte schön«, sagte Lennart verwundert.

»Er ist weg, sagen Sie?«, fragte die junge Frau. »Wo ist er denn?«

»Er ist mir davongelaufen«, sagte Lennart.

Die junge Frau schien diese Antwort zu amüsieren. »Davongelaufen? Ein Mops? Und dann noch so ein unförmiger? Wie geht das denn? So unsportlich sehen Sie mir gar nicht aus.«

»Manchmal passieren solche Sachen eben. Dumm gelaufen, könnte man sagen. Kann man nicht ändern.«

»Fehlt er Ihnen?«

»Ja, er fehlt mir, ich habe ihn sehr gemocht, und jetzt

ist er weg«, sagte Lennart betrübt. Das Gespräch ging in eine Richtung, die ihm nicht behagte, auch wenn diese Frau ihn tatsächlich sehr anzog. »Hören Sie mal. Sind Sie hergekommen, um mich auszufragen?«

»Nein«, antwortete sie und strich sich die Haare zurück. »Ich bin hergekommen, um dich zu treffen, Lennart. Ich weiß, wo Bölthorn ist.«

Lennart sprang auf und eilte um den Schreibtisch herum nach vorne. »Woher … wo … wo ist er?«

Die junge Frau lächelte wieder. »Oh, du humpelst ja gar nicht mehr. Das freut mich. Hatte dich Krähenbein da nicht am Bein erwischt?«

Mit weichen Knien stand Lennart vor der jungen Frau. »Wer bist du?«, hauchte er. »Ich kenne dich. Ich habe dich gesehen. In einem Traum …«

Sie erhob sich und war mit einem Mal ganz nah. Ihr Duft ergriff seine Sinne, so fein und zart. Sie flüsterte: »Ich weiß. Was denkst du wohl, warum deine Allergie jetzt nicht auftritt. Buri hat dich verflucht, doch dieser Fluch erstreckt sich nur auf *Menschen*, begreifst du? Weißt du immer noch nicht, wer ich bin?«

Sie sahen sich tief in die Augen. So tief, dass Lennart eine Träne die Wange hinablief.

Die junge Frau zog aus der Innentasche ihres Blousons ein Hundehalsband. Es war mit braunen Flecken überzogen. Altes Blut. »Das hast du liegen lassen, damals in der Höhle von Äskestock, als ich es ausgezogen habe.«

»Böl…thorn?«, stammelte er und bemerkte wie ihm heiß und kalt wurde.

»So heiße ich nicht mehr. Du kennst meinen Namen. Ich habe dir von mir erzählt. Erinnerst du dich nicht? Ja, wir haben uns in deinem Traum getroffen, und du hast gewusst, dass du mich für immer lieben könntest, wenn …«

»… wenn ich nur dürfte. Nein … Doch, ich weiß es. Das ist …« Lennart hielt inne und korrigierte sich selbst. »Nein. Nichts ist unmöglich. Das habe ich mittlerweile gelernt. Du bist Elír!«

»Ich liebe dich. Und ich habe das dringende Bedürfnis, dich zu küssen«, sagte Elír. »Würde es dich stören, wenn ich es täte?« Sie ergriff Lennarts Hände und führte sie an ihre Schultern.

»Niemals«, sagte Lennart.

»Auch wenn ich mal ein Mops gewesen bin?«, fragte sie und lächelte keck.

»Selbst dann nicht. Für eine so schöne Elfe wie dich gibt es wirklich keine bessere Tarnung. Ich sollte vielleicht nicht ständig daran denken, aber ich bin sicher, dass ich das langfristig hinbekomme. Und ganz ehrlich? Du riechst weit besser als Bölthorn …«

Dann spürte er ihre Lippen auf den seinen.

Es fühlte sich mehr als richtig an.

Personalzuwachs und großzügige Spende für das Naturhistorische Museum in Göteborg

Göteborg – Vergangenes Wochenende wurde der mit großem Aufwand renovierte Westflügel des Naturhistorischen Museums feierlich wiedereröffnet. Der Direktor, Prof. Dr. Titus Hellström, zeigte sich sehr zufrieden, insbesondere da die neu aufgebaute Sammlung altnordisch-mythologischer Artefakte in ganz Skandinavien ihresgleichen suche. Die kostspieligen Arbeiten und auch das Erweitern der bis dato eher durchschnittlichen Sammlung, so Hellström weiter, sei nur durch eine großzügige Privatspende in Millionenhöhe ermöglicht worden. Dazu, ob es sich bei besagtem Spender um den bekannten Stockholmer Multimillionär Harald Hadding handelt, der bis vor Kurzem eine gleichnamige Kulturstiftung verwaltete und sich erst Ende Februar aus allen Geschäften zurückgezogen hatte, äußerte sich Hellström nicht.

Auch personell erhielt das Museum Zuwachs. Die Leitung und Organisation der Pressestelle wird ab sofort Ole Olsson (56) aus Göteborg übernehmen, der auch eine der Stiftungswohnungen bezogen hat. Olsson war früher Journalist bei verschiedenen Zeitungen, habe aber, laut eigener Auskunft, krankheitsbedingt eine längere Berufspause einlegen müssen. Nun freue er sich jedoch über die Maßen auf die neuen Aufgaben und werde sich für das Museum mit Freuden engagieren.

Dreister Kunstraub bleibt weiterhin unaufgeklärt – Diebesgut teilweise wieder aufgetaucht

Göteborg/Äskestock – Im Dezember berichteten wir über einen ungewöhnlich starken Wintersturm, bei dem einige

Städte der Westküste Verletzte und Sachschäden in Millionenhöhe zu beklagen hatten. Außerdem war es damals während des Sturmes unbekannten Tätern gelungen, in der Innenstadt von Göteborg mehrere zum Teil wertvolle Stein- und Bronzestatuen zu entwenden. Die Polizei vermutete eine osteuropäische Diebesbande hinter dem Verbrechen. Nun sind einige der Figuren an der Ostküste Schwedens stark beschädigt in einem Waldstück in der Nähe von Äskestock wieder aufgetaucht. Man vermutet, dass die Figuren zerlegt und über die Ostsee ins Baltikum verschifft werden sollten. Das scheint den Tätern nicht gelungen zu sein. Also ließen sie die Statuen im Wald zurück, wo sie jetzt nach der Schneeschmelze von Wanderern entdeckt wurden. Alle bis auf zwei Figuren, den wertvollsten, wie die Polizei bestätigte, sind nach Göteborg unterwegs. Dort sollen sie wieder hergerichtet und aufgestellt werden. Bei den beiden fehlenden Statuen handelt es sich um eine im Volksmund als »Muschelmann« bezeichnete Bronzefigur, die in der Nähe der Domkirche gestohlen wurde, sowie einen großen Bronzehund. Von den Tätern fehlt noch immer jede Spur. Die Polizei bittet die Bevölkerung daher weiterhin um ihre Mithilfe.

In Göteborg gestohlener Windjammer im Kattegatt unterwegs? Weihnachtsverbrechen gibt weiter Rätsel auf

Göteborg – Kurz vor Weihnachten im vergangenen Jahr wurde der Reederei *Old Scandinavian Line* das Hotelschiff *Viking II* aus dem Göteborger Hafen entwendet. Selbst ein Großeinsatz der Polizei konnte dies nicht verhindern. Wir berichteten. Kurze Zeit später sind fünf Polizeibeamte und vier weitere Personen, die der Weltanschauungssekte ›Tryggvasons Erben‹ zugerechnet werden, bei einem Feuergefecht in der Nähe von Billdal getötet worden, nachdem diese das Feuer auf die Beamten eröffnet hatten. Sechs weitere Beamte wurden dabei teils lebensgefährlich verletzt. Auch hierzu berichteten wir. Die Leiterin der Göteborger Abteilung für Kapitaldelikte, Kriminalhauptkommissarin Maja Tysja, sieht zwischen diesen beiden Verbrechen allerdings keinen Zusammenhang. Auch dem kursierenden Gerücht, dass die meisten Getöteten keiner Schussverletzung, sondern – an den Körpern der Opfer wurden zahlreiche und massive Biss- und Krallenspuren festgestellt – einem riesigen Bären zum Opfer gefallen seien, widersprach die Kommissarin vehement. Die Untersuchungen der Gerichtsmedizin hätten ergeben, dass alle diese Verletzungen post mortem erfolgt seien und mit der Todesursache nichts zu tun hätten. Kommissarin Tysja versicherte uns aber, jeder Spur, auch der unwahrscheinlichsten, weiter nachzugehen. In diesem Zusammenhang bekommt die Aussage des Bootseigners Erik P. (71) aus Västra Hagen eine gewisse Brisanz. Der nämlich will, wie er uns im Interview mitteilte, die *Viking II* unter vollen Segeln in der vergangenen Vollmondnacht dicht an seinem Containerschiff vorbeifahren gesehen haben. Weiter berichtet der Fischer, dass alle Besatzungsmitglieder in Ketten gelegen hätten und dass von Bord unablässig derbe Flüche und unflätige Ausdrücke zu hören gewesen seien. Wie viel dabei Seemannsgarn ist und wie viel der Wahrheit entspricht, ob vielleicht sogar die Täter der oben erwähnten grauenhaften Verbrechen damit zu tun haben, ist schwer zu sagen. Fest steht, dass die Sichtungen eines geheimnisvollen Viermasters im Kattegat in den letzten Wochen stark zugenommen haben. Wir bleiben für Sie am Ball und werden weiter berichten.

Danksagung

Ich möchte mich bei dem ganzen Team von dtv bedanken, insbesondere bei meinem Lektor Cornelius Traub, der viele Denkanstöße lieferte, um den Text immer noch besser zu machen.

Außerdem möchte ich mich bei meinem Testleser Frank »Siffu Hulli« Hullerum für seine ehrliche und konstruktive Kritik bedanken (und dafür, dass er sich spontan in Käpt'n Darraben verliebt hat!).

Mein allergrößter und liebster Dank geht aber wie schon zuvor an meine Uli, ohne deren unentwegtes Engagement und tatkräftige Unterstützung die gesamte Reihe um Lennart und Bölthorn niemals das geworden wäre, was sie ist – das sieht übrigens auch Herr Solesson so, von dem ich herzlich grüßen soll, weil er ohne dich nicht existieren würde.

Anhang

Zaubersprüche und magische Begriffe, die in der Lennart-Malmkvist-Reihe verwendet werden

Zauberspruch / Begriff	**Bedeutung / Wirkung**
Galieren / galieren	Oberbegriff für: Magie anwenden / zaubern
Luka øppna ȿpretta yppa	Spruch, um etwas zu öffnen (z.B. eine Tür)
Glittā gløa lyȿa	Spruch, um etwas zum Leuchten zu bringen (z.B. den eigenen Zauberstab)
Glœðāmȳ	Oberbegriff für Leuchtzauber
Slǫckna!	Spruch, um etwas auszuschalten oder zu löschen (z.B. den eigenen Zauberstab, Licht oder Feuer)
Bœt grœð hëĭl lækŋā	Spruch, um etwas Zerbrochenes zu reparieren, ggf. auch, um ein menschliches oder sonstiges Wesen zu heilen
Bladra lafa rìða våga vappa	Spruch, um etwas (oder bei fortgeschrittenem Können auch jemanden!) zu bewegen

Årnā ðrygja şkĭla	Spruch, um magische Energie auszurichten. Multipel einsetzbar; funktioniert auch bestens, um das Licht eines Leuchtzaubers in die gewünschte Richtung strahlen zu lassen
Jødarr şkulì şkylì vårì	Spruch, um sich oder andere durch ein magisches Schild oder Zelt zu schützen
ðrynhraun	Zauberstein, der mit magischer Energie geladen werden kann. Der Legende nach sind die Seelen besiegter Elfen in den Steinen gefangen und ermöglichen die magische Aufladung
Vårgūlfskĭŋŋ	Haut eines schwarzen Wolfes, auf die der Bann für Olav »Krähenbein« Tryggvason geschrieben steht und die in vier Teile zerschnitten wurde – jeder Teil ein Dunkles Pergament
tvëŋŋr tvīfalðr tvëggì	Etwas verdoppeln bzw. kopieren
Klëggì līmā hrëmşā fjǫtrā tjǫðrā	Etwas festkleben oder fesseln
Bëìðā hŋëppā tëȳgjāşt tëȳgjāşt	Jemanden zwingen, sich zu zeigen; sichtbar machen
Fjuka sløða sopa bøta lìda skila	Etwas aufräumen, zusammenfegen, sauber machen, in Ordnung bringen
Fågrglør	Zaubertrank
Skotja …	Schleudert etwas auf einen Opponenten oder in eine Richtung, und zwar …

… gloða yrmlar	… brennende Giftschlangen
… elding pīla	… energiegeladene Kugelblitze
… mjǫrkvi	… Nebelwolken
… ugð mjǫtuðr	… Angst
Mekta	Verstärkt (beinahe) jeden Zauberspruch
Frelsa fria hugskot sāl-sāla ǫnd	Eine gefangene Seele befreien oder dem versteckten Zauber in einem Gegenstand Leben einhauchen
hleypiflokkr hljōða vargulfskinnsvarðkeri saman	Spruch, um einen der vier Wächter an den Ort zu rufen, an dem sich die anderen drei aufhalten. Wörtlich: »Plötzlich angreifende Gruppe ruft Wächter der Wolfshaut zusammen.«
Ek, ek, iðugliga hugskot mīnn ī sjā leðr enn iðugliga kvett mīnn ī sjā tjǫsulls fangelsi. Pō nū enn saman, heðan upptendra ī hlȳrn enn iðja fulla makt fyr āvalt!	Zauberspruch von Hadding, um die Stücke der *Vårgūlfskĭŋŋ* zusammenzuführen. Wörtlich: »Ich, ich, immerfort meine Seele in dieser Haut und immerfort mein Fleisch in dieser Gefangenschaft des Runenzaubers. Doch jetzt noch zusammen, fortan entflammt im Himmel und wieder für immer voller Macht.«
Dǫkkva Niði, mikk enn oss usynligr myrknætti!	Spruch, um etwas unsichtbar zu machen. Wörtlich: »Mach es dunkel wie der Neumond, mich und uns unsichtbar wie der dunkelste Teil der Nacht.«
Friðr, naða enn mjuklætti! Ek vesa herra pīnn!	Friede, Friede und Demut! Ich bin dein Herr!